Eine Auslese von Breinholst-Titeln, die im Bastei Verlag erschienen sind:

Willy Breinholst

Die besten Geschichten

Mit Illustrationen von
Leon van Roey

BASTEI-LÜBBE-TASCHENBUCH
Band 14 241

Erste Auflage: Oktober 1999

Deutsche Erstveröffentlichung
© Copyright 1998 by Willy Breinholst
Herausgeber: Bastei-Verlag Gustav H. Lübbe GmbH & Co.,
Bergisch Gladbach
Einbandgestaltung: Roland Winkler
Titelbild: Leon van Roey
Satz: hanseatenSatz-bremen, Bremen
Druck und Verarbeitung: Ebner Ulm
Printed in Germany
ISBN 3-404-14241-1

Sie finden uns im Internet unter
http://www.luebbe.de

Der Preis dieses Bandes versteht sich einschließlich
der gesetzlichen Mehrwertsteuer.

Inhaltsverzeichnis

Ohne Liebe geht es nicht

Ahuura lag weit draußen im Pazifischen Ozean, nördlich vom Wendekreis des Steinbocks. Genauer gesagt, war es die äußerste der Gesellschafts-Inseln. Es war eine sehr kleine, unbedeutende Pazifikinsel, beinahe schon ein Atoll, aber die Vegetation war sehr reichhaltig und vielfältig. Große, stattliche Kokosnußpalmen und Pandanubäume säumten erhaben die Küste. Riesige Banyans, Brotbäume und Hibiskussträucher mit ihren breiten Kronen und wunderschönen orangen Blüten wuchsen in wildem Überfluß, zusammen mit Taros und duftenden Tahitischen Gardenien.

Sechs kleine, primitive Bungalows bildeten einen

Halbkreis rund um eine etwas größere Hütte, die notdürftig aus Strandgut zusammengefügt war. Davor saß Hugh O'Neill, ein junger, rothaariger Matrose aus Irland. Er war damit beschäftigt, der Hütte ein neues Dach zu verpassen, indem er die langen, dornigen Ränder der Pandanublätter entfernte, sie dann über die Rippe eines Palmblattes faltete und schließlich auf einen Raufarastamm legte.

Hugh O'Neill war an Land geschwemmt worden, nachdem sein griechisches Schiff gesunken war. Es hatte Kokosnüsse geladen gehabt. Die Insel war nicht unbewohnt gewesen, als er dort gestrandet war. Sechs junge polynesische Schönheiten lebten dort. Sie waren nun schon ein paar Jahre da, nachdem sie von der unweit entfernten Manahiki-Insel geflohen waren, um sich nicht dem fetten, häßlichen Manahiki-Stammesführer hingeben zu müssen, der sechs Jungfrauen als Teil einer zeremoniellen Opfergabe zur Feier des Vollmonds verlangte.

Es war eine schwere Zeit für O'Neill. Jedes Mal, wenn er sich aus seiner Hütte wagte, schrien die Mädchen freudig auf, warfen sich ihm an den Hals und versuchten, ihn in eine ihrer Hütten zu zerren.

Polynesische Mädchen können nicht nur von Kokosmilch, Taro- und Yamswurzeln sowie Huahua-Fisch allein leben ... das alles muß von Zeit zu Zeit mit ein bißchen Liebe ergänzt werden. Und zumal sie nun schon einen großen, starken, muskulösen Matrosen hatten, eben diesen rothaarigen Iren, der offensichtlich als ein Geschenk des Himmels zu ihnen gekommen war, wollten sie ihm zeigen, daß sie seine Gegenwart durchaus schätzten.

Natürlich war ihre Würdigung ein bißchen zu gut gemeint – sogar für einen Iren. Nach ein paar Wochen fühlte sich O'Neill wie ein erloschener Krater. Er schloß sich also in seiner Hütte ein und kam nicht mehr heraus, gleich wie sehr die Mädchen bettelten und lockten. Es quälte ihn aber schon bald der Hunger, und ihm wurde klar, daß es so nicht weitergehen konnte. Glücklicherweise hatte er einen guten Einfall. Er hatte ein paar Worte Polynesisch gelernt, die ihn retten sollten.

Er schob die Bretter, mit denen er den Eingang verbarrikadiert hatte, zur Seite und trat aus seiner Hütte. Laut jubelnd kamen die Mädchen angestürzt, aber er erhob die Hand, so daß sie innehielten.

»Wartet, Mädchen!« rief er. »*Hio e hoahoo*. Kein Sex im Moment, aber ich habe einen anderen Vorschlag. Ich werde euch Montag, Dienstag, Mittwoch, Donnerstag, Freitag und Samstag taufen. *Tu na ianoo?* Versteht ihr?« Die Mädchen verstanden kein Wort.

O'Neill zeigte auf diejenige, die er Montag getauft hatte. Dann wies er auf seine Hütte.

»*Hio mai,* Naroa! An den Montagen wirst du die Nacht in meiner Hütte verbringen. Und du, Teriieroo, wirst die Dienstagnacht meiner Hütte sein. *Tu ni ianoo ea?* Versteht ihr jetzt?«

Die Mädchen fingen an zu begreifen. Diejenige, die O'Neill Samstag getauft hatte, begann zu schmollen, weil es erst Montag war und es bis zum Samstag noch so lange dauerte. Aber da der Vorschlag vernünftig war und die Mädchen alles gerecht unter sich aufteilen wollten, so daß sich keine betrogen fühlen würde, hellte sich ihr Gesicht wieder auf, und sie akzeptierte den Vorschlag.

So war das Leben auf Ahuura, der Insel der Liebe, recht erträglich geworden.

Sechs Monate verstrichen, ohne daß viel passierte.

Dann, eines Tages, geschah etwas, das O'Neills Lebenswandel störte. Er lehnte gerade an einem der riesigen Pandanubäumen, seine Arme um Teaea, das Samstag-

11

Mädchen, geschlungen und sah verträumt auf das Meer hinaus. Die Luft war warm und erfüllt vom Duft der Blumen. Die Wellen rollten sanft an den Strand und spülten Kieselsteine an. Eine einfache Melodie, von einem Saiteninstrument begleitet, schwebte durch die Luft. Sie kam von Teriieroos Hütte. Es war ein Lied über die Insel der Liebe und den großen, starken Matrosen mit dem roten Bart und seinen vielen eindrucksvollen Tätowierungen.

»*Areai!*« rief Teaea plötzlich und deutete aufgeregt auf das Meer. Ein Auslegerboot war am Horizont erschienen und fuhr in Richtung der Insel. O'Neill beeilte sich, hinunter an den Strand zu kommen. Das Boot näherte sich rasch. Dann sah er eine junge, schöne Polynesierin, die ihm eifrig zuwinkte, während sie sich erhob.

»Verdammt und zugenäht!« fluchte er. »Dahin sind all meine freien Sonntage!«

Ja, hallo, ist dort die Polizei?

Frau Schiffsreeder Beverholm war verzweifelt. Was sollte sie bloß machen? Ihr Mann, der Schiffsreeder, war verschwunden – einfach weg! Montagabend hatte sie ihn hinuntergeschickt, er sollte den Hund ausführen, und jetzt war Freitag, und er war noch nicht zurückgekommen. So lange kann man doch nicht einen Hund ausführen? Sie vertraute sich einer Freundin an, die ihr den vernünftigen und ausgezeichneten Rat gab, nach ihrem Karlemann suchen zu lassen. Und so wählte Frau Beverholm auf dem Telefon ihres Nachttisches die Nummer der Polizei.

»Ja, hallo, ist dort die Polizei? Es handelt sich um meinen Mann. Schiffsreeder Beverholm. Montag schickte ich ihn raus, um mit Sirra ..., meinem Hund, einen Spaziergang zu machen. Und jetzt ist Freitag, und weder er noch mein süßer, kleiner ...«

»Wollen Sie nach Ihrem Mann suchen lassen?«

»Ja.«

»Dann werde ich Sie zur Suchdienstabteilung durchstellen.«

»Ja, hallo, ist dort der Suchdienst? Es handelt sich um meinen Mann. Montagabend schickte ich ihn raus, um mit dem Hund einen Spaziergang zu machen ... meine kleine Sirra ... und jetzt ist es Freitag und ...«

»Er ist nicht zurückgekehrt?«

»Nein, und das fürchterliche ist, verstehen Sie, daß wir heute abend zum Essen in der Botschaft eingeladen sind. Das ist eine fürchterlich unangenehme Sache, daß ...«

»Wenn Sie Ihren Mann suchen lassen wollen, müssen wir eine Personenbeschreibung haben, gnädige Frau. Können Sie ihn beschreiben?«

»Karlemann? Ich denke doch!«

»Alter?«

»Nein, mein Lieber, jetzt glaub' ich doch, Sie werden etwas zu neugierig! Es reicht wohl zu sagen, daß ich in meinen besten ...«

»Das Alter Ihres Mannes!«

»Oh, seines – ja, natürlich! Nein, warten Sie mal, wie ist das ... 47 wohl seine Kragenweite! Kann es sein, daß er Kragenweite 47 braucht? Oder bei seinen Schuhen?«

»In welchem Jahr ist er geboren?«

»1817!«

»Wie bitte?«

»1718 meine ich! Himmel, nein – was sage ich? Ich bin fürchterlich tolpatschig bei solchen Sachen. Es soll selbstverständlich 1918 sein! In jedem Fall neunzehnhundert und noch was. Neunzehnhundert und ein kleines bißchen, glaub ich. Er sagt jedenfalls immer, daß er auf der

14

richtigen Seite des zwanzigsten Jahrhunderts geboren ist! Gooott, nein, des neunzehnten natürlich ...«

»Größe?«

»Karlemanns? Er hat volles Gardemaß, sagt er.«

»Können Sie das in Zentimetern angeben?«

»Ja, er ist ... eine Sekunde. Er kann die Bücher auf dem obersten Brett des Regals in der Bibliothek erreichen. Kann ich eben hinlaufen und ausmessen, wie hoch das ist? Einen Augenblick!«

»So, jetzt bin ich wieder da! Er ist 232 Zentimeter groß, wenn er auf den Zehenspitzen steht und den Arm so hoch streckt, wie er kann.«

»Augenfarbe?«

»Blau! Ja, also nicht gerade irrsinnig blau, vielleicht so etwas – nein, du liebe Zeit – Sie glauben doch nicht etwa, daß ich mich nicht daran erinnern kann? Ich sagte doch grau, nicht? Fast mausgrau. Mehr ein Mittelding von Blaugrau ... und Graublau ... glaub' ich. Ist es notwendig, ausgerechnet die Augenfarbe zu wissen? Ist es nicht genug, wenn ich Ihnen zum Beispiel die Anzahl der Haare angebe?«

»Haarfarbe?«

»Nein, jetzt fragen Sie mehr, als zehn Weise beantworten können! Man merkt sich doch nicht alle Einzelheiten bei einem Mann ... und erst recht nicht bei einem, mit dem man so viele Jahre verheiratet ist! Im übrigen ist er dunkelblond. Natürlich nicht wahnsinnig dunkelblond ...«

»Besondere Kennzeichen?«

»Ansatz zu Doppelkinn und etwas zuviel Bauch.«

»Ich meine ... Narben oder Muttermale?«

»Aha! Nein, hören Sie ... glauben Sie wirklich, Karlemann würde sich für mich duellieren?!«

»Womit war er beim Weggehen bekleidet?«

»Ich wußte, Sie würden danach fragen! Jetzt hören Sie

aber mal, ich kann doch nicht alles wissen! Ich plauderte gerade mit ein paar Freundinnen, und dann rief ich: ›Du denkst daran, mit Sirra rauszugehen, nicht, Karlemann?‹ Mir ist wirklich nicht aufgefallen, ob er ... doch warten Sie! Er trug seinen neuen kamelfarbenen Dufflecoat und zwei große, helle Schweinslederkoffer. Ja, davon schwebt mir etwas vor – daß ich ein paar Koffer gesehen habe. Ich begreife bloß nicht, was er mit den Koffern wollte, bloß um einen Spaziergang ... Jetzt dürfen Sie mich nicht wegen des Dufflecoats festnageln! Bei näherem Nachdenken bin ich nicht sicher, ob er überhaupt einen kamelfarbenen Dufflecoat besitzt ...«

»Und jetzt wegen des Hundes, den er bei sich hatte, gnädige Frau. Können Sie ihn beschreiben?«

»Meine liebe, geliebte kleine Sirra? Das ist ein reizender Pekinese mit einem kleinen weißen Fleck über dem linken Auge. Sie wiegt fünf Pfund und einhundertundfünfzig Gramm, mißt siebenunddreißig Zentimeter von der Schnauze bis zum Schwanz. Ist schwarz mit Goldbraun, hat dunkelbraune, glänzende Augen. Die Ohrenfransen auf der rechten Seite sind einen halben Zentimeter länger als auf der linken Seite. Wird am 27. November zwei Jahre alt. Besonderes Kennzeichen ist eine ganz kleine Warze auf der linken Vorderpfote. Hatte beim Weggehen ein olivgrünes Alligatorlederhalsband um, mit Silberspange, einer Miniatursilberuhr mit eingravierten Initialen S.B. in Mönchsschrift und eine karmesinrote Seidenschleife. Die Ohren haben Herzform, die Augenschlitze sind schräg und ... wenn Sie noch fünf bis zehn Minuten Zeit haben, Herr Inspektor, dann werde ich von vorn anfangen und sie ganz genau beschreiben ...«

Verkehrte Welt

Eigentlich ist ein Menschenleben nicht besonders genial eingerichtet. Wenn man die Fünfzig erreicht hat, geht es bereits wieder abwärts; man beginnt, langsam zu verkalken, und es wird immer schwieriger, sich zu bücken. Um sechzig herum melden sich weitere Zipperlein. Man wird siebzig, und schon kann man kaum noch sehen und hören. Vielleicht wird man auch achtzig oder neunzig oder erreicht gar das Alter von hundert Jahren. Eins aber steht unweigerlich fest: In der zweiten Hälfte des Lebens wird es von Tag zu Tag schlechter. Es müßte statt dessen umgekehrt sein – damit man sich auf seine alten Tage freuen könnte.

Wie auf dem Planeten Pluto, auf dem genau die gleiche Menschenrasse wie hier auf der Erde lebt, wo aber der Verlauf eines Menschenlebens genau umgekehrt ist: Man wird als Hundertjähriger geboren und verläßt die Welt als Säugling, und das ist doch viel sinnvoller. Wir folgen jetzt dem Pluto-Bürger Zero von der Geburt bis zum Tod.

An seinem 100. Geburtstag schlägt er zum ersten Mal die Augen auf. »Seht!« rufen die umstehenden Verwandten. »Er lebt! Der alte Zero lebt!« Es ist ein Freudentag, an dem bis in den frühen Morgen hinein Lebensbier getrunken wird. Der alte Zero ist noch zu schwach, um erfassen zu können, was um ihn herum geschieht; er hat Schwierigkeiten mit der Atmung, mit dem Kreislauf, mit Sehen und Hören, und auch die Nieren funktionieren nicht, wie sie sollten. Aber mit jedem Tag geht es mit ihm aufwärts; er kann letzt aufrecht im Bett sitzen, Nahrung zu sich nehmen und zur Stärkung sogar einen Kleinen heben. Die Zeit vergeht, und an seinem 90. Geburtstag hat Zero seine ersten Zähne bekommen. Endlich kann er das Gebiß wegschmeißen; genug geplagt hat es ihn ja über all die Jahre hinweg. Seine Nieren werden immer besser, und sein Gehör ist inzwischen so gut, daß er die Musik erfassen und nach dem Essen ein kleines Tänzchen wagen kann. Mit dem Sehen hapert es noch, Gott sei's geklagt. Gott hört die Klage, und am 80. Geburtstag kann der alte Zero ohne Brille lesen, was sogar in der Zeitung erwähnt wird, in der außerdem steht, daß er gesund und rüstig geworden ist und am Tagesgeschehen lebhaften Anteil nimmt. Nicht in der Zeitung steht, daß Zero, wenn er ein hübsches, junges Mädchen auf der Straße sieht, sich neuerdings nach ihm umdreht, obwohl ihm noch nicht ganz klar ist, warum er das tut.

Es kommt der Tag, an dem Zero 65 wird. Man nimmt ihm seine Rente, er darf jetzt arbeiten, und von diesem Tag an wird Zero ein völlig anderer Mensch. Er denkt an wichtigere Dinge als an seine Zipperlein, er sitzt nicht mehr dösend im Stuhl am Fenster und denkt zurück an sein Alter, nein, Zero fängt ernsthaft an, das Leben zu leben. Er hat jetzt Haus und Hof und Auto und erwachsene Kinder. Seine Nieren sind völlig in Ordnung, kein dicker Bauch macht ihm Beschwerden, und bald trägt er wieder Hosen, die ihm lange nicht gepaßt haben. Mehr und mehr fühlt er sich in Form, bei Familienfesten hält er bis in die Nacht durch.

An seinem 50. Geburtstag werden ihm zu Ehren Festansprachen gehalten; es wird allen Ernstes festgestellt, daß jetzt der Spaß des Lebens für ihn beginnt, das Schlimmste liegt hinter ihm – auf ihn wartet die Jugend mit ihrer fröhlichen Sorglosigkeit. »Wir wissen ja alle, daß man sich nicht immer so alt fühlen kann, wenn man erst die fünfzig überschritten hat und sich den vierzig nähert. Es lebe das Geburtstagskind! Er lebe hoch!« Zero wird 40, er wird 30, und er wird 28 und damit Junggeselle, und das lustige Leben beginnt für ihn! Denn gerade auf dieses freie, unbekümmerte Junggesellendasein hat er sich ein Leben lang gefreut. Ein flotter Bursche ist er jetzt. Er hat volles, lockiges Haar bekommen, trägt längst keine Brille mehr, und der dicke Bauch ist nur noch eine Sage; eine kräftige Heldenbrust trägt er am Strand zur Schau, und die Mädchen liegen ihm reihenweise zu Füßen. Eines Tages wird er Oberleutnant bei der königlichen Garde, dann Obergefreiter, Gefreiter und gemeiner Soldat, und nach der harten Rekrutenzeit kann er endlich dem Soldatenleben ade sagen.

An seinem 18. Geburtstag lernt er auf einer Studentenfete seine erste Freundin kennen, er kommt aufs Gymnasium, in die Grundschule, wird von Tag zu Tag dümmer, Mädchen interessieren ihn nicht mehr, sind für ihn bloß noch blöde Gänse. Er wird aus der ersten Klasse abgemeldet und hat nichts anderes mehr im Sinn, als drüben im Park Räuber und Gendarm zu spielen, zu raufen, frech zu sein und mit schmutzigem Hemd und zerrissener Hose nach Hause zu kommen. Er kommt in den Kindergarten.

Es geht jetzt schnell abwärts mit ihm, aber in einer schönen, behaglichen und schmerzfreien Art und Weise. Das Sprechen fällt ihm schwer, bald kann er nur noch »Mama« und »Papa« sagen. Gehschwierigkeiten kommen hinzu, er muß in den Laufstall, einer nach dem anderen verschwinden seine Zähne, bis er nur noch ein einziges, süßes kleines Beißerchen hat. Nachts kann er sich nicht mehr trocken halten, das Zahnen tut ihm weh, er lutscht an den Fingern, seine Mama gibt ihm die Brust, unentwegt wird er frisch gewickelt und gepudert – und schon kommt der Tag, an dem er mit seiner Mama in die Geburtsklinik muß.

Nur sechs bis acht Tage vergehen, dann ist es plötzlich eines Nachts so weit. Ein Schrei – und Klein-Zero existiert nicht mehr. Seine Mama kommt aus der Klinik, das Umstandskleid sitzt eng um ihren dicken Bauch, die Monate vergehen, dann hat sie ihre natürliche, schlanke, frauliche Figur wieder, und nach neun Monaten hat sie alles über Klein-Zero vergessen.

Er ist nur noch ein Name in den Journalen der Geburtsklinik.

Ritter Svante und Meister Albrian

Ein neuer Schmied beehrte die Region mit seiner Anwesenheit. Meister Albrian wurde er genannt und sollte ungewöhnlich geschickt in seinem Handwerk sein. Er war kräftig gebaut, von eher dunklem Teint und wirkte recht finster. Um seinen Hals trug er stets einen schweren Eisenring, an dem Schlösser und Schlüssel für Truhen und Behältnisse befestigt waren.

Ritter Svante benötigte schon seit langem eine neue Rüstung, da seine bisherige im Sitz ziemlich abgewetzt war durch jahrelangen Dauergebrauch. Eines Tages ritt er hinunter zu Meister Albrian, um von dem zu erfahren, wie viele Silberstücke er für die Anfertigung einer nagelneuen, handgeschmiedeten hochmodischen Rüstung verlangen würde – einen Harnisch mit Schößchen, rundem Ausschnitt, Beinschienen mit Taschen und allem, was der neueste Modetrend sonst noch erforderte.

Meister Albrian legte den Blasebalg beiseite, wischte sich den Schweiß von der Stirn und kramte einen schmuddeligen französischen Rüstungskatalog aus der verriegelten Schublade seines Werkstattisches hervor. Ritter Svante blätterte ihn sorgfältig durch und zeigte dann auf eines der Modelle.

»Die könnte mir gefallen«, sagte er.

»Wünscht Ihr sie mit Armschienen und Kniescharnieren? Das ist der neueste Schrei.«

»Ich möchte genau dieses Modell«, beharrte Ritter Svante.

»Benötigt Ihr sie aus einem bestimmten Anlaß, zu einem bestimmten Zeitpunkt?«

»Ja, in der Tat. Unter uns gesagt habe ich vor, der wunderschönen Kunigunde einen Heiratsantrag zu machen.«

Meister Albrian ließ einen leisen, anerkennenden Pfiff hören.

»Dieser Rüstung kann keine Jungfrau widerstehen, Ritter Svante. Mit Sicherheit erringt Ihr Herz und Hand der Schönen, wenn Ihr ...«

Svante fiel ihm ins Wort: »Habt Ihr dieses französische Modell schon einmal geschmiedet? Für einen anderen Ritter, meine ich ...«

Meister Albrian wandte den Blick ab. »Selbstverständlich nicht«, murmelte er und begann emsig sein Feuer zu schüren.

»Also gut. Dann fertigt sie für mich an.«

»Sehr wohl. Ihr könnt am Sonnabend zu einer ersten Anprobe kommen. Die Rüstung kostet zwanzig Silberstücke. Über den Preis lasse ich nicht mit mir handeln, aber das gute Stück wird von allerfeinster Qualität sein.«

Am Sonnabend ritt Ritter Svante zur Anprobe beim Schmied. Voller Vorfreude legte er die Rüstung an, sie paßte wie angegossen.

»Es ist erst geheftet, Herr«, erklärte Meister Albrian, den Mund voller Eisennadeln. »Doch heute nachmittag wird alles gehärtet, gelötet und geschweißt, damit die Rüstung morgen fertig ist. Wie wäre es mit einem Paar passender Eisenschuhe mit aufragenden Spitzen? Das ist im Moment der Demier cri der Fußbekleidung. Und hättet Ihr die Ellbogen lieber mit oder ohne Lochstickerei?«

»Alles soll genau so wie im Katalog sein.«

Ritter Svante betrachtete sich in einem winzigen Spiegel, den Albrian für ihn hochhielt. Er war sehr zufrieden.

»Nicht übel«, meinte er. »Aber zwanzig Silberstücke sind ein recht haariger Preis. Können wir nicht doch ein bißchen handeln?«

Meister Albrian schüttelte störrisch den Kopf.

Am Sonntag morgen war die Rüstung fertig, und Ritter Svante legte sie an. Er platzte fast vor Stolz, als ihm Meister Albrian auf sein weißes Pferd half.

»Jetzt werde ich unverzüglich zu Kunigunde reiten und ihr einen Heiratsantrag machen«, verkündete er stolz und erregt.

»Viel Glück«, sagte Meister Albrian, reichte ihm die Beinschienen und ein Fläschchen Extra-Öl, falls Ritter Svante gezwungen sein sollte, vor seiner Angebeteten in die Knie zu gehen. Der Schmied steckte die zwanzig Silberstücke ein, und der Ritter ritt von dannen.

Auf der Straße direkt unterhalb des Schlosses, in dem Kunigunde wohnte, schloß plötzlich und unerwartet Ritter Vidrik zu ihm auf. Verdutzt sah Ritter Svante, daß Vidrik genau die Rüstung anhatte, die er auch trug.

»Wer hat Eure Rüstung geschmiedet?« erkundigte sich Ritter Svante empört.

»Meister Albrian, der neue Schmied«, erwiderte Ritter Vidrik und lüpfte höflich das Visier einen Spalt.

»Dieser Gauner! Das wird er mir büßen! Er hat mir hoch und heilig versichert, daß ich der einzige im ganzen Königreich bin, der eine solche schöne Rüstung sein eigen nennt. Habt Ihr etwa auch den exklusiven metallenen Konvektionsschutz an Euren Panzerhandschuhen?«

Ritter Vidrik nickte.

»Exakt wie das Modell aus dem französischen Katalog«, sagte er und fügte dann vertraulich hinzu: »Übrigens habe ich vor, der wunderschönen Kunigunde einen Heiratsantrag zu machen.«

Das war mehr, als Ritter Svante zu ertragen vermochte.

»Ihr?« schrie er. »Ihr wollt Kunigunde einen Antrag machen?! Was für ein Unsinn! Wie könnt Ihr es wagen, Ihr Schuft. Fahrt zur Hölle!«

Damit schleuderte er ihm den Fehdehandschuh vor die Pferdehufe.

Am nächsten Tag fochten die beiden ehrenwerten Ritter ein Duell um die Gunst Kunigundes aus. Ihnen war klar, daß Rapiere sinnlos gewesen wären, daher benutzten sie schwere Kampfschwerter, doch keiner konnte der Rüstung des anderen einen Kratzer, geschweige denn eine Delle beibringen – wie heftig sie auch gegeneinander vorgingen. Meister Albrian verstand tatsächlich eine Menge von seinem Handwerk. Dann versuchten sie es mit Pistolen. Ebenfalls erfolglos, obwohl sie kaum sieben Schritte voneinander entfernt standen und Schuß um Schuß abfeuerten. Die Kugeln prallten von dem schweren Brustharnisch ab und spritzten nach allen Seiten wie Erbsen aus der Hülse.

Doch keiner von ihnen wollte aufgeben. Nachdem sie sich mit Meister Albrian beraten hatten, unternahmen sie

einen dritten Versuch – einen, der in der Geschichte sei-
nesgleichen nicht hat.

Mit Meister Albrian als Sekundanten duellierten die
beiden Ritter sich mit – Dosenöffnern!

50 000 Pro Monat sind eine Menge Geld, junger Mann ...

Der Besitzer und Vorsitzende einer großen Handelsgesellschaft mit Hunderten nationalen und internationalen Zweigen saß in seinem Büro. Er wurde von allen in seinem Bereich, die ihn als *den* Vorsitzenden bezeichneten, geachtet. Als es an der Tür klopfte, schaute er von den Dokumenten, die auf seinem Schreibtisch lagen, auf. Seine Privatsekretärin öffnete die Tür und führte einen jungen Mann herein.

Der Vorsitzende sah den jungen Mann streng an und deutete ihm dann, sich ihm gegenüber zu setzen.

»Nun«, sagte er und winkte seine Sekretärin hinaus. »Sie sind jetzt drei Monate hier angestellt. Ist das korrekt?«

Der junge Mann nickte und sagte: »Das stimmt.«

»Und welche Arbeiten haben Sie während dieser Zeit ausgeführt?«

»Ich habe zum Teil in der Postabteilung gearbeitet, Briefe sortiert, auf die Abteilungen gebracht und mich um die Versandausgaben gekümmert. Ich habe außerdem andere Aufgaben ausgeführt – wie in die Kantine gehen, um Kaffee und Kuchen für die, die in ihren Pausen welchen bestellt hatten, zu bringen.«

»Ich verstehe ... nun ja. Wahrscheinlich muß das eben auch jemand tun.«

Der Vorsitzende drückte einen Knopf auf seinem Schreibtisch. Kurz darauf kam der Buchhalter herein.

»Sie haben gerufen, Sir?«

»Ja, Andersen. Ich höre, daß dieser junge Mann sich um die Versandausgaben gekümmert hat. War seine Arbeit zufriedenstellend?«

»Mehr als zufriedenstellend, Sir. Er hat hervorragende Arbeit geleistet. Natürlich hat er mehr mit der Buchhaltung zu tun gehabt, als mit der eigentlichen Bemessung der Postgebühren, aber ich muß sagen, daß mich sein Eifer und Einfallsreichtum sehr beeindruckt haben. Das trifft auch auf die anderen Arbeiten, die er erledigt hat, zu.«

»Sehr gut, Andersen.« Der Vorsitzende winkte ihn hinaus.

Dann öffnete er einen Ordner, der auf seinem Tisch lag, und nahm eine Kopie vom Abiturzeugnis des jungen Mannes heraus.

»Nun«, meinte er, »Sie waren nicht besonders in Englisch, so daß wir Sie nicht in die Londoner Firma zu dem üblichen einjährigen Trainingsprogramm schicken können.«

Der hoffnungsvolle junge Mann zündete sich eine Zigarette an und setzte sich herausfordernd auf die Tischkante.

»Ich gebe zu, daß ich in den Fremdsprachen nicht sehr gut war«, antwortete er, »aber andererseits war ich der beste Mittelstürmer der Fußballmannschaft. Ich habe zwei erste Plätze für sie gemacht.«

Der Vorsitzende runzelte die Stirn und sah zunehmend verärgert drein. Er deutete dem jungen Mann, daß er sich nicht auf den Schreibtisch setzen sollte.

»Und machen Sie diese Zigarette aus!« befahl er. »Meinen Mitarbeiten ist es verboten, während der Arbeitszeit zu rauchen. Ich dachte, Sie wüßten das!«

»Ja, ich dachte bloß ... also gut«, murmelte der junge Mann und machte bedauernd seine Zigarette im großen bronzefarbenen Aschenbecher des Vorsitzenden aus. Der Vorsitzende übersah die Unzufriedenheit des jungen Mannes, stand auf und ging im Zimmer auf und ab, während er nachdachte. Er blieb beim Fenster stehen, sah ein paar Sekunden hinaus und kehrte schließlich an seinen Schreibtisch zurück. Er sah den jungen Mann noch einmal streng an.

»Also gut«, sagte er, »ich habe mich entschlossen, Sie ab morgen als ausführenden Buchhalter einzustellen. Wenn der alte Smith nächsten Monat in Pension geht, können Sie seinen Job als Vizepräsident übernehmen.«

Der junge Mann nickte zustimmend.

»Das ist schön«, sagte er und fing an, in seiner Tasche nach einer Zigarette zu kramen. Dann überlegte er es sich aber doch anders. Vielleicht war es auch der mißbilligende Blick des Vorsitzenden, der ihn davon abhielt.

»Und was ist mit meinem Lohn?« fragte er.

»Darüber können wir noch reden.«

Aber mit dieser Antwort gab sich der vielversprechende junge Mann nicht zufrieden.

»Ich war im Lohnbüro und habe mir die Löhne angesehen, die die Angestellten bekommen«, sagte er. »Meinen

Untersuchungen zufolge, bekommt Smith Vierzigtausend pro Monat. Das heißt, wenn ich seinen Posten übernehme, bin ich der Meinung, daß mein Gehalt auf Fünfzigtausend aufgerundet werden sollte. Ich habe viel Energie und Initiative, wie Andersen festgestellt hat. Also bin ich diesen Lohn wert.«

Der Vorsitzende rieb sein Kinn und meinte: »Fünfzigtausend pro Monat sind eine Menge Geld, junger Mann – auch in Zeiten der Inflation.«

»Sechshunderttausend pro Jahr«, gab er zurück, »das ist kaum ein übertriebener Lohn für den Vizepräsidenten einer Firma in dieser Größe.«

»Das stimmt«, sagte der Vorsitzende, während er an einer Zigarre kaute. »Vielleicht ist es vertretbar, wenn man sich die Wichtigkeit eines solchen Postens klarmacht. Ich werde es dem Vorstand vorschlagen. Ich bin sicher, daß die Mitglieder zustimmen werden. Auf jeden Fall« – der Vorsitzende stand auf und schüttelte dem jungen Mann die Hand –, »ist es mir eine Freude, Sie als Vizepräsidenten in unserer alteingesessenen Firma begrüßen zu dürfen. Herzliche Glückwünsche!«

Der junge Mann lächelte und antwortete: *»Danke, Vater!«*

Der Gefreite Colin Gwinnett und die Schlangentänzerin

Als der feuerrote Schein der Morgendämmerung über der Wüste erschien und die drückende Hitze des Tages ankündigte, war Major Whitney in seinem Zelt bereits vollauf mit den Vorbereitungen für das Kriegsgericht beschäftigt. Im gesamten UN-Quartier herrschte eine düstere Stimmung. Die Wache vor dem unterirdischen Arrest war verdoppelt worden. Im Arrestzelt saß der Gefreite Colin Gwinnet, der Koch der Offiziersmesse, auf der Kante eines Klappstuhls und schüttelte seinen großen, rotbäckigen kanadischen Kopf. Es war der vergebliche Versuch, den Kater abzuschütteln und sich daran zu erinnern, was eigentlich passiert war. Er wußte nur noch, daß er in eine heftige Schlägerei geraten war, als er der Bar »Engleysi«, einem zweifelhaften Trinklokal, einen Besuch abstattete. Vielleicht war es auch im Café »Zafar Abba«. Jedenfalls hatte er den größten Teil der Einrichtung zertrümmert, ein paar Militärpolizisten zu Boden geschlagen, bevor er mit einer schreienden arabischen Schlangen-, Bauch- oder Schleiertänzerin desertierte. Bei der Verfolgung durch die Militärpolizei hatte er dann wohl eine Flasche auf dem Kopf eines Offiziers zertrümmert, der sich wagemutig in den Kampf geworfen hatte.

In Major Whitneys Zelt waren die Vorbereitungen beendet. Auf dem Tisch lagen das Standgerichtsprotokoll und die Kriegsgerichtsgesetze, schon auf den entsprechenden Seiten aufgeschlagen, für die Geschworenen lagen Tinte, Federhalter und Papier bereit, für Richter und Zeugen waren Klappstühle aufgestellt, und innerhalb und außerhalb des Zeltes hatten Militärpolizisten ihre Posten eingenommen.

Gefreiter Colin Gwinnet wurde hereingeführt, angemessen eskortiert von zwei massigen Militärpolizisten. Alles hielt den Atem an, als Major Whitney eintrat, groß, kräftig und furchteinflößend. Auf seinem Kopf sah man immer noch das geronnene Blut aus der Wunde, die er sich zugezogen hatte, als Gefreiter Colin Gwinnet in der Hitze des Kampfes eine Flasche mit billigem Whisky auf seinem Kopf zerschmettert hatte. Der Major setzte sich hin, blätterte kurz im Standgerichtsprotokoll und den Kriegsgerichtsgesetzen, las sich noch einmal genau den Todesstrafenparagraphen durch, wobei er leise und mit hochgezogenen Brauen den Text einige Male memorierte, um sicherzugehen, daß er den Paragraphen auch richtig verstanden hatte.

»Well ...«, begann er und lehnte sich zurück. »Sie werden ein faires und gerechtes Urteil bekommen. Nach den geltenden Kriegsrechtsgesetzen haben Sie das Recht, sowohl an mich als auch an meine Richterkollegen Fragen zu richten. Weiterhin dürfen Sie etwas zu Ihrer Verteidigung vorbringen sowie einige wichtige Zeugen benennen, soweit dadurch der Gang der Verhandlung nicht wesentlich oder unnötig verzögert wird. Verstanden?«

Gefreiter Colin Gwinnet richtete sich auf und knallte die Hacken zusammen, daß der Wüstensand zwischen den frisch gewienerten Militärstiefeln in einer Staubwolke aufstob. Er hatte verstanden.

»Ich möchte jetzt eine kurze und präzise Darstellung dessen, was nach Ihrer Meinung im Café ›Zafar Abba‹ passiert ist.«

Wieder knallte der Gefreite Colin Gwinnet die Hacken zusammen.

»Sir! Ich und die Kameraden von der 13. Kompanie, wir saßen also zusammen in diesem kleinen, verschwiegenen Café und tranken friedlich eine Tasse arabischen MinzeTee, als plötzlich —«

Major Whitney fuhr in seinem Stuhl hoch und hämmerte die Faust auf den Tisch, so daß Standgerichtsprotokoll, Federhalter und Tintenfaß sich um einige Zentimeter in die dünne Wüstenluft erhoben. »Minze-Tee!« brüllte er so laut, daß sein kräftiger, grauer Schnurrbart flatterte. »Sie verdammter Lügner! Ihr habt gesoffen wie eine Horde elender südafrikanischer Schwammtiere! Das habt ihr gemacht, und nichts anderes. Und Sie sprangen um diese langweilige arabische Magenverdreherin herum wie eine asiatische Buckelziege in der Paarungszeit! Ich habe genau gesehen, wer mit der Schlägerei anfing, und auch, wer meine Ordonnanz zu Boden schlug und wer seine große, dicke Faust in die Fresse der Militärpolizei knallte.

Versuchen Sie bloß nicht, sich auch nur mit einem Ton zu verteidigen! Hier bin ich es, der das Sagen hat! Ich kenne euch Kerle. Ein verdammt guter Koch sind Sie, aber ein verdammt schlechter Soldat! Wir sind hierhergekommen, um für Ruhe und Ordnung zu sorgen und die streitenden Parteien in geziemendem Abstand voneinander zu halten. Wenn unsere Kompanie jetzt hier einen schlechten Ruf erhalten hat, so ist das Leuten wie Ihnen zu verdanken. Aber dem werde ich einen Riegel vorschieben. Sie können siebzehn verschiedene arabische Eide darauf schwören, daß ich weiß, wo ich stehe, und ich werde schonungslos vorgehen! Hier und jetzt werde ich ein Exempel statuieren, daß es der gesamten Kompanie heiß und kalt über den Rücken laufen wird!«

Major Whitney schwieg eine Sekunde, um Luft zu schnappen, wenn es auch nur die heiße Wüstenluft war. Er war hochrot in seinem großen, wohlgenährten Gesicht, kurz vor einem erstklassigen Herzinfarkt.

»Sie können jede Wette eingehen, daß ich ein Exempel statuieren werde«, nahm er den Faden wieder auf und hämmerte dabei mit der Faust auf die Kriegsgerichtsgesetze mit dem Todesstrafenparagraphen. »Nach diesem kleinen, schmutzigen Trick mit der Flasche, die Sie mir über den Schädel gehauen haben, können Sie nicht erwarten, daß ich auch nur den Dreck eines Daumennagels für Sie übrig habe! Sie sind der schlimmste Schläger im ganzen Lager. Notorisch untergraben Sie die militärische Disziplin! Sie sind eine Pest für die ganze Kompanie! Ein elender Auswurf! Eine absolute Null, die es nicht einmal wert ist, ausradiert zu werden! Ich weiß, daß die Offiziersmesse einen guten Koch verlieren wird, und Sie werden schwer zu ersetzen sein, aber ...«

Major Whitney schwieg. Einen Moment stand er unsicher da, während sein schwerer Bauch auf der Tischplatte ruhte. Dann blickte er in die schuldbewußten Augen des Gefreiten Colin Gwinnet, und bebend vor Wut ging er hinüber zu der Stelle, wo die beiden Militärpolizisten mit dem Angeklagten in der Mitte standen. Sekundenlang stand er schweigsam und verbissen vor dem Angeklagten. Dann riß er schnell und resolut die ganze Reihe blankpolierter Knöpfe, die Schulterklappen, die Kokarde und das Mützenemblem von der Uniform des Gefreiten Colin Gwinnet und warf ihm alles vor die Füße in den Wüstensand, wobei er einen fürchterlichen, streng militärischen Fluch ausstieß.

»So, Sie Pappaffe!« brüllte er. »Jetzt machen Sie, daß Sie ins Versorgungszelt kommen, wo Sie den ganzen Krempel wieder annähen können! Und sehen Sie zu, daß Sie uns sofort ein paar richtig große, leckere Steaks braten! Die Verhandlung ist geschlossen!«

Die Sennerinnen aus Norwegen

Wenn man nicht zufällig Norweger ist – also in Norwegen geboren und aufgewachsen –, sondern ein ganz gewöhnlicher Mensch aus irgendeinem anderen Land, so bleibt keine andere Wahl, als genau zu erklären, was man unter einer *Seterjente* versteht. Dabei handelt es sich nämlich um ein strohblondes Mädchen mit langen Zöpfen, das den ganzen Sommer hindurch sein freies, aber einsames Leben hoch oben in den Bergen verbringt. Dort melkt die Maid Kühe und Ziegen, beschäftigt sich mit Butterherstellung und summt alte norwegische Volksweisen. Abends sitzt sie vor ihrer kleinen Almhütte, spinnt Wolle und genießt dabei die wunderschöne norwegische Abendsonne, norwegische Hochgebirgsluft und denkt an norwegische Jünglinge unten im Tal ihrer Heimatgemeinde.

So saß auch die Seterjente Solveig dort auf der Bank

vor ihrer Hütte an jenem Abend, von dem hier die Rede ist.

Und während sie tief in ihren Gedanken versunken war, tauchte plötzlich ein junger Bergsteiger auf; er humpelte auf die Hütte zu, vor der Solveig an ihrem Spinnrocken arbeitete, und ging ein paar Schritte auf ihn zu.

»Was ist passiert?« fragte sie. »Bist du gestürzt?«

»Ich bin auf einem glitschigen Felsvorsprung ausgerutscht und habe mir den Knöchel verstaucht«, stöhnte der junge Mann. »Knöchel und Fuß sind so stark angeschwollen, daß ich kaum auftreten kann.«

Er warf seinen Rucksack ab. Solveig war ihm behilflich, damit er es sich auf der Bank ein wenig bequem machen konnte. Sie zog ihm die schweren Bergstiefel aus und streifte die dicken Wollsocken ab. Der Knöchel sah in der Tat sehr mitgenommen aus.

»Damit hättest du nicht bis ins Dorf hinunterkommen können«, stellte sie besorgt fest. »Du mußt hierbleiben, bis die Schwellung zurückgegangen ist. Wie heißt du, und wo kommst du her?«

»Ich heiße Ole Björn Heggenhaugen und komme aus Haugenheggen«, erklärte der junge Mann bereitwillig.

Solveig hatte Angehörige und Bekannte in Haugenheggen, und so war an Gesprächsstoff kein Mangel. Und dann sprachen sie noch über dies und jenes, was ihnen gerade einfiel, bis die Sonne hinter dem Galdhoepiggen versank und die helle nordische Sommernacht anbrach.

»Wir können nicht die ganze Nacht hier draußen sitzen, Ole Björn«, sagte Solveig. »Aber das läßt sich schon irgendwie deichseln. Du kannst drinnen in dem breiten Doppelbett schlafen, das noch von damals stehengeblieben ist, als es hier oben auf dem Berg zwei Seterjenter gab. Wenn wir das breite Wagenbrett, daß die Holzfäller hier vergessen haben, in die Ritze zwischen den Betten schieben, geht alles anständig und sittsam zu, und niemand kann uns Vorwürfe machen oder gar auf unzüchtige Gedanken kommen. Du verstehst doch hoffentlich, daß ich ein anständiges Mädchen bin und auf meinen guten Ruf bedacht sein muß?«

Doch, das verstand Ole Björn durchaus und erhob deshalb auch keine Einwände.

Gemeinsam schoben sie das schwere Wagenbrett zwischen die beiden Betten und legten sich zur Ruhe, sagten freundlich »Gute Nacht und schlaf gut!« zueinander, und dann schliefen sie tief und traumlos, bis die Morgensonne hinter den Bergen emporstieg und ihre wärmenden Strahlen in die Kammer sandte.

Nachdem sie zum Frühstück Milch getrunken und Knäckebrot mit Ziegenkäse verspeist hatten, nahm sich Solveig noch einmal Ole Björns lädierten Knöchel vor. Die Schwellung war über Nacht zurückgegangen, und nachdem sie ein wenig fette Butter in die dicke Stelle massiert hatte, konnte Ole Björn seinen Fuß wieder in den Stiefel stecken. Dann versprach Solveig, ihn ins Dorf hinunterzugeleiten. Sie setzte ihren Sommerstrohhut mit dem farbigen Seidenband auf, und dann begannen sie gemeinsam und vorsichtig mit dem Abstieg ins Tal.

Plötzlich packte der warme Hochgebirgswind Solveigs Strohhut und trug ihn hinüber auf eine Weide.

»Laß nur, Solveig. Ich hole dir das Ding zurück«, versprach Ole und schickte sich an, über den Zaun zu klettern.

»Nein, Ole, laß das lieber bleiben!« bat ihn das Mädchen. »Das schaffst du nie und nimmer! Denk an heute nacht! Da bist du ja nicht einmal über das Wagenbrett zwischen unseren Betten gekommen!«

Kleine Geburtstagsgeschichten

Ein Mann hatte seine Frau zum Geburtstag ins beste Restaurant der Stadt eingeladen. Sie bestellten Suppe, Braten und Nachtisch. Als die Suppe kam, sagte der Mann:

»Die nehmen wir nicht, die ist nicht heiß genug.«

Der Kellner entfernte sich mit der Suppe und kam später mit einer neuen zurück.

»Die Suppe ist immer noch nicht heiß genug«, meckerte der Mann mit einem flüchtigen Blick auf den Teller.

»Aber, Viktor«, mischte sich seine Frau ein, »woher willst du wissen, ob die Suppe heiß oder kalt ist, wenn du sie noch gar nicht probiert hast?«

»Solange der Kellner seinen Daumen in die Suppe stecken kann, während er sie herträgt, ist sie jedenfalls für mich nicht heiß genug.«

☆

Beim feierlichen Geburtstagsessen bekam Tante Olga plötzlich einen Schluckauf, schrecklich hartnäckig und störend. Es begann allmählich peinlich zu werden, und alle Anwesenden kamen mit wohlgemeinten Ratschlägen. Aber Tante Olgas Tischherr lehnte alle Kommentare ab und meinte, es gäbe nur ein wirksames Mittel gegen Schluckauf:

»Den Kopf dreimal in einen Eimer Wasser stecken – und nur zweimal hochheben.«

☆

Zu Hause gab es ein kleines Geburtstagsessen, nur für den engsten Familienkreis. Onkel Karl stocherte ohne Begeisterung mit der Silbergabel in dem Essen herum und betrachtete mißtrauisch das Gepansche, das auf seinem Teller lag. Dann murmelte er Tante Klara zu:

»Ich will nicht behaupten, daß Frieda miserabel kocht; allerdings kann ich gut verstehen, daß hier im Hause vor dem Essen immer ein flehentliches Gebet gesprochen wird.«

☆

Herbert hatte Geburtstag, und man offerierte den Gästen Käse und Rotwein. Ein Gast langte nach dem überreifen Camembert, und als der starke Geruch in seine Nasenflügel drang, sagte er zu seiner Tischdame:

»Eigentlich habe ich nie verstehen können, daß man den Schweizer Käse mit so vielen Löchern versieht, während doch der Camembert tüchtige Durchlüftung bräuchte.«

☆

Das Geburtstagsmahl war überstanden. Man setzte sich zum Kaffee mit Cognac zusammen und genehmigte sich anschließend einen Whisky. Das Gespräch drehte sich um Reisen, um die Sonne des Südens, das muntere Leben und Treiben auf Mallorca, dolce vita am Strand, Sie wissen schon ...

Auch das Geburtstagskind gab seinen Kommentar ab: »Italien ist ein herrliches Reiseland. Das Colosseum, Venedig, die Tauben auf dem Markusplatz, die Olivenhaine, die Grotten von Capri – alles so wunderbar. Wirklich, Italien hat mir einige meiner schönsten Erlebnisse beschert ...«

»Was redest du denn da für einen Quatsch!« mischte sich ein Gast ein. »Soweit ich weiß, hast du nie einen Fuß auf italienischen Boden gesetzt.«

»Nee, das habe ich auch nicht ...«

»Wie kannst du dann behaupten, Italien habe dir so wunderschöne Erlebnisse beschert?«

Das Geburtstagskind warf einen flüchtigen Blick zu der Rokokostube hin, wo seine Frau saß, und sagte mit verhaltener Stimme:

»Weil meine Frau jeden Sommer allein drei Wochen nach Italien reist.«

☆

Ein Weinkenner prahlte gern damit, daß er von jedem Wein oder sonstigem Alkohol, den man ihm kredenzt, sofort sagen könne, wie er heiße, woher er komme und wie alt er sei. Auf einer Geburtstagsfeier fragte ihn einer der Gäste:

»Wollen Sie wirklich behaupten, Sie könnten das alles hier herausschmecken? Ob es sich beispielsweise um einen Barbados-Rum oder einen Martinique-Rum handelt, um einen Tawny Port oder einen Light Tawny, um einen spanischen oder einen portugiesischen Rosé?«

Aber ja, das waren kleine Fische für den Kenner, er konnte alle Getränke genau bestimmen und nennen.

»Wenn Sie einen Versuch mit mir machen wollen, muß es schon eine extrem schwierige Aufgabe sein.«

Die Gäste steckten ihre Köpfe zusammen. Plötzlich hatte der Gastgeber eine gute Idee. Er holte eine Flasche und schenkte daraus ein Portweinglas voll.

»Na, jetzt probieren Sie mal«, sagte er und reichte dem Experten das Glas.

Dieser hielt seine Nase daran und befeuchtete dann seine Zunge mit ein paar Tropfen.

»Pfui, Teufel!« rief er. »Das ist ja Benzin!«

»Ja, ganz richtig«, erwiderte der Gastgeber, »aber ist es persisches oder amerikanisches Benzin? Und welche Oktanzahl hat es?«

Bevor die Geburtstagsgäste zu Tisch gingen, standen sie in kleinen Gruppen beisammen und plauderten. Mitten im Zimmer stand ein sehr junger Mann und betrachtete nachdenklich eine junge Dame in einem trägerlosen Abendkleid.

»Woran denkst du, Thomas?« erkundigte sich die Gastgeberin. »Du siehst so abwesend aus.«

»Ach, ich stehe hier nur und überlege, was so ein trägerloses Kleid eigentlich oben hält.«

Die junge Dame, von der die Rede war, hörte seine Bemerkung und sagte lächelnd:

»Das will ich Ihnen verraten, junger Mann – meine Jugend.«

☆

In einer vornehmen Villa wurde ein runder Geburtstag groß gefeiert. Spät am Abend erhielt die Küchenhilfe ihren Lohn und machte sich auf den Nachhauseweg. Als sie ihren Mantel anzog, bemerkte die Frau des Hauses, daß sie eine Zeitung mit Austernschalen in ihre Tasche stopfte. Erstaunt sagte sie:

»Aber Frau Sanders, was wollen Sie denn mit den leeren Austernschalen?«

»Tja«, gestand Frau Sanders ein wenig verlegen, »das will ich Ihnen sagen – ich finde, Austernschalen zu Hause im Ascheimer wirken so exklusiv.«

☆

Beim Geburtstagsfestessen lobte Onkel Anton den guten französischen Rotwein, und der Gastgeber ließ auch durchblicken, daß die zwölf Flaschen, die er zur Feier des Tages angeschafft hatte, ihn ein Vermögen gekostet hätten.

»Nee, auf Mallorca, wo ich gerade herkomme, ist das ja anders. Unglaublich, wie billig man da leben kann. Der Wein beispielsweise, der kostet nicht mehr als ein paar Mark die Stunde.«

☆

Man feierte Frau Schmidts vierzigsten Geburtstag. Traditionsgemäß gab es ein Torte mit Kerzen darauf.

»Neununddreißig Kerzen«, zählte einer der Gäste, »aber Olivia, feierst du heute nicht deinen vierzigsten Geburtstag?«

»Psst!« winkte Frau Schmidt schnell ab, »ich habe soeben den Countdown begonnen.«

☆

Wir müssen uns wohl damit abfinden, daß die junge Generation eine etwas andere Einstellung zum gesellschaftlichen Leben hat als wir alten, bemoosten Häupter. Anette zum Beispiel feierte ihren sechzehnten Geburtstag, und die Eltern wurden ins Hotel geschickt, damit die junge Dame das ganze Haus für sich allein haben konnte. Dann ging's los, mit Stereo auf vollen Touren, die ganze Nacht. Die Eltern drüben im Hotel machten kein Auge zu. Mehrmals standen sie auf und lauschten an der Gartenpforte, ob das Fest nicht bald zu Ende war. Nach dem Lärm zu urteilen, mußte es ein großartiges Fest gewesen sein. Aber das war es nicht!

»Das Hinterletzte!« stöhnte die Tochter am nächsten Tag. »Irrsinnig blöde, da lädt man feierlich vierundzwanzig Leute ein ... und dann tanzen da nicht mehr als vierzig Stück an.«

☆

Neulich traf ich einen alten Kriegskameraden. Nachdem wir bei einem Drink alte Erinnerungen aufgefrischt hatten, erzählte er, daß er am nächsten Sonntag siebzig Jahre alt würde, ob ich nicht kommen wollte. Dann erklärte er mir, wo er wohnte:

»Ganz leicht zu finden, Linie 42 und 49 fahren direkt vor die Tür, falls du den Wagen lieber zu Hause lassen willst. Ich wohne Nummer 18. Das ist ein großer Block mit Eigentumswohnungen. Du drückst einfach den Ellenbogen gegen den Klingelknopf zum fünften Stock und wartest, bis du den Summer hörst, dann stößt du die Tür mit dem Knie auf– und schon bist du da, alter Kumpel.«

Ja das klang wirklich einfach. Trotzdem hatte ich noch eine Frage:

»Warum soll ich den Ellenbogen gegen den Klingelknopf und das Knie gegen die Tür drücken?«

»Also hör mal«, erwiderte er mit leichtem Vorwurf in der Stimme, »du willst doch hoffentlich nicht mit leeren Händen zu meinem siebzigsten Geburtstag kommen?«

☆

Man feierte Urgroßvaters 100. Geburtstag, und die ganze Familie war an der Festtafel versammelt. Zum Kaffee und Sahnekuchen hatte man Uropa in den besten Sessel gepflanzt, und dann unterhielt man sich darüber, wie weit Uropas Erinnerungen wohl zurückreichten. Eines der Enkelkinder rückte ganz nah an ihn heran und schrie ihm ins Ohr:

»Kannst du dich an das erste Mädchen erinnern, das du geküßt hast, Opa?«

»Nein«, krächzte der Opa, »das kann ich wirklich nicht, mein Kind. Ich kann mich nicht mal mehr an das letzte Mädchen erinnern, das ich geküßt habe.«

Die Mädchen von Kansas City

Hören Sie jetzt eine kleine Geschichte aus Hollywood, dort ist immer guter Stoff zu holen. Die Geschichte passierte während der dramatischen Aufnahmen zum Film *Das Mädchen von Kansas City,* einem erstklassigen Western, von dem man einiges erwartete, ganz besonders, weil die weibliche Hauptrolle von Ann Silverstar höchstpersönlich gespielt wurde. Sie war der neue Sexstar, eine sensationelle Entdeckung, die Fachleute, die etwas von der Sache verstanden, für eine neue Marilyn Monroe hielten. Wir haben keinen Anlaß, hier in Einzelheiten zu gehen, wie sie diese Position erreicht hatte. Teils gehört das der Privatsphäre an, teils hat ihr im übrigen keineswegs langweiliges Sexleben nichts mit der Geschichte zu tun – was eigentlich schade ist.

Aber okay, lassen wir das auf sich beruhen und springen wir geradewegs in die Dreharbeiten. Geben wir das Wort an den weltberühmten Westernregisseur Sam Stinkelfein, von dem Sie sicher schon gehört haben:

»Hören Sie, Miss Silverstar, Sie können die Szene nicht spielen, na gut, aber Sie könnten zumindest versuchen, sie zu spielen. Dafür bekommen Sie doch Ihre astronomisch hohe Gage, oder? Und obwohl die Pistole nur mit Platzpatronen geladen ist, können Sie doch – verdammt noch mal! – so tun, als würden Sie abgeknallt, und wie tot zu Boden fallen. Noch mal die Aufnahme! Und hören Sie jetzt gut zu. Kansas-Kid stößt die grünen Flügeltüren zum Saloon auf. Sie wirbeln blitzschnell herum, aber genau dann, als Sie kurzen Prozeß mit ihm machen wollen, den ruchlos Geächteten niederknallen wollen, was passiert da? Er reißt Ihnen den Revolver aus der Hand, zielt und schießt – und Sie fallen um, wobei Sie Ihre Hand ans Herz führen, und zwar derart, daß man ein beachtlich großes Stück Ihres wohlgeformten üppigen Busens unter der ausgeschnittenen Seidenbluse sehen kann. Ist das denn so schwer? Sie wissen doch hoffentlich, wo das Herz sitzt? Linke Seite, gerade unter dem Rumpudding. Also noch mal. Szene 213. Kamera! Aufnahme! Jetzt!«

»Stop! Nein, nein, nein! Das geht nicht, liebe Miss Silverstar. Einfach unmöglich. Sie fallen ja nicht um. Sie setzen sich. Mehr Platzpatronen, Steve. Noch mal!«

»Stop! Liebste Miss Silverstar, diesmal fallen Sie viel zu früh. Kansas-Kid hat doch überhaupt noch nicht geschossen. Sie hörten den Mann mit der Klappe. Sie müssen sich allmählich an das Geräusch der Klappe gewöhnen. Also, hören Sie – Kansas-Kid muß erst schießen, und dann fallen Sie. Sie müssen doch selbst begreifen, daß es nicht umgekehrt geht. Das kann doch nicht so himmelschreiend schwer sein. Was? Szene 213! Kamera! Aufnahme! Jetzt!«

»Ach du lieber Gott. Stop! Das ist das Dümmste, was ich bisher in meinen dreißig Jahren als Regisseur gesehen habe. Wir verschleudern sämtliche Platzpatronen, die in ganz Hollywood aufzutreiben sind, um diesen lächerlichen Fetzen Film zu drehen. Das ist ja zum Verzweifeln. Sie setzen sich ja hin, liebe Miss Silverstar. Sie sollen fallen – etwas dramatisch – so, hier. Sehen Sie mir zu: jetzt falle ich. Haben Sie es gesehen? Ich verstehe was vom Umfallen. Ich versichere Ihnen, es gibt keinen einzigen Menschen hier im Studio, der nicht eine so elementare Sache durchführen kann: umfallen, als ob man erschossen wäre. Fallen Sie um, Frankie! Fallen Sie um, Larry! Und Sie, Mrs. O'Connors, fallen Sie um! Sehen Sie, alle können das. Mehr Platzpatronen, Steve! Also probieren wir jetzt zum 117. Mal, diese verdammte Szene in den Kasten zu kriegen.«

»Nein, nein, nein! Stop! Nach hinten fallen. Menschenskind, nicht nach vorn! Wie kommen Sie denn plötzlich auf die verrückte Idee, nach vorn zu fallen anstatt nach hinten, liebste Miss Silverstar. Sie fallen ja direkt in die Kamera ... mit vollem *close-up* von Rumpudding und allem Drum und Dran. Okay, schon möglich, Sie fallen etwas unbequem, aber wir können doch nicht mitten in den Saloon eine weiche Schaumgummimatte legen, das würde die ganze Wirkung kaputtmachen. Und wir wollen ja nicht gerade eine Dick-und-Doof-Klamotte, oder? Obwohl ich allmählich glaube, wir bewegen uns auf dieses Genre zu. Wollen wir es noch einmal versuchen? Noch mehr Platzpatronen, Steve. Und stoßen Sie einen kleinen Schrei aus, wenn Sie Ihre Hand an den Rumpudding führen und nach hinten fallen. Kamera! Aufnahme! Jetzt!«

»Halt! Stop! Sie sollten schreien, liebste Miss Silverstar, nicht gackern wie eine aufgescheuchte Henne oder wiehern wie ein kranker Gaul. Wenn es das nächste Mal nicht klappt, dann kann ich Ihnen versichern, daß es Ihnen in Zukunft erspart bleibt, mit mir zusammenzuarbeiten – ich wechsle dann in eine andere Branche über. Ich will mich doch nicht lächerlich machen, liebe Miss Silverstar, nicht mal Ihnen gegenüber. Steve, noch mehr Platzpatronen, und das möglichst schnell. Langsam reißt mir die Geduld. Jetzt noch einmal – zum allerletzten Mal. Szene 213. Kamera! Aufnahme! Jetzt!«

»Bravo! Das lief ja phantastisch, einwandfrei, wie nach dem Lehrbuch. Einfach phänomenal gut, geliebte süße Miss Silverstar! Das wird die beste Saloon-Szene in der Geschichte des Westernfilms. Sie haben es genauso gemacht, wie ich es mir vorgestellt hatte. Erst riß Ihnen Kansas-Kid den Revolver aus der Hand, dann wichen alle Saloon-Huren auf die Treppe zurück, er schoß. Sie schrien. Sie führten Ihre Hand an den Rumpudding und dann fielen Sie. Genau in der geplanten Reihenfolge. Ich bin sicher, die Szene 213 ist im Kasten, die brauchen wir nicht noch mal zu drehen. Reif für einen Oscar! Na, dann dürfen Sie gern aufstehen, Miss Silverstar, wir machen jetzt zwei Stunden Mittagspause. – Ich sagte. Sie können aufstehen, Miss Silverstar! Was, um Gottes willen ... Steve! Steve! Mensch, haben Sie das nicht begriffen, ich sagte Platzpatronen!«

Der Fremde, der aus der Kälte kam ...

WO IST DAS TELEFON?

Harry warf einen Blick auf die elektrische Uhr über der Musikbox. Es war fast Mitternacht. Noch eine Stunde, dann konnte er schließen. Eigentlich hätte er jetzt schon Feierabend machen können. Gäste waren keine da, und um diese Zeit und bei diesem Wetter waren auch keine mehr zu erwarten. Das Motel war abgelegen, und die wenigen Gäste, die heute hier übernachteten, hatten sich längst zurückgezogen.

Er trocknete die letzten Gläser ab und stellte sie auf das Bord hinter dem Tresen. Dann sah er aus dem Fenster in den kalten Regen hinaus, der gegen die Scheiben trommelte. Ein bißchen unheimlich war es schon, hier so mutterseelenallein zu sein.

Er hatte eben erst von einem entflohenen Sträfling gelesen, der eiskalt einen Tankwart niedergeschossen hatte und dessen Fluchtweg in Harrys Richtung wies. Man konnte nie wissen ...

Doch da öffnete sich die Tür, und Harry konnte seinen trüben Gedankengang nicht weiterspinnen. Ein kleiner, gedrungener Mann mit Stoppelbart, den schwarzen Filzhut tief in die Stirn gezogen, kam aus der Kälte herein. Er schüttelte die Regentropfen ab und trat, sich nervös nach allen Seiten umblickend, an den Tresen. Er bestellte einen Whisky.

»Sind Sie allein?« Beim Ton seiner Stimme überlief es Harry kalt.

»Ich? Nein, wir, wir sind zu dritt. Die anderen beiden kommen gleich wieder«, schwindelte er.

»Wo ist das Telefon?«

Harry deutete auf die Telefonzelle in der Ecke. Der Fremde setzte sich an einen Tisch neben der Musikbox und drehte seinen Stuhl so, daß er den Eingang im Auge behalten konnte. Er drückte eine Zigarette aus, die er soeben angezündet hatte, zündete sich eine neue an, nahm einen Zug und drückte sie wieder aus. Harry griff sich möglichst unauffällig die Zeitung und blätterte so lange, bis er eine Beschreibung des entflohenen Tankwartmörders gefunden hatte. Kräftig gebaut, dunkelhaarig, klein, khakifarbener Mantel, dunkler Filzhut. Die Beschreibung paßte bis in alle Einzelheiten. Harry merkte, wie ihm das Blut zu Kopf stieg, und sein Herz klopfte so laut, daß er meinte, man müsse es hören. Was sollte er tun? Hilfe holen? Aber wie? Das Telefon ... Er sah auf ... und merkte, daß der Fremde ihn scharf beobachtete, als habe er Harrys Absicht erraten.

»Noch einen Whisky, Mister, einen Doppelten. Und was zu rauchen.«

Harry beeilte sich, die Bestellung auszuführen. Dann

nahm er seinen ganzen Mut zusammen und ging zur Telefonzelle hinüber. Er legte die Hand auf die Klinke.

»Hände weg vom Telefon«, fuhr der Fremde ihn an. »Ich erwarte einen Anruf.«

Harry sah, daß der Fremde die rechte Hand in die Tasche seines khakifarbenen Mantels gesteckt hatte. Von seiner nicht unbeträchtlichen Kenntnis einschlägiger Krimis her wußte er nur zu gut, was das bedeutete. Sein Leben war ihm viel zu kostbar, um sich in Dinge einzumischen, die ihn nichts angingen. Eilig begab er sich wieder hinter den Tresen.

Der Fremde stand auf und begann erregt im Gastraum hin und her zu laufen. Er warf ein Geldstück in die Musikbox. Lauter Beat fetzte durch den Raum. Er stellte den Apparat wieder ab, trat seine Zigarette aus, ging zur Tür, öffnete sie einen Spaltbreit und sah in die Dunkelheit hinaus. Dann nahm er sein Glas, ging damit zum Tresen und knallte es auf die Theke.

»Noch einmal dasselbe«, forderte er.

Harry griff nach der Flasche.

»Trostloser Schuppen hier«, knurrte der Fremde und griff nach der Zeitung mit dem Artikel über den Tankstellenmord. Er überflog ihn, dann fragte er in einem Ton, der Harry durch Mark und Bein ging:

»Was würden Sie machen, Mister, wenn so ein Typ plötzlich hier auftauchen, Ihnen eine Kanone an die Birne halten und Bares verlangen würde?«

Harry brachte kein Wort heraus. Er wurde sechs Zentimeter kleiner und mußte sich Mühe geben, damit beim Einschenken nicht alles danebenging. Der Fremde packte ihn am Kragen und zog sein Gesicht zu sich heran.

»Ein großer Redner scheinen Sie nicht zu sein. Ich hab' Sie gefragt, was ...« Aber weiter kam er nicht. Das Telefon läutete. Mit einem Satz war er in der Zelle und hatte die Tür hinter sich zugeschlagen. Er führte ein kurzes Gespräch. Als er wieder herauskam, war auf seinem stoppeligen Gesicht die Sonne aufgegangen.

»Die nächste Runde geht an mich«, sagte er glücklich. »Das war das Krankenhaus. Es ist ein Sohn. Ich bin vom Morddezernat. Wir jagen den Tankstellenmörder, und der Chef wird sauer sein, wenn er erfährt, daß ich hier Station gemacht habe. Aber ich hatte hinterlassen, daß ich heute abend zwischen elf und zwölf in Ihrem Motel sein würde, dort würde mich eine Nachricht erreichen. Ein Sohn, Mister. Achteinhalb Pfund, ein strammer Kerl. Es ist das sechste Mal daß ich Vater werde, meine ich. Aber an so was gewöhnt man sich einfach nicht. Ich bin jedesmal total mit den Nerven runter.«

Die Filiztekin-Fünflinge aus Farhanlioglu

Der Leser hat sicher schon mehr als einmal von den Filiztekin-Fünflingen aus Farhanlioglu gehört, aber hat er auch Einzelheiten darüber erfahren, was sich während der Geburt abgespielt hat?

Der junge Bauer Ugur Filiztekin aus dem spärlich bevölkerten Gebiet jenseits der Alacehöyük-Berge war seit kurzem verheiratet und hatte nicht gezögert, seine hübsche, blutjunge Frau Evrima nach allen Regeln der Kunst tüchtig zu schwängern.

Bald wölbte sich ihre Schürze, und als sich der Zeitpunkt der Niederkunft nicht länger hinausschieben ließ, entschied Ugurs Mutter, es sei höchste Zeit, einen reitenden Boten nach dem Arzt in Doğubayazit zu senden, einem Städtchen am Fuße des Berges Arat, wo Noah bekanntlich seine Ziegen und Schafe an Land getrieben hatte, und was er sonst noch an Viehzeug in seiner Arche mitgenommen hatte, damit sie sich vermehren konnten, genauso, wie es Evrima bei ihrer Heirat zu tun entschlossen war.

Ugur sattelte seine kleine, schnelle Mura-Stute, und dann ging es im Galopp über Stock und Stein m Richtung Ararat. Erst spät m der Nacht kam er mit dem Doktor zurück – keinen Augenblick zu früh, denn das Fruchtwasser lief schon, und Evrimas Schwiegermutter hatte bereits vorsorglich einen mit heißem Wasser auf dem Herd bereitgestellt. Ahmet, Ugurs Vater, hielt eine Stallfunzel über den Bauch der werdenden Mutter, damit der Arzt genau sehen konnte, was sich dort unten abspielte. Und dann war das Kind auch schon da, und Ugur nahm mit Kennerblick davon Notiz, daß es sich um einen Knaben handelte; damit war er auch vollkommen einverstanden.

Kurz darauf kam das zweite Kind: noch ein Junge! Ugur schwebte im siebten Himmel.

Aber schon bald darauf zwängte sich noch ein Mädchen auf die Welt, und nun begannen erste Schweißperlen von Ugurs Stirn zu tropfen. Das ging jetzt über alle Erwartung; mehr ließ sich von einer Geburt nicht befürchten. Und der Schrei der soeben angekommenen jungen Dame ließ darauf schließen, daß sie besonders lebenstüchtig zu werden versprach.

Der alte Ahmet hielt unbeirrt seine Stallfunzel über Evrimas gespreizte Beine und drehte die Flamme etwas höher, damit der Arzt in der dunklen Stube besser mitzählen konnte.

Und dann – tatsächlich! Man mag es glauben oder nicht – mit einem zornigen Gebrüll erschien das zweite Mädchen. Jetzt begann Ugur noch bedenklicher dreinzuschauen. Von nun an war er vollauf damit beschäftigt, sich die Schweißbäche vom Gesicht zu wischen. Er hatte kaum noch Zeit, ein großes Glas mit Raki, dem berühmten türkischen Branntwein, in sich hineinzuschütten, als der Arzt der jungen Frau schon`zum fünften Mal behilflich sein mußte, weil ein weiterer Erdenbürger mit Gewalt seinen Einzug in diese beste aller Welten ertrotzte. Ugur war am Ende, er konnte nicht mehr und wurde hysterisch. Er taumelte kreuz und quer durch das Zimmer und schrie den alten Ahmet mit Donnerstimme verzweifelt an: »Vater! Knips endlich deine verdammte Funzel aus, sonst werden noch weitere Kinder von dem Licht angelockt!«

Die verschwundene
Safari-Gesellschaft

Unter wilden Tieren und schwarzen Kriegern in der grünen Hölle des äquatorialen Urwalds

Lord Ronald Wharncliffe, Oberst Fitz Gower und Sir Edwin Kingstown, sämtlich Mitglieder der Königlich-Geographischen Gesellschaft in London, zogen im Frühjahr 1938 auf Safari tief ins Innere des Massai-Reservates, nachdem sie die erforderliche Genehmigung beim Distriktskommissar in Narok eingeholt hatten. Einige Monate später kehrten ihre Boys nach Narok zurück. Sie erreichten, bei dem Distriktskommissar Major Sullivan, vorgelassen zu werden. Ihre Bwanas seien verschwunden, behaupteten sie.

»Habt ihr sie gefressen?« fragte der Major skeptisch.

»Apana! Apana!« versicherten die Massai. Sie äßen nur Bananen und Posho.

»Dann werden sie auch wieder auftauchen«, entschied der Major, während er langsam eine Tsetsefliege zerdrückte, indem er ihren Rücken mit dem Rand eines Whiskyglases zerquetschte.

Ein halbes Jahr später erkundigte sich das Coryndon-Memorial-Museum in Nairobi, dem Lord Wharncliffe einen Ersatz für ein schlecht präpariertes Oribi-Exemplar zugesagt hatte, das von den Motten im Museum aufgefressen worden war, bei dem Distriktkommissar in Narok, ob er wisse, inwieweit Lord Wharncliffes Bemühungen, ein brauchbares Exemplar dieser recht seltenen Antilopenart zu beschaffen, Erfolg gehabt hätten und ob man mit der Rückkehr des Lords und seiner Begleiter nach Nairobi rechnen könne.

Major Sullivan konnte nur erklären, daß Lord Whamcliffes Safari verschwunden sei. Ihre Boys waren ihnen über die Ruwenzori-Berge bis zum Ututi-Dschungel südlich des Tana River gefolgt. Wo sie anschließend abgeblieben waren, wußte er nicht. Wäre es deshalb nicht vielleicht ratsam, eine Expedition loszuschicken, um sie zu suchen?, wollte der Herr vom Museum wissen. Der Major war nicht der Ansicht, daß es der Mühe wert sei. Aller Wahrscheinlichkeit nach hatten sich die Hyänen schon der längst entseelten Körper in angemessener Weise angenommen.

Der Major fluchte still vor sich hin. Einer seiner verdammten Massai, Kezeroni hieß er, hatte ihm gerade eine halbe Flasche Whisky gestohlen, den Inhalt der Flasche in sich hineingeschüttet und sich betrunken in den Dschungel aufgemacht, um dort mit bloßen Fäusten ein breithorniges wildes Mbogo zu fangen und ihm den Hals umzudrehen.

I.
Ein Fehlschuß

Fünfundzwanzig Jahre, nachdem Major Sullivans Boy, der diebische Massai Kezeroni, von einem tonnenschweren fauchenden Büffel in der nächsten Umgebung von Narok aufgespießt worden war, kämpfte ich mich an der Spitze einer Expedition, die sich zur Aufgabe gemacht hatte, das Schicksal von Lord Wharncliffes Safari zu erforschen, durch den Dschungel längs des Uturi-Stromes in der Nähe von Kabogori und Mukangi. Außer mir bestand die Expedition aus einem langen, hageren Belgier namens Jan van Duys, der früher zur Regierungsstation in Beni gehört hatte, dem Zeltboy Juma, dem Koch Kadongo, fünf oder sechs Trägern und drei großen Massai: unseren zuverlässigen Büchsenträgern Mwanga, N'dagara und Kawali, deren schwarze Körper glänzten.

Wochenlang waren wir unter grünen Blätterdächern durch den großen, drückenden Äquatorialurwald gewandert, den die Sonne niemals durchdrang. Wir hatten uns über die unendlichen Steppen von Utukukuku geschleppt, in denen wir riesige Herden von Impalas und Gazellen gesehen hatten. Hin und wieder hatten wir einen Wasserbüffel oder eine Antilope geschossen, damit Kadongo etwas Fleisch für seine Kochtöpfe bekam. Wir waren breitnasigen, plattfüßigen Waccoma-Negern und muskulösen, gutgebauten Kikuyus begegnet. Aber von Lord Wharncliffes Safari sahen wir nirgends auch nur die kleinste Spur, und fragten wir in den Dörfern, durch die wir kamen, so schüttelte man nur die Köpfe mit einem »Aga-Aga!«. Niemand konnte uns helfen. »Shuirie mazunga!«

»Sieh nur, Bwana! Ein Machan!« rief Mwanga eines Tages, gerade als wir den Uturi bei Babusesse in der Nähe der Abunguma-Berge überquert hatten, und griff nach meinem Arm, während er gleichzeitig auf die Spitze eines hohen Affenbrotbaumes vor uns deutete. Ich blieb stehen. Oben im Baum konnte man in der Tat einen recht großen Machan sehen, und davor stand ein kleiner, magerer Mann in weißer Tropenkleidung mit einer Doppelbüchse in den Händen. Er sah traurig und erschrocken aus.

»Vorsicht!« rief er uns zu. »Osa ist mit ihrer Büchse unterwegs, volle Deckung!«

Aber seine Warnung kam zu spät. Ein Schuß knallte, und eine Kugel sauste um Zollbreite an van Duys Tropenhelm vorbei.

»Osa! Um Himmels willen, hör auf!« schrie der kleine Mann verzweifelt, während er seine Flinte absetzte und sich unglücklich die Hände rieb.

Eine hübsche junge Frau in einer langen Khakihose, Moskitostiefeln, Khakihemd und einem drei Nummern zu großen Tropenhelm trat lächelnd aus dem Unterholz.

»Ich hatte auf einen riesigen Löwen gezielt«, sagte sie stolz.

»Der Löwe war ich«, bemerkte van Duys trocken.

Es stellte sich heraus, daß die schöne Löwenjägerin mit dem kleinen, nervösen Mann verheiratet war. Es handelte sich um einen amerikanischen Ölmagnaten namens George Linton. Es war die erste Safari des Ehepaares. Der Gedanke dazu stammte von Osa. Sie hatte einen Safarifilm gesehen und anschließend energisch darauf bestanden, an einer einwöchigen Gesellschaftssafari teilzunehmen. Von Nairobi aus hatte man Tanganjika, Kenia und Uganda durchquert und gehofft, Löwen zu begegnen, aber es hatte sich herausgestellt, daß die Safari von dem Reisebüro ziemlich nachlässig organisiert worden war, so daß man noch keinem einzigen König der Tiere auf Schußweite nahe gekommen war.

»Wo sind Ihre Boys?« erkundigte ich mich.

»Osa hat einem von ihnen ein Ohr abgeschossen, und da haben sich die anderen dünnegemacht.«

Mr. Linton fragte, ob er und Osa sich uns anschließen dürften. Ich stimmte zu und gab unseren Boys ein Zeichen, daß wir weitermarschieren könnten. Ein paar von ihnen mußten vor uns hergehen und mit ihren Pangas den Weg für uns durch die fast undurchdringliche Wildnis bahnen.

II.
Begegnung im Dschungel – Simba – Ein mißlungener Sprung

Plötzlich drang ein merkwürdiges Geräusch an meine Ohren.

»Dschungeltrommeln?« fragte ich Mwanga.

Er preßte sein Ohr auf die Erde und lauschte. »Apana, Bwana!« sagte er und schüttelte den Kopf.

»Dschungeljeep mit klappernden Kotflügeln.«

Mwanga behielt recht. Einen Augenblick später tauchte ein weißer Mann mit einem klappernden Jeep vor uns auf. Der Jeep war mit etwas beladen, das wie große Pakete Sicherheitsgurte aussah.

»Ich habe mich leider verfahren«, rief der Mann im Jeep. »Ich bin Vertreter von General Motors, Arthur Ginsberg heiße ich. Ich bin auf dem Weg zu unserer Filiale in Mombasa.«

»Wenn Sie nördlich um Victoria Nyanza herumfahren,

sind es noch etwa 1200 km, und 800 km weniger, wenn Sie die südliche Route wählen.«

Das Gesicht des Mannes im Jeep klärte sich auf.

»Gott sei Dank!« sagte er. »Dann komme ich jetzt auf den richtigen Weg. Ich bin schon von Leopoldville unterwegs.«

Ich betrachtete seine Sicherheitsgurte etwas eingehender.

»Ist es nicht eine ziemlich hoffnungslose Aufgabe, diese Dinger in Afrika zu verkaufen? Es gibt hierzulande doch nur ganz wenige Autos.«

»O nein«, lächelte Ginsberg, »die verkaufe ich wie warme Semmeln. Ich habe einmal an einer Safari in Französisch-Westafrika teilgenommen, und dort fiel mir auf, daß fast alle Negerfrauen ihre Kleinkinder in einer Art Sack auf dem Rücken tragen. Wenn sie dann zum Fluß hinuntergingen, um ihre Wäsche zu waschen, beugten sie sich dabei natürlich kopfüber vor, und die Babys fielen aus den Säcken in den Fluß und ertranken oder wurden von Krokodilen gefressen. So etwas kann nicht mehr passieren, wenn man General-Motors-Sicherheitsgurte verwendet.«

Ginsberg ließ seinen klappernden Jeep an und verschwand in einer Staubwolke in Richtung Mombasa. Ich gab das Zeichen zum Aufbruch. Kaum hatten wir uns in Bewegung gesetzt, als Mwanga mich am Arm packte. »Simba!« rief er aufgeregt.

Ich blieb stehen und sah einen Steinwurf weit entfernt im Unterholz das Prachtexemplar eines jungen Löwen. Die meisten anderen Jäger hätten das Tier mit einem Schuß zwischen die Augen erledigt, aber zu der Sorte gehörte ich nicht. Ich habe immer Wert darauf gelegt, daß auch Tiere eine reelle Chance bekommen, deshalb winkte ich den Löwen heran. Da er sich nicht vom Fleck rührte, ging ich vorsichtig näher, legte meine Büchse an die Wange und schoß. Die Kugel schlug in einen Rhizinusbaum hinter dem Löwen ein. Ich legte erneut an, aber in derselben Sekunde sprang der Löwe und landete ein gutes Stück hinter mir. Ein Siebenmetersprung hätte genügt, und von mir wäre nur ein Beefsteak mit Tropenhelm übriggeblieben. Der Löwe brüllte enttäuscht und schlich beschämt davon.

Fluchend gab ich den Befehl, ein Nachtlager zu errichten. Van Duys amüsierte sich über mein Mißgeschick. Ich war wütend, nicht zuletzt deshalb, weil ich den Spott in Osas grünen Augen gesehen hatte.

An diesem Abend ging ich zu Bett, ohne etwas gegessen zu haben. Am nächsten Tag übte ich den ganzen Vormittag hinter meinem Zelt das Schießen auf kurze Distanz.

»Das nächste Mal willst du ihn wohl erwischen?« fragte van Duys grinsend.

»Darauf kannst du dich verlassen!« knurrte ich. »Es war das erste und letzte Mal, daß ich auf sieben Meter vorbeigeschossen habe.«

Am Nachmittag setzte ich meine Schießübungen fort, bis Mwangaˇ der meine Tätigkeit aufmerksam verfolgte, zu mir trat und sagte: »Hörst du den Lärm drüben in den Donga, Bwana?«

»Ja«, nickte ich, verblüfft darüber, daß auch Mwanga etwas gehört hatte.

»So geht es nun schon den ganzen Tag. Wenn ich nur wüßte, was das zu bedeuten hat! Wir wollen hinschleichen und sehen, was eigentlich los ist.«

Mit Mwanga an der Spitze, näherten wir uns in Begleitung von van Duys der Donga, und bald war das`Rätsel gelöst: Im Schatten einiger Affenbrotbäume übte der Löwe Siebenmetersprünge.

III.
Unter Pygmäen – Eine Handvoll Salz – Schwarzer Schwindel

Hastig gab ich den Befehl zum Aufbruch. Kurz vor Anbruch der Dunkelheit erreichten wir ein kleines Pygmäendorf. Die kleinen braunen Batwa-Pygmäen hielten sich in angemessenem Abstand von uns. Es war offensichtlich, daß sie Angst vor uns hatten, und erst nachdem ich ihnen auf Suaheli klargemacht hatte, daß wir ihnen nichts zuleide tun wollten, wurden sie zutraulicher, und einer der Ältesten näherte sich mit ausgestreckter Hand.

»Appa matanja«, bettelte er und sah mich bittend an. Ich antwortete, daß er eine Handvoll Salz bekommen würde, wenn er uns zu einem ordentlichen Abendessen verhülfe. Der kleine Mann, N'gombi hieß er, nahm seinen Bogen mit den wehenden Büscheln von Kulubushaut und ein Bündel Pfeile mit an der Spitze vergifteten Blasrohren und verschwand mit einem breiten Grinsen im Dschungel. Ich wußte, daß er erst zurückkommen würde, wenn er ein Stück Wild erlegt hatte, um das versprochene Salz zu bekommen. Salz ist die edelste Delikatesse bei den Pygmäen, und sollte es sich um eine besonders wertvolle Beute handeln, so würde ich ihm mehr davon geben als nur eine Handvoll.

Eine Stunde später, als wir unseren Boys ihr Posho ausgehändigt hatten, kehrte N'gombi zurück. Er zog einen jungen toten Elefanten hinter sich her, hatte sich den Rüssel über die Schulter gelegt und schleppte das große Tier mit kurzen, energischen Rucks hinter sich drein. Der Schweiß lief ihm von der Stirn, aber er lächelte dennoch, als er schließlich mit seiner imponierenden Beute an dem Platz ankam, wo wir unser Lager aufgeschlagen hatten.

»Ubalta, Bwana«, sagte er atemlos und streckte die Hand nach dem Salz aus. Ich befahl Mwanga, ihm zwei Handvoll Salz zu überreichen. Als das die anderen Pygmäen sahen, verschwanden sie wie ausgeblasene Lichter im Dschungel. Eine halbe Stunde später kam jeder mit einem Elefanten im Schlepp zurückgekeucht.

»Zur Hölle damit!« fluchte ich laut auf Suaheli. »Hört jetzt auf damit! Keine weiteren Elefanten! M'ne ekos zunga!«

Als wir uns an jenem Abend zur Ruhe legten, konnten wir sozusagen keine Hand mehr vor Augen sehen – nur noch Elefanten. Das Lager war von Elefanten verstopft, und die kleinen, naseweisen Batwa-Pygmäen schafften immer neue heran, bis sie merkten, daß wir kein Salz mehr hatten. Da endlich gaben sie es auf.

In dieser Nacht schliefen wir unruhig. Mr. Linton machte kein Auge zu. Einer der Pygmäen hatte ihn um Dawa gebeten, eine Medizin, wie er behauptete. Wenn die Schwarzen Medizin meinen, denken sie an Alkohol, und der Amerikaner hatte ihm eine halbe Flasche Whisky zugesteckt. Als Gegengabe hatte der kleine durstige Pygmäe dem Ölmagnaten etwas Bananenbier überlassen, das er ihm in einem ausgehöhlten Baumstamm brachte, und diese Flüssigkeit hatte den Amerikaner sinnlos betrunken gemacht. Auch van Duys konnte keine Ruhe finden. Er war von Dudus gestochen worden.

»Hör doch nur!« rief er plötzlich und richtete sich halb auf. »Was ist das für ein merkwürdiges Geräusch?«

Ich lauschte. Ich hörte eine Hyäne lachen, einen Schakal japjap machen und die merkwürdig heiseren Honk-honk-Laute eines Gnus. Sonst nichts.

»Hörst du wirklich nichts? Das Geräusch kommt mir so bekannt vor. Still!«

Ich lauschte erneut. Nun drang ein fernes Brummen

an meine Ohren, ein Laut, der an einen klappernden Dschungeljeep erinnerte.

»Armer Ginsberg!« Ich lächelte matt.

Mitten in der Nacht fuhr ich von einem furchtbaren Krach vor meinem Zelt zusammen. Ich krabbelte hinaus, um zu sehen, was geschehen war. Die Elefanten machten sich auf den Weg zur Wasserstelle.

Osa kam aus ihrem Zelt.

»Ich glaubte, die Elefanten seien tot«, meinte sie gähnend.

»Kein Gedanke!« erwiderte ich. »Das ist ein abgekartetes Spiel zwischen ihnen und den Pygmäen. Diesen Trick wenden die kleinen schwarzen Kerle jedesmal an, wenn ich mit einer Safari herkomme. Die Schläue der Batwa-Pygmäen kennt keine Grenzen, wenn es sich darum handelt, eine Prise Salz zu bekommen.«

»Ja, aber«, wandte Osa ein, »was bekommen denn die Elefanten dafür?«

»Die Elefanten? Das sind genügsame Tiere, die sind zufrieden, wenn man sie ein bißchen am Ohr krault.«

Osa kam ganz dicht an mich heran.

»So leicht wie ein Elefant bin ich nicht zufrieden«, sagte sie gedämpft und sah mir tief in die Augen.

»Wie soll ich das verstehen?« murmelte ich und trat meinen Zigarettenstummel mit dem Schuhabsatz im Gras aus.

Osa schmiegte sich an mich und legte ihre Hände auf meine nackten Schultern. Ich trug nur eine leichte Pyjamahose.

»Sie sind ein bißchen schwer von Begriff, nicht wahr? Was, glauben Sie, will ich hier in Afrika?«

»Vielleicht wollen Sie einen weißen Jäger umlegen«, riet ich.

»Vielleicht«, lächelte Osa und preßte sich so dicht an

mich, daß der Duft von Chanel No.5 meine Nase kitzelte. Ich fächelte mir mit der Rechten etwas frische Luft zu, aber vergebens.

»Vielleicht sollten wir Ihren Mann in seinem Zelt besuchen und sehen, wie es ihm geht«, schlug ich vor.

»Er ist total betrunken und schläft wie ein Stein, aber *ich* schlafe nicht. Ich bin sehr, sehr wach, aber Sie dürfen sich wahrhaftig nicht einbilden, daß Sie mit mir machen können, wozu Sie Lust haben. Wenn Sie mich anrühren, schreie ich vielleicht.«

»Vielleicht. Vielleicht auch nicht«, sagte ich und drückte sie zärtlich an mich.

»Ohhh ... Tarzan!« flüsterte sie, als ich sie wenig später auf meine Arme hob und entschlossen in ihr Zelt zurückbrachte. Aus dem Unterholz hörte ich das harte Trampeln eines Impalabockes, der eine Hirschkuh jagte. Einige Augenblicke war das tiefe, schwere Keuchen der Tiere zu vernehmen, während sie vorbeistürmten. Dann wurde wieder alles still.

IV.
In der Tiefe des Hopo – Tauschhandel in Usongwa

Früh am Morgen brachen wir auf. Wir waren erst eine halbe Stunde marschiert, als Osa mit einem gezielten Fehlschuß einen unserer Träger niederstreckte. Sie hatte auf einen Wasserbock gezielt, behauptete sie. Mr. Linton rieb sich verzweifelt die Hände.

»Ich ertrage sie nicht länger!« jammerte er. Van Duys tröstete ihn, so gut er konnte.

»Warten Sie nur ab«, sagte er, »früher oder später wird sie von einem Raubtier gefressen, dann haben Sie Ruhe vor ihr.«

Bei diesen Worten klärte sich die Miene des Ölmagnaten auf, und wir setzten unsere Suche nach Lord Wharncliffes verschwundener Safari fort.

»Vorsicht, Bwana! Hopo!«

Es war Mwanga, der mich am Arm gepackt und zurückgehalten hatte. Wenige Schritte vor mir entdeckte ich eine große Fallgrube. Einige Meter weiter, und ich wäre hineingestürzt. Unten hörte man es rumoren. Irgendein großes Tier mußte durch den dünnen Belag von Blättern und Zweigen gestürzt sein, wahrscheinlich ein Nashorn. Auf dem Bauch kroch ich bis an die Kante des Hopos. Unten auf dem Grund der Grube saß ein Mann hinter dem Steuer eines Jeeps und schnarchte dröhnend.

»Hallo, Mr. Ginsberg!« rief ich. »Ich hole Sie wieder heraus.«

Mit vieler Mühe gelang es uns, Ginsberg, seinen Jeep und die vielen Sicherheitsgurte aus der heiklen Lage zu befreien. Als Dank für die Hilfe schenkte er jedem unserer Boys einen Sicherheitsgurt. Dann verabschiedete er sich und setzte seine Fahrt in Richtung Mombasa fort.

Später am Tage schoß Osa mit einem wohlgezielten Fehlschuß meinen Zeltboy Kazamumba von den Beinen. Mr. Linton war tiefverzweifelt. Osa würde es nie lernen, mit einer Büchse umzugehen. Im Laufe der nächsten drei Tage fielen ein paar weitere Boys ihrer Schießwut zum Opfer, und wir beschlossen, ihr künftig nur noch Platzpatronen auszuhändigen. Diese Maßnahme war dringend notwendig geworden, weil unsere Boys wegen des ständigen Beschusses nahe daran waren, zu meutern.

»Eins steht fest«, sagte Mr. Linton verbittert, »von Schießen versteht sie überhaupt nichts. Ich möchte bloß wissen, ob es überhaupt etwas gibt, was sie kann.«

Diese Frage hätte ich exakt beantworten können, aber ich zog es vor zu schweigen. Im übrigen war ich ihrer längst müde geworden, und ich hatte viel Verständnis für Mr. Linton, der sie als Klotz am Bein empfand.

Eines Abends, als wir unser Lager am Rande des Dorfes Usongwa aufgeschlagen hatten, bemerkte van Duys beiläufig:

»Als ich das letzte Mal in dieser Gegend war, bot mir der Häuptling seine hübsche Tochter für zehn Schweine.«

»Wirklich?« flüsterte der Ölmagnat interessiert.

Van Duys verschwieg klugerweise, daß wir jedesmal, wenn wir auf einer Safari nach Usongwa kamen, mit dem Häuptling ein kleines Geschäft machten, indem wir ihm dabei behilflich waren, eine oder zwei seiner heiratsfähigen Töchter unter die Haube zu bringen.

Mr. Linton setzte das Glas mit Bananenbier ab und lehnte sich ein wenig vor.

»Wie sah sie aus?« fragte er.

»Sie war mindestens ebenso hübsch und hatte eine ebenso gute Figur wie die dort«, erwiderte van Duys und deutete auf ein hübsches junges Massaimädchen, das mit wiegenden Hüften an unserem Zelt vorbeikam und eine Kalabash auf ihrem schwarzen Wollschädel trug.

»Donnerwetter!« ächzte der Ölmagnat.

Eine Stunde später suchte Mr. Linton um eine Audienz bei dem alten Dorfhäuptling Seriba Wewarongi nach. Er hatte reiche Gaben mit: sechs Pfund Salz, zwei lose Doppelmanschetten und eine Dose Schuhcreme, die Seriba Wewarongi stehenden Fußes verspeiste.

Etwas später wurden die jungen Töchter des Häuptlings in die Hütte gerufen. Zwischen dem Ölmagnaten und dem Häuptling kam es zu einem angeregten Gespräch. Mr. Linton radebrachte so gut Suaheli, wie er vermochte.

»Was tun die beiden eigentlich da drinnen?« fragte Osa, die die lautstarke Auseinandersetzung bis in ihr Zelt hören konnte.

»Nichts Besonderes«, erwiderte van Duys und schlenderte zur Hütte des Häuptlings. In diesem Augenblick erschien Mr. Linton.

»Nun, habt ihr euch geeinigt?« fragte der Belgier mit einem schelmischen Augenzwinkern.

Mr. Linton knurrte ärgerlich: »Nein!«

Am nächsten Morgen ging er wieder in die Hütte des Häuptlings. Sie diskutierten den ganzen Tag, ohne zu einer Einigung zu kommen.

»Er ist ein zäher Bursche, dieser schwarze Satan«, sagte der Amerikaner, als er am Abend unser Zelt betrat, »aber ich werde ihn schon noch weichkriegen. Gegenwärtig trennen uns nur noch drei Schweine.«

Am folgenden Tag wurde der Handel perfekt. Schon früh am Morgen hatte Mr. Linton den Häuptling aufgesucht, und gegen Mittag kam er glänzender Laune zum Lager zurück und trieb zehn schwarzbunte Schweine vor sich her. Zur selben Zeit waren einige von Seriba Wewarongis schwarzen Kriegern in Osas Zelt eingedrungen, hatten sie über ihre starken Schultern geworfen und sie zu ihrem Kral geschleppt.

»George!« schrie sie und strampelte wild, um sich zu befreien.

»George! George!«

Mr. Linton sah ihr nach und zuckte die Schultern.

»Geschäft ist Geschäft«, sagte er und scheuchte die Schwarzbunten hinüber zu unserem Küchenzelt.

Abends gab es knusprig gebratene Ferkel als Festessen. Ich ahne nicht, was Seriba Wewarongi als Gegenleistung bekommen hat. Ich weiß nur, daß es dem weißen Mann ein weiteres Mal gelungen war, den Schwarzen gründlich übers Ohr zu hauen.

Am nächsten Morgen zogen wir weiter zum River Tana.

V.
Unsere letzte Begegnung
mit Ginsberg – Mwangas Geheimnis

Wir hatten unser Lager bei Uhaiyana in der Nähe des Nsongiflusses bei dem kleinen Dorf Karamuli aufgeschlagen, als unsere Boys mit einem gefesselten Löwen herangekeucht kamen, den sie in einem Hopo gefangen hatten. Er wurde umgehend getötet, und man trank eimerweise warmes Löwenblut. Das sollte gut sein für die Fortpflanzungsfähigkeit. Ich trank ein Glas mit, während die Trommeln geschlagen wurden.

»Simba gefangen! Simba tot!«

N'dagara schlitzte ihn auf. Aus seinem Bauch kullerten ein zusammengedrückter Tropenhelm, ein Brillengestell und die Reste von Sicherheitsgurten.

»Armer Ginsberg! Armer Teufel!« murmelte ich leise.

Dann wurde meine Aufmerksamkeit durch Mwanga abgelenkt, der im Schneidersitz vor unserem Zeit saß und seine Büchse reinigte. Die Sonne ließ seinen braunen Rücken glänzen. Wie die meisten Massai hatte er seinen Körper mit einer Mischung aus Butter, Ziegentalg und roter Erde eingerieben.

»Wie er wohl aussehen würde, wenn er sich einmal waschen würde?« flüsterte ich.

»Ich bin zwanzig Jahre in Afrika, aber ich habe noch nie erlebt, daß sich ein Massai gewaschen hätte«, sagte van Duys. »Das ist auch gar nicht nötig, der Ziegentalg schützt ihn vor Ungeziefer.«

»Soll das heißen, daß man einen Massai nicht dazu überreden kann, sich zu waschen?« fragte Mr. Linton.

»Mwanga!« rief ich. »Möchtest du dir ein Pfund Salz verdienen?«

»Ja, Bwana!« Mwanga strahlte über das ganze Gesicht. Er war Feuer und Flamme.

»Dann hole ein paar Eimer mit Wasser und wasch dich einmal ganz sauber. Wir möchten gern sehen, wie ein Massai aussieht, wenn er sich gewaschen hat.«

Mwangas Lächeln verschwand. Erst als ich den Einsatz auf drei Pfund Salz und eine Handvoll Glaskugeln erhöhte, willigte er ein.

Er holte Wasser, und N'dagara und Kawali begannen, ihn zu scheuern und zu schrubben. Eine Schicht Schmutz, Talg und rote Erde nach der anderen blätterte ab.

»Auch den Kopf!« befahl ich. Die Boys widmeten sich Mwangas schwarzem Gesicht. Er jammerte laut. Jede Andeutung von Schmutz wurde aus seinem Gesicht entfernt, und als der Reinigungsprozeß schließlich vollendet war, kam er zu uns, um seine Belohnung in Empfang zu nehmen. Van Duys packte mich hart am Arm.

»Gütiger Himmel!« murmelte er heiser.

Vor uns stand ein *weißer* Mann.

Einen Augenblick lang war ich außerstande, mich zu rühren. Der Anblick bewegte mich stark, aber dann erhob ich mich schnell, griff nach der Hand des weißen Mannes, schüttelte sie herzlich und murmelte mit gebrochener Stimme:

»Lord Wharncliffe, vermute ich?«

Das Duell

Der Herr von Château Castillon, der Marquis Philippe de Chiffonnière, war von seinen Dienstboten und allen Bewohnern des Departement Loir-et-Cher als das personifizierte Böse gefürchtet. Er hatte ein äußerst streitbares Gemüt, ein aufbrausendes Temperament und war eine Gefahr für alle Frauen, die in seine Nähe kamen. Er lag gerade in einem tiefen, geräuschvollen Schlaf, als sein treuer Diener Jehan die schweren Gobelins von den bleiumrandeten Fenstern des Schlafgemachs zog, um seinen gestrengen Herrn darauf aufmerksam zu machen, daß ein neuer Tag angebrochen und es höchste Zeit war, aus dem Himmelbett zu steigen und sich in die Kleider zu werfen.

»Gnädiger Herr«, verkündete Jehan mit lauter Stimme, wobei er an dem Bettpfosten rüttelte, »der Hahn auf Meister Macons platinverziertem Kupferdach hat soeben zur fünften Stunde gekräht. Es ist Zeit aufzustehen!«

Der Marquis erhob sich schläfrig vom Kopfende seines Bettes und riß die rote wollene Nachtmütze ab. »Bon Dieu!« fluchte er und sprang so hastig aus dem mit einem Baldachin verzierten Bett, daß ein schwerer goldener Kerzenhalter zu Boden fiel. »Schnell, du räudiger Hund!« befahl er. »Meine besten Reisekleider! Ich muß um sechs Uhr vier die Kutsche nach Dover erreichen. Wir haben keine Sekunde zu verlieren. Beeil dich, sonst zerreiße ich dich bei lebendigem Leibe, lasse dich in Teer und Federn rollen, in Eisenketten legen, und dein Jahresgehalt kürze ich um fünf Dukaten.«

In Dover wollte sich der Marquis mit der jungen Lady Chatterlove treffen, und später hatte er ein Rendezvous mit der Gräfin Tournedos im Eau-de-Cologne-Park. Beide Damen hatten dem Marquis ihre Gunst versprochen. Lady Chatterlove war jung und hübsch, aber arm. Die Gräfin Toumedos war steinreich, aber nicht mehr ganz jung und nicht so hübsch, daß es einen aus der Fassung brachte. Die Frage, welche er wählen sollte, hatte er schnell gelöst: Er wollte sie beide erobern, sie später ins Verderben führen und schändlich im Stich lassen.

So war der Marquis de Chiffonnière. Man kann nur hoffen, daß es ihm im Verlauf der Erzählung nicht allzu wohl ergeht, aber warten wir ab.

Vorsichtig näherte sich Jehan seinem strengen Herrn.

»Pack meine Reisetasche, du elendes Kriechtier«, befahl der Marquis, während er versuchte, sein Jabot an der Hemdbrust zu befestigen, »und zieh mir die Stiefel an. Aber schnell, du Wurm, sonst fliegst du in den Wallgraben!«

Jehan zog sich mit tiefen Verbeugungen ein paar Schritte vom Marquis zurück.

»Der Herr Marquis haben wohl nicht vergessen, daß er um fünf Uhr zwanzig im Wald von Bourgogne eine Verabredung mit dem Baron Filet-de-Bœuf haben? Der Herr Marquis haben den Baron zu einem Pistolenduell auf Leben und Tod herausgefordert – in einem seligen Rausch in der vergangenen Nacht, als der Herr Marquis hinter der Gardine eines Schloßfensters mit der Baronesse beschäftigt waren«, keuchte Jehan und holte die Stulpenstiefel hervor.

»Für das Duell mit diesem elenden Hahnrei und Aufschneider habe ich fünf Minuten eingeplant«, fauchte der Marquis. »Wo sind die Hemdknöpfe? Bring sie herbei, oder ich spieße dich auf dem Bettpfosten auf.«

»Wie können der Herr Marquis so sicher sein, daß er die Kutsche um sechs Uhr vier nach Dover schafft?« fragte Jehan respektlos weiter. »Angenommen, die Verabredung mit dem Baron Filet-de-Bœuf geht unglücklich aus ...«

Der Marquis ergriff den schweren goldenen Kerzenhalter und warf ihn nach dem armen Jehan, der sich gerade noch rechtzeitig ducken konnte, so daß der Kerzenhalter eines der bleigefaßten Fenster durchschlug.

»Jetzt lernst du vielleicht, deine heuchlerische Zunge zu zügeln!« brüllte der Marquis, der sich über das verfehlte Geschoß ärgerte. »Wenn meine Reisetasche nicht innerhalb von fünf Sekunden gepackt ist, drehe ich dir siebenmal den Hals um.«

Jehan blinzelte seinen Herrn nervös aus seinen kleinen

wasserblauen Augen an. »Ich kann doch nicht an zwei Stellen zugleich sein«, entfuhr es ihm unbedacht, »ich habe eben die beste Ritterpistole des Herrn Marquis für das Duell präpariert.« Jehan hielt ihm die Pistole auf seinen vorgestreckten Händen entgegen.

»Was, du kannst nicht an zwei Stellen zugleich sein?« wiederholte der Marquis, bebend vor Zorn. »Ich werde dich lehren, an *drei* Stellen zugleich zu sein, hier und da und im Wallgraben.«

Und damit ergriff der Marquis Jehan am Halskragen und schleuderte ihn durch das zerschmetterte Fenster hinunter in den tiefen, mit Entengrütze bedeckten Wallgraben.

Fünf Minuten vergingen, bis Jehan angekrochen kam, naß bis auf die Haut. Er schüttelte sich nach der kalten Dusche und bat wimmernd um Gnade. Ohne ein Wort riß der Marquis die schußbereite Pistole aus Jehans Hand, raste die Schloßtreppe hinunter, schwang sich auf den Sattel des schwarzen Hengstes, den der Stallknecht bereithielt, jagte dem Pferd die Sporen in die Seiten und galoppierte über die Zugbrücke in Richtung des Bourgogner Waldes davon, wo der Baron Filet-de-Bœuf ihn auf einer Lichtung erwartete.

Auch die Gräfin Grand Marnier de Bols, die sich schon seit langem für den steinreichen Marquis interessierte, erwartete ihn. Sie hatte ihre Kutsche mit dem weißen Vierergespann so nahe heranfahren lassen, daß sie das Drama, das auf der Lichtung stattfinden sollte, genau verfolgen konnte. Mit ihrer behandschuhten Rechten winkte sie dem Marquis aufmunternd zu, und mit einem flüchtigen Handkuß gab sie ihm zu verstehen, daß sie ihm gnädig war. Der Marquis beschloß, ihr unmittelbar nach dem Duell seine Aufwartung zu machen. Zu einer schnellen Umarmung in der Kutsche hinter vorgezogenen Gardinen würde die Zeit gerade noch reichen, wenn er das Vorspiel ausließ und keine Sekunde mit unnötigen Variationen verlor.

Der Marquis warf dem Baron Filet-de-Bœuf einen höhnischen Blick zu. »Meine Zeit ist knapp bemessen, Baron«, rief er. »Wohlan, bringen wir die Sache hinter uns, damit ich weiterkomme.«

Die beiden Adligen stellten sich mit dem Rücken gegeneinander auf, und auf ein Zeichen der Sekundanten hin ging jeder zehn Schritte in eine Richtung, dann drehten sie sich schnell um, zogen die Pistolen und schossen.

Der Marquis de Chiffonniere sank tot zu Boden. Die Pistolenkugel des Barons hatte ihn mitten ins Herz getroffen. Die Sekundanten untersuchten die Pistole des Marquis und stellten fest, daß sie überhaupt nicht gezündet hatte.

»Feuchter Zündsatz«, erklärten sie.

Moral: Wirf nie deinen Kammerdiener in den Wallgraben, wenn er etwas in Händen hält, das keine Feuchtigkeit verträgt.

Die treulose Yvonne

Dort, wo der Bach den Wald entlangplätschert und die Grenze zwischen den hohen, schlanken Buchenstämmen und den stillen, ernsten Tannen bildet, saß ein junger Mann hoch oben auf dem Ast einer alten, knorrigen Eiche und hatte sich einen kräftigen Strick um den Hals gelegt. Es war klar ersichtlich, was er beabsichtigte. Er wollte nicht länger leben. Er wollte sich von dieser Welt, der schlechtesten aller Welten, verabschieden.

Das Mädchen, das die Schuld an allem trug, hieß Yvonne. Die beiden hatten sich einige Male getroffen, aber es war ihm einfach nicht gelungen, ihren Erwartungen zu entsprechen. Er hatte, wenn man so sagen darf, seine Büchse immer zu früh abgefeuert, noch ehe er über Kimme und Korn genau gezielt hatte. Bekanntlich passieren solche Dinge allzu eifrigen, aber unerfahrenen Jägern ziemlich häufig. Sie drücken ab, ohne das Wild voll zu treffen. Genug davon ... Yvonne hatte ihn sitzenlassen, hatte einen Nachfolger für ihn gefunden ... sein Leben war zerstört. Die ganze Nacht hindurch war er durch den Wald gelaufen, den Strick in der Hand. Nun wollte er Ernst machen. Vorher wollte er nur noch eine letzte Zigarette zu Ende rauchen, dann würde er vom Ast hinunterspringen.

Nur ein Sprung – und die treulose, allzu anspruchsvolle Yvonne würde sich zu Tode grämen und einsehen, daß er es gewesen war, den sie wirklich geliebt hatte. Zu spät! Sicher würde ihr die Nachricht von seinem tragischen Tod sehr nahegehen, und sie würde dann niemals mehr eine selige Stunde im Bett erleben. Zu spät, auf ewig zu spät!

Und das geschah ihr gerade recht.

Der junge Mann nahm einen tiefen Zug aus seiner Zigarette, dann ein Sprung – und fertig. Schluß mit allem! So leicht war es.

Auf dem Waldboden tummelten sich zwei muntere Elstern. Der junge Mann verfolgte sie mit seinen Blicken, während er an seiner Zigarette sog. Die Elstern waren ziemlich scharf aufeinander, in der Luft spürte man schon den Frühling, und die beiden Vögel hatten offenbar ein erotisches Spiel begonnen. Die haben es gut, dachte der junge Mann. Die haben keinen Herzenskummer und keine sexuellen Probleme, denen würde es jedenfalls nicht einfallen, sich deswegen das Leben zu nehmen.

Sich das Leben nehmen? Wäre das nicht eigentlich eine große Dummheit? Warum, zum Donnerwetter, wollte er sich etwas so Albernes vornehmen? Gab es nicht genug Mädchen auf der weiten Welt? Gab es nicht Tausende von willigen kleinen Küken, ja Millionen, die nichts anderes im Kopf hatten als etwas Erotik im Bett? Konnte er nicht heute abend ausgehen und sich ein neues Mädchen suchen? Ein Mädchen, das ihm die sexuelle Technik beibringen konnte, die ihn lieben würde, die ihm treu ergeben wäre und sich nicht in die Arme eines anderen werfen würde, nur weil es bei den ersten Malen nicht so recht klappen wollte?

Selbstverständlich konnte er ein anderes Mädchen finden! Mädchen gab es genug. Yvonne, dieses kleine, miese Biest, sollte sich bloß nicht einbilden, sie sei die einzige.

Der junge Mann pfiff den Elstern eine Melodie vor. Sie sprangen fast bis an den Fuß der Eiche und ließen sich dort zu einer kleinen Liebeseskapade hinreißen. Der junge Mann drückte die Zigarette auf dem Ast, auf dem er saß, aus. Er wollte die Kippe aufbewahren, bis er die Hauptstraße erreicht hatte, und dann würde er sein Glück als Anhalter versuchen.

Sodann wollte er umgehend versuchen eine neue Freundin zu finden – oder zwei. Er wollte sich ein paar wirklich scharfe Käfer anlachen. Und er würde der langweiligen Yvonne mit ihrem Wackelhintern nicht länger nachtrauern. Von jetzt an sollten Gefühle in seinen Beziehungen zu Mädchen überhaupt keine Rolle mehr spielen. Er würde sie demütigen, und dann würde er es kreuz und quer mit ihnen treiben, und sobald er ihrer überdrüssig wäre, würde er sie fallenlassen wie ein Paar ausrangierte Pantoffeln.

Er würde immer drei bis vier Mädchen gleichzeitig haben. Und wenn er mit der einen im Bett lag, sollten die anderen zu Hause sitzen und vor Verzweiflung und Eifersucht laut heulen wie die Schloßhunde, und ihm selbst wäre dann alles völlig egal. Hart und zynisch würde er sein. Er würde bumsen wie ein Wahnsinniger und sie dann sitzenlassen, sobald er die Nase von ihnen voll hatte.

»Hau ab. Alte«, würde er sagen und neue Mädchen suchen. Ob er Mädchen glücklich oder unglücklich machen würde, was ging es ihn an? Hauptsache er bekam das, was er haben wollte. Nur darauf sollte es ihm ankommen, darauf konnte man sich verlassen. Ja, so würde er von nun an vorgehen: Immer sofort und ohne Umwege direkt aufs Ziel los!

Mit einem munteren, optimistischen und lebensfrohen Pfiff sprang er vom Ast.

Aber in seinem Freudenrausch über all die Mädchen, die er erobern und unglücklich machen wollte, hatte er vergessen, den Strick vom Hals zu nehmen.

Tante Berengaria und der Playboy

Wenn die alte Tante Berengaria eines Tages das Zeitliche segnete, würde ihr Neffe, Playboy und Tunichtgut, Ronald Barclay, ihr gesamtes Vermögen, all ihre weltlichen Güter erben. Zu diesen weltlichen Gütern zählte zuallererst Sparrow Manor, das große alte Herrenhaus in Wales, wo Tante Berengaria seit dem Tod ihres Mannes wohnte. Zur Erbmasse gehörte außerdem – und das fand Ronald Barclay viel interessanter – eine Gemäldesammlung, die etwa eine Million wert war.

Doch Tante Berengaria hatte offenbar nicht die leiseste Absicht, sich von dieser Welt zu verabschieden. Im Gegenteil – sie wurde von Tag zu Tag munterer. Ihr jüngstes Hobby bestand darin, sich mit der großen Sammlung wertvoller Oldtimer zu beschäftigen, die sich auf Sparrow Manor befand. Sie hatte – mit ihrem Neffen am Steuer – mehrere der guten Stücke probegefahren. Wenn

Tante Berengaria abtrat, war die Sammlung eine hübsche Summe wert. Und wenn es etwas gab, was Ronald reizte, dann war es Geld. Bei dem aufwendigen Leben, das er in London führte, rann ihm das Geld nur so durch die Finger. Rund um die Uhr. Und jetzt waren seine Hände leer. Das letzte Pfund der Hinterlassenschaft eines reichen Onkels in Schottland war für hübsche, aber hirnlose Puppen draufgegangen. Er brauchte dringend eine neue Erbschaft – je schneller, desto besser.

Ronald besuchte seine alte Tante häufig, um sich höflich nach ihrem Befinden zu erkundigen.

»Danke der Nachfrage, lieber Junge. Ich fühle mich frischer denn je. Laß uns zu den Kendallklippen fahren und den Sonnenuntergang bewundern. Ich würde gern mal den Daimler mit den Schiebeventilen ausprobieren.«

Ronald ließ den 1926 in Coventry gebauten Daimler aus dem Automuseum rollen und fuhr Tantchen Berengaria mit liebevoller Behutsamkeit zu den Steilklippen, wo sie sich an einem prachtvollen Sonnenuntergang erfreute und hingerissen zusah, wie der feurige Ball langsam im Meer versank.

Inzwischen saß Ronald in dem unbequemen Fahrersitz des alten Daimler und dachte intensiv über die Erbschaftsfrage nach. Wenn man nun Tante Berengaria eine kleine Starthilfe zu ihrer Reise ins Jenseits gab? Daß sie nicht die geringste Absicht hatte, sich in absehbarer Zukunft hinzulegen und eines natürlichen Todes zu sterben, war ihm allzu klar. Aber wenn sie ... wenn sie ... Man hat schließlich schon von Leuten gehört, die der Tod unerwartet daingerafft hat. Infolge eines Autounfalls zum Beispiel. Verkehrsunfälle sind heutzutage nichts Außergewöhnliches. Die Bremsen des alten Daimler waren abgenutzt, sie konnten versagen, und der Wagen würde einfach in den Abrund rollen und das arme Tantchen mitnehmen. Der Wagen hatte etliche Jahrzehnte auf dem Buckel; wenn bei so einem Schlitten das eine oder andere nicht mehr so ganz funktionierte, würde das niemanden wundern. Die Bremsen zum Beispiel! Die Frage war also nur, wie man Tantchen über die Klippen schicken konnte, ohne daß sie selbst Verdacht schöpfte. Festbinden konnte er sie schlecht – oder? In Ronalds hellem jungem Köpfchen begann eine Idee zu reifen. Der Daimler wurde ersatzlos gestrichen. Ihm war etwas Besseres eingefallen.

Als er wenige Tage später das liebe Tantchen erneut besuchte, stand sein Plan fest.

»Wie wär's mit unserer Fahrt zu den Klippen?« fragte er. »Es sieht ganz so aus, als ob wir heute einen besonders prächtigen Sonnenuntergang bekommen.«

Tante Berengaria war nicht abgeneigt.

»Aber nicht in dem Daimler«, sagte sie. »Er hat auf den unbefestigten Wegen so grauenhaft geklappert. Nehmen wir die Essex-Hudson-Limousine oder den Rambler?«

»Wir könnten zur Abwechslung auch mal ganz was anderes probieren. Tantchen. Fahren wir doch in meinem Sportwagen. Wenn wir rechtzeitig zum Sonnenuntergang hinkommen wollen, schaffen wir es in einem der Oldtimer sowieso nicht mehr.«

»Ja, schon ... Aber fährst du auch nicht zu schnell, mein Junge? In deinem Sportwagen, meine ich.«

»Aber nein, bestimmt nicht Tantchen.«

Also half Ronald seinem Tantchen in den Sportwagen, legte ihr den Sicherheitsgurt an und fuhr zu den Kendallklippen. Als sie an die Stelle kamen, wo der schmale Weg auf einem grasbewachsenen Abhang mündete, von wo es siebenhundert Meter in die Tiefe ging, nahm Ronald Gas weg, so daß er rasch in den Leerlauf schalten und der Wagen aus eigener Kraft in den Abgrund rollen konnte. Er hatte bereits unauffällig seinen Sicherheitsgurt gelöst, so daß er blitzschnell herausspringen konnte. Er warf Tante Berengaria einen raschen Blick zu. Sie spielte an der Schnalle ihres Gurts. Jetzt oder nie! dachte er. Jäh warf er das Steuer`herum, so daß der Wagen direkt auf den Abgrund zuschoß, und riß die Tür auf, um hinauszuspringen.

Tante Berengaria stieß einen Schrei aus. Im letzten Augenblick gelang es ihr, den Gurt zu lösen und sich aus dem Wagen zu rollen. Während sie auf dem grasbewachsenen Abhang dahinkollerte, verschwand der Sportwagen mit ihrem Neffen, dem lieben Ronald, in der tödlichen Tiefe.

»Armer, armer Junge«, sagte sie später voller Mitgefühl, wenn die Sprache auf den schrecklichen Unfall kam. »Das furchtbare ist – es war meine Schuld, daß er in den Abgrund stürzte. Kurz vor unserem Ziel hatte ich gesehen, daß sein Sicherheitsgurt sich gelöst hatte. Ich habe ihn wieder festgemacht – und das hat ihn das Leben gekostet. Dabei war er ein so lieber, hilfsbereiter Junge.«

Meiner schwangeren Frau

London sollte man vom oberen Deck eines Busses sehen, meine Herren!«

Diesen Rat hatte schon Königin Victorias Ministerpräsident Lord Gladstone gegeben, als er eine Abordnung amerikanischer Senatoren empfangen mußte.

Auch der junge Norman Cavenagh und seine Freundin Judith aus Birmingham fanden Gefallen an dieser Vorstellung.

Sie entschieden sich dafür, ihre Fahrt am Mansion House zu beginnen, also an jener Stelle, wo sieben bekannte Straßen der Innenstadt aufeinandertreffen, und von dort über High Holborn und Oxford Street zum Hyde Park zu fahren. Unten waren sowieso alle Sitzplätze besetzt, sogar die paar Stehplätze waren vergeben, die nach den englischen Verkehrsvorschriften freibleiben müssen. So kletterten sie hinauf aufs Oberdeck, mußten aber schnell einsehen, daß es oben nicht besser war. Nun war zum Glück Norman aus Birmingham, der zweitgrößten Stadt Englands, nicht auf den Mund gefallen. Er kannte auch keine Hemmungen. Nein, die konnte ihm wirklich keiner nachsagen.

»Verzeihen Sie, meine Damen und Herren«, rief er mit erhobener Stimme. »Wäre wohl jemand von Ihnen bereit, meiner schwangeren Frau einen Sitzplatz zu überlassen?«

Ein älterer Herr erhob sich sofort. Judith sank auf seinen Platz und bedachte den Kavalier mit einem liebenswürdigen und leicht dankbaren Lächeln. Selbst wenn man aus einer Industriestadt mit einem wenig schmeichelharten Ruf kommt, kann man ja trotzdem höflich sein.

Dann fuhr der Doppeldecker los, am Marble Arch vorbei und die Bayswater Road hinunter. Judith kam mit einer etwas fülligen Dame auf dem Platz neben ihr ins Gespräch, und da bekanntlich die meisten Damen ziemlich neugierig sind, erkundigte sie sich, wie lange sie schon schwanger sei.

Judith rief ihren Freund herbei. Er war damit beschäftigt, die richtige Haltestelle herauszufinden, wo sie den Bus verlassen wollten, nämlich bei Kensington Gardens.

»Norman!« rief sie noch einmal. »Diese Dame möchte gern wissen, wie lange ich schon schwanger bin.«

Norman blickte auf seine Armbanduhr und antwortete der korpulenten und reichlich neugierigen Dame mit einem strahlenden Lächeln:

»Ganz genau kann ich es nicht verraten, aber wenn meine Berechnungen stimmen, dürfte sie es seit kurz vor Mitternacht sein!«

Die alte Sophie

Hallo, mein Junge!

Die alte Sophie war eine liebenswerte, kleine, weißhaarige alte Dame um die Achtzig. Von morgens bis abends saß sie in ihrem dunklen, niedrigen Wohnzimmer und lauschte dem Ticken der Uhr an der Wand zwischen Urgroßvaters Pfeifenständer und einer in Mahagoni gerahmten alten Aufnahme aus einer bunten Kinderzeitschrift »Das Fohlen wird getränkt«. Selten kam jemand zu Besuch. In unserer gehetzten Zeit haben Kinder und Kindeskinder anderes im Kopf, als alte Leute zu besuchen, in einem engen Zimmer zu sitzen und zuzuhören, was eine alte Frau so zu erzählen hat. In unserer modernen, gehetzten Zeit mit all ihrer Sozialfürsorge überläßt man die Alten sich selbst. Nur eines der Enkelkinder, der joviale, freundliche Anton, kam ab und zu in seinem knallroten Sportwagen vor das kleine, strohgedeckte Haus gerauscht, um die alte Sophie zu besuchen. Er hatte nie viel Zeit und mußte immer ganz schnell weiter, aber es war nett von ihm, daß er an seine alte Großmutter dachte, wenn er sowieso in der Gegend war.

»Gibt es nicht irgend etwas, das du dir wünschst, Oma?« fragte er eines Tages. »Wie wär's mit einem Motorroller, dann kannst du am Sonntag damit in die Kirche düsen, anstatt den langen Weg über die Hügel zu Fuß zu gehen?«

Die alte Sophie schüttelte ihren liebenswerten, weißhaarigen Kopf. »Nein, mein Junge, dazu bin ich zu alt, bist du denn verrückt! Aber es wäre vielleicht ganz schön, wenn ich einen Spion am Fenster hätte, dann könnte ich sitzen und die Leute beobachten, wenn sie zum Kaufmann fahren!«

»Ein Spion«, sagte Anton und flitzte in die Stadt, um einen Spion aufzutreiben. Eine Stunde später war der Spion am Fenster montiert, und die alte Sophie setzte sich in den Seegrasstuhl am Fenster und beobachtete die Leute. Tränen schimmerten in ihren kleinen, runden Augen, als sie Anton auf Wiedersehen sagte, diesem guten Jungen, und schon rauschte er in seinem kleinen, schnellen Sportwagen ab. Ein paar Monate später quietschten wieder Bremsen vor Sophies kleinem Haus, und Anton kam hereingestürzt. Die alte Sophie saß in einem Plüschsessel mit hoher Rückenlehne am Ofen, die weißen, runzeligen Hände im Schoß gefaltet.

»Was ist denn mit dir, Oma?« fragte Anton. »Warum sitzt du nicht drüben am Spion und beobachtest den Verkehr? Hätte ich dir doch lieber einen Motorroller kaufen sollen?«

»Aber nein doch, mein Junge«, sagte die alte Sophie lächelnd. »Ich kann nur die Leute nicht mehr beobachten, weil es mit dem Sehen nicht mehr so klappt.«

»Weißt du, was du brauchst?« beschloß Anton. »Du brauchst einen Schaukelstuhl, dann kannst du den ganzen Tag schaukeln. Die Zeit vergeht dann schneller.«

Weg war er. Eine Stunde später wippte die alte Sophie entzückt in ihrem neuen Schaukelstuhl hin und her, es war eine große Freude. Dann strich Anton ihr über das dünne, weiße Haar und raste in seinem kleinen, roten Sportwagen davon. Ein halbes Jahr verging. Anton schaute wieder einmal bei seiner alten Oma vorbei. Sie saß wieder in dem Plüschsessel mit der hohen Rückenlehne. »Was ist denn das?« fragte Anton. »Warum sitzt du nicht im Schaukelstuhl?«

»Nein, nein«, antwortet die alte Sophie. »Mir wird so schwindelig, wenn ich hin und her schaukle. Es ist wirklich schade, daß ich es nicht vertrage, denn die Zeit wird mir doch sehr lang hier im Sessel.«

»Weißt du, was du brauchst?« meinte Anton fröhlich. »Du brauchst eine Katze, die auf deinem Schoß liegen und schnurren kann und ...«

»Lieber einen Kanarienvogel«, sagte die alte Sophie. »Der kann dann auf seiner Stange sitzen und mir etwas vorsingen.«

»Du kriegst eine Katze und einen Kanarienvogel«, entschied Anton. Eine Stunde später lag die Katze ganz niedlich auf Sophies Schoß und schnurrte, während der Kanarienvogel in seinem Käfig schmetterte, daß es nur so eine Freude war. »Du bist wirklich ein guter Junge«, sagte Sophie, als Anton sich verabschiedete. Fast ein Jahr war vergangen, als er wieder vorbeikam. Die alte Sophie saß schlummernd im Plüschsessel. Die Käfigtür stand weit offen, und auch die Katze war nirgends zu sehen. »Wach auf, Oma«, sagte Anton. »Ich bin es.«

»Jesses, Junge! Du bist es?«

»Wo sind die Katze und der Kanarienvogel?«

»Du mußt etwas lauter sprechen. Mit meinem Gehör ist es jetzt auch ganz schlecht geworden.«

»*Wo sind die Katze und der Kanarienvogel?*«

»Ach so, die! Tja, eines Tages fummelte mein kleiner Tiger so lange an der Käfigtür, daß mein Hansi herausfliegen konnte. Die Katze hat ihn dann aufgefressen, und seitdem habe ich sie nicht mehr gesehen. Es ist schade um den Vogel, denn ich habe mich über nichts mehr gefreut als über meinen Hansi. Oh, wie konnte er schön singen! Und meinen kleinen Tiger vermisse ich auch sehr.«

»Dann kaufen wir dir einen neuen ... ich sagte, *dann kaufen wir dir einen neuen Kanarienvogel! Und eine neue Katze!*«

»Aber das hat doch keinen Sinn, mein Junge. Ich kann doch nicht mehr hören ... und außerdem können sie sich nicht vertragen.«

»Kein Problem!« versprach Anton schnell entschlossen und flitzte in die Stadt. Nach ein paar Stunden kehrte er zurück. Er legte ein süßes, kleines, weißes Kätzchen auf Omas Schoß und packte dann eine Vorrichtung aus, die er mitten auf den ovalen Tisch mit der Plüschdecke legte. »Du bist *wirklich* ein guter Junge«, sagte die alte Sophie weinend, als sie das neue Präsent ausprobiert hatte. Es war ein Hörgerät mit direkter Verbindung zu einem Stereo-Recorder mit eingespieltem Kanarienvogelgesang.

Was versteht man unter einem Chef?

Was versteht man eigentlich unter einem Chef? Das ist bekanntlich ein Mann, der zeitig ins Büro kommt, wenn man den Wecker überhört hat, sich aber stark verspätet, sobald man selbst ausnahmsweise einmal pünktlich am Arbeitsplatz sitzt.

Natürlich hat es große Nachteile, wenn man morgens pünktlich ist – und am schlimmsten ist es, wenn kein Vorgesetzter da ist und es zu schätzen weiß, wie arbeitsam man ist.

Sprechen wir jetzt erst einmal davon, wie es ist, wenn man sich verspätet hat. Der Chef wirft einen kurzen Blick auf die Uhr, wenn die Sekretärin atemlos zur Tür hereinstürmt.

»Gratuliere, Fräulein Hansen!« ruft er. »So früh wie diesmal sind Sie noch nie zu spät gekommen!«

☆

Natürlich gibt es massenhaft dürftige Erklärungen und Entschuldigungen, wenn man zu spät zur Arbeit erscheint. Die miesesten aber hatte der junge Jensen parat.

»Herr Jensen!« sagte der Chef eines Morgens. »Warum erscheinen Sie erst jetzt?«

»Tut mir selbst am meisten leid, Herr Direktor. Aber ich hatte das Pech, versehentlich auf meine Zahnpastatube zu treten, und es dauerte eine geschlagene Stunde, bis ich die Zahnpaste wieder in die Tube zurückgeschoben hatte!«

☆

Der Bürodiener Andersen hatte ebenfalls gewisse Schwierigkeiten, aus dem Bett zu kommen. Der Chef runzelte unheilverkündend die Brauen, als Andersen eines Morgens mit über halbstündiger Verspätung erschien. Zum Glück hatte Andersen eine gute Entschuldigung.

»Tut mir leid, Herr Direktor! Aber meine Frau hatte in der vergangenen Nacht eine schwere Geburt!«

Das stimmte den Chef milde, und Andersen konnte ohne weitere Vorhaltungen oder Ermahnungen an seinen Arbeitsplatz gehen.

Eine Woche verging, und Andersen kam wieder beträchtlich zu spät. Auch diesmal zog der Chef seine Brauen drohend zusammen. »Ich bin gespannt, warum Sie heute erneut zu spät kommen!« knurrte er.

Andersen blickte seinem Chef offen ins Auge.

»Meine Verspätung hängt damit zusammen, daß meine Frau heute nacht eine schwere Entbindung hatte!«

»Quatsch!« brauste der Alte auf. »Erst vor einer Woche hatte Ihre Frau eine komplizierte Geburt. Und heute schon wieder? Sie lügen wie gedruckt!«

»Nein«, erwiderte Andersen mit fester Stimme. »Es hat schon seine Richtigkeit damit. Meine Frau ist freiberuflich praktizierende Hebamme.«

Der jüngste Lehrling erschien eines Tages beim Chef und bat um einen freien Tag.

»Schon wieder, Rudi?« fragte der Direktor ungnädig. »Erst vor einem Monat habe ich dir einen freien Tag gegeben, weil deine Großmutter gestorben war und du an der Beerdigung teilnehmen wolltest. Was ist es denn diesmal?«

»Mein Großvater heiratet wieder.«

Da wir von freien Tagen sprechen, darf auch Buchhalter Madsen nicht fehlen. Auch er klopfte an die Tür des Chefbüros.

»Was wollen Sie, Madsen?« sagte der Direktor und sah mißbilligend von seiner Unterschriftenmappe auf.

»Ich möchte morgen frei haben, weil ich gerne meine Schwiegermutter begraben will.«

»Das möchte ich wirklich auch gerne«, meinte der Chef verständnisvoll und seufzte.

Wir wenden uns nun einem anderen Thema zu.

Der Chef eines großen Handelshauses erhob sich während des jährlichen Firmenfestes von seinem Platz, hielt eine kurze Rede und schloß sie mit den Worten:

»Meine Mitarbeiter sollen lange leben!«

Worauf ganz vom anderen Ende des Saales eine mürrische Stimme erwiderte: »Wovon denn?«

☆

Ja, es gibt wahrhaftig viele Probleme in diesen ernsten Zeiten. Verkaufsdirektor Larsen wußte einfach nicht, wie es weitergehen sollte.

»Es wird von Tag zu Tag schlimmer, Herr Generaldirektor. Ich werde mich wohl bald nach einer neuen Stellung umsehen müssen. Drei große Firmen sind bereits hinter mir her.«

Der Generaldirektor schien einige Zweifel zu hegen und fragte skeptisch: »Was sind denn das für Firmen?«

»Das Finanzamt, das Elektrizitätswerk und die Telefongesellschaft!«

Aber eine Gehaltserhöhung sprang bei dieser kleinen Erpressung dennoch nicht heraus. Der Chef erklärte ihm den Grund:

»Hören Sie gut zu, Larsen! Wenn ich Ihr Gehalt erhöhe, will Andersen auch mehr Geld haben, und dann erscheint Hansen und verlangt ebenfalls eine Zulage. Und wenn Hansen mehr bekommt, können Sie sich wohl denken, wer als nächster vor meinem Schreibtisch steht: Oberbuchhalter Mortensen. Und wenn diese alte Pfeife mehr haben will, dann ist es wohl nur recht und billig, daß ich mir ebenfalls eine Erhöhung zubillige, nicht wahr? Und das wäre doch ganz unangemessen angesichts des Wahnsinnsgehalts, das ich bereits jetzt beziehe!«

Da versteht man es nur zu gut, wenn sich der Firmenchef kürzlich ein Aquarium mit vielen verschiedenartigen Fischen anschaffte und es damit begründete, er habe dann eine Anzahl lebender Wesen um sich, die zwar ständig den Mund aufmachten, ohne dabei aber um eine Gehaltserhöhung zu bitten.

Lassen Sie uns nun zu etwas Erfreulicherem kommen. Eines Tages kehrte Herr Hansen vom Büro nach Hause zurück und strahlte über das ganze Gesicht.

»Ich bin zum Verkaufschef ernannt worden«, sagte er stolz.

»Deine Firma hat ja eine ganze Anzahl Verkaufschefs«, meinte seine Frau. »Wovon bist du denn jetzt Chef geworden?«

»Ich bin jetzt Verkaufschef für Puddingpulver!«

Das hörte sich natürlich nicht sonderlich imponierend an, aber dennoch hatte Frau Hansen schnell allen Grund, auf ihren Mann und seinen neuen Titel stolz zu sein.

Am folgenden Tag rief sie die Großhandelsfirma an, bei der ihr Mann arbeitete, und bat um eine Verbindung mit dem Chef der Puddingpulververarbeitung.

Die Dame in der Telefonvermittlung erwies sich als sehr hilfsbereit.

»Möchten Sie den Chef des Puddingpulvers mit den gehackten Mandeln oder den Chef des Puddingpulvers mit dem Rumgeschmack sprechen?«

In einer anderen, ebenfalls sehr großen Firma war in der EDV-Abteilung eine junge Dame tätig, die von einem Hexenschuß getroffen wurde. Die Schmerzen waren so schlimm, daß sie weder den Kopf noch sonst irgend etwas bewegen konnte. So beschloß sie, den Betriebsarzt aufzusuchen. Sie schleppte sich durch viele lange Korridore. Schließlich fand sie ein Schild mit der Aufschrift »Betriebsarzt«. Sie klopfte an und trat ein.

»Ich habe furchtbare Kopf- und Rückenschmerzen«, jammerte sie. »Es ist bestimmt ein Hexenschuß. Würden Sie mich bitte ein wenig massieren?«

Der Weißbekittelte begann, nachdem sie sich entkleidet hatte, sofort mit der Massage der Rückenmuskulatur am unteren Körperende, aber es dauerte nicht lange, ehe die junge Frau errötend ausrief: »Aber Herr Doktor! Was machen Sie denn mit mir? Das sind ja gar nicht meine Muskeln am unteren Ende des Rückens! Hören Sie auf damit! So etwas tut kein anständiger Betriebsarzt!«

»Da haben Sie allerdings vollkommen recht, junge Frau. Ich bin Malermeister!«

In der Mittagspause plauderten zwei Direktionssekretärinnen. »Ich habe dich am Sonntag mit einem unglaublich eleganten Pelzmantel gesehen«, sagte die eine. »Du bist doch erst seit einem halben Jahr bei uns in der Firma und kannst dir trotzdem schon so ein teures Stück anschaffen. Ich habe jahrelang bei meinem Chef darum kämpfen müssen, so viel Geld zu verdienen, damit ich mir wenigstens ein kleines Pelzcape kaufen konnte. Was steckt für ein Geheimnis dahinter?«

»Kein Geheimnis«, erwiderte die Kollegin schmunzelnd, »außer daß ich überhaupt nicht kämpfe, wenn ich mit dem Chef allein bin!«

Da gerade von Direktionssekretärinnen die Rede ist, so soll auch noch von der jungen Dame die Rede sein, die eine solche Stellung suchte. Der Personalchef interessierte sich für ihre Qualifikationen, ihre Sprachkenntnisse und ihre Vertrautheit mit Computer-Anlagen.

»Mein Englisch ist leidlich«, erklärte sie. »Aber mit meinen deutschen Sprachkenntnissen möchte ich lieber nicht prahlen, und mit Französisch hapert es vielleicht noch mehr.«

»Wie sieht es denn mit Ihren Schreibmaschinenfertigkeiten aus? Können Sie Konzepte nach Stichworten schreiben oder nach einem Diktaphon-Diktat?«

»Natürlich habe ich auf allen diesen Gebieten eine gewisse Erfahrung«, sagte die junge Dame nicht sonderlich überzeugend, setzte dann noch ein i-Pünktchen obendrauf:

»Überall, wo ich bislang gearbeitet habe, hieß es: Ein so fröhliches Mädchen haben wir noch nie in der Firma gehabt. Als Ulknudel ist sie bei unseren Betriebsfesten vollkommen unentbehrlich.«

☆

Der Chef war mit einigen Geschäftsfreunden auf einem Empfang gewesen. Als er in seine Firma zurückkehrte, befand er sich in gehobener Stimmung und hatte das Bedürfnis, ein paar lustige Anekdoten zum besten zu geben. Nach jeder Pointe lachte das Personal laut – mit Ausnahme des Werbeleiters. Der verzog keine Miene.

»Hören Sie mal«, rief der Chef und winkte ihn heran, »haben Sie denn überhaupt keinen Sinn für Humor?«

»Doch, das glaube ich schon. Aber warum sollte ich noch über Ihre Späße lachen? Am kommenden Ersten trete ich meine neue Stellung bei Ihrer Konkurrenz an!«

☆

Dann gab es noch einen Großkonzern, der eine Rationalisierungsfirma mit der Überprüfung der Ausgaben beauftragt hatte. Überall rannten die Leute mit ihren Stoppuhren herum und ließen keinen Mitarbeiter in Ruhe; selbst die Putzfrauen hatten sie scharf im Auge. Einer dieser Rationalisierungsexperten geriet an eine ältere, abgearbeitete Frau, die auf den Knien lag und den Fußboden scheuerte.

»Hören Sie, gute Frau«, sagte der Experte, »Sie arbeiten nicht rationell!«

Frau Madsen blickte etwas verwirrt nach oben.

»Wie meinen Sie das? Ich möchte die Perle sehen, die den Boden schneller und besser scheuert als ich. Was ist denn Ihrer Meinung nach an meiner Arbeit nicht perfekt?«

»Sie nehmen beim Scheuern nur eine Hand. Wenn Sie eine Bürste in jede Hand nähmen und damit loslegen würden, ginge es doppelt so schnell!«

»Da haben Sie allerdings recht«, bestätigte Frau Madsen und wischte sich ein paar Schweißtropfen von der Stirn. »Und wenn Sie sich die Mühe machen würden, mir jetzt, wenn ich mich bücke, einen Besenstiel in den Hintern zu stecken, dann könnte ich während des Fußbodenschrubbens auch noch die Decke fegen!«

Kleine Geschichten über die schönste Sache der Welt – 1

An der Peripherie von »Wonderful Copenhagen« liegt ein besonders beliebtes und volkstümliches Tanzlokal, *Damhuskro* mit Namen, berühmt geworden durch seine Witwenball-Veranstaltungen. Das sind Abende, an denen Damenwahl obligatorisch ist und die Herren froh sind, wenn sie zum Tanz aufgefordert werden.

Eines Abends hatte eine junge Witwe einen Herrn – Karl-Aage Sörensen, Verwaltungsassistent am Rathaus des Stadtteiles Frederiksberg – zum Tanz aufgefordert. Die jugendliche Witwe, Solveig mit Namen, sah wirklich nicht übel aus, man konnte sie sogar als hübsch bezeichnen; außerdem hatte sie eine flotte Figur. Da sie auch genau im richtigen Alter war, erwachte in Karl-Aage das Interesse daran, sie näher kennenzulernen. Er selbst war schon seit einigen Jahren Witwer und hatte deshalb seit längerem nach einer Frau Ausschau gehalten, mit der er künftig Tisch und Bett teilen konnte.

Zwischen den Tänzen schüttete er einige große Helle in sich hinein und vergaß auch nicht die richtige Grundlage, also ein paar ordentliche Schnäpse. Als er sie schließlich nach Hause brachte, starteten seine Hände an ihrer Wohnungstür ein Spähtruppunternehmen, gerade erfolgreich genug, um Gehör zu finden, als er vorschlug, sie in ihr Zuhause zu begleiten. Solveig ließ es dort an einigen fröhlich stimmenden Zusatzgetränken nicht fehlen, die man schon hart an der Grenze zu den sogenannten »K.o.-Tropfen« ansiedeln konnte. Wir wollen uns aber nicht weiter einmischen oder gar neugierig fragen, was anschließend passierte. Überlassen wir das dem Frieden des Privatlebens.

Als Karl-Aage Sörensen am nächsten Morgen an seinem Schreibtisch im Rathaus von Frederiksberg erschien, konnte er ein »Veilchen« vorzeigen, das wirklich allererster Güte war, also ein blaues Auge von eindrucksvoller Schönheit; die Verfärbung breitete sich über die ganze Gesichtshälfte aus und erreichte sogar an einigen Stellen schwarze Schattierungen.

»Was ist denn mit Ihnen passiert, Herr Sörensen? Sind Sie gegen eine Straßenlaterne gelaufen?« fragten die Kollegen gespannt.

»Ich war gestern abend im *Damhuskro* beim Witwenball«, murmelte Karl-Aage betreten und schien wenig Neigung zu verspüren, auf Einzelheiten einzugehen und weitergehende Erläuterungen abzugeben.

»Was weiter, Herr Sörensen? Was ist dann passiert?«

»Ich traf eine junge Witwe, Solveig Jörgensen aus der Langen Straße in Valby, die mich zum Tanz aufforderte. Und mit der habe ich auch den ganzen Abend getanzt.«

»Was weiter? Haben Sie sie nach Hause begleitet?«

Karl-Aage nickte mit düsterer Miene. »Und dann haben Sie sicher ein hübsches kleines Nümmerchen gemacht, Sie Schwerenöter! Stimmt's«

Karl-Aage nickte noch einmal.

»Und dann? Was passierte danach?«

»Nun ja«, murmelte Herr Sörensen kleinlaut. »Plötzlich wurde die Schlafzimmertür aufgerissen, und dann stellte sich heraus, daß Solveig gar keine Witwe war!«

☆

Der junge Arnold Cooke hatte den größten Teil seiner achtzehn Lebensjahre im Internat Basingstoke verbracht. Es handelte sich um ein reines Jungeninternat, und über diese Form von Erziehungsanstalten ist ja einiges bekannt, was ihnen nicht unbedingt zur Ehre gereicht.

Arnold waren wegen seines Sexuallebens Bedenken gekommen. Er wollte deshalb reinen Tisch machen, ehe er hinaustrat ins feindliche Leben. So suchte er eines Tages den Internatsarzt auf.

»Wo fehlt's denn, junger Mann?« fragte der Mediziner.

»Ich weiß es selbst nicht genau, Doktor Stevenson«, begann Arnold unsicher, »aber ich halte es für ziemlich wahrscheinlich, daß ich ein bißchen homosexuell veranlagt bin.«

»Und woraus schließt du das?«

»In unserer Familie wissen wir alle, daß mein Großvater homosexuell veranlagt war. Mit Frauen hat er nie etwas am Hut gehabt, und es ist allgemein bekannt, daß er ständig hinter Männern her war und ihre Bekanntschaft zu machen versuchte.«

»So etwas ist nicht erblich.«

»Sicher nicht. Aber wenn ich an meinen Vater denke, so fällt mir auf, daß er dauernd Beziehungen zu anderen Männern unterhielt. Jedenfalls die meiste Zeit.«

»Dabei kann es sich um ein Zusammentreffen unglücklicher Umstände handeln. Du solltest dir deshalb nicht länger den Kopf zerbrechen.«

»Das täte ich auch nicht, wenn mein großer Bruder Nicolas nicht auch Schüler im Internat Basingstoke gewesen wäre. Er ist wirklich unglaublich schwul, und mein kleiner Bruder Danny womöglich noch mehr.«

Doktor Stevenson schienen nun allmählich doch Zweifel zu kommen; auch er fand das Zusammentreffen so vieler gleichgearteter Umstände etwas seltsam, sah von seiner Karteikarte mit gerunzelter Stirn auf und legte den Kugelschreiber nachdenklich aus der Hand.

Er betrachtete den jungen Arnold mit ernstem Blick. Nach einer Weile fragte er:

»Gibt es denn in deiner ganzen Familie kein einziges Mitglied, das normal veranlagt ist und ein gesundes Sexleben mit Frauen führt?«

Arnold atmete auf und schien innerlich erleichtert zu sein. »O doch!« rief er munter. »Meine Schwester! Die ist wie eine Verrückte hinter anderen Frauen her!«

☆

Roland und Rita befanden sich auf einer Hochzeitsreise in Frankreich und besuchten auch das Fürstentum Monaco. Ihnen ging es einfach wunderbar – was so zu verstehen ist, daß sie so gut wie überhaupt nichts zu sehen bekamen. Es ist zwar beschämend, muß aber dennoch gesagt werden: den größten Teil ihrer Zeit verbrachten sie im Bett damit, daß eine liebestolle Umarmung die nächste ablöste. Da aber der größte Teil sowieso schon mit sexuellen Aktivitäten draufgegangen war, bestand Rita darauf, daß sie wenigstens ins Musée Océanographique wollte, ein weltberühmtes Aquarium; aber darauf war Roland nun überhaupt nicht scharf. Viel lieber wollte er dem nicht minder berühmten Spielcasino einen Kurzbesuch abstatten. So wurden sich die beiden schnell einig.

»Aber«, ermahnte ihn Rita, ehe sie sich trennten, »denk dran, daß du jetzt nicht den Rest unseres Geldes auf den Kopf haust! Viel haben wir sowieso nicht mehr. Hundert Francs kannst du meinetwegen springen lassen, aber dann muß Schluß sein!«

Roland war einverstanden. Wenige Minuten später stand er an einem der grünen Spieltische mit dem schnurrenden Roulette – und hatte Glück. Ehe er sich recht versah, war seine Reisekasse um 6000 Francs aufgestockt. Er schob seinen Einsatz hinüber auf *cheval*, wo er den siebzehnfachen Einsatz zurückbekommen würde, falls ihm das Glück noch einmal hold sein sollte.

Und tatsächlich! Fortuna blieb ihm treu. Roland wurde fast schwindlig: In weniger als zehn Minuten hatte er 100 000 Francs gewonnen. Er ließ den Betrag stehen. Wieder begann das Roulette zu schnurren und wieder verfolgte er gebannt das Spiel der weißen Kugel, die hier Schicksal bedeutete. À cheval! Vor seinen Augen würde es dunkel, er wagte nicht zu glauben, was er sah, denn die Jetons türmten sich vor ihm. Fast 2 Millionen Francs! Jetzt galt es, besonnen zu bleiben und vorsichtig weiterzuspielen. Er schob seinen Gewinn hinüber auf *pair*.

»Madames et messieurs! Faites votre jeux!« tönte die

monotone Stimme des Croupiers. Roland ließ den Gesamtbetrag *auf pair* stehen. Er schloß die Augen und öffnete sie erst wieder, als er Laute ungläubigen Staunens und grenzenloser Bewunderung vernahm, denn wieder war eine gerade Zahl herausgekommen. Nun hatte er schon vier Millionen Francs gewonnen. Jetzt noch ein einziges Spiel, dann wollte er sich auf den Heimweg machen. Noch einmal *pair?* Sollte er das Schicksal so rigoros herausfordern? Er spürte, wie er unsicher wurde. Im letzten Augenblick, ehe die Glocke ertönte, schob er die vier Millionen hinüber auf *impair:* ungerade Zahlen.

Das Roulett begann zu surren, neckisch hüpfte die weiße Elfenbeinkugel mit kleinen, scharfen Geräuschen im Kessel, als könne sie sich nicht entschließen – dann endlich fiel sie herunter und blieb ruhig liegen: *pair.* Gerade Zahlen.

Der Rechen des Croupiers harkte unbarmherzig Rolands vier Millionen an sich. Ein paar Sekunden blieb Roland bewegungslos stehen, dann zog er den Knoten seines Schlipses an und kehrte zurück ins Hotel. An der Hotelbar traf er seine Rita.

»Nun?« fragte sie neugierig. »Wie ist es dir ergangen? Du hast doch bestimmt verloren, nicht wahr?«

Roland nickte kurz. »Ja, hundert Francs!« sagte er.

In der Türkei, der Brücke zwischen Orient und Okzident, besteht die Bevölkerung zu achtundneunzig Prozent aus Mohammedanern, und wenn bei ihnen die Rede von Geburtenkontrolle ist, fällt es nicht ganz leicht, der einheimischen Bevölkerung klarzumachen, daß zehn Kinder nach heutigen Maßstäben vielleicht schon an der Obergrenze des Erträglichen und Vertretbaren liegen. Daß man in weiten Teilen Europas die Anzahl der Wunschkinder mit Hilfe von Antibabypillen, Kondomen und anderen nützlichen Kleinigkeiten reguliert, ist für einen wahren Türken nur von geringem Interesse.

Jedenfalls hatte Hasan Zaman, der sein tägliches Brot als Teppichklopfer bei der Sultan-Ahmet-Moschee verdiente, der weltberühmten Moschee mit den sechs himmelwärts strebenden Minaretten, eine stattliche Kinderschar und nicht weniger als zwölf hungrige Mäuler zu stopfen – und das ist selbst nach türkischer Ansicht eine respektable Anzahl.

Eines Tages, als Hasan in dem örtlichen Kahvehane saß, einem kleinen Kaffee-Basar, und ein Glas Sakerli Kahve genoß – einen zuckergesüßten, starken Kaffee –, klagte er sein Leid dem Basarteppichhändler Nazar, seinem guten Freund.

»Auf die Dauer kann ich nicht davon leben, die Teppiche der Moschee zu klopfen«, jammerte er und sah seinen Freund traurig an. »Mit einer Frau und zwölf Kindern habe ich mehr Probleme als Haare auf dem Kopf. Und wer weiß, wann das nächste Kind kommt? Allah sei gelobt und gepriesen!«

Nazar nippte nachdenklich an seinem Glas mit schwarzem Sade Kahve. »Ich möchte dir einen guten Rat geben«, sagte er dann. »Wenn du das nächste Mal Lust verspürst, auf die Matratze deiner Frau hinüberzukrabbeln, dann leg dir die Frage vor: ›Kann ich noch ein weiteres Kind versorgen?‹«

Hasan leerte sein Glas, nickte Nazar zu und sagte: »Unglücklicherweise, mein Lieber, liegt der Fall aber so: Wenn mir der Sinn danach steht, zu meiner Sadiva auf ihr Lager zu klettern und meinen Willen zu bekommen, und wenn ich dann eine gewisse Zeit mit ihr gestrampelt habe, dann beginnen wir beide unsere Anstrengungen zu genießen, tja ... und dann, Nazar, ist es mir plötzlich völlig schnuppe, ob ich nicht auch noch ganz Istanbul auf beiden Seiten des Bosporus mit durchfüttern muß!«

☆

Für die ehemaligen Ostblockländer sind inzwischen neue Zeiten angebrochen, nicht zuletzt in Polen. Selbst weit draußen in der Provinz bei den armen Bauern ist so etwas wie Fortschritt zu spüren. Zwar sieht man da und dort noch immer die alten, steifen Leiterwagen, die von zwei Ackergäulen gezogen werden, auf staubigen, schmalen Wegen, aber dennoch: Überall merkt man, daß es ein wenig aufwärtszugehen beginnt.

An einem schönen Sommerabend waren Andrzej Gabrylewitz und Galina, seine treue Frau durch mehr als dreißig Jahre, über die vom Kollektivmißbrauch ruinierten Felder gegangen. Zufällig war es ihr Hochzeitstag, und an einer Feldgrenze hielt Galina ihren Mann am Arm fest.

»Erinnerst du dich noch daran«, sagte sie mit einer weichen, schmelzenden Stimme, »erinnerst du dich noch daran, Andrzej, wie wir damals als junges Liebespaar hier entlangschlenderten und du mich dann verführt hast?«

Andrzej nickte. Er erinnerte sich noch sehr gut daran.

»Du zogst mich ins Gebüsch hinter den Weidenzaun, wo uns niemand beobachten konnte, und dort habe ich mich dir hingegeben. Es war wunderschön ... und ich überlege gerade, ob wir das nicht noch einmal wiederholen sollten? Wir könnten uns an die gleiche Stelle legen wie damals und ... vielleicht könnten wir es noch einmal tun wie damals vor so vielen Jahren?«

Sie blickten sich um. Alles war wie damals, nur die Büsche hatte man entfernt. Niemand war zu sehen, nicht einmal eine Katze. Und nachdem sie sich ihrer Kleidung entledigt hatten, war alles genau wie einst.

»Himmlisch!« japste Galina. »Einfach himmlisch! Aber bitte, Andrzej, nicht so schnell, nicht ganz so schnell!«

Andrzej versuchte sein Tempo etwas zu drosseln, aber das war ein ziemliches Kunststück.

»Mach doch nicht so kräftige Stöße, Andrzej!« bettelte Galina. »Versuch dich ein wenig zu beherrschen ... nicht so stürmisch!«

Andrzej stützte sich auf seine Ellenbogen.

»Du hast gut reden, Galina!« knurrte er. »Die harten Stöße kommen nicht von mir. Schuld daran ist nur der neumodische elektrische Zaun, den man hier montiert hat. Bei jeder Bewegung komme ich mit meinem nackten Hintern dagegen!«

Sightseeing in Al Capones Stadt

Chicago war schon immer ein gefährliches Pflaster. Wenn einem sein Leben und seine Brieftasche lieb sind, sollte man um diese Stadt einen großen Bogen machen. Chicago hat nämlich ein bestimmtes Image und muß seinem Ruf jetzt gerecht werden. So einfach ist das.

Arthur Sparrow, der junge, sanfte englische Public-School-Lehrer, legte großen Wert auf seine Brieftasche und sein Leben. Dennoch stand er jetzt in einem Hotelzimmer mitten im Herzen der berüchtigten Stadt. Mit seiner süßen jungen Frau. Sie waren auf der Hochzeitsreise. Eine preiswerte, vierzehn Tage dauernde Rundreise durch die Vereinigten Staaten mit dem Greyhound-Bus war alles, was sie sich von Arthurs verhältnismäßig niedrigem Gehalt leisten konnten. Und jetzt waren sie für einen Tag in Chicago – wie der Reiseplan es vorsah.

»Ich glaube, ich geh' jetzt hinunter, hol' mir eine Zeitung und seh' mich ein bißchen um«, sagte Arthur, nachdem sie ausgepackt hatten.

»Ja, tu das nur, Liebling.« Maureen nickte zustimmend. Sie wollte sich nach der anstrengenden Fahrt von St. Louis durch das nicht gerade aufregende Illinois ein paar Stunden ausruhen. »Aber paß auf deine Brieftasche auf, Liebling.«

Ach was, die Furcht vor Gangstern ist bestimmt übertrieben, dachte Arthur. Wahrscheinlich ist Chicago nicht schlimmer als jede andere Großstadt. Ich bin in London, Paris und Marseille zurechtgekommen; warum soll ich's hier auf einmal nicht schaffen? Wichtig ist, daß man seiner Wege geht und sich in nichts hineinziehen läßt.

Also brach er auf, um sich die Stadt anzusehen. Unter anderem, hatte er gehört, seien das Rockefeller-Museum und das berühmte Auditorium besonders sehenswert. Als er jedoch durch die Hotelhalle ging, winkte ihm ein Angestellter, zum Empfang zu kommen.

»Wir haben hier etwas für Sie, Sir«, sagte der Angestellte und reichte Arthur ein Päckchen.

Ein Päckchen? Für ihn? Er kannte niemanden in Chicago. Konnte es für Maureen sein? Vielleicht ein verspätetes Hochzeitsgeschenk, das ihnen nachgeschickt worden war. Ja. Das war eine Möglichkeit. Er beschloß, es ins Zimmer hinaufzubringen. Im Fahrstuhl war er so zerstreut, weil er sich den Kopf darüber zerbrach, von wem das Päckchen sein könnte, daß er eine Etage höher fuhr. Daher klopfte er an die Tür Nummer 27-06 anstatt 26-06. Niemand antwortete. Die Tür war nicht ganz geschlossen, er stieß sie auf, trat ein und sah sich einer großen, sehr wohlgeformten Blondine gegenüber.

»Ja, hallo«, sagte sie und musterte den gutaussehenden jungen Lehrer von Kopf bis Fuß.

Erst jetzt merkte Arthur, daß er im falschen Zimmer war.

Dann tauchte hinter der Blondine ein untersetzter Mann auf. Sein tonnenähnlicher Brustkorb wirkte durch das Netzhemd, das er trug, noch gewaltiger. Seine schweren Hängebacken waren mit Rasiercreme bedeckt. Arthur bewegte sich im Rückwärtsgang zur Tür, doch sofort schnitt ihm ein schwarzhaariges, dunkelhäutiges Schwergewicht in einem hypermodernen, breitgestreiften Anzug den Weg ab.

»Hast du das Zeug?« fragte der Typ ungeduldig und kaute dabei an einem nassen Zigarrenstummel.

Arthur verstand nicht, was dieser meinte. »Das Zeug?« wiederholte er.

»Ja. Du kommst doch von Zacco, oder? Versuch hier bloß keine komische Nummer abzuziehen.«

Arthur wollte zur Tür zurück, aber der untersetzte Mann packte seinen Kragen und zog ihn so fest zu, daß Arthur fast das Bewußtsein verlor.

Die Blondine wollte sich dazwischendrängen, doch das Schwergewicht trieb sie mit so brutalen Tritten in eine Ecke des Zimmers, daß sie stürzte und mit dem Kopf gegen den Fernseher prallte.

»Halt dich da raus, dumme Kuh!« zischte er, und der Untersetzte schrie Arthur an: »Gib das Päckchen her, du kleiner Dreckskerl!«

Er riß Arthur das Päckchen aus der Hand und schlitzte es mit einem Schnappmesser auf, das er plötzlich in der Hand hatte. Aus dem Schlitz quoll ein weißes Pulver. Der Untersetzte befeuchtete die Spitze des kleinen Fingers und tippte dann vorsichtig auf das Pulver. Ein paar Stäubchen blieben an der feuchten Fingerspitze haften. Er kostete davon und nickte beifällig.

»Es is' okay, Buzz.«

Buzz holte ein Bündel Geldscheine aus der inneren Brusttasche seines Jacketts und reichte es Arthur. Im selben Moment klingelte das Telefon. Der Untersetzte mit dem Rasierschaum im Gesicht nahm ab.

»Es is' Albert«, sagte er und reichte den Hörer an Buzz weiter. Der hörte ein paar Minuten lang aufmerksam zu, legte dann auf und griff sich das Päckchen.

»Wir müssen aus der Stadt verschwinden«, sagte er aufgeregt. »Die verdammten Drogenfahnder sind uns auf der Spur. Zacco und seine Mafia-Jungs haben schon die Fliege gemacht.«

Er legte sein Pistolenholster um und war fertig zum Abmarsch.

»Und was machen wir mit Dolly?« fragte der andere Kerl, während er sich schnell mit einem Handtuch den Rasierschaum vom Gesicht wischte.

»Die lassen wir hier.«

Sie gingen und knallten die Tür hinter sich zu. Arthur sah ihnen ganz perplex nach.

Die Blondine lag halb bewußtlos vor dem Fernseher, auf den sie mit dem Kopf aufgeschlagen war. Arthur legte ihr einen nassen Waschlappen auf die Stirn. Das half. Vielleicht ging es ihr auch nicht so schlecht, wie sie tat. Vielleicht hatte sie nur Zeit gewinnen wollen. Auf jeden Fall erholte sie sich schnell.

»Wo sind Buzz und Killer-Mike?« fragte sie.

»Unterwegs, die Stadt zu verlassen.«

»Ich hab's gewußt«, frohlockte sie. »Du gehörst zur Mafia, nicht wahr? Du bist kein Laufjunge, den spielst du nur. Du hast ihnen Angst eingejagt. He! Bist du vielleicht Zacco selber? Aber ja! Natürlich bist du Zacco! Die Beschreibung paßt. Ich hab' schon viel von dir gehört und wollte dich schon längst kennenlernen. Du bist eins von den großen Tieren. Ich wäre gern bei deiner Gang. Und eins kann ich dir verraten: ein treueres Mädchen als mich findest du nicht. Wenn du willst, bin ich von nun an dein Mädchen. Wenn du willst, Zacco, mein Junge, dann nimm mich – dann wirst du schon merken, was ich meine. Nimm mich gleich hier, auf dem Sofa – jetzt – ich möchte dir gehören, Zacco-Boy ...«

Vor Erregung zitternd, zog sie Arthur auf das Sofa. Sie erstickte ihn fast mit gierigen Küssen und gab sich ihm hin – gab ihm ihren hinreißenden Körper, wie er es noch bei keiner anderen Frau erlebt hatte.

»O Zacco-Boy, du bist wunderbar!« Sie seufzte.

Eine Stunde später sah Arthur auf die Uhr.

»Tja, Dolly«, sagte er sehr energisch, »ich muß jetzt gehen.«

»Nein, bleib noch. Eine kleine Weile noch, Zacco-Boy. Trinken wir noch was zusammen.«

Eine weitere Stunde später sah Arthur noch einmal auf die Uhr. Die Zeit wurde knapp.

»Bleibst du?« bettelte sie.

»Nein.« Diesmal blieb Arthur fest. »Ich darf keine Zeit mehr verlieren. In einer Stunde muß ich die Stadt verlassen haben.«

Er küßte die Blondine ein letztes Mal und eilte hinunter in 26-06.

»Nun was hast du dir angesehen?« fragte Maureen, während sie ihr Make-up erneuerte.

»Ach, nur dies und das«, antwortete Arthur und ging ins Bad.

Als er nach einer Weile frisch gewaschen und umgezogen herauskam, fragte sie: »Und wie gefällt dir Chicago?«

Arthur legte die Hand auf das dicke Dollarbündel, das

Buzz ihm gegeben hatte, und dachte flüchtig an die Blondine in Zimmer 27-06.

»Chicago«, antwortete er ein wenig vage, »ist gar nicht so schlecht, wie ich dachte.«

Madame Goyavaerts ist heute nicht im Büro ...

Im Europaparlament in Brüssel gibt es eine Un-
zahl von hochqualifizierten, intelligenten und hellwa-
chen Mitarbeitern, und es gibt außerdem eine nicht minder große Zahl von Top-Chefs, die für solche Leute sehr
gute Verwendung haben.

Unter diesen Voraussetzungen konnte man Marcel
Dewincklear als einen unbedingten Gewinn für seinen
Chef Bernard Lefèbre bezeichnen. Oft hatte Marcel
überhaupt keinen Zutritt zu seinem Boß, aber hin und
wieder wurde er doch hereinzitiert, wie erst vor einigen
Tagen.

Der Chef sah von einem Stapel Dokumente auf, die
alle mit dem Stempel »Wichtig! Geheim!« versehen waren.
Er glaubte sich an Marcel erinnern zu können, fragte aber
dennoch:

»Sind Sie neu hier?«

Marcel lächelte. »Nein, ich bin Ihr Informationschef Marcel Dewincklear.«

»Richtig, jetzt fällt es mir wieder ein!« Er schob einen Stapel EG-Erlasse auf die andere Schreibtischseite, wo sich bereits andere Unterlagen angehäuft hatten.

»Sehr gut. Sorgen Sie bitte dafür, daß ich alles Wichtige für die OEFTA-Konferenz am neunzehnten dieses Monats in Rom erhalte.«

»Darf ich Sie berichtigen? Es handelt sich nicht um die OEFTA-Konferenz, sondern um eine FOETA-Milieubesprechung auf höchster Ebene. Und diese Besprechung findet nicht am neunzehnten statt, sondern bereits am achtzehnten.«

Lefèbre war sichtlich beeindruckt. Hier hatte er wirklich einen Mann, der seinen Kram verstand, der präzise Daten parat hatte und genauestens orientiert war.

»Erledigen Sie bitte noch eine Kleinigkeit für mich«, sagte er.

»Beschaffen sie mir bitte die Flugkarten, das Hotel und alles andere für die TAOFA-Konferenz in Montreal am zweiundzwanzigsten«

Marcel notierte alles auf seinem kleinen gelben Notizblock.

»Ich werde alles zu Ihrer Zufriedenheit erledigen«, sagte er. »Aber die TAOFA-Konferenz – wenn ich mir die Bemerkung gestatten darf – findet nicht in Montreal statt, sondern in Vancouver. Und die Drei-Tage-Konferenz beginnt nicht am zweiundzwanzigsten, sondern erst am vierundzwanzigsten diesen Monats.«

Lefèbre spitzte die Ohren und nickte seinem Informationschef anerkennend zu.

»Ich sehe, Sie haben alles vorbildlich unter Kontrolle. Ich werde an Sie denken, sobald sich Beförderungsmöglichkeiten ergeben, die Ihren Fähigkeiten angemessen sind. Notieren Sie noch etwas in diesem Zusammenhang. Und bitten Sie dann meine Sekretärin, Madame Goya-vaerts, hereinzukommen.«

»Madame Goyavaerts ist heute nicht im Büro, Monsieur Lefèbre.«

»Nicht? Hat sie ... ich meine, fehlt sie vielleicht wegen ... äh ...«

Dewincklear verstand, was sein Chef sagen wollte, aber warum er nicht direkt mit der Sprache herausrücken mochte. Nicht umsonst war er ein vorbildlicher Informationschef.

»Nein, Monsieur Lefèbre«, sagte er, »Madame Goya-vaerts ›kritische Tage‹ beginnen erst am siebenundzwanzigsten.«

Die Ehe ist eine seltsame Allianz ...

Die Ehe ist eine seltsame Allianz und wird es immer bleiben. Ist ein Paar erst einmal fünfundzwanzig Jahre verheiratet, dann hat gewöhnlich seit längerer Zeit ein Partner das Kommando. Es gibt keinen Zweifel über die Rollenverteilung. Entweder hat die Frau die Oberhand, und aus ihrem Mann ist ein Schlaffi geworden, der sich zu Weihnachten ein Paar Gummihandschuhe zum Geschirrspülen wünscht, oder der Ehemann hat seiner Frau klargemacht, daß sie ihm gefälligst zu gehorchen habe, wenn er schreit und mit der Faust auf den Tisch schlägt.

Ist ein Paar aber erst ein oder zwei Jahre verheiratet, ist

es schwer zu sagen, wer die dominierende Rolle übernehmen wird. Nach siebzehn Monaten glücklicher Ehe
war Irmgard überzeugt, daß sie es war, die aus diesem
Kampf mit der Siegespalme in der Hand hervorgegangen
war. Die entscheidende Schlacht zwischen ihr und ihrem
Mann Henrik war eines Abends bei einem bescheidenen
Wochentagsessen ausgefochten worden, als Henrik eine
Bemerkung fallen ließ, daß die Thunfischkasserolle irgendwie merkwürdig schmecke.

»Ich möchte ja nicht kritisieren, Liebes, aber – ist sie dir
vielleicht angebrannt?«

»Selbstverständlich nicht!« Sie schmeckt so, wie eine
Thunfischkasserolle schmecken soll.

»Jedenfalls schmeckt sie nicht wie die Thunfischkasserolle, die ich zu Hause vorgesetzt bekam. Nicht so, wie
meine Mutter sie gemacht hat. Koste doch selbst mal.«

Irmgard hatte sich nämlich Rühreier gemacht.

»Du weißt, daß ich Thunfisch nicht ausstehen kann.
Ich habe die Kasserolle nur gemacht, weil du sie gern ißt
und weil wir sparen müssen. Also iß jetzt, und hör auf,
herumzumotzen!«

Wortlos aß Henrik seinen Teller leer, drückte jedoch
seine Unzufriedenheit dadurch aus, daß er bei jeder Gabel stöhnte, die er aß. Er beklagte sich auch nicht, als
Irmgard ihm noch eine zweite Portion auftat, damit keine
Reste blieben.

Erst später, als sie in die Küche ging, um das Geschirr
zu spülen, stellte sie zu ihrem Entsetzen fest, daß sie, um
die Kasserolle einzudicken, irrtümlich pulverisierten Ta-
petenkleister genommen hatte, der auf der Küchentheke
stand. Ihr war aber auch klar, daß sie über Henrik die
Oberhand gewonnen hatte, da er sich, um den Hausfrie-
den zu wahren, gezwungen hatte, das pappige Zeug
ohne Protest zu essen.

Ein paar Tage später wurde sie jedoch jäh aus ihrer Selbstzufriedenheit gerissen, als sie ein alarmierendes Telefongespräch mit anhörte, das Henrik mit einem Kameraden aus dem Handball-Club führte, der kürzlich geheiratet hatte.

Sie war in der Küche und schlug Sahne, konnte jedoch Henriks Stimme am Telefon in der Diele deutlich hören.

»Laß dich nicht von ihr herumkommandieren, Konrad. Das wäre das Schlimmste, das du tun könntest. Ich war mit meiner bisher viel zu nachsichtig, aber du kannst sicher sein, ich werde ihr das schon begreiflich machen, wer hier der Herr im Haus ist. Das braucht natürlich seine Zeit. Man kann es nicht übers Knie brechen – doch so nach und nach wird sie es schon kapieren. Dann wird sie mich auch respektieren, wie es sich gehört. Ich weiß natürlich, das alles ist neu für dich, und in gewisser Weise ist es das ja auch für mich – aber mich wird sie nicht wie einen Bären an der Nase herumführen, Konrad. Das würde auf die Dauer nicht funktionieren.«

Irmgard spitzte die Ohren. Sie legte den Schneebesen aus der Hand und schlich auf Zehenspitzen zur Tür, damit sie besser hörte, was Henrik sagte. Er fuhr fort:

»Okay, da hast du recht, Konrad. Natürlich ist man zuerst ein bißchen unsicher. Schließlich hat man es noch nie versucht. Aber ich habe inzwischen ein bißchen Erfahrung gesammelt. Deshalb rate ich dir, ihr begreiflich zu machen, daß du es bist, der die Befehle gibt, und sie diejenige, die sie auszuführen hat. Das ist das beste, das versichere ich dir. Ich habe meiner schon viel zuviel durchgehen lassen, aber du kannst darauf wetten, daß ich ihr noch beibringe, wer die Hosen anhat. Wenn es nicht anders geht, schlage ich sie mal windelweich. Aber das nur im äußersten Fall. Es funktioniert immer, darauf kannst du Gift nehmen.«

Irmgards Herz begann heftig zu schlagen. Also, das war wirklich der Hammer! Und sie hatte sich eingebildet, sie hätte ihren Mann soweit, daß er nach ihrer Pfeife tanzte, während er in Wahrheit eine schreckliche Rebellion plante. Und das in den Tagen der Frauenemanzipation! Wie sollte denn in Zukunft ihre Ehe aussehen, wenn es ihm mit dem, was er zu seinem Freund sagte, wirklich ernst war? Plötzlich erkannte sie, daß Henrik viel mehr Mann war, als sie gedacht hatte. Und richtige Männer werden respektiert. Niemand versucht, einen richtigen Mann herumzukommandieren. Oh, wie dumm war sie doch gewesen! Wenn ihre Ehe halten sollte, gab es natürlich nur eins – sie mußte sich seinem eisernen Willen unterwerfen und jeder Laune von ihm nachgeben. Sie hatte ihn falsch beurteilt. Natürlich sollte er der Herr in seinem eigenen Haus sein. Und selbstverständlich mußte sie ihm gehorchen, aber – wiederum selbstverständlich – nur, wenn er seine Macht nicht mißbrauchte. Doch das würde Henrik bestimmt nie tun, so war er nicht.

Sie hörte weiter zu.

»Unter uns gesagt. Konrad«, fuhr Henrik fort, »ich hab' sie bisher noch nicht zu hart angepackt, doch wenn sie mir nicht gehorcht, muß ich zu anderen Mitteln greifen. Am besten sperr' ich sie wohl in den Keller und laß sie ein paar Tage hungern. Einsamkeit und Hunger müßten ihr eigentlich den nötigen Respekt beibringen. Also, alles Gute, und wir sehen uns im Club.«

Henriks letzter Rat an Konrad war zuviel für Irmgard. Von Entsetzen gepackt, stürzte sie in die Diele und warf sich vor ihrem Mann auf die Knie.

»Ich schwöre, daß ich dir gehorchen und alles tun werde, was du willst, Liebling!« schrie sie, sprang auf, legte ihm die Arme um den Hals und küßte ihn wild.

Sanft befreite er sich aus ihrer Umarmung, sagte: »Ist

schon okay, Herzchen«, und legte den Hörer auf. Dann setzte er erklärend hinzu: »Das war Konrad aus dem Handball-Club. Er hat mich um Rat gebeten, weil er sich gerade eine junge Schäferhündin zugelegt hat – die gleiche, die wir haben.«

Nein, wir können die Polizei
nicht entbehren ...

Was sollten wir machen, wenn es keine Polizei gäbe? Ganz einfach: Die Autofahrer würden samt und sonders bei Rot über die Kreuzungen fahren. Alten Frauen würde man ihre Taschen stehlen, und unseren Gläubigern würden wir die Gurgel durchschneiden. Die Banken hätten kein Geld mehr, denn das würden wir ihnen klauen.

Nein, es ist klar: Wir können die Polizei nicht entbehren.

Nehmen wir zum Beispiel jenen Betrunkenen, der abends aus seiner Stammkneipe herausgetorkelt kam, seinen geparkten Wagen anvisierte, mit einiger Mühe aufschloß und Platz nahm, um die Heimfahrt anzutreten. Da erst merkte er, daß sein Fahrzeug von Dieben heimgesucht worden war.

Zum Glück entdeckte er zwei Streifenpolizisten, kurbelte das Seitenfenster herunter und winkte sie heran.

»Etwas derart Unverschämtes habe ich noch nie erlebt!« schrie er aufgebracht. »Die verfluchten Autodiebe haben mir mein Lenkrad gestohlen!«

Als die Beamten die Wagentür öffneten, um sich den angerichteten Schaden näher anzusehen, schlug ihnen eine giftige Wolke hochprozentigen Alkohols entgegen.

»Nein«, entschied dann einer der Beamten, »das Lenkrad ist Ihnen nicht gestohlen, aber Sie haben hinten auf dem Rücksitz Platz genommen!«

An einem anderen Abend gab es einen Auflauf in einer Seitenstraße. Ein Mann war aus dem offenstehenden Fenster im zweiten Stock gesprungen. Passanten liefen auf dem Bürgersteig zusammen, und bald erschien der alarmierte Streifenwagen. Zum Glück war dem Mann kaum etwas passiert, von ein paar Schrammen und einem verstauchten Fuß abgesehen.

»Warum sind Sie aus dem Fenster gesprungen?« fragte der Polizist den Verunglückten.

Das Opfer humpelte mit schmerzverzerrtem Gesicht im Kreis herum und stöhnte: »Weil mich meine Frau belogen hat!«

»Und wegen einer Lüge sind Sie aus dem Fenster gesprungen! Das hört sich aber ziemlich unglaubwürdig an!«

»Ist es aber nicht. Das dumme Weibsbild hatte mir eingeredet, ihr Mann befände sich auf einer Auslandsreise!«

☆

In der gleichen Gegend wandte sich eine jüngere Dame kurzatmig an einen Polizisten, der zufällig herangeschlendert kam. Sie packte ihn am Arm:

»Die beiden Kerle dort drüben auf der anderen Straßenseite verfolgen mich seit zehn Minuten. Veranlassen Sie bitte, daß der kleine Dicke endlich abhaut!«

☆

Da wir vorhin gerade von einem Sprung aus einem Fenster gesprochen haben, können wir gleich noch eine ähnliche Geschichte hinzufügen.

In der Innenstadt befand sich ein Rohbau kurz vor der Vollendung. Ein Maurer hoch oben in der vierten Etage stolperte auf dem Gerüst über einen Kasten Bier, als er einige ausgetrunkene Flaschen zur Seite stellen wollte. Er sauste in die Tiefe und fiel dabei durch eine Markise, die seinen Sturz erheblich abmilderte, und landete mit einem dumpfen Geräusch auf einem großen Stapel Isoliermatten. Schnell bildete sich ein Auflauf von Passanten, die sich um den Unglücklichen kümmerten. Auch ein Polizist kam hinzu.

»Was ist passiert?« fragte er den Maurer, der sich fluchend aufgerichtet hatte.

»Woher soll ich das wissen?« knurrte der Verunglückte unwirsch. »Ich bin ja selbst gerade erst gekommen!«

☆

Auch einem anderen Maurergesellen war das Mißgeschick widerfahren, von einem Gerüst zu fallen. Leider hatten in diesem Fall weder eine Markise noch ein Stapel Isoliermatten den Sturz gebremst. Der Mann war auf der Stelle tot.

Polizeiobermeister Mikkelsen war die traurige Aufgabe übertragen worden, der Frau des Handwerkers die Todesbotschaft zu überbringen. Bekanntlich haben Männer oft eine ziemlich holprige und ungeschickte Art, schlimme Nachrichten zu vermitteln. Obermeister Mikkelsen gehörte gewiß nicht zu den Spitzenkräften, wenn es galt, eine Mitteilung zu formulieren. Er stieg die vier Treppen zur Wohnung des Verunglückten hinauf und klingelte. Die Tür wurde von einer nicht mehr ganz jungen Frau geöffnet.

»Hej!« grüßte Obermeister Mikkelsen und salutierte. »Spreche ich mit Witwe Olsen?«

Die Frau nickte zögernd, fügte aber hinzu: »Ich bin Frau Olsen, aber Witwe bin ich nicht!«

Obermeister Mikkelsen streckte ihr mit einer schnellen Bewegung seine riesige Tatze hin und fragte: »Wollen wir wetten?«

Auf einem Polizeirevier erschien ein Mann und zeigte dem wachhabenden Beamten ein Foto.

»Das ist meine Frau«, sagte er. »Sie hat unsere gemeinsame Wohnung in einer recht deprimierten Verfassung verlassen. Ich möchte Sie deshalb bitten, eine Suchaktion einzuleiten.«

Der Wachhabende warf einen skeptischen Blick auf das Porträt. Es schien sich um jene Sorte weiblicher Wesen zu handeln, die man am treffendsten mit der unfreundlichen Bezeichnung »abscheuliche Gewitterziege« charakterisieren könnte. Ganz unerwartet und gegen seinen Willen entfuhr es dem Beamten: »Was? *Diese* Frau sollen wir suchen? Und warum?«

☆

An einem der folgenden Tage erschien ein anderer Mann auf dem Polizeirevier, ein kleiner, furchtsamer und eingeschüchterter Mensch.

»Was können wir für Sie tun?« fragte der Beamte.

»Ich möchte das Verschwinden meiner Frau anzeigen.«

»Und seit wann ist sie verschwunden?«

»Seit ungefähr drei Wochen.«

»Warum haben Sie denn nicht schon längst eine Vermißtenmeldung aufgegeben?«

»Ich wagte einfach nicht zu hoffen, daß es wahr sein könnte.«

An einem anderen Tag erschien eine Frau auf dem Revier. Eine große, robuste, sehr kurz angebundene Dame, das merkte man sofort. Sie wollte ihren Mann suchen lassen. Drei Nächte nacheinander war er nicht mehr nach Hause gekommen, und nun seien ihr Bedenken gekommen.

Der Wachhabende holte einen Notizblock und begann mit den obligaten Fragen. Zum Schluß erbat er noch besondere Kennzeichen.

»Nein, die hat er nicht«, versicherte die energische Frau. »Ich verspreche Ihnen aber: Sollte er noch einmal auftauchen, so werde ich ihm zu welchen verhelfen!«

Verkehrskontrolle an der Autobahn in einer dunklen Nacht. Ein schwach beleuchtetes Fahrzeug wird zur Seite und auf einen Standstreifen dirigiert. Der Streifenpolizist steckte seinen Kopf in das Seitenfenster an der Fahrerseite.

»Ihre Scheinwerfer sind defekt«, stellte er fest.

»Nimm's nicht so schwer, mein Alterchen«, sabberte der Fahrer. »Ich habe nämlich meine Brille vergessen und kann dadurch die Fahrbahn ohnehin kaum erkennen.«

»Geben Sie mir mal Ihren Führerschein.«

»Den habe ich in meiner alten Hausjacke.«

»Und wo ist die?«

»Wo sie hingehört. Bei mir zu Hause.«

»Wissen Sie, daß Sie mit stark überhöhter Geschwindigkeit im Baustellenbereich gefahren sind?«

»Natürlich weiß ich das. Ich wollte nur schnell nach Hause, ehe ein Unfall passiert. Mit meinen Bremsen ist nämlich kein Staat mehr zu machen.«

Nach dieser Auskunft beugte sich die Frau des Fahrers hinüber zum Polizisten.

»Hören Sie nicht hin, was mein Mann sagt, Wachtmeisterchen. Konrad quatscht immer nur dummes Zeug, wenn er so blau ist wie heute.«

☆

An der großen Straßenkreuzung am Rathausplatz wechselte die Ampel von Rot auf Gelb und von Gelb auf Grün.

Alle Autos fuhren weiter – ausgenommen ein sogenanntes häßliches Entlein, an dessen Steuer eine Dame saß. Sie blieb stehen, als fehlte ihrem Wagen der Motor.

Augenblicke später wechselte die Ampel wieder von Rot auf Gelb und weiter auf Grün, und dann wieder in umgekehrter Reihenfolge. Der Wagen blieb stehen, als wäre er festgewachsen.

Schließlich erschien ein Verkehrspolizist, beugte sich zur Fahrerin hinunter und fragte leise: »Sagen Sie, meine

Dame, gefällt Ihnen denn überhaupt keine von unseren Ampelfarben?«

☆

Eines Tages stand ein Mann vor den Schranken des Gerichts, weil er vor einer Kneipe allzu drastische Bemerkungen im Gespräch mit einem Polizisten gemacht hatte.

»Geben Sie zu, daß Sie den Polizeiobermeister ein ganz außergewöhnlich dummes Schwein genannt haben?« fragte der Richter. »Sie sollen ihn einen zentralafrikanischen Gewitterbock und ein blödes Bullenschwein genannt haben, dem man zu einem gewaltigen Bluterguß in seinem Hirnkasten verhelfen müsse.«

Der Angeklagte blickte schuldbewußt vor sich hin und flüsterte: »Ganz verkehrt ist es nicht, was Sie mir vorwerfen, Herr Richter. Die eine oder andere Bemerkung habe ich wohl verwendet. Aber ich möchte doch darauf hinweisen dürfen, daß einem gelegentlich ein paar Worte zuviel aus dem Mund purzeln, wenn man in der unglücklichen Situation ist, daß einem die meisten Vorderzähne fehlen ...«

☆

Unten am Hafen wurde ein Seemann von einer Polizeistreife angehalten, als er sein Schiff verließ und gerade wieder festen Boden unter den Füßen hatte.

»Was führen Sie mit sich?« fragte der Polizist. »Ist das am Ende Schmugglerware?«

Der Beamte deutete auf den großen, schweren Sack, den der Seemann auf der Schulter trug.

»Kein Gedanke«, wehrte der Seemann ab, überlegen lächelnd, »das ist nur meine schmutzige Wäsche.«

Der Polizist befühlte den Sack und schüttelte ihn. Es entstand ein klirrendes Geräusch, dann wurden seine Hände tropfnaß.

»Wirklich nur schmutzige Wäsche?« fragte er mißtrauisch. »Sind Sie ganz sicher, daß meine Hände davon naß werden?«

»Klar! Was denn sonst? Vielleicht sind meine Unterhosen noch nicht ganz trocken ...«

Die Mädchen aus dem
St.-Judith-Hospital

Falls Sie Golfspieler sein sollten – und das sind heutzutage wohl die meisten Menschen –, so kennen Sie sicher den 18-Löcher-Platz von Newton Abbot in Birkshire. Wenn nicht, so will ich hinzufügen, daß er dicht am St.-Judith-Hospital liegt, einer Anstalt für Patienten, bei denen eine Anzahl Schrauben locker sind, falls man so etwas von den Leuten sagen darf, ohne jemanden damit vor den Kopf zu stoßen, denn die Bekloppten können ja nichts dafür, daß man sie nach St. Judith's gebracht hat. Aber genug davon.

Zwei Golfspieler zogen ihre Runden von Loch zu Loch, als ihre Aufmerksamkeit plötzlich von einer wohlgeformten, splitternackten Dame abgelenkt wurde, die quer über den Rasen lief. Die junge Dame wurde von einem Mann in weißem Kittel verfolgt, und ein Stück hinter den beiden tauchte ein weiterer Mann – ebenfalls im weißen Kittel – auf; die beiden versuchten die Nackte einzuholen. Dann erschien noch ein dritter weißgekleideter Mann, der die Gruppe nach besten Kräften verfolgte; sein Lauftempo wurde dadurch begrenzt, daß er einen Eimer mit Sand schleppte. An der großen Ligusterhecke, die das Krankenhausgelände begrenzte, rannte ein weiterer Mann, der ebenfalls hinter der Nackten her war. Die beiden Golfspieler stellten sich ihm in den Weg.

»Sagen Sie doch um Himmels willen, was hier vorgeht! Was bedeutet das alles?«

»Wir sind hier als Wärter und Pfleger am Krankenhaus tätig. Die nackte Frau, die dort drüben läuft, ist aus der geschlossenen Abteilung entwichen. Wann immer sie eine Chance sieht, zieht sie ihre Klamotten aus und spurtet los. Dann haben wir die Aufgabe, sie wieder einzufangen und ihr etwas anzuziehen, damit auf dem Rückweg in ihre Zelle unliebsames Aufsehen vermieden wird.«

»Verstehe«, sagte der eine Golfspieler. »Aber weshalb läuft denn einer von Ihnen mit einem Eimer Sand hinter ihr drein?«

»Ganz einfach«, erklärte der Wärter. »Bei den beiden letzten Fluchtversuchen hat er das Mädchen wieder eingefangen, und der Sandeimer ist jetzt sein Handicap!«

Das Holzpferd von Spentruplund

Geschichte aus der schlimmen Zeit der Leibeigenschaft

Vom Herrn auf Spentruplund, dem bösen, versoffenen Nils Kaas, erzählt die Geschichte, daß er ein jähzorniger Mann war, harten Sinnes, und streng gegen alle die sich ihm nicht fügen wollten. Die unterdrückten Leibeigenen fürchteten ihn. Diejenigen von ihnen, die schon das Holzpferd auf Spentruplund reiten mußten – und das hatten die meisten getan –, haßten ihn aus tiefster Seele, und wer ihm in die Quere kam, mußte sich auf Schlimmes gefaßt machen.

Der einzige, den er nicht unterjochen konnte, war der Junge Bauer Tammes Töv, ein Kerl wie ein Baum, der stärkste und ansehnlichste junge Mann weit und breit mit gewaltigen Schultern und kurzem Hals. Sein dichtes, schwarzes Haar wucherte wie ein Urwald auf seinem Kopf, sein Handrücken war rauh und zerfurcht wie ein frisch gepflügter Acker, dabei breit und vierkantig wie eine mächtige Schaufel.

Bei den Bauern – jung und alt – stand er überall in hohem Ansehen, und die Mädchen waren verrückt nach ihm.

Nicht zuletzt Ann Kristin hatte ein Auge auf ihn geworfen. Sie wohnte bei ihren Eltern auf einem kleinen Hof ein Stück südlich von Spentruplund, und dort saß sie an einem grauen und schweren Dezembertag zusammen mit Tammes auf einem Bottich, der mit Lehm gefüllt war, um die Fachwerkwände des Hofgebäudes zu erneuern. Sie stopfte den letzten Halm zwischen die Balken, trocknete ihre schmutzigen Hände an ihrer Schürze aus Sackleinen ab und wandte sich dann an Tammes, der an einem Eichenknüppel schnitzte.

»Vater will mich bei Nils Kaas verdingen«, sagte sie und sah sehr niedergeschlagen aus. Sie war ein großes, etwas schwer gebautes, aber ansehnliches Mädchen mit gesunden roten Wangen, Augen von der Tiefe und Bläue eines Waldsees und einem hübschen und vollen Busen.

»Dann wirst du auch die neue Frau auf Spentruplund«, sagte Tammes langsam und nachdenklich und stopfte mit dem Ende des Eichenknüppels die lehmigen Halme tiefer in eine Fuge.

»Niemand kann mich zwingen, in einem anderen Alkoven zu schlafen als in meinem eigenen!« sagte Ann Kristin mit flammenden Wangen.

»Doch!« sagte Tammes und fügte hinzu: »Morgen früh, noch ehe er seinen ersten Krug Bier getrunken hat, gehe ich hinüber zu Nils Kaas. Ich werde, so wahr mein Name Tammes Töv ist, dem alten Schurken den Marsch blasen.«

Am nächsten Morgen kam Tammes mit großen Schritten nach Spentruplund. Seine Holzschuhe klapperten, und seine Füße in den grobgestrickten Wollsocken wippten darin auf und ab. Entlang des Straßengrabens standen die Leibeigenen und folgten ihm mit Blicken, die von Entbehrung und Unterdrückung stumpf waren.

»Der Teufel hole mich, wenn Tammes dem Nils Kaas jetzt nicht Bescheid sagt!« flüsterte Bette-Kraen und ließ das schwere Werkzeug aus der Hand fallen.

»Er ist ein gewaltiger Kerl, dieser Tammes!« bestätigte Krykk-Jeriks Bolette mit einem tiefen, von Herzen kommenden Seufzer. Zu gern hätte sie an Stelle von Ann Kristin auf seinem Schoß gesessen und die Dämmerstunden mit Tammes im Heu verbracht.

Kurz darauf stand Tammes vor dem bösen Nils Kaas, der mit seinem Verwalter Jep Snöv bei einem Krug Bier zusammensaß. »Der Henker hole mich, wenn ich dich jetzt nicht ins Loch sperre!« rief der Herr von Spentruplund und schlug mit der Faust auf die Tischplatte, als Tammes ihm verkündet hatte, daß er niemals freiwillig auf Ann Kristin verzichten würde.

»Mich werdet Ihr nicht kleinkriegen, Nils Kaas!« sagte Tammes und stellte sich mit gespreizten Beinen trotzig vor den Bösewicht.

Nils Kaas setzte den Bierkrug hart aus der Hand und warf einen verächtlichen Blick auf den aufsässigen jungen Bauern.

»Du bist ein verdammt harter Kerl!« sagte er grinsend und spritzte etwas Bier an Tammes' Kopf, der vor Wut blaß wurde. »Aber du sollst deine Chance bekommen! Wenn du auf dem Holzpferd bis zum Heiligen Dreikönigstag reitest, ohne zu mucksen, so darfst du das Mädchen behalten. Wenn nicht, gehört es mir!«

»Holt Euer schäbiges Holzpferd her, Nils Kaas!« rief Tammes entschlossen, warf sich in die Brust und stampfte wütend mit den Holzschuhen auf.

»Das Pferd steht auf dem Hofplatz wie eh und je«, sagte der Verwalter, »du hast schon öfter den Weg dorthin gefunden, also wirst du ihn wohl auch diesmal finden.«

Tammes stieß den Verwalter beiseite und stürmte hinunter auf den Hof, gefolgt von Nils Kaas. Während er dem Herrn auf Spentruplund einen trotzigen Blick zuwarf, sprang er mit einem mächtigen Satz auf das hölzerne Martergerät.

Genauso schnell war er auch wieder herunter.

»Ann Kristin gehört dir, Nils Kaas!« heulte er und faßte sich jammernd mit den Händen zwischen die Beine.

Schreiend vor Schmerz verließ er den Hof.

In jener Nacht schlich er nach Spentruplund hinüber und versteckte sich in einem Heuschober, und erst im Laufe des Vormittags schob er sein bärtiges rotes Gesicht über den dunkelgeteerten Balken am Einfahrtstor. Sein Unterkiefer, kräftig wie ein Stück Reitleder, gab ihm den Ausdruck von kühnem Draufgängertum und zäher, furchtloser Entschlossenheit. Als ein Fuhrwerk vor der Empfangstreppe hielt und er im dicken Pelzmantel Nils Kaas' weinrote Wangen und seinen pomadisierten Schnurrbart erkannte, ballte er die Fäuste, daß sich das Blut unter den schwarzen Fingernägeln staute.

»Zum Teufel, Nils Kaas, das sollst du bereuen!« murmelte er verbissen, als er seinen Peiniger beobachtete, wie er Ann Kristin die Treppe hinaufführte.

Kaum war es im Hof still geworden, als Tammes an das Holzpferd herantrat und jedes der vier schrägstehenden

Beine um sechs Zoll verkürzte. Anschließend warf er einen Pflasterstein durch eines der Fenster in das Hauptgebäude.

Augenblicke später erschien Nils Kaas.

»Ihr laßt Eure Dreckfinger von meinem Mädchen, Nils Kaas!« rief Tammes herausfordernd und wippte angriffslustig in seinen Holzschuhen.

Nils Kaas wurde blaß vor Wut.

»Nun sollst du, der Henker hole mich, das Holzpferd bis zur Fackelmesse reiten!« rief er kreideweiß und befahl dem Verwalter, den halsstarrigen jungen Mann aufs Pferd zu fesseln.

»Mich kriegt Ihr nicht klein, Nils Kaas!« rief Tammes und schob den Unterkiefer vor, als ihn Nils auf das Pferd stieß.

»Darüber sprechen wir noch zu gegebener Zeit, kleiner Tammes«, brüllte der Herr auf Spentruplund und fügte hinzu: »Bis zur Fackelmesse hast du es dir anders überlegt. Sitzt du bis dahin auf dem Pferd, ohne einen Laut von dir zu geben, so bekommst du Ann Kristin zurück. Andernfalls fliegst du ins Loch bis zum Sankt-Martins-Tag.«

Tammes blickte den Gutsherrn kaltblütig an.

»Her mit dem Kalender, Nils Kaas«, rief er, »und laßt mich sehen, wann Fackelmesse ist!«

»Am zweiten Februar!« erwiderte Nils Kaas mit einem bösen Lächeln.

»Das ist eine verdammt lange Zeit. Ich habe aber ein neues Polster in meinem Hosenboden, und Euer Holzpferd ist so schwach wie ein alter Fußabtreter. Ich halte das schon durch.«

»Gestern bist du schnell wieder heruntergekommen, du Lausekerl!« Tammes ließ sich offensichtlich nur ungern an die klägliche Figur erinnern, die er am Vortage bei dem Versuch, auf dem Holzpferd zu reiten, gemacht hatte. Er blickte seinem Peiniger starr in die Augen.

Nils Kaas und sein Verwalter entfernten sich, und ein listiges Lächeln breitete sich auf dem stoppelbärtigen Antlitz des jungen Leibeigenen aus. Die sechs Zoll, um die er die Beine des Pferdes verkürzt hatte, bewirkten, daß er mit beiden Beinen leicht die Erde erreichte und dadurch vermied, daß sein gepolsterter Hosenboden in eine allzu schmerzliche Berührung mit dem messerscharfen Rücken des Pferdes geriet.

Am Heiligen Abend, als der Schnee sich wie ein weißes Tuch über Tammes und das Holzpferd gelegt hatte, kam Nils Kaas heraus, um zu sehen, wie es ihm ging. Tammes war bei guter Laune. Er saß auf dem Pferderükken und sang ein altes Bauernlied.

»Er ist ein verdammt harter Kerl, dieser Tammes«, sagte Nils Kaas und gab dem Verwalter Befehl, dem Leibeigenen zusätzlich Eisenstücke an die Füße zu hängen.

Tammes sang unangefochten eine neue Strophe seines Liedes. »Fröhliche Weihnachten, Nils Kaas!« rief er zwischendurch respektlos. »Hoffentlich erstickt Ihr an einem Gänseknochen!«

»Bis zur Fackelmesse bist du sicherlich etwas zahmer geworden, kleiner Tammes!« erwiderte Nils Kaas mit einem verschlagenen Lächeln.

»Vielleicht, Nils Kaas, vielleicht!« Tammes nickte spöttisch und begann auf einem Kamm zu blasen, denn die Zeit wurde ihm lang.

Nils Kaas trat die Schüssel mit der Brotsuppe des jungen Bauern in eine Abflußrinne, die zur Jauchegrube führte, und entfernte sich wütend.

Spät am Abend hing Tammes dösend auf seinem Holzpferd. Plötzlich zuckte er zusammen. Er wackelte ein wenig mit den Ohren, bis der Schnee wieder herausfiel.

Deutlich konnte er das Geräusch von Füßen hören, die eilig über das Hofpflaster tappten. Ein flackerndes Talglicht kam in der Dunkelheit näher.

»Tammes!« flüsterte ein Stimme. Sie gehörte Krykk-Jeriks Bolette, die eine Schüssel Hafergrütze und gekochten durchwachsenen Bauernspeck brachte. Tammes warf einen Blick darauf.

»Iß du selbst deine Grütze und dein Fleisch, Bolette!« sagte er, »ihr habt nicht zuviel davon im Haus«, und schickte sie wieder heim.

»Tammes!« rief jemand kurz darauf. Ann Kristin näherte sich mit Blutwurst und einer Entenkeule, die sie in einem Tuch bei sich trug.

»Ich habe es aus dem Vorratsraum gestohlen«, flüsterte sie.

Tammes warf einen Blick darauf. »Du hättest doch etwas anderes klauen können als Blutwurst. Du weißt doch, daß mir davon schlecht wird«, sagte er unzufrieden und wandte sich ab.

»Tammes!« rief kurz darauf eine dritte Stimme. Sie gehörte der hübschen jungen Frau auf Spentruplund, Anna Sofie, die eine knusprig gebratene junge Hafermastgans und ein Glas Bier brachte.

»Das laß ich mir gefallen!« nickte Tammes zufrieden und schnalzte mit der Zunge. Dann aß und trank er und räkelte sich auf der Marter vor Wohlbehagen.

»Du bist ein prächtiges kleines Geschöpf!« sagte er und kniff sie mit seiner groben Faust zärtlich in den Hintern.

»Laß uns zusammen vom Hof fliehen, Tammes!« flüsterte sie hastig. »Lieber will ich als Häuslerin mit dir zusammen Leben als unter einem Dach mit Nils Kaas wohnen. Er ist ein Bösewicht.«

»Der Armleuchter!« sagte Tammes. »Ich werde, der Teufel hole mich, mit diesem Lumpenhund schon noch abrechnen. Hinterher können wir beiden dann miteinander reden, Anna Sofie.«

Anna Sofie drückte sich an den großen jungen Bauern, und er schob seine Hand in ihren Halsausschnitt und streichelte ihren weißen Busen.

»Oh, Tammes«, flüsterte sie, und etwas später: »Jetzt muß ich aber gehen. Wenn Nils Kaas mich hier sieht, schlägt er mich tot.«

Am Silvesterabend tauchte Nils Kaas zusammen mit dem Verwalter auf. Der Gutsherr war völlig betrunken, und schwerer Bierdunst stand wie eine Wolke um ihn.

»Der Teufel hole mich, er lebt noch!« sagte er zu Jep Snöv und wandte sich dann an Tammes.

»Nun reitest du schon vierzehn Tage, aber heute abend bin ich gut gelaunt. Runter vom Pferd mit dir und verschwinde!«

»Was wird mit Ann Kristin?« fragte Tammes. »Darf sie mich begleiten?«

»Ich werde dich prügeln und ins Loch werfen, wenn du nicht augenblicklich den Hof verläßt, du frecher Hund!«

Der Satan selbst flammte plötzlich aus den Augen des Gutsherrn, und Tammes schwieg. Dann wurden ihm die Eisen von den Füßen genommen, und er machte sich davon in den Wald.

Erst als er den Waldessaum erreicht hatte, drehte er sich kurz um und blickte nach Spentruplund. Sein Blick brannte vor Rache.

In dieser Neujahrsnacht schlief Tammes nicht. Als sich eine Wolke vor den Mond schob, schlich er hinüber nach Spentruplund. Im Schutze der Dunkelheit mauerte er das Gefangenenverlies zu, und er machte seine Arbeit so gründlich, daß man nicht einmal mehr sehen konnte, daß dort jemals ein Loch in der Mauer gewesen war.

Als der Tag anbrach, warf er wieder einen Pflasterstein

in das Schlafzimmer des Gutsherrn Nils Kaas, der im Nachthemd ans Fenster stürzte. »Du läßt deine dreckigen Finger von Ann Kristin, du Armleuchter!« rief Tammes drohend.

Nils Kaas brüllte wie ein Rasender nach dem Verwalter. »Wirf den halsstarrigen Quadratrüpel ins Verlies!« kommandierte er. Jep Snöv zog mit Tammes ab, um den Befehl seines Herrn auszuführen, aber er konnte das Verlies nicht finden. Er fluchte und schimpfte und suchte überall, aber ohne Erfolg.

»Es ist wohl am besten, wenn du wieder auf dem Holzpferd reitest, Tammes«, sagte er ratlos.

»Da reite ich bis zur Fackelmesse oder noch länger drauf, ohne daß es mir weh tut«, erwiderte Tammes.

»Schon gut, schon gut!« sagte der Verwalter. »Mach, daß du fortkommst, du Schlingel!«

Tammes machte sich in seinen Holzschuhen auf den Heimweg. Er war sich darüber klar, daß ohne Verlies und mit den kurzen Beinen des Holzpferdes die Macht des Gutsherrn gebrochen sein würde, und seinem zufriedenen Mienenspiel konnte man anmerken, daß er bereits große Zukunftspläne hatte, während er sich durch den Schneesturm vorwärts kämpfte.

Die Kunde, daß das Verlies auf Spentruplund nicht mehr zu finden sei, breitete sich schnell in der ganzen Gegend aus, und auch, daß Tammes Töv sechs Zoll von den Beinen des Holzpferdes abgesägt hatte, so daß jeder bis zum Jüngsten Tag darauf reiten konnte, ohne dadurch nennenswerten Schaden an empfindlichen Körperteilen zu erleiden, egal, wieviel Eisen ihm an die Knöchel gebunden wurde. Folglich krochen die Bauern nicht mehr in die Straßengräben oder hinter Büsche, wenn sich Nils Kaas näherte, und sie nahmen auch nicht länger demütig ihre Kopfbedeckungen ab, wenn er vorüberging.

Eines Tages grüßte Krykk-Jerik obendrein den Gutsherrn damit, daß er nur einen Finger an die Hutkrempe legte.

»Moin, Nils«, rief er.

Der Gutsherr war wie gelähmt.

»Wirf die elende Ratte ins Verlies!« schrie er den Verwalter an, »und laß sie dort liegen, bis sie verfault ist!«

»Wir haben kein Verlies mehr, Herr Nils«, bedauerte Jep Snöv.

»Dann soll er, zum Satan noch mal, auf dem Holzpferd reiten, bis er bis zum Hals durchgeschnitten ist!« brüllte Nils Kaas.

»Ja.« Krykk-Jerik grinste und zeigte seine vom Kautabak gebräunten Zahnstummel. »Das wäre mal ein echter Spaß, auf deiner alten Kricke ein wenig zu reiten, Nils.«

Nils Kaas drehte sich zornbebend um und verschwand. Er begriff, daß seine Macht über die Leibeigenen gebrochen war.

Mit Tammes an der Spitze zogen die Leibeigenen in der Heiligen Dreikönigsnacht im flackernden Schein von Pechfackeln auf den Weg nach Spentruplund, bewaffnet mit Schaufeln, Spaten und Mistgabeln, um mit ihrem bösen Gutsherrn abzurechnen. Der steinige Weg hallte vom Klang ihrer eisenbeschlagenen Holzschuhe wider. Sie stiegen die Haupttreppe zum Gutshaus empor und klopften an Nils Kaas' Tür. Er erschien im Nachthemd und mit einer roten Nachtmütze auf der Treppe.

Etwas später tauchte auch der Gutsverwalter auf, der die Aussichtslosigkeit der Situation sofort einsah.

»Ich bin auf eurer Seite, ihr guten Bauern!« rief er und stellte sich neben die Bauern, während er ausrief: »Nieder mit Nils Kaas, dem Armleuchter!«

»Ja, nieder mit dem Tyrannen!« schrie Krykk-Jerik

und pikte den Gutsherrn mit einer Mistgabel in den Bauch.

Die Spaten blinkten im Schein der Fackeln unheilverkündend, und Nils Kaas wurde es mulmig zumute.

»Wartet ein wenig, liebe Bauern!« rief er listig, »ich bin ja auch auf eurer Seite.«

Er war halb wahnsinnig vor Angst und wußte kaum, was er sagte.

Krykk-Jerik zog ihm das feine Batistnachthemd aus und ließ ihn in alte Lumpen steigen, die ihm fast vom Leibe fielen.

»Sieh nur, du Fledermaus!« rief Tammes und setzte sich die vornehme rote Nachtmütze des Gutsherrn auf. »Von nun an bin ich der Gutsherr. Von dieser Stunde an!«

Tammes ernannte stehenden Fußes Krykk-Jerik, Bette-Kraen, Gammel-Nils und all die anderen zu seinen Verwaltern, so daß es plötzlich siebenunddreißig Verwalter auf Spentruplund gab.

»Wir müssen aber auch einen Leibeigenen haben!« rief Tammes, »wen wählen wir zu unserem Leibeigenen?«

»Nils Kaas!« schrien alle wie aus einem Munde.

Und so geschah es, daß der böse Gutsherr den Rest seiner Tage als einfacher Leibeigener verbringen mußte.

Von nun an war er der einzige auf Spentruplund, der überhaupt noch arbeitete. Tammes ließ in großer Eile ein neues Holzpferd anfertigen, dessen Beine zwölf Zoll länger waren als die des alten, und seine Verwalter ließen Nils Kaas darauf immer wieder reiten. Ann Kristin zog als Hausfrau nach Spentruplund, und Tammes befahl Anna Sofie, bei ihr als Kammermädchen tätig zu sein.

»Und von jetzt an wechselt ihr beide jedes Jahr am Sankt-Michaels-Tag die Rolle als Hausfrau und Kammermädchen«, bestimmte er. »Das erscheint mir eine gerechte und angemessene Lösung zu sein.«

Und dabei blieb es.

Als die Ernte anbrach, war es schwierig, sie in die Scheuern zu bringen, denn Nils Kaas war, wie gesagt, der einzige Landarbeiter, und Tammes war ärgerlich über das viele Korn, das auf den Halmen verfaulte, und ließ seine Reitpeitsche auf Nils Kaas' Rücken tanzen. »Du sollst, beim Henker, auf dem Holzpferd bis zum Martinstag reiten, wenn du nicht als erster im ganzen Land die Ernte einbringst!« sagte er und ließ Nils Kaas aufs Feld hinausprügeln, wo er die Garben sammeln und aufstellen mußte. Doch so sehr Nils Kaas sich auch abmühte, erst tief im Dezember konnte man auf Spentruplund das Erntefest feiern. Es wurde aber dennoch ein fröhliches Fest.

Ein Brief vom Planeten Mars

An: Mr. und Mrs. Hank Malloney, 1148 High Avenue, Hillstone, Connecticut, USA.

Liebe Mom, lieber Dad,
endlich finde ich mal die Zeit, Euch meinen ersten Brief vom Planeten Mars zu schreiben. Ihr habt bestimmt schon darauf gewartet. Steve und ich kamen hier in einem Strato-Raumschiff an. Wir hatten alle Hände voll zu tun, um uns auf dem Marsplateau einzurichten, wo Steve einmal arbeiten wird. Die Eingeborenen hier auf der anderen Seite des Mars sind sehr primitiv und in vieler Hinsicht zurückgeblieben. Aber sie sind jedenfalls nicht aggressiv und den Erdmenschen auch nicht feindlich gesonnen, wie man es uns auf der Erde erzählt hatte.

Sie betrachten sich fast alles mit kindlicher Neugier. Ich habe sechs der Aufgewecktesten als Hausboys engagiert. Es ist sehr praktisch, sie als Hilfe zu haben, weil sie nämlich sechs Arme haben. Das haben hier alle. 36 Hände können einem bei der Hausarbeit schon ganz schön helfen. Unglücklicherweise sind meine Hausboys – und das gilt für alle Marsbewohner – sehr unzuverlässig und unehrlich. Ist ja klar, mit sechs Händen fällt einem das Stehlen leicht. Andererseits ist das Geschirrabwaschen mit sechs Händen ein Kinderspiel.

Gestern abend nahm uns Professor Sandersen zu einem richtigen Marsfest mit. Die Eingeborenen opferten den Erdgöttern und tanzten ihre seltsamen wilden Marstänze. Sie sind sehr rhythmisch und faszinierend, weil sie nur mit den Händen tanzen. Sie klatschen die ganze Zeit in die Hände, immer zu dem eintönigen, unheimlichen Beat, den die Musiker mit allen sechs Händen auf einen hohlen Meteoriten trommeln.

Wie Ihr wißt, leuchten alle Marsbewohner. Sie haben irgendso was wie Phosphor in ihren Hautpigmenten. Sie können auch nach Belieben die Farbe wechseln. Am Tage leuchten sie meist hellgrün. Aber ihre Handflächen und ihre Fußsohlen sind blauviolett. Professor Sandersen hat sie eines Abends mal beobachtet, wie sie eine Marsjungfrau dem irdischen Erdgott opferten. Phantastisch, nicht wahr?

Gestern abend sahen Steve und ich ein paar Krieger auf den knisternden Eiszapfen tanzen, die von den Eishöhlen in einem nahegelegenen Gletscher herabhängen. Es hört sich unglaublich an, aber sie können auf Eiszapfen tanzen, ohne sich Erfrierungen zuzuziehen. Als Steve nach dem Tanz ihre Fußsohlen anfaßte, waren sie genauso kochendheiß wie immer. Die Marsmenschen haben eine Körpertemperatur, die beinahe so hoch ist wie der Siedepunkt des Wassers auf der Erde.

Steve hatte seine Missionsstation eingerichtet und wollte sie bekehren. Aber er sagt, es sei unmöglich, einen Marsmenschen zum wahren Glauben zu bekehren. Sie glauben nur an die Mondastronauten-Götter wie Armstrong, Young, Duke und all die anderen. Er sagt, um da etwas zu erreichen, müßte man sie erst lesen und schreiben lehren. Aber er meint auch, er möchte mal den Lehrer sehen, der es fertigbringt, daß ein Marsbewohner mit sechs Händen leserlich schreibt. Beim Lesen lernen gibt es auch Probleme. Die Marsmenschen haben nämlich nur ein Auge im Hinterkopf, und Steve kann sich nicht vorstellen, wie sie damit auf die Tafel vor ihnen sehen könnten.

Sie sind wirklich sehr primitive Wesen, diese Bewohner der Rückseite des Mars, die man lange Zeit für unbewohnbar hielt.

Und sie müssen alles anfassen. Steves Kleidung ist ständig durcheinandergeworfen und zerknautscht. Wenn sie allein im Haus sind, stöbern sie alles durch. Oft haben wir uns versteckt und sie heimlich beobachtet, wie sie Steves Hemden und Rollkragenpullover anprobierten. Mom und Dad, Ihr könnt Euch nicht vorstellen, wie ulkig es aussieht, wenn ein sechsarmiger Marsmensch einen zweiarmigen Pullover anprobiert! Sie begreifen nicht, wie jemand mit nur zwei Armen existieren kann.

Ich habe auch eine große, fette Marsfrau im Haus. Sie kann die Finger nicht von meinem Kosmetikkoffer lassen. Gestern abend überraschte ich sie dabei, wie sie sich das ganze Gesicht mit einem meiner Lippenstifte anmalte. Vorher hatte sie sich bereits ihre angespitzten Ohren mit dem Lidstift blau gefärbt. Sie glaubte, sehr elegant auszusehen. Phantastisch primitive Wesen!

Unser Hilfscorps für nichtindustrialisierte Nationen wird es sehr schwer haben, ehe es den ersten Erfolg zur

Erde melden kann. Dr. Williams, der hiesige Chef des WHO-Corps sagt, es sei zum Beispiel unmöglich, ihre Sterblichkeitsziffer zu senken. Das kommt, weil die Marsbewohner unvergänglich sind und ewig leben. Auch Professor Fowley vom FAO-Corps bezweifelt, daß wir ihnen überhaupt helfen können. Er hatte ihnen 10 000 Kisten Milchpulver mitgebracht. Sie haben daraus eine Eisbahn gebaut. Professor Fowley hält das sogar für vernünftig, denn er sagt: »Wie in Gottes Namen soll man Milchpulver an Wesen verfüttern, die überhaupt keine Münder haben?«

Ihr seht, wir haben eine Menge Probleme mit diesen ungewöhnlichen Eingeborenen. Aber Probleme sind dazu da, gelöst zu werden. Und Steve hat sein Problem schon gelöst. Wie gesagt, hat er sein Vorhaben, die Marsbewohner zum rechten Glauben zu bekehren, längst aufgegeben. Die Frage war, wie er sich eine neue Existenz schaffen soll. Er mußte irgend etwas anderes tun. Schließlich müssen wir leben.

Und neulich hatte er die Idee. Er schaute gerade aus dem Fenster und sah einigen Marsbewohnern bei ihrem Wuk-Wuk-Spiel zu. Das ist eine Art Mars-Fußball. Aber man darf nur die Hände benutzen, und es gibt einen Freiwurf, wenn man den Ball mit dem Fuß stößt.

Plötzlich durchzuckte es ihn, und er rief mir zu: »Marjorie, siehst du diesen Wald von Händen draußen? Ich kam dabei auf die größte Idee aller Zeiten. Jetzt weiß ich, was wir machen werden: Wir gründen eine Handschuhfabrik!«

Die Scottmann-Expedition

Es war in den guten alten Zeiten, damals, als die Männer noch Männer waren und keine Angst hatten, es zu zeigen. Damals lag das alte Thule noch gut versteckt hoch oben im kalten Norden, und man konnte nicht, wie heute, lässig hingegossen in einer Luxuskabine, über den Pol fliegen, während dienende Geister um einen herumsausen und Drinks und zollfreie Zigaretten anbieten. Nein, damals war der Nordpol noch nicht so überlaufen. Man wußte natürlich, wo er lag, aber man wußte nicht genau, wer da schon mal gewesen war, und noch weniger, wie man dahin kam. Und so etwas reizt ja den Forscherdrang. Jeder Entdeckungsreisende, jeder Polarforscher mit ein wenig Respekt vor sich selbst rüstete Nordpolexpeditionen aus. Die Abenteurer veranstalteten ein Wettrennen in den nördlichen Gefilden, über Ellesmere-Land, Grant-Land und Franz-Joseph-Land hinaus, in all den Gebieten, die wir heute wie unsere eigene Westentasche kennen, die man damals aber nur unter den größten Schwierigkeiten finden und bezwingen konnte. So, und jetzt wollen wir mit unserer eigentlichen Geschichte beginnen, ja?

Also gut, sie handelt von dem Amerikaner Gilbert Hall. Ihm kam die glänzende Idee, daß man aus dieser atemlosen Polarjagd eine Menge Geld schlagen könnte. Irgendwo oben in der arktischen Region hatte er bei den Polareskimos seine Zelte aufgeschlagen und betrieb ein Nachforschungsbüro für vermißte Nordpolexpeditionen.

Eines Tages, als er sich bei einer rauchenden Kaffee-Orgie mit kleinen Eskimomädchen amüsierte, schepperte der Telegrafenapparat. Eine Nachricht aus New York: »Hören Sie, eine Katastrophe«, meldete der Telegrafenstreifen, »wir haben seit Ewigkeiten kein Lebenszeichen von Robert Scottmanns Nordpolexpedition. Wo, zum Donnerwetter, kann der Mann abgeblieben sein? Könnt ihr nicht die Hunde vor den Schlitten spannen, die Kufen einkreiden, lossausen und nach ihm suchen?«

Gilbert ließ die Mädchen fallen, spannte eine wilde Horde heulender Alaska-Eskimos vor und zog mit seinen Schlitten gen Norden. Es war ein ungewöhnlich strenger Winter gewesen, und die Hunde hatte man längst für Kohl und Labskaus gebraucht.

Nach einigen Tagen erreichte man die äußerste, eiskalte Kante von Peary-Land und erblickte dort ein halb vereistes Zelt. Gilbert steckte den Kopf hinein und entdeckte die Leiche von Wilbur Smith, dem Kartographen der Scottmann-Expedition. Aufzeichnungen in seinem Tagebuch verrieten, daß er vor Hunger umgekommen war. Und die Vermutung wurde dadurch bestätigt, daß er den Wildlederrücken seines Tagebuches angeknabbert: und nur den Golddruck ausgespuckt hatte. Wilbur Smith schrieb, daß alle Leute der Expedition sehr geschwächt wären, nachdem sie seit drei Wochen keine Krume zu essen bekommen hätten.

Gilbert lockerte den Kragen seines schwarzen Pelzanoraks, um sich im Nacken zu kratzen.

»Irgend etwas stimmt hier nicht«, sagte er stirnrunzelnd zu Karlsenikut, dem Eskimoführer, der auf einem Stapel ungeöffneter Dosen Pemmikan saß und in einem alten, fettigen Exemplar des Atuagagdliutut, des Grönland-Journals, blätterte.

Gilbert warf einen Blick auf die etwa hundert Dosen mit Bohnen, Kakao, Kondensmilch und leckeren handgerollten Frühlingsrollen, die ringsherum im Schnee verstreut lagen. Gilbert glich einem einzigen Fragezeichen. Als Karlsenikut das Feuilleton im Atuagagdliutut durchgelesen hatte, brachen sie auf und setzten die Reise nach Norden fort.

Einige Tage später fanden sie den zweiten Mann der Scottmann-Expedition. Aus einer Mitteilung, die an seine Brust geheftet war, ging hervor, daß auch er vor Hunger gestorben war. Wieder schüttelte Gilbert resigniert den Kopf. Der Kopf des Mannes ruhte auf einem Stapel Dosen, deren Inhalt aus gepökelten Polarschneehühnern bestand, und rundherum lagen Dosen mit Pemmikan. Gilbert öffnete eine Dose mit Schneehuhn-Pastete, es war die beste Pastete, die er seit langem gegessen hatte.

Am folgenden Tag fand man ein weiteres Mitglied der Scottmnnn-Expedition. Damit Polarfüchse, Polarschakale oder andere herumstreifende Raubtiere den Entschlafenen nicht zuschanden beißen konnten, hatte man ihn sorgfältig mit Dosen von Pemmikan und Champignonsuppe zugedeckt. Gilbert schob die Dosen zur Seite und zog einen Zettel aus der Brusttasche des toten Polarforschers. Dort stand: *Roderick McGurk, Unterbefehlshaber der Scottmann-Expedition, vor Hunger gestorben, den 13. Febr. 1898.*

»Ich werde wahnsinnig, ich bin reif für die Irrenanstalt, wenn die Toten weiterhin mit Dosennahrung zugedeckt sind«, rief Gilbert verzweifelt und trat gereizt nach einer Dose mit braunen Bohnen, daß sie bis nach Baffin Bay kullerte.

Um eine lange und traurige Geschichte kurz zu machen – kurze Zeit später fand man direkt am Nordpol des Rätsels Lösung. Dort lag die Leiche von Will Brown, dem Koch der Expedition, und man las seine Tagebuchaufzeichnungen. Dort stand: *Ich kann nicht mehr, die Kräfte lassen nach. Seit 47 Tagen habe ich keinen winzigen Krümel zu essen bekommen. Aber gut, daß bald alles vorbei ist. Die anderen machen mir das Leben zur Hölle ... nur, weil ich zu Hause im Depot den verdammten Dosenöffner vergessen habe.*

Der französische Diener im Claridges

Zahlenmäßig gibt es kaum eine Grenze für die vielen Hotels in London, selbst wenn man nur die exklusivsten nennt: Grosvenor House, Westbury Hotel, Ritz, Dorchester an der Park Lane und schließlich Claridges an der Brook Street. Und ausgerechnet im Claridges spielt sich die folgende unvergeßliche Geschichte ab.

Während eines Galadiners fiel einem besonders prominenten Gast, der fast bis zum Bauchnabel dekolletierten Gräfin Kamilworth-Hoddledoyle, ihre Serviette auf den Fußboden. Sie beugte sich hinunter, um sie unauffällig wieder aufzusammeln, als plötzlich etwas außerordentlich Peinliches passierte: Ihr mächtiger, voller Busen rutschte aus dem BH.

Der französische Diener im Claridges, Jean-Paul, war

nicht umsonst ein waschechter Franzose. Ohne lange zu überlegen, setzte er das silberne Tablett mit dem walisischen Lammrücken auf den Abstelltisch und stopfte den Busen blitzschnell in den BH zurück, wohin er ja auch gehörte. Das alles ging so blitzartig vor sich, daß keiner der festlich gekleideten Ehrengäste von diesem Intermezzo etwas bemerkte.

Nur der Oberkellner vom Claridges hatte es gesehen. Sonst wäre er dort wohl auch nicht Oberkellner geworden.

»Mr. Dupont«, flüsterte er und zog den Kellner unauffällig auf die Seite in eine Nische. »Sagen Sie mal: Wo haben Sie gearbeitet, ehe Sie ins Claridges kamen?«

»Im Baur au Lac in Zürich, im Quirinale in Rom, im Castellana-Hilton in Madrid, im Hotel d'Angleterre in Kopenhagen und in den ›Vier Jahreszeiten‹ in Hamburg – nur erste Adressen!«

»Und wenn es in einem der Hotels, die Sie gerade erwähnt haben, zu einer so peinlichen Episode gekommen wäre wie der, die wir soeben erlebt haben – hätten Sie dann genauso gehandelt?« erkundigte sich der Oberkellner mit leiser Stimme.

»Ja, Sir«, nickte Jean-Paul. Und dann kam auch schon die Zurechtweisung, die er erwartet hatte.

»Wir sind hier im Claridges, junger Freund. Und nicht im Baur au Lac oder einem der anderen Hotels!« sagte der Oberkellner streng. »Sollten Sie noch einmal in eine Situation geraten wie der eben erlebten, so gebrauchen Sie gefälligst nicht ihre nackten Finger, sondern stets eine erwärmte Suppenkelle!«

Rote Rosen für Petra

Himmel und Hölle waren los, es herrschte ein fürchterliches Unwetter. Draußen und drinnen. Schauen wir uns zuerst das Unwetter drinnen an, genauer gesagt, in Petras kleinem Zimmer im Hause ihrer Eltern. Petras Stimme beherrschte die Szene, Petras Stimme zerriß wie ein Blitz die Luft. »HIER!« schrie sie und schmiß sechs hübsche Friedensrosen mit Dornen und allem Drum und Dran ihrem Herbert an den Kopf. »Hier hast du deine verdammten Rosen. Ich pfeife darauf, auf die Rosen, auf dich und die ganze Welt, ich pfeife einen ganzen Radetzky-Marsch darauf. Glaub ja nicht, du könntest dir mein Verzeihen mit so ein paar halbverwelkten Mistrosen erkaufen. Wenn du dies freche kleine rothaarige Flittchen lieber magst, dann ...«

»Aber Petra, Liebste«, unterbrach Herbert sie jammernd

und warf einen verzweifelten Blick auf die Rosen, die auf dem Boden verstreut lagen, »ich kann doch nichts dafür, daß ich im Kino zufällig neben ihr saß. Ich wollte es gar nicht. Ich SCHWÖRE, ich war nicht mit ihr zusammen. Sie durfte nicht einmal von meinem Yankee-bar probieren, ich hab' alles selbst gegessen. Und ich hab' kein Wort zu ihr gesagt, außer: Hallo, Lissi, wie geht's? als ich mich setzte. Das kann doch nicht so schlimm sein.«

»Pah, du lügst wie gedruckt. Heidi hat selbst gesagt, daß sie und auch Anette gesehen haben, wie du zusammen mit Lissi ins Kino kamst ...«

»Ich SCHWÖRE!«

Herbert rang verzweifelt die Hände, hob drei Finger zum Schwur und schlug sich dramatisch auf die Brust, um zu zeigen, daß er seinen Eid ernsthaft leistete.

Aber Petra blieb hart. Spontan griff sie nach einer Langspielplatte – die zum Glück schon eine Schramme hatte – und knallte sie dem dummen Herbert mit voller Kraft über den Schädel so daß kein einziger Ton übrigblieb.

»Kommst hier mit deinen Rosen angeschlichen und riechst kilometerweit nach schlechtem Gewissen. Oh, wie ich dich hasse! Ich hasse, hasse, HASSE, dich! Hast du das endlich begriffen? Wag es nicht, mir nochmals unter die Augen zu treten. Und ich meine das, fünfhundert Prozent. Wenn du nicht sofort abhaust, dann rufe ich meinen Vater. Und dann kannst du deine Knochen in der Tüte nach Hause tragen. Da ist die Tür – los, verschwinde!«

Herbert riß die Tür auf und ließ sie mit einem lauten Knall hinter sich zufliegen ... und riß sie zwei Sekunden später wieder auf.

»Ich stürze mich kopfüber von der Marienbrücke und ertränke mich!« rief er verzweifelt. Dann warf er die Tür abermals zu und sprang in drei Sätzen die Treppe hinunter.

Petra blieb einen Augenblick stehen und starrte auf die

Tür. Sie bemerkte nicht einmal, daß ihr neues tolles Plakat mit ihrem großen Idol, Lovelace Ticky, von der Wand gesegelt war. Und sie bemerkte nicht, daß sie auf die Friedensrosen trat. Sie warf sich auf ihr Bett und schluchzte, daß man zwei Minuten später ihre Bettdecke hätte auswringen können. Plötzlich fuhr sie hoch. Auf einmal wurde ihr klar, was Herbert eigentlich gesagt hatte.

»Papi ... Mami ... PAPI!« schrie sie und stürzte runter ins Wohnzimmer. Ihre Mutter sah von ihrem Strickzeug auf, und der Vater stellte den Fernseher leiser.

»Was ist denn los?«

»Herbert! ER ERTRÄNKT SICH!«

»Was tut er?«

»Er ertränkt sich. Er springt von der Marienbrücke und wird ertrinken. Wir haben uns gestritten – und ich habe ihm seine blöden Rosen an den Kopf geworfen. Er war ganz verzweifelt, und jetzt nimmt er sich das Leben. Du mußt etwas tun, Papi, aber schnell, hörst du?«

»Ach, er wird es sich schon anders überlegen.«

»Nein, Papi, wenn er sagt, er tut etwas, dann tut er das auch. Damals, da durfte er doch nicht ... also vor unserer Verlobung ... als er nicht seinen Willen kriegte, da war er auch ganz außer sich. Er sagte, er wollte sich vor den Alpenexpreß werfen ... und ich bin ihm zum Bahnhof nachgelaufen, und er warf sich der Länge nach vor die Lokomotive. Und sein Leben hat er nur gerettet, weil es nicht der Alpenexpreß war, sondern nur ein Güterzug, der erst am nächsten Tag weiterfuhr. Wie schrecklich, wenn er von der Marienbrücke springt. Er kann höchstens ein paar Meter schwimmen. Du mußt ihn retten, Papi ... ich kann ... ich kann nicht ohne ihn leben. Schnell, beeil dich ... vielleicht kannst du ihn noch einholen!«

Petra schob ihren Vater hinaus. Der Regen prasselte herunter, es blitzte und donnerte, es raste und tobte, als wären Himmel und Hölle los. Die Wettergötter verstanden es offensichtlich, das Dramatische an der Situation zu unterstreichen. Petras Vater machte sich auf den Weg und lief die kleine Villenstraße entlang. Erst jetzt entdeckte er, daß er in Hemdsärmeln und Puschen war. Marienbrücke? Mein Gott, das war ein weiter Weg. Er nahm eine Abkürzung quer über die Felder und erreichte den Fluß. Er lief weiter am steinigen, schilfbedeckten Ufer entlang. Der Fluß war nicht sehr breit, aber tief und hatte eine reißende Strömung. Wenn der Junge sprang, war er verloren, denn er konnte nicht gut schwimmen. Petras Vater lief schneller. Er war schon bis auf die Haut durchnäßt und hatte einen Puschen`verloren. Jetzt konnte er die Brücke sehen. Eine Viertelstunde später stand er oben. Keine Spur von Herbert, auch nicht unten im reißenden Strom. Doch ... wirbelte nicht da unten etwas im Dunkeln? Eine Jacke? Er lief runter und entdeckte ein Boot, das vor einem verlassenen Sommerhaus an Land gezogen worden war. Trotz Sturm und Regen konnte er sich auf dem Boot bis zur Jacke hinausarbeiten ... die sich als ein großer Klumpen Blasentang entpuppte. Er verlor das Ruder, mit dem er sich vorwärtsgearbeitet hatte, und das Boot trieb hinaus in den wilden Strom. Es gab keinen anderen Ausweg, er mußte ins eiskalte Wasser springen und an Land schwimmen.

Erst eine Stunde später erreichte er sein Haus. Erschöpft, abgerissen, durchnäßt und verfroren, mehr tot als lebendig. Im Wohnzimmer auf der Klavierbank saßen Petra und Herbert eng umschlungen beieinander. In einer Kristallvase auf dem Tisch standen die Friedensrosen, hübsch und sorgfältig geordnet, mit Venushaar verziert. Petra warf ihrem Vater ein glückliches Lächeln zu.

»Er kam zurück, als du gerade losgegangen warst, Papi«, flüsterte sie. »Es regnete ja, und er hatte keinen Regenschirm.«

Drei kleine Verjüngungspillen

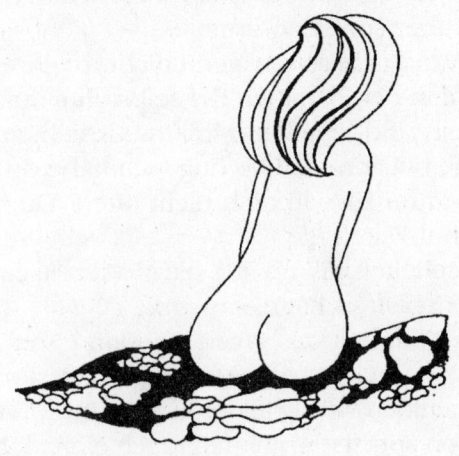

Obwohl Ralph Halloway es nie zugegeben hätte – nicht einmal sich selbst gegenüber! – störte es ihn, daß seine Frau Miriam dreizehn Jahre älter als er selbst war.

Als sie heirateten, war er zweiundzwanzig und sie fünfunddreißig gewesen. Natürlich hatten viele prophezeit, daß sich der Altersunterschied auf ihre Beziehung auswirken würde, daß Ralph eines Tages genug von ihr haben und sich nach jemand anderem umsehen mußte.

Aber ihre Ehe übertraf alle Erwartungen und ging jetzt schon ins fünfzehnte Jahr. Miriam jedenfalls liebte ihren Gatten nach wie vor, und er mochte sie auch, obwohl der Altersunterschied mit den Jahren immer offensichtlicher geworden war. Die Leute aus ihrem Bekanntenkreis konnten es nicht mehr übersehen, und vor kurzem erst hatten einige von Ralphs engsten Freunden taktlos angedeutet, er könne doch auch mal fünf gerade sein lassen und statt Miriam eine andere nehmen. Da dies für ihn undenkbar gewesen wäre, wußte Ralph, daß er offen mit Miriam darüber sprechen konnte.

Eines Abends saßen sie gemütlich vor ihrem Kamin, und im Schein der Flammen fiel selbst ihm auf, wie viele Altersrunzeln und -fältchen Miriams Gesicht aufwies.

»Liebling«, begann er aufrichtig, »ich habe drüber nachgedacht. Warum läßt du dich nicht liften? Du bekommst schon überall Falten ...«

Miriam lächelte still und ließ die Modezeitschrift, in der sie gerade geblättert hatte, sinken.

»Um die Wahrheit zu sagen«, gestand sie, »habe ich schon ein paar Gesichtsoperationen hinter mir, Ralph. Noch einmal liften würde leider nichts nützen. Aber da du gerade davon sprichst – schau dir doch einmal dies an. Ich habe es heute früh in der Morgenzeitung gefunden.«

Sie reichte ihm einen Zeitungsausschnitt, und er las laut vor: »Der indische Verjüngungsspezialist Yogi Ajoi Tagmomore befindet sich derzeit in London und wohnt im Hotel Metropole. Sprechstunden nur nach Vereinbarung.«

»Verjüngungsspezialist«, wiederholte Ralph bei sich, und sein Gesicht hellte sich auf. »Das ist keine schlechte Idee.«

»Glaub' ich auch. Ich könnte einen Termin mit ihm vereinbaren, und vielleicht kann er mir wirklich helfen. In Indien altern die Frauen viel schneller, und ich habe gehört, daß er geradezu phantastische Ergebnisse bei einer Patientin erzielt hat, die wieder so schön wie eh und je geworden ist.«

»Ruf ihn gleich morgen früh an«, schlug Ralph vor, und um ihr mit einem kleinen Scherz Mut zu machen, sagte er: »Je eher, desto besser, Liebling! Ha, ha, ha ...«

Anderntags telefonierte Miriam mit dem indischen Yogi und ließ sich noch für denselben Nachmittag einen Termin geben. Der Yogi überreichte ihr eine kleine Kiste aus Rosenholz mit eingelegten Schnitzereien aus Elfenbein. Sie enthielt drei winzige, handgedrehte Pillen aus geheimnisvollen, stark duftenden indischen Kräutern. Er bedeutete ihr, am folgenden Tag alle drei zu nehmen – je eine morgens, mittags und abends auf nüchternen Magen, und die Ergebnisse würden nicht lange auf sich warten lassen.

Die erste Pille nahm Miriam gleich nach dem Aufstehen. Ihr Herz raste, so aufgeregt war sie. Dann nahm sie, streng nach Vorschrift, die zweite gegen Mittag, und abends, kurz bevor ihr Mann von seiner Arbeit als Geschäftsführer seiner eigenen Firma heimkehrte, die dritte und letzte Pille.

Ralph bekam einen Schock, als er sie sah.

»Das ist doch nicht möglich«, murmelte er, »unglaublich so was!«

Auf dem goldbestickten spanischen Sofa im Wohnzimmer saß eine blutjunge Frau, ein Kind von höchstens zweiundzwanzig Lenzen, ein wunderschönes Geschöpf, die Verkörperung von Jugendfrische und Anmut!

Sie trug Miriams Kleid und Miriams Schmuck, aber ihr Gesicht, ihre Figur ... ihr Körper war der eines elfenhaften, göttlich schönen Wesens.

»Nun, Liebling?« Sie lächelte ihm zu. »Wie findest du mich?«

Er erkannte sie an ihrer Stimme. Es war wirklich Miriam.

»Das ist phantastisch! Absolut unglaublich!« stammelte er vor Begeisterung und konnte sein Glück kaum fassen.

»Ja, nicht war? Und denk dir: Ich mußte bloß drei kleine handgedrehte indische Pillen schlucken. Jedesmal, wenn ich eine genommen hatte, besah ich mich im Spiegel. Nach wenigen Minuten bemerkte man schon die Veränderung. Erst sah ich fünf Jahre jünger aus, dann wieder fünf und wieder fünf, und – nun, so sehe ich halt jetzt aus! Gefalle ich dir?«

Sie stand auf, und Ralph nahm sie in den Arm, um sie mit Küssen zu überhäufen. Er küßte ihren Nacken, ihre Schultern, ihre Stirn, die Brüste ...

Plötzlich ging die Tür auf, und Albert, der Butler, trat ein. Er hatte seinen freien Tag genommen und war offenbar eben erst heimgekehrt.

»Oh, verzeihen Sie bitte«, murmelte er verstört und musterte die junge, unbeschreiblich gutaussehende Frau. »Ich wußte nicht, daß Sie Besuch haben!« Damit verließ er rasch und diskret das Wohnzimmer.

»Stell dir vor«, lächelte Miriam glücklich, »nicht einmal Albert hat mich erkannt! Ist das nicht wundervoll?«

»Niemand wird dich wiedererkennen! Und niemand wird uns Glauben schenken, wenn wir erzählen, daß du ... warte! Ich habe eine Idee. Das müssen wir feiern. Weißt du, was wir jetzt tun, du und ich? Wir verreisen – unsere zweiten Flitterwochen! An die Riviera, nach Monte Carlo, nach Cannes ... jetzt werden wir anfangen zu leben, Darling!«

»Aber hast du denn überhaupt so viel Zeit, Ralph? Und wenn, können wir uns das auch leisten? Du hast doch erzählt, daß die Geschäfte immer schlechter gehen und dein Unternehmen in den roten Zahlen steckt!«

»Zur Hölle damit! Weißt du was? Wir verkaufen das Haus und brechen alle Brücken hinter uns ab. Von jetzt an will ich das Leben in vollen Zügen und jede Sekunde an deiner Seite genießen. Wer weiß, wie lange die Wirkung der Pillen anhält? Ich gebe zu, daß ich mir manchmal gewünscht habe, mit jemandem verheiratet zu sein, der zehn Jahre jünger ist als ich. Und jetzt ist meine Frau *zwanzig* Jahre jünger als ich! Das ist der glücklichste Tag in meinem Leben. Wenn du wüßtest, wie sehr ich dich liebe! Gleich morgen fliegen wir nach Monte Carlo, suchen uns eine kleine Wohnung und lassen uns dort nieder. Das Haus wird Albert in meinem Auftrag verkaufen und das, was er bekommt, als Abfindung nehmen. Geld allein macht nicht glücklich. Küß mich. Liebste – komm in meine Arme. Noch einmal ... und noch mal ...«

Anderntags flogen Ralph und Miriam nach Monte Carlo, wo sie wunderbare Tage verlebten. Später gingen sie nach Nizza und Cannes, und es war die herrlichste Zeit ihres Lebens.

»Ja, wir waren sehr glücklich.« Ralph seufzte, als er sein langes Verteidigungsplädoyer beendete. Dann fügte er hinzu: »Was ich dem Hohen Gericht erzählt habe, ist die Wahrheit – die ganze Wahrheit und nichts als die Wahrheit.«

Bei diesen Worten sprang der Staatsanwalt auf, deutete mit anklagendem Zeigefinger auf Ralph und donnerte los:

»Diese Geschichte mit den drei mysteriösen indischen Pillen ist die dickste, unverschämteste und durchsichtigste Lüge, die je in einem englischen Gerichtssaal aufgetischt wurde! Zum letzten Mal, Mr. Holloway – geben Sie endlich zu, daß Sie Ihrer Frau überdrüssig waren, weil sie dreizehn Jahre älter war als Sie. Gestehen Sie, daß Sie sie umgebracht haben, die Leiche an unbekanntem Ort versteckt, ihren gesamten Besitz veräußert haben und mit diesem blutjungen, verdorbenen Geschöpf, das nie und nimmer Ihre Frau ist, nach Südfrankreich verduftet sind! Denn das war es, was Ihr ehemaliger Butler, Mr. Albert Owen, zu Recht vermutete, als er seinen furchtbaren Verdacht der Polizei anvertraute!«

Kleine Geschichten über die schönste Sache der Welt – 2

Der Direktor feierte seinen 60. Geburtstag. Schon seit langem hatte er einen Blick auf seine hübsche blonde Sekretärin geworfen, und er fand die Gelegenheit günstig, jetzt etwas zu unternehmen. Also fragte er:

»Fräulein Sexhoch, hätten Sie nicht Lust, mit mir zusammen meinen Geburtstag zu feiern? Ich schlage das Hotel Adlon vor. Dort könnten wir die Puppen tüchtig tanzen lassen!«

»Das muß ich mir erst mal durch den Kopf gehen lassen«, erwiderte die Sekretärin zurückhaltend.

Fräulein Sexhoch zerbrach sich den Kopf und trat am Nachmittag in das Chefkontor mit einem anderen Vorschlag:

»Ich fände es besser, Herr Direktor«, sagte sie, »wenn

wir das Fest bei mir zu Hause feierten. Mir fällt bestimmt noch etwas ein, damit es ein wirklich ausgefallenes Fest wird. Was halten Sie davon?«

Der Direktor geriet völlig aus dem Häuschen vor Begeisterung und schickte seine Sekretärin nach Hause, damit sie Vorbereitungen treffen und sich bis zu seinem Eintreffen hübsch herausputzen konnte.

Er kam pünktlich auf den Glockenschlag, und Fräulein Sexhoch hatte ein intimes kleines Mahl mit ausgesuchten Weinen vorbereitet. Hinterher stellte sie sogar noch eine Flasche Champagner auf den Tisch.

»Und jetzt, Herr Direktor«, rief sie, als der Abend fortgeschritten war und der Champagner zu wirken begann, »jetzt wollen wir zum gemütlichen Teil übergehen.«

»O ja, nichts lieber als das«, feixte der Direktor mit pochendem Herzen.

»Ich ziehe mich jetzt ins Schlafzimmer zurück«, fuhr Fräulein Sexhoch fort, »und Sie warten hier so lange, bis ich Sie rufe. Sie dürfen aber nicht vorher durchs Schlüsselloch gucken!«

Der Direktor, ein Wüstling, war Feuer und Flamme. Kaum war Fräulein Sexhoch in ihrem Schlafzimmer verschwunden, als er sich auch schon seiner Kleidung zu entledigen begann und auf den Lockruf von Fräulein Sexhoch wartete.

Endlich ertönte ihre bebende Stimme: »Jetzt dürfen Sie kommen, Herr Direktor!«

Dann riß er die Tür zum Schlafzimmer auf, wo seine Angestellten vollzählig versammelt waren und ihn mit dem schönen alten Lied begrüßten: ›HAPPY BIRTHDAY TO YOU!‹

☆

Der Klempnermeister hatte einen neuen Lehrling einge-
stellt. »Hör mir gut zu«, sagte der Meister. »Ein Installateur
muß jederzeit den heikelsten Situationen gewachsen sein
und immer Taktgefühl an den Tag legen. So kann es vor-
kommen, daß man in einem Badezimmer unter ganz bestimmten Voraussetzungen arbeiten muß, denen andere
Handwerker niemals ausgesetzt werden. Ich vergesse
nie, wie ich kürzlich ein Abflußventil im Badezimmer einer vornehmen Villa auswechseln sollte. Ich öffnete die
Tür, ging hinein – und was sah ich? Mitten in der Wanne
stand eine splitternackte junge Dame und trocknete ihre
Lieblichkeiten ab! Was tat ich? ›Verzeihung, mein Herr!‹
rief ich, lüftete meine Mütze und zog mich rasch zurück.
Siehst du ... so etwas nennt man Taktgefühl!«

Der Lehrling nahm das Erlebnis seines Meisters zur
Kenntnis und konnte ihm bald darauf ein eigenes Erlebnis berichten.

»Glauben Sie mir, Meister, ich hatte heute gute Verwendung für Ihre Ermahnung. Sie wissen, ich mußte hinüber
in das Luxushotel und einen tropfenden Wasserhahn im
Badezimmer der Hochzeitssuite reparieren. Ich ging also
hin, und der Pikkolo fuhr mich im Fahrstuhl hinauf.
Dann öffnete ich die Tür zum Schlafzimmer, um ins Badezimmer zu gelangen, als mein Blick auf das Hochzeits-
paar fiel. Es lag in dem breiten Doppelbett und liebte
sich, als wollte es eine Goldmedaille gewinnen, aber
zum Glück wußte ich ja, was Taktgefühl ist. Ich ging also
gleich weiter ins Bad und sagte nur ganz beiläufig: ›Guten Morgen, meine Herren!‹«

☆

Sie hatten an einer größeren, ziemlich ausgelassenen Gesellschaft teilgenommen, und nun waren sie auf dem

Heimweg. Als sie fast zu Hause waren, vertraute sie sich ihrem Mann an.

»Liebling«, sagte sie, »ich muß dir etwas beichten. Während des Festes ist etwas geschehen. Es war schon nach Mitternacht, und ich war ins Schlafzimmer gegangen, um etwas aus meiner Handtasche zu holen, die ich auf dem Toilettentisch vergessen hatte. Plötzlich ging das Licht aus, und ich wurde von starken Armen gepackt. Ein Mann umarmte mich und küßte mich leidenschaftlich. Es half nichts, daß ich mich loszureißen versuchte; er hielt mich fest, wie in einem Schraubstock, warf mich einen Augenblick später aufs Bett, und ich wage kaum zu berichten, was dann passiert ist. Aber du kannst es dir vielleicht denken ... Ich war so schockiert, daß ich weder denken noch mich zur Wehr setzen konnte.« Der Mann schäumte vor Wut:

»Das ist ein starkes Stück«, keuchte er, »so ein verdammter Sittenstrolch! Glaub mir, ich werde schon noch herausbekommen, wer der Täter war. Wenn ich den Kerl in die Finger kriege, dann werde ich ihm beibringen, daß ...«

»Liebling«, unterbrach ihn seine hübsche junge Frau mit einem tiefen Seufzer, »gib dir keine Mühe! *Dem* kannst *du* nichts mehr beibringen!«

☆

Der einst so berühmte amerikanische Sexforscher Kinsey hatte in seinem Sexinstitut Ehepaare versammelt, um sie über ihre sexuellen Gewohnheiten auszufragen. Einige Paare waren erst seit ein paar Wochen verheiratet, andere hatten die Silberhochzeit bereits hinter sich. Kinsey stellte seine erste Frage:

»Wie viele der anwesenden Herren verkehren mit ihrer Frau mehr als einmal wöchentlich?«

Von den dreißig Ehemännern im Saal reckten acht die Hände in die Höhe, hauptsächlich die jungverheirateten.

»Und wie viele von Ihnen haben mit ihren Frauen einmal wöchentlich intimen Umgang?«

Achtzehn Hände flogen in die Höhe, und Kinsey notierte es. »Wie viele von Ihnen tun es einmal im Monat?« lautete die nächste Frage.

Drei Männer erhoben die Hand, und wieder machte sich Kinsey eine Notiz.

»Und schließlich: Wer der anwesenden Herren hat nur noch einmal pro Jahr Intimkontakt mit seiner Frau?«

Ein kleiner Mann in der hintersten Reihe erhob sich und streckte eifrig seine Hand in die Höhe.

»Wie lange sind Sie schon verheiratet?« fragte Kinsey.

»Drei Jahre.«

»Und Sie haben wirklich nur eine sexuelle Beziehung pro Jahr mit Ihrer Gattin? Trotzdem sehen Sie so glücklich aus! Wie ist das möglich?«

Der kleine Mann errötete ein wenig, dann richtete er seine strahlenden Augen auf Kinsey und rief:

»Heute abend ist wieder ein Jahr um!«

Nach einer Razzia in einem Montmartre-Bordell wurden drei Mädchen zusammen mit einem Straßenhändler, der seine Waren ohne Gewerbeschein verkaufte, vor Gericht gestellt.

Der Richter fragte das erste Mädchen, wovon sie lebe.

»Ich bin Mannequin«, sagte sie, ohne mit der Wimper zu zucken.

Der Richter glaubte ihr natürlich kein Wort und verurteilte sie zu dreißig Tagen Haft ohne Bewährung.

Dann wandte er sich dem zweiten Mädchen zu.

»Und, wovon leben Sie?« fragte er.

»Ich bin Schauspielerin«, schwindelte sie.

Auch sie erhielt eine Haftstrafe von einem Monat ohne Bewährung.

Dann wandte sich der Richter an die dritte Angeklagte.

»Nun zu Ihnen! Wovon leben Sie?«

»Ich?« fragte das Mädchen und begegnete offen dem Blick des Richters. »Ich bin Nutte.«

»Sehr gut«, meinte der Richter. »Es ist doch schön, wenn man mal die Wahrheit hört. Die Anklage wird fallengelassen. Sie können gehen.«

Nun kam der Straßenhändler an die Reihe.

»Und Sie, Jacques Dupont«, fragte der Richter, »wovon leben Sie?«

»Ich?« erwiderte der Straßenhändler schnell. »Ich bin Nutte.«

☆

Ein Kopenhagener Lebe- und Geschäftsmann war auf einer Geschäftsreise in Paris eingetroffen. Unglücklicherweise hatte seine Frau darauf bestanden, ihn zu begleiten. Der Mann war trotzdem davon überzeugt, sich auf irgendeine Weise amüsieren zu können.

Nachdem ihn seine modeinteressierte Frau von Salon zu Salon geschleppt hatte, fragte er, ob er für ein paar Stunden auf eigene Faust losziehen dürfe, um ein wenig Pariser Atmosphäre zu schnuppern.

»Du weißt, wovon ich rede: ein Spaziergang zum Pont-Neuf, dann ein bißchen in den Antiquariaten stöbern und zum Abschluß ein Besuch in Notre-Dame.«

Die Frau willigte ein, und während sie weiter von einem Modesalon in den nächsten lief, nahm unser dänischer Lebemann direkten`Kurs auf die Hotelbar im Ritz, wo er sehr schnell in ein angeregtes Gespräch mit einer waschechten Pariserin der bekannten Art kam.

Sie tranken einen Aperitif.

Dann redeten sie von Geschäften. Sie verlangte 300 Franc, während er nur 100 bot. Es gelang ihnen nicht, sich über den Preis zu einigen, so daß sich ihre Wege bald darauf trennten. Unser Kopenhagener Libertiner kehrte verdrossen heim zu seiner Frau.

Am Abend äußerte sie den Wunsch, in einem der mondänen Restaurants in der Rue de Rivoli zu speisen; während sie noch suchten, kam plötzlich die Dame aus der Bar des Ritz an ihnen vorbei.

Sie warf einen geringschätzigen Blick auf seine Frau und zischte ihm zu: »Jetzt sehen Sie selbst, mein Herr, was Sie für Ihre 100 Franc bekommen haben!«

☆

Großkaufmann Flommeberg hatte sich für eine Nacht in einem kleinen Hotel in einer hübschen und soliden Provinzstadt in Jütland einquartiert. Er war in seinem Zimmer am späten Abend ganz allein. Die Stadt lag wie ausgestorben, und vor sich hatte er eine unendlich lange Nacht – so lange, wie eine Nacht in einer jütländischen Provinzstadt nur sein kann. Da saß er nun und blätterte verzweifelt in der Bibel, die er im Nachttisch gefunden hatte. Auf der inneren Umschlagseite des stattlichen Bandes fand er eine Bleistiftnotiz in einer sehr femininen Handschrift:

»Langweilen Sie sich?« stand dort. »Dann lesen Sie Jeremias, Kapitel 20, Vers 7/17.«

Großkaufmann Flommeberg befolgte den Rat, doch niemand wird behaupten wollen, daß er sich dadurch weniger einsam fühlte. Da fiel sein Blick wieder auf die weibliche Handschrift, die mit großen Buchstaben notiert hatte:

»Langweilen Sie sich immer noch? Dann sollten Sie Zacharias, Kapitel 12, Vers 1–14 lesen.«

Flommeberg vertiefte sich in den Propheten Zacharias und arbeitete sich durch die angegebenen Seiten. Als er damit fertig war, fiel sein Auge auf eine dritte Notiz, die ihn dahin führte, daß er fortan die kleinen Provinzstädte Jütlands bei Nacht mit anderen Augen betrachtete.

»Langweilen Sie sich immer noch?« stand dort. »Dann rufen Sie die scharfe Susi an. Wählen Sie dreimal 69. Komme sofort!«

☆

Vielleicht kennt der eine oder andere Leser schon die Geschichte von Mademoiselle Suzette und dem Kadetten von der französischen Militärakademie Saint-Cyr.

Suzette war eine typische Halbweltdame: jung, hübsch, verworfen – und geizig. Unter den jungen Kadetten von Saint-Cyr, aber auch unter den älteren Offizieren, sprach man mit großem Respekt von ihr und war nur verzweifelt über die hohen Preise, die sie verlangte. 1000 Franc bar auf den Nachttisch war die unterste Grenze, wenn man sich Hoffnung darauf machen wollte, unter ihre Daunendecke kriechen zu dürfen. So viel Geld konnte natürlich kein Kadett aufbringen, weil der Betrag weit über seinem Monatseinkommen lag.

Dennoch beschlossen die Kadetten, die nach Liebe hungerten, daß zumindest einer von ihnen Mademoiselles nähere Bekanntschaft machen sollte. Er konnte ja hinterher den anderen berichten, was er erlebt hatte, und auf diese Weise hätten auch sie etwas davon.

Nachdem eine ganze Kompanie Kadetten zusammengelegt hatte, mußte das Los entscheiden. Der allerjüngste Kadett, Pierre mit Namen, war der Glückliche. Pierre schob sich die 1000 Franc in die Tasche und suchte Mademoiselle Suzette auf.

Er verbrachte ein paar Stunden bei ihr und wurde hinterher von ihr gefragt, wie er es geschafft habe, einen so stattlichen Betrag für ein galantes Abenteuer aufzubringen. Er sei doch nur ein armer kleiner Kadett!

»Ja«, räumte Pierre ein, »aber die ganze Kompanie hat zusammengelegt, damit alle damit prahlen können, die schöne Mademoiselle Suzette kennengelernt zu haben.« Die Halbweltdame war zu Tränen gerührt.

»Das kann ich nicht annehmen«, wandte sie ein und öffnete ihre Geldkassette, in die sie die 1000 Franc gelegt hatte. »Ich kann nicht so viel Geld dafür nehmen, weil ich einem französischen Kadetten einen Dienst erwiesen habe. Für dich soll es gratis gewesen sein. Alles für Frankreich! Hier, nimm dein Geld zurück!«

Worauf sie Pierre einen einzigen Franc in die Hand drückte.

☆

Eine nicht mehr ganz junge Dame nahm an einer Gesellschaftsreise ins Heilige Land teil. Während eines Ausflugs sah sie zum erstenmal einen Feigenbaum, einen schönen, grünen, ausgewachsenen Feigenbaum.

Wir alle erinnern uns ja daran, welche bedeutende Rolle ein Feigenblatt in der biblischen Geschichte gespielt hat, und deshalb betrachtete die Gesellschaft den Baum mit der gebotenen Andacht. Nur die nicht mehr ganz junge Frau mit dem jungfräulichen Aussehen war ein bißchen skeptisch.

»Sind Sie nun auch ganz sicher, daß es wirklich ein Feigenbaum ist?« fragte sie den Reiseleiter.

»Absolut sicher! Jeder kann sehen, daß es ein Feigenbaum ist. Weshalb glauben Sie denn, es könne etwas anderes sein?«

»Ach«, murmelte die jungfräuliche Dame, während ihre bleichen Wangen heftig erröteten, »ich weiß nicht recht ... aber ich habe mir die Blätter viel, viel größer vorgestellt!«

☆

Der Seemann war mit seinem Schiff draußen auf dem Atlantik gewesen, dann hatte er Urlaub bekommen und war schließlich wieder aufs Meer hinausgefahren. Diesmal aber stand ein freudiges Ereignis bevor, denn seine Frau erwartete einen Nachkömmling. Nun war der Seemann ein stiller, bescheidener Mann, der ungern Aufmerksamkeit erregen wollte. Deshalb schlug ihm seine Frau vor, sie wolle ein Telegramm schicken, sobald das Baby geboren sei; aber das war ihm auch nicht recht. Er wollte nicht, daß die anderen Besatzungsmitglieder an Bord etwas von seiner Vaterschaft erführen. Deshalb sagte er: »Telegrafiere nur ›Kaffeekanne angekommen.‹«

Die Zeit verging. Der Seemann und sein Schiff wiegten sich weit draußen im Stillen Ozean, als der Telegrafist seinen Kopf zur Messe hereinsteckte und unserem Freund zurief:

»Eben habe ich ein merkwürdiges Telegramm für dich aufgenommen!«

Der Seemann sah ihn verwundert an.

»Lies es mal vor!« sagte er.

»Der Text lautet: ›Kaffeekannen angekommen. Stop. Eine mit und eine ohne Tülle. Stop.‹«

☆

Hansen war sozusagen bis über beide Ohren verheiratet Er war so sehr verheiratet, daß er sich kaum erlauben durfte, einem hübschen Mädchen nachzublicken, wenn er es auf der Straße sah ... jedenfalls nicht dann, wenn ihn seine Frau begleitete.

Trotzdem war er des öfteren in Gefahr, sich den Hals auszurenken, sobald er einem besonders scharfen Käfer begegnete. So starrte er eines Tages lange und wie benommen einem Mädchen nach, das ihm hüftenwackelnd entgegenkam, als er die Vesterbrogade mit Frau Hansen neben sich hinunterging. »Hör mir zu, lieber Emil«, sagte Frau Hansen mit heiserer Stimme, »findest du nicht, daß du dir so etwas aus dem Kopf schlagen solltest? Du vergißt wohl ganz, daß du verheiratet bist!«

Worauf Hansen sich folgende höfliche und bescheidene Erwiderung erlaubte:

»Auch wenn ein Mann streng Diät lebt, darf er wohl hin und wieder einen Blick auf die Speisekarte werfen!«

Die Rettungsaktion

Ihr Name war Dorothy Hooton, und sie war wohl das schönste Mädchen, das Käpt'n Cunningham unter den Passagieren seines Luxusdampfers *Silver Cross* je gesehen hatte. Während der Saison legte die *Silver Cross* alle drei Wochen von London ab, um nach Dakar, Las Palmas, Santa Cruz auf Teneriffa und zum Blumenparadies Funchal auf Madeira zu kreuzen.

Dorothy Hooton hatte gleichzeitig als Popcornverkäuferin im Stadttheater von Birmingham und als Serviermädchen in einem Hamburger-Schnellimbiß gearbeitet. Dann wurde sie vom Lokalblatt *Evening Echo* zur Miß Birmingham gekürt. Der Preis bestand aus einer Nerzstola sowie einer Luxuskreuzfahrt auf der *Silver Cross,* in einer Außenkabine erster Klasse mit Bad und Klimaanlage.

Weil sie wirklich überwältigend gut aussah, hatte die neue Miß Birmingham allergrößte Schwierigkeiten, die männlichen Passagiere auf sichere und angemessene Distanz zu halten. Als Käpt'n Cunningham sie um die Ehre bat, für den Rest der Fahrt an seinem Tisch zu speisen, sagte sie daher dankbar zu.

Den anderen Passagieren war freilich vom ersten Abend an, seit die Suppe serviert wurde, klar, daß der Kapitän mehr als nur ein flüchtiges Interesse für die wohlgeformte Miß Birmingham empfand. Er war so sehr mit ihren Reizen beschäftigt, daß er sich nicht weniger als dreimal die weiße Uniformjacke mit echter Schildkrötensuppe bekleckerte ... und mußte sich peinlicherweise dreimal entschuldigen, um das Jackett zu wechseln.

Miß Birmingham verbrachte die folgenden Tage gemütlich faulenzend in einem Liegestuhl auf dem Promenadendeck. Trotzdem wurde sie das Gefühl nicht los, daß jede ihrer Bewegungen sorgfältig von der Kommandobrücke aus beobachtet wurde. Als sich das Schiff dem Hafen von Lissabon näherte, schickte der Kapitän einen seiner Offiziere auf das Promenadendeck und ließ Miß Birmingham fragen, ob sie gerne auf die Kommandobrücke kommen und das Steuer halten wolle.

Natürlich ließ sich Dorothy diese aufregende Gelegenheit nicht entgehen. Schließlich kommt es nicht alle Tage vor, daß ein 19jähriges Serviermädchen aus einem Hamburger-Imbiß die Chance bekommt, einen Luxusdampfer mit 40 000 Bruttoregistertonnen und einer Höchstgeschwindigkeit von 19,5 Knoten zu steuern.

Eines Nachmittags filmte sie der Kapitän auf dem Sprungbrett des kleinen Swimmingpools in ihrem knappsten Mini-Tanga. Seine Videokamera erwischte sie auch auf der Brücke, als sie gerade an der Wand mit dem

Schild FÜR PASSAGIERE VERBOTEN lehnte. Und er ließ sie sogar seine prächtige Kapitänsmütze mit der goldenen Kordel tragen – etwas, das er sonst keinem Passagier jemals gestattet hätte.

An diesem Abend versuchte Käpt'n Cunningham sie zu küssen.

Sie standen gerade auf dem Promenadendeck und bewunderten den endlosen Ozean der Sterne am Nachthimmel, während die Violinklänge der italienischen Schiffskapelle aus dem offenen Salon drangen und sie mit ihrem alles verwandelnden Zauber einhüllten. Plötzlich zog er sie an sich und versuchte, ihre Lippen mit einem Kuß zu versiegeln, aber hastig entzog sie sich seiner Umarmung.

»O nein, Käpt'n«, keuchte sie. »Bitte nicht. Ob Sie's glauben oder nicht – ich bin ein ruhiges, anständiges Mädchen und habe bislang noch keine Erfahrungen mit Männern. Außerdem mußte ich meiner Mama versprechen, daß ich mich mit niemandem einlasse, egal, was passiert. Die Tatsache, daß ein Mädchen einen Schönheitswettbewerb gewinnt, heißt noch lange nicht, daß sie leicht zu haben ist! Ich habe meiner Mama sogar geschworen, daß ich Tagebuch führen werde über alles, was ich erlebe. Stellen Sie sich vor, sie müßte plötzlich lesen, daß ich mich leidenschaftlich vom Kapitän persönlich küssen lasse ... sie würde einen Herzanfall kriegen! Nein, das darf nicht geschehen, Käpt'n – verstehen Sie das? Bitte nehmen Sie Rücksicht darauf.«

Aber so schnell warf Käpt'n Cunningham die Flinte nicht ins Korn. Für den Rest der Kreuzfahrt versuchte er allabendlich, unsere tapfere junge Heldin zu küssen ... und jedesmal wand sie sich aus seinen Armen und gebot ihm Einhalt. Solche Erlebnisse wollte sie ihrem Tagebuch ersparen.

Als sie vor Funchal ankerten, war Käpt'n Cunningham mit seinem Latein am Ende.

»Wenn Sie heute abend nicht in meine Kabine kommen, um nach dem Gala-Dinner ein Glas Champagner mit mir zu trinken«, drohte er, »und sich dann nicht küssen lassen und die Meine werden, dann ... dann ...«

Verzweifelt rang er nach Worten.

»... dann steuere ich das Schiff auf ein Riff, wenn wir nach Porto Santo kommen ... und lasse die *Silver Cross* mit allen Passagieren an Bord auf Grund laufen!«

Am anderen Morgen schrieb Miß Birmingham in ihr Tagebuch:

»Letzte Nacht zwölfhundert Menschen vorm Ertrinken gerettet!«

Eine abwechslungsreiche Arbeit

Als Volmer nach der neunten Klasse die Schule beendete und konfirmiert wurde, machten seine Eltern sich Gedanken über seine Zukunft und den Beruf, den er erlernen könnte. Es war nicht einfach, da Volmer nichts Bestimmtes tun wollte – außer sich mit dem Rest seiner Bande in Pornoläden herumzutreiben oder mit ohrenbetäubendem Lärm auf dem Motorrad mit frisiertem Motor und perforiertem Auspuff um den Häuser zu fahren. Und auf der Straße herumzulungern und Mädchen nachzupfeifen.

»Was hältst du von Büroarbeit?« fragte sein Vater. »Du warst in der Schule doch gut in Rechtschreibung und im Rechnen.«

»In Soziologie war ich sogar noch besser«, entgegnete Volmer. »Aber das heißt noch lange nicht, daß ich vorhabe, Ministerpräsident zu werden!«

Büroarbeit stand also außer Frage.

»Wie wär's. wenn du Klempner werden würdest wie dein Vater und dein Großvater?« meinte seine Mutter.

»Im Gottes willen!« erwiderte er abfällig.

»Schornsteinfeger? Ich habe gelesen, daß es nicht genug Lehrlinge in diesem Beruf gibt.«

Auch das war nichts.

Volmer hatte absolut keine Lust, irgendein Handwerk zu erlernen. Er stand viel lieber an der Ecke und pfiff den vorüberkommenden Mädchen nach.

Glücklicherweise waren seine Eltern vernünftig. Sie wußten, daß es so nicht weitergehen konnte. Sein Vater hatte gehört, daß man bei der Post intelligente junge Leute suchte. Also ging Volmers Vater zum Postamt und sprach mit dem Betriebsleiter. Er bekam die Stellung für Volmer, und der Junge mußte arbeiten gehen, ob er wollte oder nicht.

Als er am ersten Tag zur Arbeit kam, sagte der Beamte, dem er unterstand: »Siehst du diesen Stoß Briefe hier, junger Mann. Jeden Tag bringen die Zusteller Briefe zurück, die sie nicht an den Mann bringen können. Die legen sie auf diesen Schreibtisch. Deine Aufgabe ist es, Stempel Numero sieben zu nehmen und sie alle auf der Rückseite zu stempeln.«

Volmer griff nach Stempel Numero sieben, drückte ihn auf das Stempelkissen und dann auf die Rückseite eines großen gelben Umschlags: ADRESSAT UNBEKANNT.

»So ist's gut«, sagte sein Vorgesetzter. »Du machst es richtig. Ich glaub', du wirst es schon schaffen.«

»Ja.« Volmer glaubte es ebenfalls.

So stempelte er die nächsten zwei Jahre ADRESSAT UNBEKANNT auf jeden Brief, den man ihm gab.

»Grauenvoll! So ein langweiliger Job!« jammerte er jeden Abend, wenn er sich mit seinen Kumpels traf. »Jeden Tag das gleiche. Das macht mich noch verrückt!«

Schließlich schlug einer seiner Freunde vor, daß er mit dem Betriebsleiter des Postamts sprechen solle.

Am nächsten Morgen klopfte er an die Bürotür des Betriebsleiters.

»Entschuldigen Sie«, sagte er, »aber tagein, tagaus immer nur ADRESSAT UNBEKANNT auf nicht zustellbare Briefe zu stempeln, langweilt mich.«

Der Betriebsleiter stand auf und legte mitfühlend einen Arm um Volmers Schultern. Er führte ihn in eine andere Abteilung des Postamts.

»Schau mal, da habe ich etwas anderes für dich. Siehst du all diese Briefe hier? Du brauchst sie bloß mit einem Aufkleber zu versehen. Auf der Vorderseite.«

Der Beamte deutete auf einen Stapel perforierter Aufkleberrollen. Volmer riß einen Aufkleber ab, befeuchtete die Rückseite an einem nassen Schwamm in einem Kunststoffbehälter und klebte ihn auf einen Brief. MIT LUFTPOST stand oben und darunter PARAVION.

»Gut gemacht«, lobte der Beamte. »Genauso ist es richtig. Ich glaube, du wirst es schaffen.«

»Ja«, murmelte Volmer. Und so versah er eineinhalb Jahre lang alle Briefe, die man ihm auf den Schreibtisch legte, mit MIT LUFTPOST/PARAVION-Aufklebern.

»Es ist absolut idiotisch«, beklagte er sich eines Abends bei seinen Freunden, als sie alle vor einem Pornoladen standen. »Es ist jeden Tag dasselbe. Es macht mich verrückt! Mir reicht es! Morgen sag' ich dem Betriebsleiter die Meinung!«

Am nächsten Morgen ging er zum Betriebsleiter.

»Es tut mir leid, wenn ich Sie störe«, begann er. »Ich bin Volmer Hansen. Ich kann keine Luftpost-Aufkleber mehr sehen!«

»O ja, natürlich.« Der Beamte nickte verständnisvoll. »Ich glaube, Sie sind jetzt lange genug hier, daß ich Ihnen eine schwierigere Arbeit zuteilen kann.« Daß er Volmer jetzt siezte, klang schon recht vielversprechend.

Sie gingen nebeneinander zu einer anderen Abteilung des Postamts.

»Sehen Sie diesen Stapel Briefe hier? Die Marken sind entweder zu tief auf den Umschlag geklebt oder in einer falschen Ecke, so daß wir sie nicht durch den Automaten laufen lassen können. Deshalb müssen sie mit der Hand entwertet werden.«

Volmer war nicht schwer von Begriff, er verstand also gleich, wie es gemacht werden mußte. Er griff nach dem Stempel und drückte ihn auf ein paar Umschläge.

»So ist's schön. Sie machen es genau richtig«, lobte der Beamte erfreut. »Sie werden gute Arbeit leisten.«

»Das werde ich bestimmt«, versicherte ihm Volmer und nickte begeistert.

Seit sieben Jahren stempelt er jetzt Briefe mit der Hand ab und langweilt sich nie.

»Es ist eine abwechslungsreiche Arbeit«, erzählt er jedem erfreut, der ihn danach fragt. »Ich muß jeden Tag das Datum auf dem Stempel ändern!«

Der schwatzhafte Papagei

Nachdem Fernand Fouvet sorgfältig alle Lippenstiftspuren vom Weinglas abgewischt und alle rotgefleckten Zigarettenkippen zusammen mit einem durchdringend nach Shalimar duftenden Taschentuch ins Kaminfeuer geworfen hatte, glaubte er, alle Spuren seiner Besucherin getilgt zu haben. Er strich die Seidenkissen auf dem brokatbezogenen Louis-Seize-Sofa glatt, warf einen Blick auf die Sèvres-Uhr auf dem Kaminsims und stellte die kleine Limoges-Lampe auf den ovalen Tisch zurück, wohin sie gehörte. In wenigen Minuten mußte seine Frau Lisette hier sein. Fernands dunkle, unergründliche Augen glühten befriedigt, und ein feines, triumphierendes Lächeln spielte in seinen Mundwinkeln unter dem schwarzen, dünnen Schnurrbart.

Alles war wieder in Ordnung und an seinem Platz. Es war das perfekte Verbrechen; besser gesagt, der vollkommene Seitensprung. So vollkommen, wie eine Liebesaffäre in Paris nur sein kann, der Stadt der Wollust und der Untreue. Ihr Name war Yvette. Er liebte sie. Sie war so französisch, wie ein französisches Topmodell nur sein kann. Schon die Art, wie diese Frau von Welt in ihren Chinchilla-Mantel glitt ... oh là là!

»Ich liebe dich, Yvette!«

Fernand Fouvet fuhr herum. Woher war die Stimme gekommen? Sie kam ihm bekannt vor. Dieses heisere, schrille, unverschämt durchdringende Gekrächz hatte er schon irgendwo gehört. Wer hatte den vielsagenden Satz hinausposaunt? Der Papagei natürlich! Es mußte der Papagei gewesen sein, dieser widerliche, aufgeplusterte, verräterische Vogel.

»Ich liebe dich, Yvette!«

Fernand durchfuhr es heiß und kalt – und dann wieder heiß.

»*Que diable!*« fluchte er. Dann trat er ganz nahe an den vergoldeten Käfig heran und drohte dem Papagei wütend mit der Faust.

»Wenn du nicht sofort deinen gottverdammten Papageienschnabel hältst, du Mistvieh, weißt du, was ich dann mit dir mache? Ich dreh' dir siebenmal den Hals um! *Prends garde!*«

Der Papagei starrte in sein zorngerötetes Gesicht, ohne auch nur mit der Wimper zu zucken.

»Ich liebe dich, Yvette!« kreischte er.

Eine Weile wußte Fernand nicht, was er tun sollte. Dann kam ihm der rettende Einfall. Er rannte in die Küche, brachte die Zuckerdose mit, nahm eine Handvoll Würfelzucker heraus und bot sie dem bunten Papagei an.

»Paß auf«, schmeichelte er. »Die sind für dich, damit du still bleibst. Einverstanden?«

»*Oui, monsieur!*« versprach der Papagei und knabberte an den Zuckerstückchen.

Da klingelte es an der Tür.

Sekundenlang trat jener nervöse Blick in Fernands Augen, den alle Ehemänner in Paris bekommen, wenn ihr Gewissen so finster wie der Kerker der Bastille ist. Dann riß er sich zusammen, rückte die teure Krawatte zurecht und ging öffnen. Draußen stand Lisette.

Sie hängte ihren Pelzmantel an die Flurgarderobe.

»Hast du dich sehr gelangweilt, mein Schatz?« erkundigte sie sich beiläufig.

»Gelangweilt?« Fernand vermied es, ihr in die Augen zu sehen. »Ach nein, fast gar nicht. Ich hab' ein bißchen gelesen, ferngesehen, und dann, ehrlich gesagt – bin ich eingeschlafen.«

Nervös blickte er sich nach dem Papageienkäfig um. Das Vieh hatte schon allen Zucker verputzt.

»Ich ... ich liebe dich ...«, begann er zu krächzen!

Wie der Blitz war Fernand bei ihm, holte noch ein paar Zuckerstückchen aus der Tasche und fütterte den Papagei damit, bis er verstummte.

Lisette betrat die Küche.

»Ich dachte, wir hätten uns geeinigt«, zischte Fernand und steckte die Nase durchs Gitter. »Jetzt paß mal gut auf. Wenn du heute abend noch einmal den Schnabel aufmachst, geht's dir an den Kragen. Dann rupf ich dir die Schwanzfedern aus und werf dich in den Suppentopf! Hast du kapiert?«

»*Ich liebe dich, Yvette*«, schrie der Papagei überschwenglich. Offenbar hatte er den Ernst der Lage noch nicht begriffen. Oder *wollte* er nicht verstehen?

Fernand drehte das Radio an und sang eine Melodie so laut mit, daß Lisette den gräßlichen, großmäuligen Vogel in der Küche nicht hören konnte.

»Sst! Ssssssst! – Ich hab nur einen Witz gemacht. Natürlich koche ich aus dir keine Suppe. Ich denke nicht im Traum daran, auch nur eine deiner entzückenden Schwanzfedern zu knicken. Hab Vertrauen zu mir ... und hier! Na, will das süße kleine Vögelchen noch etwas Zucker? Also bitte ... hier ... und jetzt benimm dich bitte für den Rest des Abends, okay?«

»Oui, monsieur!« bekräftigte der Papagei, und diesmal klang es, als meinte er es auch.

Am folgenden Abend fand Fernand eine Ausrede, um sich zu verdrücken.

»Geschäftsessen«, erklärte er Lisette. »Ein sehr wichtiges Geschäftsessen, das ich leider nicht absagen kann. Es ist dringend, wenn die Firma weiter expandieren soll ... Vielleicht komme ich erst sehr spät nach Hause, du brauchst also nicht auf mich zu warten, mein Schatz.«

Damit gab er Lisette einen kleinen Kuß auf die Wange und ging. Eine halbe Stunde später traf er sich mit Yvette im Caprice Viennois. Hinterher gingen sie in ihr schönes, luxuriöses Apartement auf dem Boulevard St.-Michel, wo es noch gemütlicher wurde.

»Du hattest recht«, begrüßte ihn Lisette, als er endlich heimkehrte. »Es ist wirklich sehr spät geworden.«

»Ja«, gestand Fernand und wich ihrem Blick aus, »aber du weißt ja, wie wichtig diese hochrangigen Geschäftsbeziehungen für mich sind. Wenn es um Grundsatzentscheidungen geht, kommt man leider nicht immer so schnell damit zum Schluß, wie man möchte.«

Er trat an die Hausbar, um sich einen Gute-Nacht-Drink einzuschenken.

Der Papagei hüpfte aufgeregt in seinem Käfig auf und ab, so daß dieser über dem Louis-Seize-Sofa hin und her pendelte.

»Ich – ich liebe ...«, begann er in laut kreischendem, heiserem Ton.

Verzweifelt kramte Fernand in seinen Taschen nach einem Zuckerstückchen, aber noch bevor er den Käfig erreichte, war der Papagei schon verstummt und mampfte ungerührt seinen Zucker.

Lisette hatte ihn schon versorgt.

Das Leben auf See

Ja, das Leben auf See ist wirklich etwas für richtige Männer! Es gilt als frisch und gesund und romantisch, aber in erster Linie ist es ein verdammt harter Job.

Nehmen wir beispielsweise so ein gutes Schiff wie das holländische *Zoete Liesje*. Drei Monate war es auf dem Stillen Ozean ein Spielball der Wellen gewesen, Segel und Steuer waren längst verlorengegangen. Schließlich sah auch der Kapitän Van Basten ein, daß es so nicht länger weitergehen konnte. Das Trinkwasser war aufgebraucht, und nirgends gab es noch einen Krümel Proviant. Alle waren dem Tod nahe. Da sagte Kapitän Van Basten:

»Männer«, sagte er, »heute bekommt ihr alle etwas zu essen!«

Dann zog er einen Revolver aus der Jackentasche und hielt ihn an seine Schläfe, den Zeigefinger am Abzug.

»Männer!« sagte er noch einmal. »Ihr könnt mich heute zum Abendbrot essen!«

Die braven Seeleute nahmen ihre Kopfbedeckungen ab und standen schweigend mit gesenkten Häuptern da.

Van Basten schob die Pistolenmündung direkt hinter sein rechts Ohr. Da zerriß die entsetzte Stimme des Bootsmanns die Stille: »Nicht schießen, Mjnheer Skipper, nicht schießen! Schießen Sie sich nicht Ihr Hirn aus dem Kopf! Auf solche Leckereien bin ich ganz versessen!«

☆

Ein anderes Schiff war zur gleichen Zeit auf einem der sieben Weltmeere unterwegs, als der Kapitän folgende Eintragung in das Logbuch machte: »Unser Erster Steuermann war gestern sternhagelvoll.«

Nach einigen Tagen aber war der Erste Steuermann wieder nüchtern und las im Logbuch, was der Kapitän vermerkt hatte, ging in die Kajüte zu seinem Chef und bat ihn um den Gefallen, die Bemerkung im Logbuch zu löschen.

»Zum ersten Mal in all den Jahren, seit ich hier an Bord bin, war ich blau, Kapitän. Ich verspreche Ihnen, daß sich dieser Vorfall nicht wiederholt!«

Doch der Kapitän stellte sich taub und kannte keine Nachsicht. »Das Logbuch ist ein amtliches Dokument, in dem nichts geändert oder gestrichen wird. Dort steht die Wahrheit und nichts als die Wahrheit!«

Am folgenden Tag, als der Erste Steuermann das Logbuch führte, schrieb er hinein: »Heute war der Kapitän nüchtern.«

☆

Es gibt noch die Geschichte von den beiden schiffbrüchigen Seeleuten zu erzählen, die an einer einsamen Insel strandeten. Eines Tages seufzte der eine nach einem langen Blick über den Ozean:

»Stell dir vor, Madonna, meine Lieblingsfilmschauspielerin, würde jetzt und hier auf einem Floß angetrieben ...«

»Das wäre einfach wunderbar«, bestätigte der andere, »dann könnte sie gleich den Abwasch übernehmen ...«

Einige Tage später saßen sie wieder beisammen und blickten aufs Meer hinaus.

»Ist es nicht fürchterlich?« fragte der eine. »Ich bin jetzt schon so lange hier, daß ich gar nicht mehr weiß, wie eine nackte Frau aussieht!«

»Da hast du's gut und solltest nicht jammern«, wies ihn sein Leidensgenosse zurecht. »Ich bin viel schlimmer dran, denn ich weiß es nur noch zu gut!«

☆

Glücklicherweise wurden beide doch noch gerettet und besuchten eines Tages ein Bordell in Barcelona. Das Mädchen, mit dem sich der eine Seemann in eines der kleinen Kämmerchen zurückgezogen hatte, erschien ihm eigentlich zu intelligent, um in einer Umgebung wie dieser sein Geld zu verdienen.

Im Lauf der Unterhaltung stellte sich dann heraus, daß der Vater der jungen Frau Bankdirektor in Madrid und ihre Mutter Vorsitzende im Nationalrat für spanische Adlige gewesen war und daß sie eine sehr strenge Erziehung hinter sich hatte. Als ihre Eltern bei einem Autounfall ums Leben kamen, stand sie gerade vor ihrem Debüt in der spanischen Aristokratie.

Der Seemann schüttelte verständnislos den Kopf. »Wie konnte es dann passieren, daß du hier gelandet bist?«

Sie lächelte selig: »Ja, ja, da habe ich wirklich viel, viel Glück gehabt!«

☆

Und jetzt eine Geschichte, die auf einer Hafenmole spielt, und zwar bei Vollmondschein in einer warmen Sommernacht.

Auf einer Bank saß der Fahrensmann Sören Bramseil mit seiner Freundin. Nach langem Schweigen flüsterte Sören:

»Was würdest du machen, wenn ich dich jetzt auf dieser Bank umlegen und vergewaltigen würde?«

»Ich würde um Hilfe rufen!«

Der erfahrene Seemann legte seine Freundin um. Kein Laut war von ihrer Seite zu hören. Dann vergewaltigte er sie nach allen Regeln der Kunst.

Hinterher, nachdem er seine blaue Seemannshose wieder hochgezogen und das Mädchen ihre Unterwäsche in Ordnung gebracht hatte, sagte er:

»Du hast ja gar nicht geschrien, Lieselotte!«

»Wohl wahr!« bestätigte das Mädchen kurz. »Das lag nur daran, daß ich von gestern abend noch vollkommen heiser bin!«

☆

Auf derselben Bank saßen am folgenden Vormittag zwei alte, erfahrene Seeleute. Jeder hielt eine Bierflasche in der Hand. Sie sprachen über das einsame Seemannsleben – fast immer ohne Frauen, alles in allem ein eher freudloses und hartes Dasein.

»Deshalb hast du wohl auch nie geheiratet, Karl-Anton?« fragte der eine.

»Nee«, sagte Karl-Anton und nahm einen langen Schluck aus der Flasche. »Nicht mal geküßt habe ich ein Mädchen in den letzten zwanzig Jahren. Und das tue ich auch in Zukunft nicht. Höchstens dann, wenn man einen Lippenstift erfindet, der nach Kautabak, Bier und Schnaps riecht!«

Flaschenpost

Sie waren auf einem Korallenriff weit draußen im Pazifik gestrandet. Die Insel war nicht besonders groß, aber immerhin wuchsen dort ein paar Kokospalmen, einige Affenbrotbäume und viele Sträucher mit mehr oder weniger genießbaren Früchten. Sie waren drei Männer und eine Frau. Unter den Männern befand sich der Kapitän der *Golden Star,* Tad O'Leary, ein breiter, untersetzter, bärtiger Ire. Dann gab es da noch den jungen Holländer Jan van Hook, der Funker auf der *Golden Star* gewesen war. Und schließlich war auch der Schiffskoch Gordon McLaren dabei, ein berüchtigter Schürzenjäger. Die Frau war eine blutjunge Schönheit aus Tahiti mit Namen Kokua. Sie hatte sich als blinder Passagier in Papeete an Bord der *Golden Star* geschlichen, und niemand hatte von ihr gewußt, bis sie in einem der Rettungsboote entdeckt worden war.

Den Schiffbrüchigen fehlte es an nichts. Sie lebten von Taroknollen, Bananen und Ti-Wurzeln, die sie in großer Menge überall auf der Insel fanden. McLaren war ein geschickter Angler, und Kokua konnte so gut kochen, daß niemand die übliche Dekoration mit Zitronenscheibe, Pfefferkörnern und Salatblatt vermißte. Die Männer faulenzten tagelang unter den Palmen; abends aber spazierten sie rund um die Insel mit Kokua, die mit ihrem zarten Duft nach Blumen im Haar und einem Kleid aus braunem Schilfgras so unwiderstehlich aussah, wie nur je eine Tahitianerin – und sie war bestimmt die Schönste von allen.

Eines Tages rief Kapitän O'Leary die Männer in seine kleine Hütte, die er aus Strandgut, Zweigen und Palmblättern errichtet hatte. Er beugte sich über eine Seekarte.

»Es kann nicht ewig so weitergehen«, erklärte er mit ernster Miene. »Inzwischen habe ich unsere Position ausmachen können. Alles, was wir brauchen, sind ein paar leere Flaschen. Wenn wir die hätten, könnten wir eine Botschaft aussenden und vielleicht Kontakt mit der Außenwelt aufnehmen.«

Anderntags wurde eine kleine Kiste Scotch an den Strand gespült. Das passiert ja fast immer auf diesen einsamem Inseln, wenn die Situation schon völlig aussichtslos zu sein scheint. Zugegeben, es war nicht gerade allerfeinste Qualität, aber doch immerhin trinkbar. Und darauf kam es schließlich an.

Sie vereinbarten, pro Tag eine Flasche zu leeren – und diese sodann, mit einer Flaschenpost versehen, wieder ins Meer zu werfen.

»Früher oder später wird eine dieser Flaschen irgendwo angeschwemmt werden«, verkündete Kapitän O'Leary zuversichtlich und nahm einen tiefen Zug, um die erste schneller zu leeren.

»Bis dahin«, fuhr er fort und unterbrach sich nur, um den Mund mit seinem breiten Handrücken abzuwischen und ein befriedigtes Grunzen auszustoßen, »bis dahin müssen wir uns in Geduld fassen, ein bißchen angeln, lange Spaziergänge rund um die Insel unternehmen und drüben im hochgewachsenen Farn mit Kokua das Beste draus machen. Jedenfalls wüßte ich nicht, warum wir jede Hoffnung aufgeben sollten.«

Wer weiß, wo die Flaschen eines Tages gelandet wären! Den Schiffbrüchigen brachten sie jedenfalls keinerlei Hilfe. Kokua war nämlich mit dem Dasein auf der einsamen Koralleninsel voll und ganz zufrieden. Sie war ein kluges, umsichtiges Mädchen, das die Gesellschaft dreier starker, gutaussehender Liebhaber sehr genoß. Die langen Spaziergänge am Strand und weiter hinten im Farn, wo man ganz unter sich war, wollte sie nicht mehr missen. Was sollte sie also tun? Jedesmal, wenn die Männer eine der Botschaften den Wellen anvertrauten, schwamm sie unbemerkt hinaus und holte die Flasche ein. Sie zog den Korken ab, nahm den Brief heraus, schwamm ans Ufer zurück und versteckte ihre Beute unter einem großen Stein unter den Pandanusbäumen. Nach einer Weile hatte sie rund zwölf Botschaften gesammelt, alle mit demselben Wortlaut, und unter dem Stein begraben.

Jeden Tag liefen die Männer zum Strand hinunter und spähten sehnsüchtig über die endlose Weite des Pazifiks hinweg. Aber nie kam ein Schiff in Sicht.

»Unglaublich, daß wir auf keine einzige Flasche eine Antwort bekommen haben«, sagte McLaren eines Morgens, als er die letzte Flaschenpost ins Wasser warf.

»Weiß ich doch«, nickte van Hook. »Was mich angeht, glaube ich nicht, daß ich noch lange durchhalte.«

»Komm schon, Kopf hoch!« meinte Kapitän O'Leary

fürsorglich, obwohl er selbst schon ziemlich niedergeschlagen wirkte.

Kokua hielt auch die letzte Flasche zurück, fischte den Brief heraus und schwamm ans Ufer zurück. Während die Männer unter den Palmen herumlungerten, hob sie den Stein hoch und zog die gesammelten Botschaften hervor. Inzwischen hatte sie genug Englisch gelernt, um die Hilferufe zu verstehen. Alle Briefe hatten ungefähr dasselbe Format, und in jedem stand haargenau dasselbe:

»Nach ihrem Schiffbruch haben sich ein paar Mannschaftsmitglieder der Golden Star auf ein Korallenriff 18° südlicher Länge, 15° östlicher Breite retten können. Wir sind drei Männer und ein Mädchen ... schickt uns umgehend zwei Mädchen!«

Major Steele und der Papagei Jako

Vielleicht haben Sie schon mal eine Geschichte von einem klugen, sprechenden Papagei gehört, aber sicher ist Ihnen noch nie so ein Papagei wie Jako, der grüne Ara, begegnet. Er spielt die große Hauptrolle in der nun folgenden Erzählung.

Jako war in der Gefangenschaft geboren, genauer gesagt, in einem Vogelkäfig bei einem Tier- und Vogelhändler auf der Kings Road, Chelsea, London. Er wuchs heran und entwickelte sich zu einem ausgesprochen netten, hübsch geflügelten und ungezieferfreien Exemplar seiner Gattung. Eines Tages, als er auf seiner Stange saß und vor sich hindöste, erschien der junge Major Howard Steele. Er hatte seiner lieben alten Tante Clara versprochen, etwas Hirse und Vogelsamen zu kaufen. Er betrat den Laden des Vogelhändlers, und während er darauf wartete, bedient zu werden, betrachtete er ohne sonderlich großes Interesse die verschiedenen Vögel.

»Lecker Bonbon! Lecker Bonbon!« schrie Jako plötzlich und hüpfte aufgeregt auf seiner Stange herum. Major Steele wandte sich neugierig um – und stand dem reizendsten Mädchen gegenüber, das er seit langem gesehen hatte. Sie beschäftigte sich mit den Schleierschwänzen in einem der Aquarien des Geschäfts.

»Lecker Bonbon! Lecker Bonbon!« schrie Jako weiter. Das Mädchen lächelte ihn an, und Major Steele lächelte auch. Dann lächelte er dem Mädchen zu, und sie lächelte zurück.

»Lecker Bonbon!« ertönte es nochmals von Jako.

»Er hat recht!« Der Major nickte dem Mädchen lächelnd zu. »Ich muß dem Vogel mein Kompliment machen, er hat einen ausgeprägten Blick für weibliche Schönheit.«

Eine halbe Stunde später saßen die beiden in einem kleinen Straßencafé und ließen sich einen Drink schmekken. Abends speisten sie ein erlesenes Candlelight-Dinner in einem der vornehmen Restaurants. Und ein paar Stunden später saßen sie in der eleganten Junggesellenwohnung des Majors. Vor Mitternacht lagen sie eng umschlungen in seinem Bett.

Und das alles hatten sie dem Papagei Jako zu verdanken, der die Augen offenhielt und sah, was der Major sonst übersehen hätte: daß ihm ein herrliches Abenteuer winkte, wie es sich für einen so jungen und charmanten Major gehört.

Am nächsten Tag ging Major Steele zum Vogelhändler und kaufte den Papagei. Und in der folgenden Zeit hatte er viel Freude und Nutzen an dem sonderbaren Vogel mit dem ungewöhnlich scharfen Blick für weibliche Schönheit. Wenn er nachmittags im Hyde Park spazierenging, flog Jako umher und sondierte das Terrain. Und wenn er etwas Gutes fand, ein schickes und gutgebautes Mädchen, dann kreiste er über dem Major in der Luft und schrie: »Lecker Bonbon! Lecker Bonbon!«

Und dann folgte der Major dem Vogel, es dauerte nicht lange, da stand er einem bezaubernden Mädchen gegenüber. Jako irrte sich nie, er hatte einen absolut sicheren Geschmack. Zwar gelang es dem Major nicht immer, die Mädchen zu einem Drink zu überreden oder sie zu sich nach Hause zu führen, um die neue Sprungfedermatratze auszuprobieren, aber Jakos Spürsinn verhalf ihm dennoch so oft zum Erfolg, daß er sich nicht mehr von dem Vogel trennen wollte, selbst wenn ihm jemand tausend Pfund Sterling geboten hätte!

Als der Major einige Zeit auf Safari nach Kenia reiste, nahm er Jako natürlich mit. Es zeigte sich, daß er auch hier viel Freude an dem intelligenten Vogel hatte. Keiner konnte wie er das Wild aufspüren. Er flog umher und hielt mit scharfen Augen Ausschau nach Gazellen, Wasserböcken und anderen Tieren, die ein Safarijäger gern mit seiner Winchesterbüchse erlegt. Alles von Interesse teilte er dem Major umgehend mit, indem er sich seines einfachen, aber effektiven Wortschatzes bediente. Auch als ihnen eines Tages mitten in der Savanne das Trinkwasser ausging, meisterte Jako die unangenehme Situation. Er flog einige Stunden herum und suchte nach Wasser; gegen Nachmittag kehrte er zurück und wußte genau, wo es eine ergiebige Wasserquelle gab.

Im großen und ganzen verlief die Safari außerordentlich günstig. Nach einigen Wochen jedoch begann der Major die Gesellschaft eines lieben Mädchens herbeizusehnen, ja, allmählich steigerte sich seine Sehnsucht nach einer Frau so sehr, daß er nichts anderes mehr im Sinn hatte.

Kein Wunder also, daß er von seinem Stuhl hoch-
schnellte, als Jako eines Tages durch die Luft geflattert
kam und sich aufgeregt auf seinen Schultern niederließ.
Der Major saß gerade vor seinem Safarizelt, nippte an
einem Whisky und sah, schlapp vor Hitze, den Boys zu,
die mit den Fleischtöpfen hantierten.

»Lecker Bonbon! Lecker Bonbon!« schrie Jako laut und
aufgeregt, und im nächsten Augenblick war er schon
wieder davongeflogen. Bevor Major Steele ihn zurückru-
fen konnte, war er bereits außer Sicht. Der Vogel war so
schnell verschwunden, daß der Major nicht feststellen
konnte, in welche Richtung er geflogen war. Fünf Minuten später war der Vogel wieder da. Völlig außer Atem
ließ er sich auf dem Klapptisch vor dem Major nieder.

»Lecker Bonbon!« schrie er mit einer Stimme, die sich
vor Aufregung fast überschlug. »Lecker Bonbon! Oh, Boy!
Lecker Bonbon! Tolle Formen! Lecker Bonbon!«

Dann schwang er sich wieder in die Lüfte, und weg
war er. Ohne zu zögern, stülpte sich der Major seinen
Tropenhelm auf den Kopf und raste hinterher. Blitzschnell griff er nach seiner Winchesterbüchse und folgte
mit seinem Chiefboy dem Vogel in den Dschungel, ganz
versessen darauf, die Beute aufzuspüren.

Noch klang ihm das aufgeregte Kreischen in den Ohren. »Lecker Bonbon! Lecker Bonbon!« Wirklich, diesmal
mußte es sich um etwas besonders Delikates handeln.

Plötzlich hörte er wieder Jakos Stimme aus dem tiefsten Urwald. Eifrig bahnte er sich den Weg durch die
Wildnis. Er zerfetzte seinen Khaki-Anzug, er riß sich Hände und Gesicht blutig, aber er nahm es nicht wahr. Sein
schwarzer Chiefboy konnte ihm nur mit Mühe und Not
folgen. Der Major hatte nur eins im Sinn: so schnell wie
möglich das von Jako empfohlene leckere Bonbon zu
finden.

Und schließlich fand er sie. Sie saß vor ihm in einem Brotfruchtbaum neben Jako. Sie war entzückend anzusehen, mit Kußmund und allem Drum und Dran – dieser weibliche Ara.

Der Generalkonsul und
Fräulein Sexholm

Der Herr Direktor, Generalkonsul Konrad Fuchs, sitzt an seinem wuchtigen Direktionsschreibtisch und diktiert einen Brief an eine seiner zahlreichen ausländischen Geschäftsverbindungen. Seine neue Sekretärin, die junge Lotte Sexholm, stenographiert nach besten Kräften mit. Ihre Fähigkeiten lassen einiges zu wünschen übrig, da sie sich zwar an der Volkshochschule mit der edlen Kunst der Kurzschrift beschäftigt hat, sich damals jedoch mehr für einen jungen Mann als für den Kursus interessierte. Allerdings weiß Fräulein Sexholm genau, wie man sich ein gutes Empfehlungsschreiben sichert, wenn einen die Firma eines Tages loswerden will. Und eine gute Empfehlung ist auch heutzutage Gold wert, wenn man einen neuen Job sucht. Denn glauben Sie ja nicht, daß alle Direktoren zuerst danach gucken, was eine Sekretärin unter der Bluse und unterm Rock hat, und sich erst in zweiter Linie für die deutsche Einheitskurzschrift interessieren.

Na, unser Generalkonsul, Herr Fuchs, war seit eh und je ein Schlitzohr, ständig auf der Jagd, besonders nach den jungen Büromädchen, die er oft und schnell wechselte. Aber lassen Sie uns nun sehen, was passiert – denn immer passiert etwas, wenn der Generalkonsul mit einem jungen Mädchen allein ist.

Tatsächlich, schon geht es los … Plötzlich erhebt er sich und streckt die Arme nach Fräulein Sexholm aus, sprungbereit.

Und Fräulein Sexholm? Läßt sie sich fangen? O nein, so eine ist sie nicht. Blitzschnell springt sie von ihrem Stuhl hoch und krabbelt auf den Aktenschrank, wo der Herr Generalkonsul sie nicht zu fassen kriegt.

Er stößt ein paar Kraftwörter zwischen den Zähnen hervor, und die Flüche bleiben gleichsam in seinem Schnauzbart hängen, bis sie sich in der Luft verflüchtigen.

»Was haben Sie vor, Herr Generalkonsul?« ruft Fräulein Sexholm neckisch von oben und wirft ihm ihr bezauberndstes Lächeln zu. Sie weiß diese alternden Haudegen wie Generalkonsul Fuchs zu nehmen, sie kennt sich da aus und ist mit allen Wassern gewaschen.

»Kommen Sie doch runter …«, bettelt er.

»Nie im Leben! Glauben Sie, ich bin total plemplem? Ich weiß genau, was Sie wollen … Sie sollten sich schämen. Was würde die gnädige Frau nur sagen, wenn sie Sie jetzt sehen könnte? Ich bleibe hier oben, bis Sie sich beruhigt haben. Und im übrigen pfeife ich drauf, wenn jetzt jemand ins Zimmer kommt.«

Mit einem ergebenen Schulterzucken trottet der Generalkonsul wieder an seinen pompösen Schreibtisch und diktiert zähneknirschend seinen Brief ins Ausland fertig.

»Wenn Sie runterkommen, verspreche ich, Sie nicht wieder anzurühren«, fleht er und wirft einen nervösen Blick in Richtung Tür. »Wenn nun der Vertriebsleiter Bacher oder der Buchhalter Dinemann auftaucht – sieht doch komisch aus, wenn Sie da oben sitzen.«

»Okay!« lenkt Fräulein Lotte ein und hüpft vom Schrank.

Der Generalkonsul diktiert noch einen Brief. Dabei schielt er begehrlich über seine Brillenränder nach Fräulein Lottes runden, weichen Knien. Der alte Schlawiner!

Fräulein Sexholm kritzelt geschäftig auf ihren Stenoblock und reißt das beschriebene Blatt ab. In dem Moment nutzt der Generalkonsul die Gelegenheit, schnellt von seinem Stuhl hoch und greift gierig nach ihren Armen.

Aber wieder ist sie schneller als er. Eine Sekunde – und sie ist außer Reichweite. Mit langen Schritten setzt er ihr nach, immer um den großen, gediegenen Direktionsschreibtisch herum. Immer schneller geht die wilde Jagd. Aber sie entwischt ihm. Schließlich gibt er auf, sinkt schnaufend auf seinen Stuhl und hält seine Hand an das pochende Herz. Offensichtlich fällt es ihm nicht mehr so leicht wie früher, den jungen Mädchen nachzulaufen.

Hilfsbereit reicht ihm Fräulein Sexholm die Schachtel mit seinen Herztabletten und holt ein Glas Wasser.

»Puha!« stöhnt er und schluckt ein paar Pillen hinunter.

So geht es jeden Tag, wochenlang. Jedesmal, wenn der Alte seine Augen auf ihre runden Knie richtet, ist sie auf der Hut – und sobald er von seinem Stuhl hochschnellt, um nach ihr zu greifen, saust sie blitzschnell auf den Aktenschrank oder verschanzt sich hinter der äußersten Ecke des Schreibtisches. Dann beginnt die wilde Jagd, immer um den Schreibtisch herum, immer schneller – bis Generalkonsul Fuchs aufgibt und unverrichteterdinge mit wild hämmerndem Herzen erschöpft auf seinen Stuhl sinkt. Natürlich kann das auf die Dauer nicht gutgehen, und richtig – eines Tages, als er mindestens zwanzigmal um den Schreibtisch gejagt ist, ohne sie zu fangen, kündigt er ihr.

»Daß Sie sich nie wieder hier sehen lassen«, faucht er sie verbissen an.

Fräulein Sexholm verläßt also die Firma – mit einem ausgezeichneten Empfehlungsschreiben. Der Generalkonsul weiß, daß sie ihn in der Hand hat, also schreibt er höchstpersönlich mit seiner schönsten Handschrift: »Fräulein Lotte Sexholm ist die schnellste Stenotypistin, die ich je in meiner Firma hatte.«

Da wir gerade von Tieren sprechen ...

Natürlich läßt sich viel Interessantes aus der Welt der Menschen berichten, aber auch die Tierwelt ist alles andere als langweilig. Gerade jetzt habe ich die Geschichte eines Mannes im fernen Australien gelesen, der einen Weg gefunden hat, Kälber und Känguruhs zu kreuzen. Dadurch ist es ihm nun möglich, Mäntel aus Kalbfell mit eingearbeiteten Taschen zu liefern.

Da wir gerade im Zoo sind ... Zwei junge Mädchen spazierten im Freigelände umher, in dem die ungefährlichen

Tiere untergebracht sind. Die Mädchen interessierten sich am meisten für ein Känguruh, bis es plötzlich mit einem gewaltigen Satz über die vier Meter hohe Einfriedung sprang und in den angrenzenden Parkanlagen verschwand.

Während sich die Mädchen über den Riesensprung des Känguruhs noch königlich amüsierten, näherte sich ein Tierpfleger zornig den Teenagern.

»Hört mal gut zu!« sagte er wütend. »Was habt Ihr dem armen Tier angetan, daß es einen solchen unglaublichen Sprung gemacht hat?«

»Erst haben wir es gefüttert«, verteidigten sich die Mädchen etwas kleinlaut, »und dann haben wir es ein wenig an seinem Beutel gekitzelt!«

»Na ja«, sagte der Tierpfleger etwas besänftigt. »Dann kitzelt mich jetzt genauso – denn schließlich bin ich es, der das Tier wieder einfangen soll!«

☆

Da wir gerade von Känguruhs sprechen ... Ein amerikanischer Geschäftsmann war nach Sydney gereist, um dort seine Ferien zu verbringen; dabei kam er auf den Gedanken, seinen Aufenthalt in Australien mit einer Känguruhjagd zu verbinden. Er befahl seinem schwarzen Chauffeur, der ihn begleitete, mit einem Safari-Jeep vorauszufahren. Sammy fuhr wie der Teufel über die weiten Flächen am Blue Valley, und schon bald erblickte man eine Herde Känguruhs. Sammy gab Vollgas. Nachdem die holprige, aber schnelle Fahrt einige Zeit gedauert hatte, ohne daß man auf Büchsenschußnähe herangekommen war, trat Sammy auf die Bremse und wartete auf seine Chef.

»Wir sollten die Jagd lieber aufgeben, Mister Thompson«, sagte er, ohne eigentlich zu wissen, welches Tier der Boß jagen wollte. Er hatte sein ganzes Leben in New York verbracht.

»Aufgeben?« sagte Mr. Thompson. »Warum denn?«

»Weil ich mit einer Geschwindigkeit von fast hundert Kilometer gefahren bin, aber die verdammten Biester haben bislang nicht einmal ihre Vorderbeine gebraucht!«

☆

Wer kann schon etwas über Tiere erzählen, wenn er den besten Freund des Menschen, den Hund, verschweigt? Die Freundschaft eines Hundes währt ein ganzes Leben. Vielleicht hat es etwas damit zu tun, daß es unmöglich ist, einen Hund um Geld anzupumpen.

In einem kleinen Dorf unterhielt ich mich einmal mit einem Bauern, als ein großer Hund vorbeikam. Er blickte zum Bauern empor, hob die rechte Vorderpfote und sagte freundlich: »Moin, Jens-Peter!«

Der Bauer legte ein paar Finger an den fettigen Rand seiner Mütze und erwiderte: »Moin, Hektor!«

»Allmächtiger!« rief ich verblüfft. »Hat der Hund nicht gerade ›Moin, Jens-Peter‹ gesagt?«

»Ja«, nickte Jens-Peter. »Das ist doch nichts Besonderes. Hier draußen auf dem Land kennt jeder jeden!«

☆

Da wir gerade auf dem Land sind ... Da hatte der Vertreter einer Firma, die mit landwirtschaftlichen Produkten handelte, einen Vortrag vor einigen dörflichen Hühnerzüchtern gehalten. Eine der anwesenden Bauersfrauen bat ihn, mit ihr nach Hause zu fahren, um sich ihre Hühner anzusehen, nämlich eine Anzahl feiner weißer Wyandotter. Mitten in der Hühnerschar bemerkte der Vertreter verblüfft einen feuerroten New-Hampshire-Hahn.

»So etwas ist unmöglich!« erklärte der Hühner-Experte. »Wenn Sie Ihre Wyandotter rasserein erhalten wollen, dürfen Sie den roten Hahn nicht unter den Hühnern dulden. Das sollten Sie eher noch heute als morgen ändern!«

Die Hühnerzüchterin beruhigte ihn: »Da kann nichts passieren«, sagte sie. »Nachts nehme ich ihn immer heraus und setze ihn in seinen eigenen Käfig.«

☆

An einer anderen Stelle des Dorfes sauste ein Huhn den Vorgartenweg hinauf, scharf verfolgt von einem Hahn.

Das Huhn zwängte sich, blind vor Panik, durch die Hecke und hinaus auf die Straße, wo es in der nächsten Sekunde von einem Lastwagen überfahren wurde. Der Hahn beobachtete das Unglück aus sicherer Entfernung und wirkte ziemlich enttäuscht.

In einem Vorgarten auf der anderen Straßenseite hatten zwei ältliche Frauen das Geschehen mit angesehen. Die eine Frau sagte mit einem vorwurfsvollen Blick auf den Hahn: »Du hast es selbst gesehen! Lieber ist das Huhn in den Tod gegangen!«

☆

Übrigens fällt mir bei dem Hund, der »Moin, Jens-Peter!« gesagt hatte, die Geschichte mit dem Froschmann ein, der zwischen den Korallen eines Riffs schwamm. Er hatte Sprechkontakt mit dem Begleitboot, damit man Verbindung miteinander halten konnte. Plötzlich hörten die Männer im Boot, wie der Froschmann am Meeresgrund immerzu wiederholte:

»Guten Tag! Guten Tag! Guten Tag!«

»Mit wem redest du eigentlich dort unten?« fragte der Steuermann des Begleitbootes kopfschüttelnd.

»Nichts Besonderes!« erwiderte der Froschmann. »Ich habe nur einen Tintenfisch mit zehn Fangarmen begrüßt!«

☆

Da wir uns jetzt den großen Meerestiefen nähern, möchte ich die Geschichte der Riesenwale erzählen, die weit draußen im Atlantik schwimmen.

»Hör mal«, rief der eine. »Was war das für eine Dame, der du gestern abend so viele Komplimente gemacht hast?«

Der zweite Wal war etwas verlegen.

»Das war keine Dame, aber was soll's? Irren ist menschlich, oder? Es handelte sich um eines der eleganten und schnittigen neuen Atom-U-Boote!«

☆

Jeder von uns kennt irgendwelche Großstadtbesucher, die ein Leben lang davon träumen, einen hübschen kleinen Bauernhof irgendwo auf dem Land zu erwerben. Einen solchen Bauernhof hatte Karl-Aage gekauft, obgleich er von Landwirtschaft nicht einmal den Schatten einer Ahnung hatte. Zu dem Besitz gehörten zwar keine Tiere, aber Karl-Aage und Lisbeth, seine junge, hübsche Frau, schafften sich ein Schwein an.

»An eurer Stelle«, sagte ihr Nachbar eines Tages, als das Paar nachdenklich das Schwein betrachteten, das leise vor sich hin grunzte, »würde ich es zu einer Deckstation fahren, damit das Tier trächtig wird: Dann hättet ihr ein paar hübsche kleine Spanferkel. Eure Sau ist jetzt genau im richtigen Alter.«

Das junge Paar fand den Vorschlag einleuchtend und überzeugend. So luden sie ihre Sau auf eine Schubkarre, banden sie gut fest, fuhren sie hinüber zur Deckstation und veranlaßten, daß ihre Sau den Spaß bekam.

Dann kehrten sie auf ihren Hof zurück. Es vergingen mehrere Wochen, ohne daß sich der Zustand ihres Stallbewohners veränderte. Die Sau hatte deshalb auch nichts dagegen, als sie wieder auf die Karre geladen, vertäut und zur Deckstation transportiert wurde, wo man alles weitere veranlaßte.

Nach einer weiteren Wartezeit war noch immer nichts zu sehen. Zum dritten Mal machte sich das junge Paar mit Sau und Karre auf die allmählich etwas beschwerlich werdende Reise hinüber zur Deckstation.

Als nach einer weiteren Woche das Bauernpärchen wieder einmal zur gewohnten Stunde zur Fütterung den Stall betrat, war Jolanthe verschwunden. Sie suchten das Tier überall, bis sie es schließlich in einem Abstellraum hinter dem Stall fanden. Da hatte es sich die Sau in der Schubkarre gemütlich gemacht und sah ihren Besitzern mit roten Äuglein erwartungsvoll entgegen.

Nicht weit entfernt lebten zwei Teckel, Mikki und Molly. Der Leser kennt sicher diese kleinen Hunde, die nur einen halben Hund hoch, dafür aber zweieinhalb Hund lang sind. So war's auch bei diesen beiden, ein Rüde und eine Hundedame. Sie wohnten in ihrer eigenen kleinen Hütte, Molly im ersten Stock und Mikki im Erdgeschoß.

Mikki war in Molly klammheimlich verliebt, ja geradezu verknallt war er. Er war so verschossen, daß man es ihm häufig anmerkte, obgleich Teckel, wie man weiß, außerordentlich flach gebaute Hunde sind. Gleichzeitig aber war Mikki so geniert, daß er es einfach nicht über sein Hundeherz brachte, Molly seine brennende Liebe zu erklären.

Aber dann hatte Molly Geburtstag, und dieser Tag fiel ausgerechnet mitten hinein in die Zeit ihrer Läufigkeit. Da hielt sie es dann nicht länger aus. Sie klopfte behutsam, aber doch nachdrücklich auf den Fußboden ihrer Behausung und fragte Mikki auf seine verwunderte Reaktion, ob er nicht Lust habe, zu ihr hinaufzukommen, Schokolade zu trinken und Hundekekse zu knabbern. Na ja ... und ob er überhaupt Interesse an ihr habe?

Schlagartig war Mikki im siebenten Hundehimmel. So glücklich war er noch nie gewesen, noch nie so erwartungsvoll. Vor lauter Freude war er dann sogar gezwungen, die Treppe zu Mollys Wohnung *rückwärts* hinaufzulaufen!

In einem zoologischen Garten holte eine Känguruhmutter ihr Kleines aus dem Beutel und verprügelte es nach Strich und Faden. »Ich habe dir ausdrücklich verboten, Kekse im Bett zu essen!« rief die Känguruhmutter mehrfach.

Der wunderbare Alastair

Betsy war schon einmal verheiratet gewesen. Das konnte Harald bisher nicht von sich sagen, aber nun war er im Begriff, sein Junggesellendasein aufzugeben. Betsy war seine Auserwählte.

Er wußte nicht, worauf er sich einließ, aber er sollte es bald erfahren. Sehr bald. Er bekam einen kleinen Vorgeschmack, als sie nach der Trauung die Kirche verließen.

»Alastair«, sagte Betsy (Alastair war ihr geschiedener Mann), »Alastair hätte nicht an der falschen Stelle ja gesagt, Alastair hätte nicht so mit dem Ring herumgefummelt. Alastair hätte mich nicht im falschen Augenblick untergehakt.«

Harald errötete beschämt über seine Ungeschicklichkeit. Dann traten sie die Hochzeitsreise an.

»Alastair hätte mir ein solches Hotel nicht zugemutet«, sagte Betsy, als sie in ihr Hochzeitsgemach Einzug hielten.

»Von hier aus hat man nicht einmal einen ordentlichen Blick über das Mittelmeer.«

Als sie sich ins Hochzeitsbett legten, tat zwar Harald das, was ein Bräutigam zu tun pflegt, wenn er mit seiner Braut im Bett liegt, aber ...

»Alastair hätte es nicht so gemacht«, sagte Betsy hinterher.

»Alastair hätte mich dahin gebracht, daß ich vor Freude gejapst hätte, und dann hätte er dafür gesorgt, daß ich vor Wonne laut losgeschrien hätte, aber du ... Na, ja, du hast mir das geboten, was von dir zu erwarten war. Aber mit Alastair kannst du dich wirklich nicht messen, nein, nein, nein!«

Dann weinte sie ein bißchen, drehte sich traurig auf die andere Seite und schlief ein.

Und damit war das Thema Hochzeitsnacht abgehakt.

In der darauffolgenden Zeit mußte sich Harald unzählige Male anhören, was Alastair getan oder nicht getan hätte. Die beiden waren noch nicht lange verheiratet, als es für Harald endgültig klar wurde, daß Alastair ein wahrer Mustergatte gewesen war, während er selbst keine andere Bezeichnung verdiente, als eine trübe Tasse zu sein. Mehrere Male lag es ihm auf der Zunge, sie zu fragen, warum, in drei Teufels Namen, sie sich von einem solchen Prachtexemplar hatte scheiden lassen. Aber das wagte er denn doch nicht. Das wäre im höchsten Grade unfein gewesen. Eine derart ordinäre Frage würde Alastair niemals gestellt haben. Also schluckte Harald lieber alles hinunter.

Die Zeit verging.

Nach einem Jahr spukte Alastair unverändert in Betsys Gedanken. »Was soll das denn heißen?« pflegte sie auszurufen, wenn sie unerwartet ins Herrenzimmer trat, wo Harald sein Pfeifchen rauchte und seine Finanzzeitschrift las. »Legst du wirklich deine Beine auf unseren kostbaren, polierten Rauchtisch? So etwas hat Alastair niemals getan!«

Oder: »Alastair half mir immer beim Abwaschen nach dem Essen, und hinterher ... hinterher passierte es nicht selten, daß er sein Interesse an mir bekundete, indem er mich auf den Küchentisch hob und dort vergewaltigte, auf eine feine, vornehme und elegante Weise, improvisiert und voller Phantasie. Und was tust du? Du sitzt nur da und machst vor dem Fernseher ein Nickerchen. Abend für Abend. Alastair hat niemals vor dem Fernseher ein Nickerchen gemacht!«

Ist es da ein Wunder, daß Harald nachgerade Lust bekam, diesen einzigartigen Übermenschen kennenzulernen?

»Könntest du ihn nicht einmal zum Mittagessen einladen?« fragte er eines Abends. »Es wäre doch nett und aufschlußreich, ihm zu begegnen.«

Betsy saß da wie gelähmt. »Was hast du gesagt?« flüsterte sie. Einen solchen Vorschlag hätte Alastair niemals gemacht. »Wie kannst du nur so taktlos sein?« stieß sie hervor. »Alastair würde niemals ...«

»Nein, sicher nicht.«

Und dann sprachen sie nicht mehr davon.

Die Zeit verging, aber nach einem weiteren Jahr fiel der Name Alastair noch immer, sobald sich Gelegenheit dazu bot. Und dieser Fall trat sehr oft ein. Zum Beispiel konnte sich Betsy eines Abends nur darüber wundern, daß Harald noch immer als einfacher Prokurist in der Firma saß, in der er angestellt war.

»Alastair wäre längst Direktor!«

»Oder Generaldirektor«, verbesserte Harald, übrigens sehr taktlos. Alastair wäre zu einer solchen sarkastischen Bemerkung gar nicht fähig gewesen.

»Generaldirektor? Ja, warum nicht? Bei Alastairs Fähigkeiten hätte mich das überhaupt nicht gewundert!«

Betsy stieß einen tiefen Seufzer aus, um dadurch zu unterstreichen, daß sie niemals das Wundertier Alastair gegen einen so hoffnungslosen Trottel wie Harald hätte eintauschen sollen.

Eines Tages aber geschah eine merkwürdige kleine Begebenheit, die dafür sorgte, daß Betsy Alastairs Namen nie mehr in den Mund nahm.

Es war ein dunkler und regnerischer Abend, als es an der Tür klingelte. Harald ging hinaus, um zu öffnen, und führte dann ein Gespräch mit einer männlichen Person.

Betsy ließ ihr Modejournal sinken und lauschte angespannt.

Die Stimme kam ihr bekannt vor.

Gerade wollte sie sich erheben und in den Flur hinausgehen, um sich zu überzeugen, ob es wirklich der war, den sie vermutete, als Harald hereinkam.

»Wer war es?« fragte sie gespannt.

»Alastair!« antwortete Harald mit einem merkwürdigen, seltsam triumphierenden Glitzern in seinen Augen.

»Ja, aber weshalb ...«, stieß Betsy verwirrt hervor, »weshalb hast du ihn nicht hereingebeten? Was wollte er denn?«

»Warum ich ihn nicht hereingebeten habe?« murmelte Harald beiläufig und griff nach seiner Pfeife. »Weil er meilenweit nach Schnaps stank und um eine kleine Unterstützung für ein Nachtquartier bat. Seine letzten Kröten waren bei einem Besuch im Puff draufgegangen!«

Die Mädchen und der Rockmusiker

Schlachtermeister Sanders lief es kalt den Rükken runter, wenn er Herbert nur sah. Er konnte junge Leute mit langen Haaren nicht ausstehen. Herbert lief mit einer Mähne durch die Gegend, die Robinson Crusoe Ehre gemacht hätte. Sein langes Haar hing ihm bis weit über die Schultern. Ekelhaft! Ein sonst einigermaßen normaler junger Mann, in so einem Aufzug! Zwar leben wir in einer Zeit der Jugendrevolten, des Freisinns und der Gleichberechtigung der Geschlechter. Schlachtermeister Sanders hielt aber mehr vom guten alten System, wonach man die jungen Mädchen auf einen Haufen sortieren und die jungen Männer auf einen anderen und dann sagen konnte: Dieser Haufen ist weiblich, und der ist männlich. Aber bei Herbert war nicht mehr festzustellen, auf welchen Haufen er gehörte.

Herbert als Schwiegersohn – niemals!

Schlachtermeister Sanders' einzige Tochter, die süße kleine Dorte, hatte Herbert eines Abends in der Diskothek kennengelernt und sich sofort in ihn verknallt. Und Herbert war gleichenfalls Feuer und Flamme für sie. Als sie spätabends in die Garage des Schlachtermeisters standen und sich heiß umarmten, durchfuhr es Dorte wie ein elektrischer Schlag, und sie spürte: Herbert war DER Mann. Ihn wollte sie haben, und zwar so schnell wie möglich.

Sie hatte es schon lange satt, im Geschäft ihres Vaters Hackfleisch, Mettwurst in Scheiben und hundertgrammweise Fischsalat zu verkaufen. Herbert hatte eine gute Stelle als EDV-Fachmann in einer großen Versicherungsgesellschaft, so daß sie sofort heiraten konnten. Und vielleicht konnten sie den Schlachtermeister überreden, ein bißchen beizusteuern, damit sie sich das kleine Haus kaufen konnten, mit dem sie liebäugelten.

Schlachtermeister Sanders war aber, wie bereits angedeutet, überhaupt nicht begeistert von Herbert. Dieser ungepflegte, langhaarige Halbaffe. Nein, danke, den wollte er nicht in seiner Familie haben.

Eines Abends wagte sich Herbert trotzdem in die Höhle des Löwen. Dorte hatte ihn in ihr Zimmer geschmuggelt. Sie hatten geschmust, und Dorte zitterte am ganzen Leib. Als sie später Rockplatten hörten, erhob sich Herbert plötzlich mit entschlossenem Blick.

»Jetzt geh' ich rein zu deinem Vater«, sagte er mit einer Stimme, als ob er den Käfig des bengalischen Königstigers im Zoo betreten wollte. Und mit festen, entschlossenen Schritten ging er ins Wohnzimmer, wo der Schlachtermeister mit seiner Zeitung saß.

»Guten Abend, Herr Sanders«, sagte Herbert und strich sich mit einer schnellen Handbewegung die Strähnen aus dem Gesicht. Mutig fuhr er fort: »Dorte und ich haben beschlossen zu heiraten, und da dachten wir, daß Sie ...«

Er kam nicht weiter. Der Schlachtermeister erhob sich zu seiner vollen Größe und stand riesig und furchterregend wie ein Prachtstier vor ihm, so daß Herbert unwillkürlich ein paar Schritte zurückwich. Und schon war der Schlachtermeister über ihm, griff brutal in seine lange Mähne, wirbelte ihn durch die Luft und warf ihn in hohem Bogen zur Tür hinaus, die mit einem donnernden Knall zuschlug. Durch den Schwung rutschte Herbert bis unter die Kommode im Flur.

Dorte lief schnell zu ihm.

»Was hat er gesagt?« fragte sie gespannt.

»Nicht einen Ton«, entgegnete Herbert, klopfte seine Sachen ab und brachte sein langes Haar wieder in Ordnung.

»Ich bin nicht mal sicher, ob er wußte, wer ich bin. Vielleicht hielt er mich für irgendeinen Verkäufer oder für einen Vertreter von der Versicherung oder so. Ich will es gleich noch mal versuchen.«

Mutig öffnete er ein zweites Mal die Tür zum Wohnzimmer, trat über die Schwelle und holte tief Luft: »Entschuldigen Sie, Herr Sanders, ich bin es noch mal, Herbert Schmidt. Dorte und ich, wir haben also beschlossen zu ...«

Wiederum schnellte der Schlachtermeister von seinem Stuhl hoch, packte Herbert am Kragen, wirbelte ihn durch die Luft und schmiß ihn zur Tür hinaus. Herbert rutschte auf dem Bauch durch den Flur, der ganzen Länge nach, bis er mit einem lauten Knall an der Kommode landete. Dann knallte der Schlachtermeister die Wohnzimmertür mit solch einer Wucht zu, daß im ganzen Haus die Bilder von den Wänden rasselten.

Herbert erhob sich mühsam.

»Ich glaub' nicht, daß dein Vater noch was von mir wissen will«, erklärte er mutlos.

»Vielleicht hat er heute im Geschäft Ärger gehabt«, tröstete ihn Dorte, »wir versuchen es noch mal an einem anderen Tag, wenn er bessere Laune hat.«

Also probierte es Herbert ein paar Tage später noch einmal. Sie kamen gerade aus dem Kino, standen unten im Flur und sprachen über ihre Zukunft. Das kleine Haus, mit dem sie liebäugelten, konnte jeden Tag einen anderen Käufer finden, und so schnell fand sich kein anderes in dieser niedrigen Preislage. Herbert nahm all seinen Mut zusammen und entschied: »Jetzt geh' ich rauf zu deinem Alten und rede sehr ernsthaft mit ihm. Bleib du lieber hier unten, während ich die Sache regle.«

Herbert ging die Treppe zum zweiten Stock hinauf und klingelte. Schlachtermeister Sanders öffnete höchstpersönlich.

»Guten Abend, Herr Sanders, ich bin es noch mal, Herbert Schmidt. Wie gesagt, Dorte und ich haben beschlossen ...«

Herbert wurde so zielbewußt und kraftvoll die Treppe runtergeworfen, daß das Treppengeländer bis unten hin zu Brennholz zerbarst. Schlachtermeister Sanders rieb sich angewidert seine großen, breiten Schlachterhände ab, wie um die Bazillen dieses Milchjungen abzuwischen, und zog sich wieder hinter seine Zeitung zurück.

Herbert erhob sich unter leisem Stöhnen. Vor Verletzungen war er gottlob verschont geblieben.

»Jetzt versuche ich es noch mal«, sagte er zuversichtlich. »Ich glaube fast, er fängt langsam an, mich zu mögen.«

Herbert hatte eine kleine Sache bemerkt, die vielleicht bedeutete, daß er recht hatte: Sanders hatte, als er wieder zu seiner Zeitung ging, die Tür nicht hinter sich zugeschlagen!

Bedaure, aber der Herr Direktor ist momentan nicht im Haus!

Generaldirektor Navelint saß hinter seinem riesigen Mahagonischreibtisch und umarmte liebevoll seine wunderschöne blonde Sekretärin, die auf seinem Schoß saß. Jemand klopfte diskret an die Tür und öffnete sie. Es war Jones, der neue Vorzimmergehilfe.

»Eine Dame möchte Sie gern sprechen, Herr Generaldirektor«, meldete er.

Navelint blinzelte nervös, schob seine Sekretärin vom Schoß und zupfte seine teure, handgewirkte Krawatte zurecht. Er winkte ab, als Jones näherkommen wollte. »Wenn es meine Frau ist, sagen Sie ihr ... sagen Sie ihr, ich sei bei einer Konferenz des Großhandelsverbands.«

Jones ging rückwärts aus der Tür und richtete aus, was man ihn geheißen hatte.

Am Abend, als Navelint in seinem vornehmen Arbeitszimmer in seiner Villa am Meer saß und sich bei einem Scotch entspannte, trat das Hausmädchen ein.

»Ein Anruf für Sie, Herr Navelint«, sagte sie und fügte, nach einem Blick auf die Dame des Hauses, die über eine Stickerei gebeugt im anschließenden Wohnzimmer saß, fast flüsternd hinzu: »Es ist eine Dame!«

»Wenn es meine Sekretärin ist«, sagte er leise und spielte nervös mit seinem Binder, »dann sagen sie ihr, ich esse zu Abend mit Stadtrat Bingel und werde erst spät zu Hause erwartet. Sie möchte heute abend nicht mehr anrufen.«

Dank Generaldirektor Navelints wunderschöner, berechnender Sekretärin begann die Firma vor die Hunde zu gehen. Navelint kümmerte sich mehr um sie als um das Geschäft. Bald war es an der Tagesordnung, daß Jones in sein Büro kam und meldete: »Ein sehr grimmiger Herr möchte Sie sprechen, Herr Generaldirektor.«

Navelint blinzelte nervös, woran Jones sich inzwischen gewöhnt hatte, und sagte: »Wenn es der Geldeintreiber von Gunn & Bang ist, dann sagen Sie ihm ... eh ... sagen Sie ihm, ich sei auf Geschäftsreise bis Montag. Nein, lieber bis Montag in vierzehn Tagen.«

Manchmal sagte er auch: »Wenn es wegen der Rechnung von Biff & Bamm über eine halbe Million ist, die vergangene Woche fällig war, dann sagen Sie ... ich sei auf einer Messe in London.«

Oder er wies Jones an: »Wenn er von der Bank kommt, weil ich das Konto überzogen habe, dann sagen Sie ihm ... eh ... ich sei geschäftlich in Mailand.«

Zu Hause war es nicht viel besser. Auch dort mußte sich Navelint ständig Ausreden für Leute einfallen lassen, die zu ihm wollten.

»Wenn er von der Werkstatt mit einer Rechnung für die Reparatur meines Buicks oder des Jaguars meiner Frau ist, dann sagen Sie ... sagen Sie, ich mache gerade drei Wochen Urlaub auf Barbados!«

»Wenn es dieser Anwalt Krachrücken ist, wegen des

Schuldscheins, dann sagen Sie ihm ... sagen Sie ihm, daß ich auf einer Bananenschale ausgerutscht bin, die auf der Marmortreppe lag, und jetzt mit gebrochenem Bein im Krankenhaus liege.«

»Wenn es der Gerichtsvollzieher ist, sagen Sie ihm ... nun ... sagen Sie ihm, ich stehe bereits mit einem Fuß im Grab, weil ich galoppierende Schwindsucht habe, die sehr ansteckend ist, dann traut er sich wenigstens nicht herein.«

Aber wir wollen Sie nicht mit all dem langweilen, was schließlich zu Navelints Ruin führte. Wir überspringen die schmutzigen Einzelheiten bis zu jenem schicksalsträchtigen Tag, an dem der junge Jones wieder einmal in Navelints Büro trat. (Es war inzwischen all seiner ehemaligen Pracht beraubt, verschwunden waren die Orientteppiche, der Mahagonischreibtisch, das große Porträt des Firmengründers im wertvollen Goldrahmen ... und die bildschöne blonde Sekretärin.)

Der Vorzimmergehilfe meldete: »Zwei sehr strenge Herren in Trenchcoats möchten Sie sprechen, Herr Generaldirektor.«

Navelint blinzelte nervös und fummelte an seinem Kragen.

»Wenn es die Polizei ist, dann sagen sie – sagen Sie, daß ich gerade nach Südamerika geflogen bin!«

Es war die Kriminalpolizei, doch die Beamten betraten das Büro, ehe Jones seinen Auftrag ausführen konnte.

Ein paar Monate später saß Navelint für viereinhalb Jahre wegen Unterschlagung, Betrugs, Urkundenfälschung, Steuerhinterziehung und ein paar anderer Wirtschaftsdelikte hinter Gittern.

Für Navelint, dessen Leben zu einem großen Teil darin bestanden hatte, sich Ausreden auszudenken, weshalb er »nicht da« war, war die Haftstrafe von viereinhalb Jahren eine regelrechte Erholung. Er fühlte sich besser als je zuvor. Niemand wollte je zu ihm, außer seiner Frau, und so verschwand sein nervöses Blinzeln. Nur einmal kehrte es kurz zurück.

Er saß inzwischen etwa ein Jahr im Gefängnis und lag an einem Sonntagnachmittag mit einem Buch auf seinem Bett. Knarrend öffnete sich die Zellentür, und der Wärter steckte den Kopf herein.

»Im Besuchszimmer ist eine Dame, die Sie sprechen möchte.«

»Meine Frau?«

»Nein, es ist eine schöne, junge Blondine mit einem goldigen Baby.«

Navelint sprang auf. Er blinzelte heftig und zupfte an seinem Kragen. Er mußte sich rasch eine Ausrede einfallen lassen. Obwohl ihm nicht viele Möglichkeiten offenstanden, gelang es ihm.

»Wenn es meine ehemalige Sekretärin ist, dann sagen Sie ihr ... sagen Sie ihr, ich sei im Morgengrauen gehängt worden!«

Ich liebe Tiere ...

Ich liebe Tiere schon aus dem Grunde, weil sie keine Menschen sind. Und wenn Vierbeiner oder Vögel zu sprechen beginnen, bin ich ganz weg. So beobachtete ich zum Beispiel kürzlich zwei Tauben auf unserem Rathausplatz, wie sie sich einig wurden, einige ihrer Angehörigen im Hauptbahnhof zu besuchen. Die eine Taube flog schnurstracks ins Bahnhofsgebäude, während die andere erst nach einer Stunde erschien.

»Sag mal«, meinte die eine Taube etwas ärgerlich, »wo hast du denn bloß gesteckt? Hatten wir nicht verabredet, uns am Kiosk des Taubenfutterhändlers in der Wandelhalle des Bahnhofs zu treffen?«

»Ja, versprochen hatte ich es wohl«, gab die andere zu, »aber das Wetter war so schön – da bin ich den ganzen Weg zu Fuß gegangen!«

☆

Kürzlich besuchte ich einen Bekannten, dessen einziger Lebensinhalt Brieftauben sind, und natürlich wollte er mir schon deshalb seinen Bestand zeigen. Ich lauschte aufmerksam seinem Vortrag über Trainingsmethoden, Kreuzungsversuche, Wettfliegen und den unvermeidlichen Züchterfleiß, wenn es gilt, Rassetauben mit anderen Tauben zu kreuzen.

»Wie weit kann eine Brieftaube eigentlich fliegen«, erkundigte ich mich.

»Zwölf- bis fünfzehnhundert Kilometer«, erwiderte mein Taubenfreund.

»Kommt es denn nie vor, daß eines Ihrer Tiere den Rückweg nicht mehr findet?«

»Doch, anfangs schon. Als ich nur Brieftauben hatte, kam das sogar ziemlich oft vor. Inzwischen habe ich gelernt, meine besten Brieftauben mit Ara-Papageien zu kreuzen, und jetzt passiert es nicht mehr, denn wenn sie nun die Orientierung verlieren, landen sie irgendwo und erkundigen sich nach dem kürzesten Heimweg.«

☆

Es waren einmal zwei Geier, die still und in eigene Gedanken vertieft dahinflogen, als plötzlich ein F-16-Jagdflugzeug über ihnen auftauchte. Die Maschine hatte Schallgeschwindigkeit erreicht, Rauch und Feuer schossen aus den Heckdüsen, und die Cumuluswolken verwandelten sich in feurige Gebirge. Dann verschwanden sie, nachdem sie das sehr tiefe Blau des Himmels mit ihren weißen Kondenzstreifen verziert hatten.

»Allmächtiger!« stöhnte der eine Geier, als der feurige Kugelblitz am Horizont verschwunden war, »der hatte es aber verdammt eilig!«

Der zweite Geier zeigte mehr Verständnis.

»Das wundert mich gar nicht«, rief er. »Wir würden uns genauso beeilen, wenn unser Arsch in Flammen stände!«

Ein junger männlicher Elch stand an einem Bach und trank. Als er sich selbst im klaren Wasser spiegelte, sagte er nachdenklich in den stillen, großen Wald hinein:

»Wie bin ich doch groß und stark und männlich! Kein Wunder, wenn man mich den König der Wälder nennt!«

Kaum hatte er die Worte ausgesprochen, als er eine mächtige, schwere Pranke auf seinem Rücken spürte. Erschrocken drehte er sich um und blickte aus nächster Nähe einem Riesenbären ins zugewachsene Gesicht.

»Was hast du da gerade gesagt? Wiederhole es noch einmal!« brummte der Bär unheilverkündend.

Der junge Elch hielt es für geboten, einen Rückzieher zu machen.

»Du solltest das nicht allzu wörtlich nehmen«, entschuldigte er sich. »Man redet manchmal dummes Zeug, wenn man zuviel getrunken hat.«

Hinter einem dichten Gebüsch saßen zwei Kaninchen und waren zärtlich zueinander. Plötzlich wurden sie von zwei Jagdhunden gestört. Die Kaninchen zuckten zusammen und liefen dann los, als wäre der Satan hinter ihnen her; es waren aber nur die beiden Jagdhunde, die ihnen dicht auf den Fersen waren. Schließlich retteten sie sich dadurch, daß sie in einen hohlen Baumstamm sprangen, der auf der Erde lag. Den Hunden war es unmöglich, ihnen in das enge Verlies zu folgen. Sie legten sich deshalb, jeder auf einer Seite des Stammes, auf die Lauer.

»Es dürfte am zweckmäßigsten sein, wenn wir hier drinbleiben, bis du dich ein wenig verschnauft hast«, sagte das männliche Karnickel zu seiner Begleiterin. »Anschließend teilen wir uns in zwei gleichgroße Gruppen und wagen einen Ausfall!«

☆

Dann war da noch ein kleines Mäuschen, das zum ersten Mal einen Spaziergang ins Freie machte. Unerwartet entdeckte es eine Fledermaus, die unter dem Strohdach eines Försterhauses hervorschoß. Das Mäuschen starrte der Fledermaus verblüfft nach, dann lief es nach Hause zu seiner Mutter.

»Mutti! Mutti!« rief es schon von weitem, »ich habe einen Engel gesehen!«

☆

Auf dem Fliesenweg, der zum Försterhaus hinaufführte, krochen zwei Schneckendamen und dachten an nichts Besonderes. »Dreh dich nicht um«, sagte die eine plötzlich aufgeregt, »hinter uns kriecht ein großer, stattlicher Schneckerich!«

»Du liebe Zeit«, stöhnte die zweite, »was du nicht sagst! Sieh schnell einmal nach, wie mein Haus sitzt!«

☆

Im Hühnerhof des Försterhauses lockte die junge Glucke ihre vielen kleinen Küken zusammen, damit sie sich unter ihrem wärmenden Gefieder ausruhen konnten.

Die Küken begannen sich aber zu beklagen und schimpften auf den Platzmangel.

»Zuwenig Platz?« fragte die Glucke ärgerlich. »Wartet nur, bis ihr groß seid und in einem Käfig eingesperrt werdet. Wenn euer Vater hören könnte, wie unzufrieden ihr seid – er würde sich vor Gram in seiner Tiefkühltruhe umdrehen!«

☆

Nun will ich noch die Geschichte von Ferdinand erzählen, dem jungen Stier weit draußen in seiner ländlichen Einsamkeit. Er kannte das Leben noch nicht und trampelte stillvergnügt zwischen den Butterblumen auf seiner Weide herum. Plötzlich fiel sein Blick auf einen roten Gummihandschuh, der in der Nähe der Tränke auf der Erde lag.

Ferdinand bückte sich, hob ihn auf, blickte sich auf der Weide wie zufällig um und trabte dann hinüber zu einer jungen Kuh.

»Verzeihung, mein Fräulein«, sagte er galant, »ich glaube, Sie haben Ihren BH verloren!«

☆

Und nun noch einmal zurück ins schwärzeste Afrika. Einige Elefanten langweilten sich draußen auf der Savanne, als sie von ein paar kleinen Dschungelmäusen angesprochen wurden, die den Weg ins Freie gewagt hatten und sich nun erkundigten, ob sie Lust zu einem Fußballspielchen hätten.

»Doch, das ließe sich wohl machen«, erwiderten die Elefanten nach einer kurzen Bedenkzeit. »Wir müssen dabei nur die Sonne im Rücken haben.«

Der Elefanten-Anführer erhielt den Ball zugespielt und wollte ihn gerade mit einem Bombenschuß ins Tor jagen, als ihm ein furchtbares Mißgeschick widerfuhr: Er trat in seinem Eifer ganz versehentlich auf den Linksaußen der Dschungelmäuse und machte ihn vollkommen platt. Der Elefant war über seinen Fehltritt tief unglücklich.

»Nimm's dir nicht zu sehr zu Herzen«, tröstete ihn der Spielführer der Dschungelmäuse. »Das hätte jedem von uns mit euch auch passieren können!«

☆

Eine kleine Liebesgeschichte gehört ebenfalls hierher, und sie spielt natürlich auch in Afrika.

Draußen in der Savanne trabte ein Zebra, und war so in seine eigenen Gedanken versunken, daß es gar nicht bemerkte, daß die Herde einen anderen Weg genommen hatte. Da tauchte ein afrikanisches Wildpferd auf, hübsch, wohlgestaltet und männlichen Geschlechts. Das Zebra hatte noch nie ein Wildpferd gesehen.

»Hej!« rief es auffordernd hinüber.

Das Wildpferd nickte nur und tat, als nehme es vom Zebra weiter keine Notiz.

»Wie wär's mit uns beiden?« fuhr das Zebra betont munter fort.

»Allmächtiger«, seufzte das Wildpferd, »was für ein absurder Vorschlag!«

»Ich dachte nur«, sagte das Zebra schmeichelnd, »daß wir zwei ganz gut zueinander passen würden. Man lebt ja nur einmal.«

»Ich kenne Sie doch gar nicht«, erwiderte das Wildpferd zurückhaltend, aber nicht mehr ganz abweisend.

»Das läßt sich schnell ändern«, meinte das Zebra. »Ich schlage vor, wir verkrümeln uns hinter die Büsche da drüben, wo uns niemand sieht oder beobachten kann.«

Das junge Wildpferd schüttelte seine Mähne.

»Ich bin ein anständiges Wildpferd«, sagte es mit Betonung.

»Und ich bin ein anständiges Zebra«, erwiderte das Zebra.

»Ein Zebra?« wiederholte das Wildpferd. »Ich sehe zum ersten Mal in meinem Leben ein Zebra. Aber du kriegst mich nicht herum, das sage ich dir gleich!«

Weil das Wildpferd plötzlich zum vertraulichen Du übergegangen war, faßte das Zebra etwas Mut.

»Komm nur, Schätzchen«, lockte es, »ich gelte als der beste Liebhaber der ganzen Savanne.«

Da war es mit der Selbstbeherrschung des jungen Wildpferdes vorbei. Es folgte dem Zebra hinter das Gebüsch und überzeugte sich mit einem schnellen Blick, wozu das Zebra bereit war. »Warte noch einen Augenblick«, sagte es. »Zieh dir erst mal deinen blöden Pyjama aus!«

Da wir gerade von kleinen Liebesabenteuern reden, will ich noch die Geschichte von der hübschen kleinen Auster berichten, die sich in eine Krabbe verliebt hatte, was offenbar ebenfalls möglich ist. Die kleine Auster erzählte später ihrer besten Freundin, wie das Abenteuer verlaufen war.

»Es war eine wirklich stattliche Krabbe, etwas so Gutgebautes und Stabiles habe ich noch nie zuvor gesehen. Groß, dunkel und liebestoll. Er trug mich über das Korallenriff, blickte mir dabei tief in die Augen, flüsterte mir zärtliche Worte ins Ohr. So verliebt wie diesmal sei er noch nie gewesen, beteuerte er. Es ging alles ganz nach Wunsch, und ich kann dir nur so viel versichern: Einen so stürmischen Liebesrausch wie diesmal habe ich noch nie ...«

Die hübsche kleine Auster verstummte, griff sich an ihren Busen und wurde kreideweiß.

»Himmel!« rief sie fassungslos. »Dieser Schurke! Dieser elende Gauner! Er hat mich bestohlen, der Schuft! Meine Perle ist weg!«

Junge Leute von heute – 1

Weißt du, so ist es ja nun auch wieder nicht, daß ich im Ernst was gegen Fußball hätte. Ich meine, an sich. Ich find's nur behämmert, wenn ein Typ über sonst nichts reden kann.

Der Ken zum Beispiel, ja?

Dem sein ganzer Kopf ist nichts als ein großer, dicker Fußball, der quasselt.

Er vertrödelt den ganzen Abend damit, über so 'nen

Trottel aus der ersten Spielergarnitur zu quatschen, in der er selber rumrennt und sich blamiert, bloß weil vielleicht einer 'n Strafstoß vermasselt oder ihm 'n Bein gestellt hat.

Ich kann dir sagen: Der Ken, der wird lebenslänglich auf dem dämlichen Fußballfeld rumrennen, von hier bis in alle Ewigkeit.

Tag und Nacht!

Ich wette, wenn man 'n Fußball heiraten könnte, wäre Ken längst mit so was vorn Altar getreten. Und hätte auf dem Mittelgang der Kirche einen Scheinangriff gemacht.

Ehrlich!

Und dann den Taufstein umdribbelt.

So einer ist das, der Ken.

Und wenn seine Mannschaft wirklich mal siegt, dann leuchten seine Augen wie die Weihnachtskerzen, wenn er davon erzählt. Echt wahr!

Man meint, es müßte ihm geschmolzenes Wachs über die Backen laufen.

Und natürlich muß er dir alles haarklein als Replay wiedergeben, verstehst du, Stoß für Stoß, Spielzug um Spielzug.

Nicht, daß du glaubst, er läßt was aus, bis der Ball endlich im Kasten ist und das Spiel zu denen ihren Gunsten 1 : 0 steht.

Genau wie mit der Wahrheit vor Gericht: die ganze Geschichte, und nichts als die Geschichte. Und dann noch *alles* über sein starkes linkes Bein und sein schwächeres rechtes Bein und das Holzbein vom Schiedsrichter.

Glaub mir, der läßt nichts aus.

Mann, ist der öde, ehrlich.

Da kann man es mir doch nicht im Ernst übelnehmen, wenn ich *Danke!* sage. *Nein,* danke!

Einmal, da hat er mich gefragt, ob wir nicht Ernst machen könnten. Heiraten und den ganzen Quatsch.

»Das schlag dir mal aus 'm Kopf«, hab' ich gesagt.

»Selbst wenn du ein großartiges linkes Bein hast«, hab' ich gesag. »Ich glaube, du bist einfach nicht der Richtige für mich, Ken«, hab' ich gesagt.

»Okay, okay«, hat er gesagt und hat an seinem ladenneuen Clubhemd rumgezerrt, »dann hätt' ich noch'n anderen Vorschlag: Könnten wir nicht heiraten, *bis* du den Richtigen findest?«

Ein richtiger Casanova

In Herbert Morissons Leben gab es noch andere Frauen. Gwendolyn hatte die Vermutung schon lange gehegt, aber nun war ihr Verdacht zur Gewißheit geworden. Sie hatte ein blondes Haar auf dem Kragen seines Sakkos gefunden, als sie es auf den Bügel im Kleiderschrank hängte. Sie selbst war dunkelhaarig, und Herbert noch dunkler.

Selbstverständlich distanzierten wir uns von den Gedanken, die durch ihren Kopf gingen, und von dem Plan, der nach und nach in ihrem Kopf reifte; aber andererseits darf man nicht vergessen, daß eine Welt für eine Ehefrau zusammenbricht, wenn sie sich enttäuscht, betrogen, hinters Licht geführt, beiseite geschoben fühlt.

Von einem dieser vollbusigen blonden Ungeheuer, diesen Bürovampiren, diesen sexhungrigen weiblichen Wesen, die sich unter dem Vorwand, ein bißchen Stenografie und ein wenig Schreibmaschine zu können, schwachen, charakterlosen Ehemännern aufdrängen und deren eheliches Glück zerstören.

Es war deutlich, daß Herbert von einem schlechten Gewissen geplagt wurde. Er verbrachte eine schlaflose Nacht nach der anderen in seinem Bett, warf sich ruhelos von einer Seite auf die andere, erhob sich, nahm ein paar Schlaftabletten, legte sich wieder hin, drehte sich um, stand wieder auf, nahm noch eine Schlaftablette und döste schließlich ein. Zwar behauptete er, seine Schlaflosigkeit sei auf geschäftliche Sorgen zurückzuführen, auf zu viel Streß, zu viel Verantwortung, zu viele Probleme. Aber Gwendolyn wußte es besser, und von Tag zu Tag wurde sie ihrer Sache sicherer. Nach und nach reifte in ihr der fürchtbare Plan, den wir schon kurz angedeutet haben:

Sie wollte ihren Schuft von Mann in die Ewigkeit befördern. Sie wollte ihm eine Überdosis stärkster Schlaftabletten geben, so daß er nie mehr erwachte.

Eines Abends, als sie sich bereits zur Ruhe begeben hatten, lag Herbert wie gewöhnlich im Bett und wälzte sich ruhelos hin und her. Er konnte nicht einschlafen.

»Hast du heute in der Fabrik wieder viel Ärger gehabt?« fragte Gwendolyn gegen Mitternacht.

Herbert wälzte sich immer noch hin und her.

»Ja. Am liebsten möchte ich den ganzen Kram hinwerfen«, knurrte Herbert und drehte sich auf die andere Seite.

»Ich werde aufstehen und dir eine Tasse starken Kamillentee machen«, fuhr Gwendolyn mit klopfendem Herzen fort. »Das soll gut sein gegen Schlaflosigkeit.«

Gwendolyn stand auf und kochte Kamillentee. Als er fertig war, tat sie fünfzig von Herberts Schlaftabletten hinein und rührte sie gut um. Dann kehrte sie ins Schlafzimmer zurück und reichte Herbert den Tee.

»Schmeckt abscheulich«, brummte er, »aber trinken werde ich ihn. Ich brauche endlich einmal einen langen, tiefen Schlaf.«

Als die Tasse leer war, legte er sich behaglich zurecht und faltete die Hände über der Decke, murmelte »Gute Nacht« und schloß die Augen.

Gwendolyn war zu aufgeregt, um einschlafen zu können. Sie lag nur da und lauschte seinen Atemzügen, die ihr schwerer und schwerer zu werden schienen. Mehrere Stunden lag sie unbeweglich da und starrte an die Decke. Trotz allem war Herbert ein guter Ehemann gewesen, und es konnte kein Zweifel darüber bestehen, daß ihr nun eine schwere Zeit bevorstand.

Plötzlich setzte sie sich aufrecht im Bett hin. Ihr war etwas eingefallen. Herberts Sekretärin war ja gar nicht blond! Sie war rothaarig! Rot wie ein Dachstuhlbrand! Rothaariger konnte man überhaupt nicht sein.

Aber das blonde Haar auf dem Kragen seines Sakkos? War das nicht ... War es wirklich denkbar, daß ... Hatte sie sich geirrt? Aber irgendwoher mußte das Haar doch kommen! Gab es dafür eine natürliche Erklärung? Hatte sie ihren lieben, guten Ehemann vielleicht grundlos umgebracht?

Ihr Herz schlug ihr inzwischen bis zum Hals. Das ganze Bett geriet in Bewegung. Ihre Lippen wurden trocken. Schweiß trat auf ihre Stirn, sie konnte kaum noch atmen. War sein Leben noch zu retten? Sie flog geradezu aus dem Bett. Sie mußte einen Notarzt holen, einen Rettungswagen. Schnell! Schnell! Sie lief zur Tür.

Im selben Augenblick ertönte Herberts Stimme:

»Wenn du schon aufstehst, Gwendolyn, dann such doch bitte mal meine Schlaftabletten. Ich habe wieder die ganze Nacht kein Auge zugemacht. Die Tabletten liegen in der Schachtel mit der Aufschrift ›Kopfschmerztabletten‹ In dem Fläschchen mit den Schlaftabletten sind nur meine Vitamintabletten.«

Gwendolyn warf sich mit einem glücklichen Schrei in seine Arme.

»Ach, Herbert! Geliebter!« jubelte sie.

Einen Augenblick später hatte sie ihm alles anvertraut.

Auch ihren Verdacht wegen des blonden Haares auf seinem Sakko.

»Ja, zum Donnerwetter, Liebste«, sagte er mit einem milden, vorwurfsvollen Kopfschütteln, »so etwas kann doch mal passieren, wenn man Direktor einer Perückenfabrik ist.«

Das Feuerzeug

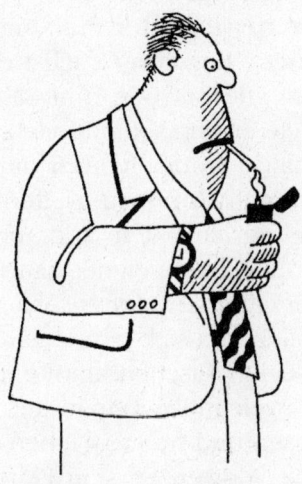

Über fünfundzwanzig Jahre arbeitete Mortensen schon in einer großen Fabrik, wo er eine der riesigen automatischen Maschinen wartete. Der Vorarbeiter war sehr zufrieden mit ihm, und niemand fand an seiner Arbeit etwas auszusetzen, die, um genau zu sein, darin bestand, alle halbe Stunde die Fettpresse in den Hauptschmiernippel der Maschine zu halten und fünfmal zu drücken. Das hört sich nicht sehr aufregend an, und das war es auch gewiß nicht. Trotzdem ist Mortensens Geschichte erzählenswert im Hinblick auf die Veränderungen, zu denen es kam, als ein Rationalisierungsfachmann den Fabrikdirektor überzeugte, daß die Produktivität jährlich um siebzigtausend Arbeitsstunden erhöht werden könnte, wenn den Arbeitern erlaubt würde, während der Arbeit zu rauchen. Denn dann würde keine Zeit mit einer verstohlenen Zigarettenpause auf den Toiletten oder in der Kantine vergeudet.

Mortensen war passionierter Pfeifenraucher und deshalb über diese neue Regelung höchst erfreut. Jedesmal, wenn er die Maschine mit den fünf Schmierstößen versorgt hatte, zündete er sich seine Pfeife an und entspannte sich, bis die halbe Stunde vorbei und es wieder Zeit war, nach der Schmierpistole zu greifen.

So verging ein Tag nach dem anderen, ohne daß sich etwas Außergewöhnliches ereignet hätte ... bis der Vorarbeiter eines Nachmittags an Mortensens Maschine vorbeikam und stehenblieb, um sich eine Zigarette anzuzünden. Als er jedoch in seinen Taschen kramte, mußte er feststellen, daß er keine Streichhölzer eingesteckt hatte. Er wandte sich an Mortensen und fragte: »Haben Sie Feuer?«

Sogleich brachte Mortensen sein Feuerzeug aus einer Overalltasche zum Vorschein und bot dem Vorarbeiter Feuer an. Der Vorarbeiter dankte lächelnd, hielt seine Zigarette in die Flamme und zog, bis sie angezündet war. Plötzlich zuckte er bestürzt zusammen. Entsetzt starrte er auf Mortensens Feuerzeug.

»Was zum Teufel ist das?«

»Das hier?« fragte Mortensen und hielt das Feuerzeug hoch. »Ein Pfeifenfeuerzeug.«

»Ein Pfeifenfeuerzeug!« echote der Vorarbeiter so schockiert, als stünde Mortensen mit einer angezündeten Dynamitpatrone in der Hand vor ihm. Er faßte sich jedoch, nahm Mortensens Feuerzeug an sich und wies ihn an, mit ihm zu kommen.

»Mitkommen?« fragte Mortensen sichtlich verwirrt. »Okay, Boß, aber in spätestens fünf Minuten muß ich meine Maschine schmieren.«

Sie begaben sich zum Büro des Abteilungsleiters, der sich über seinen Schreibtisch beugte und die Blaupause eines neuen Flügels studierte, der angebaut werden sollte.

Zögernd legte der Vorarbeiter das Feuerzeug vor ihn auf den Schreibtisch. Bei seinem Anblick riß der Abteilungsleiter erschrocken den Mund auf und sprang auf.

»Wo haben Sie das Ding her?« brüllte er den Vorarbeiter an, der daraufhin verstört ein paar Schritte zurückwich.

»Einer der Arbeiter hatte es. Er hat es aus der Tasche genommen – einfach so – und mir Feuer gegeben, als ich eine Zigarette rauchen wollte. Da ist der Mann.«

Der Vorarbeiter schob Mortensen zum Schreibtisch. Der Abteilungsleiter sank auf seinen Stuhl und musterte Mortensen durchdringend.

»Sind Sie neu hier?« fragte er barsch.

»Nein, voriges Jahr hab' ich mein fünfundzwanzigjähriges Arbeitsjubiläum gefeiert. Ich hab' einen silbernen Pokal mit Inschrift vom Direktorium bekommen. Und ein Glas Wein. Ich warte eine der Maschinen in Halle vier. Ich bin Schmierer.«

»Benützen Sie das Ding immer?« fragte der Abteilungsleiter und deutete mit dem Kopf auf das Feuerzeug auf seinem Schreibtisch.

Mortensen senkte den Kopf, dann nickte er vorsichtig. »Ich hab' es vor ein paar Jahren gekriegt. Es ist ein Weihnachtsgeschenk von meiner Frau. Ich hab' mich daran gewöhnt. Es funktioniert immer. Obwohl unten drunter ›Made in Hongkong‹ steht.«

Der Abteilungsleiter stand auf und ging in seinem Büro hin und her. Er hatte die Stirn gerunzelt und schien angestrengt zu überlegen. Dann steckte er das Feuerzeug in die Tasche und verließ das Büro.

Mortensen kehrte zu seiner Maschine zurück, um sie zu schmieren.

Eine halbe Stunde später wurde er aufgefordert, zum Direktor zu kommen. Mortensen war gar nicht glücklich, als der Vorarbeiter ihm das ausrichtete. Vor der großen, beeindruckenden Mahagonitür des Allerheiligsten zog Mortensen seine Arbeitsschuhe aus, die ziemlich viel Schmiere abbekommen hatten. Dann klopfte er schüchtern und trat noch schüchterner ein.

Der Direktor blickte von der Akte hoch, in der er gelesen hatte.

»Kommen Sie näher«, forderte er Mortensen brüsk auf, und Mortensen gehorchte schleppenden Schrittes.

»Sie arbeiten seit über fünfundzwanzig Jahren bei uns, Mortensen«, begann der Direktor, »und soviel ich weiß, gab es in all den Jahren keine Beanstandungen über Sie oder Ihre Arbeit. Das macht es um so bedauerlicher, daß der Vorarbeiter Carlsen dieses Ding in Ihrem Besitz fand.« Der Direktor deutete auf Mortensens Feuerzeug, das auf dem Schreibtisch lag.

»Das gehört doch Ihnen, oder?«

Mortensen nickte.

»Und Sie benutzen es jeden Tag?«

Wieder nickte Mortensen.

»Wie viele Jahre schon, Mortensen?«

»Ich kann mich nicht genau erinnern. Zwei, glaube ich. Meine Frau hat es mir zu Weihnachten geschenkt. Es soll aus echtem Silber sein. Obwohl es aus Hongkong kommt.«

»Und finden Sie es praktisch?«

»Ja. Wenn man sich daran gewöhnt hat, funktioniert's recht gut.«

Ein paar Sekunden saß der Direktor ganz still und starrte haßerfüllt auf das Feuerzeug. Er sah aus, als würde er jeden Moment explodieren. Dann gelang es ihm offenbar, seine Beherrschung wiederzuerlangen. Er beugte sich ein wenig vor, blickte Mortensen fest in die Augen und sagte, so ruhig er konnte: »Es tut mir leid, Mortensen, aber Sie sind fristlos entlassen. Ihren Lohn bekommen Sie noch vier Wochen ausbezahlt.«

Was hätte er anderes tun können? Er durfte doch keinen Arbeiter in seiner Firma dulden, der sich die Pfeife mit einem Feuerzeug anzündete.

Nicht, solange er der leitende Direktor der Zündholzfabrik war!

Kleptomanie

Frau Alma Jensen hatte eine ausgefallene Gewohnheit. Wenn sie durch ein Kaufhaus schlenderte, konnte man sicher sein, daß, wenn sie es verließ, ihre große Handtasche mit einem Sammelsurium der merkwürdigsten Dinge angefüllt war: einem Deo-Roller, einer Schachtel mit Kerzen, einem Päckchen Papierservietten, einem Dutzend Perlmuttknöpfen, einem Brautschleier, einem Paar Hosenträger, einem Paket Windeln – wobei diese Aufzählung nur als Beispiel dienen soll. Frau Jensen bemächtigte sich dieser Dinge in günstigen Augenblicken, ohne je die Kassiererinnen damit zu behelligen.

Ladendiebstahl? Ja, in einem gewissen Sinn, aber bei Alma Jensen war es etwas anderes. Sie litt an einer Krankheit, die man Kleptomanie nennt.

Frau Jensen litt ehrlich unter diesem Zwang, alles stehlen zu müssen. War sie zu einer Bridgerunde eingeladen, steckte sie bei der ersten besten Gelegenheit die Asse oder den Notizblock, auf dem der Spielstand eingetragen war, in die Tasche; oder sie vergriff sich bei Kaffee und

Plaudereien an silbernen Löffeln. Gab es nichts anderes, mopste sie eine Handvoll Kekse. So war sie. Durch und durch. So sind Kleptomanen nun einmal.

Überflüssig zu sagen, daß ihr Bereicherungszwang ihren Ehemann zur Verzweiflung trieb. Ihr Haus war vom Keller bis zum Dach mit Sachen vollgestopft, für die sie überhaupt keine Verwendung hatte.

Als sie jedoch ihrem Mann die goldene Uhr stahl, während er sie küßte, verlor er endgültig die Geduld.

»Ich bestehe darauf, daß du morgen zu einem Psychotherapeuten gehst«, sagte er streng. »So kann es nicht weitergehen.«

»Was kann so nicht weitergehen?« fragte sie unschuldsvoll.

»Ja, glaubst du denn, ich hätte nicht gemerkt, daß du mir wieder meine goldene Uhr weggenommen hast? Ich habe sie für lange und treue Dienste von meinem Chef bekommen. Und ich finde es schrecklich, daß du immer wieder versuchst, sie zu klauen.«

Widerstrebend gab ihm Alma die Uhr zurück.

»Und die Goldkette auch, wenn ich bitten darf«, sagte er grob.

Sie reichte ihm die Kette.

»Und meinen Kamm. Du hast ihn mir aus der Gesäßtasche gemopst.«

Sie gab ihm auch den Kamm.

Am nächsten Tag suchte Alma Jensen einen Psychotherapeuten auf und schilderte ihm ehrlich, wie es um sie stand.

»Ich kann zum Beispiel nie eine öffentliche Toilette benutzen ohne das Toilettenpapier in meine Handtasche zu stecken. Ich habe mittlerweile etwa zweihundert Rollen zu Hause im Keller.«

Der Psychotherapeut reagierte nicht entsetzt. Er hatte in den langen Jahren, in denen er praktizierte, schon so manches gehört und gesehen ...

»Also, deswegen brauchen Sie sich wirklich keine Sorgen zu machen, Frau Jensen. Von diesem Leiden kann ich Sie im Handumdrehen erlösen. Ich verschreibe Ihnen ein völlig neues und äußerst wirksames Medikament – Dr. Schwinkelsteins Anti-Kleptomanietabletten *klephanazini cloridium*. Nehmen Sie dreimal täglich vor den Mahlzeiten eine Tablette, und ich glaube Ihnen sogar versprechen zu können, daß Sie in etwa einem Monat von Ihren Neigungen völlig geheilt sein werden.«

»Ist das wirklich Ihr Ernst, Herr Doktor?« Frau Jensen freute sich und nahm die Gelegenheit wahr, das Stethoskop und ein Fläschchen Wundpuder in ihrer Tasche verschwinden zu lassen. Dann schüttelte sie dem Doktor dankbar die Hand und ging in die Apotheke, um das Rezept einzulösen.

Während sie wartete, gelang es ihr, im passenden Moment eine Packung Vitaminpillen, eine Flasche Augenwasser und ein Päckchen Kamillentee einzustecken.

Einen Monat lang nahm sie treu und brav die verschriebenen Tabletten. Dann begab sie sich wieder zum Psychotherapeuten. Er hatte seine Uhr, einen Schokoladenriegel und sein silbernes Zigarenetui auf den Schreibtisch gelegt – alles Dinge, denen Kleptomanen nur schwer widerstehen konnten, wie er wußte.

»Nun, Frau Jensen«, fragte er, »wie sieht es aus?«

»Großartig! Vielen Dank, Herr Doktor«, antwortete sie glücklich. »Es geht mir viel, viel besser. Ich habe keinen einzigen silbernen Löffel und keine Rolle Toilettenpapier oder ähnliches mitgenommen. Ich kann durch ein Kaufhaus oder durch einen Supermarkt gehen, ohne meine große Handtasche dabeihaben zu müssen. Ich stehle meinem Mann die goldene Uhr nicht mehr, an der er so hängt. Ich lasse nachts sogar sein falsches Gebiß im Wasserglas liegen. Die Tabletten haben mir geholfen, davon bin ich überzeugt.«

Der Therapeut stand auf, entschuldigte sich und ging hinaus. Als er zurückkam, stellte er mit größter Zufriedenheit fest, daß seine Uhr, die Schokolade und sein silbernes Zigarrenetui noch unberührt vor Frau Jensen auf dem Schreibtisch lagen.

»Sie haben den Test bestanden«, stellte er fest und räumte die Sachen weg. »Jetzt sind Sie wieder völlig gesund, Frau Jensen. Und das haben wir nur den wunderbaren Tabletten von Dr. Schwinkelstein zu verdanken, mit denen wir phantastische Erfolge erzielen. Sie können die Dosis jetzt verringern, eine Tablette pro Tag genügt, und in einem Monat werden Sie ganz frei von Symptomen sein. Das garantiere ich Ihnen.«

»Oh, ich danke Ihnen so sehr, Herr Doktor«, sagte Frau Jensen strahlend. »Mein Mann wird überglücklich sein, wenn er hört, daß ich jetzt völlig geheilt bin.«

Sie reichte dem Therapeuten die Hand und verabschiedete sich mit herzlichen Dankesworten. Als sie gegangen war, wollte der Doktor seinen Freund Dr. Schwinkelstein anrufen, um ihm von der phantastischen Wirkung seiner Tabletten zu erzählen. Er griff nach dem Telefon. Jedoch mitten in der Bewegung hielt er erstaunt inne.

Die Telefonschnur war zerschnitten und der Apparat verschwunden ...

Was ist ein Sportangler?

Was ist ein Lachs?

Das ist ein Fisch, der zur selben Zeit Ferien macht wie die Sportangler.

Und was ist ein Sportangler? Das ist ein Mann, der mit einer Angelrute an einem See oder am Flußufer sitzt und mit abwesendem Blick vor sich hin starrt, ohne seinen Finger für eine vernünftige Beschäftigung krumm zu machen; und er tut es deshalb, weil seine Frau zu Hause es nicht ertragen kann, daß er abwesend vor sich hin starrt, ohne einen Finger für eine vernünftige Tätigkeit zu rühren.

Da saß ein Angler auf einem kleinen Bootssteg und hielt seine Angel ins Wasser, als eine junge Dame auftauchte. Sie sah aus wie eine Beauftragte von Green Peace, die sich des Wohlbefindens von Walfischen, Seehunden und der Vogelwelt annimmt.

»Es ist ein Jammer um die armen, unschuldigen Fische, die nicht groß werden dürfen, weil überall Sportangler herumsitzen und die kleinen Fische an ihren großen, abscheulichen Haken zappeln lassen.«

Der Angler warf ihr einen kurzen Blick zu, dann sagte er: »Regen Sie sich nicht auf, mein Fräulein. Den Fischen passiert doch gar nichts, solange sie die Klappe halten!«

☆

Dann gab's da noch einen anderen Angler, der sich für ein großes, friedlich gelegenes Anwesen nahe einem See interessierte. Nachdem er das Grundstück besichtigt hatte und zum Kauf entschlossen war, nahm er sicherheitshalber den Makler noch einmal ins Gebet, um sich zu vergewissern, daß im See wirklich große Fische schwammen – genauer gesagt: Ob es dort überhaupt Fische gab?

»Darauf können Sie sich verlassen!« triumphierte der Makler. »Jede Menge! Ich war mit dem verstorbenen Eigentümer wiederholt zum Angeln auf dem See. Der See ist phantastisch sauber und wimmelt nur so von Fischen. Und wenn ich ›wimmeln‹ sage, dann meine ich es wortwörtlich!«

»Aber beißen die Fische auch?« fragte der skeptische potentielle Käufer weiter.

»Beißen? Ich sage Ihnen: Wenn wir vom Steg aus angelten, mußten wir uns vorher hinter einem Baum verstekken, um in aller Ruhe den Köder am Haken befestigen zu können!«

☆

Thomsen war leidenschaftlicher Sportangler, fing aber so gut wie nie etwas. An jedem Wochenende fuhr er an einen große See. Als er am letzten Sonntag heimkehrte, berichtete er von einem acht Pfund schweren Hecht, den er um eine Schuppenbreite gefangen hätte; leider sei ihm das Biest im allerletzten Augenblick doch noch entwischt.

Am nächsten Tag klingelte das Telefon.

»Wer war denn dran?« fragte er seine Frau, nachdem sie wieder aufgelegt hatte.

»Du erinnerst dich doch noch an den vergangenen Sonntag, nicht wahr?« fragte sie säuerlich. »Fast hättest du einen achtpfündigen Hecht gefangen. Fast! Nun möchte er wissen, ob du am kommenden Sonntag wiederkommst und erneut nach ihm angelst!«

☆

Jeder von uns kennt das sogenannte Anglerlatein, nicht wahr? Aber kennt der Leser auch schon die folgende Geschichte aus Venedig? Dorthin war nämlich ein leidenschaftlicher Sportangler gereist, um seinem Steckenpferd zu frönen. Als er wieder nach Hause kam, wollten seine Angelfreunde natürlich wissen, ob und was er dort unten geangelt habe.

»Es war unglaublich spannend«, bestätigte er. »In Venedig stehen alle Straßen unter Wasser, aber wenn man mit dem Hotelzimmer Glück hat, kann man direkt aus seinem Bett heraus angeln.«

»Hast du denn auch etwas gefangen und einen größeren Kavenzmann herausgeholt?«

»Allerdings! Eines Tages ging mir ein Riesenvieh an den Haken. Vielleicht glaubt ihr es mir nicht, aber das Biest war so groß, daß ich es durchs Fenster nicht hereinziehen konnte. Es zerrte so heftig an der Angelschnur, daß wir schließlich beide in den Kanal fielen, der Riesenfisch und ich!«

»Dann mußtest du also ein unfreiwilliges Bad nehmen?«

»Nein, das denn doch nicht. Ich hatte so viel Dusel, auf dem Rücken des Fischs zu landen!«

☆

Auf einer kleinen Brücke an einem großen See saß ein Mann und angelte, als ein Bauer vorbeikam. Er wollte mit dem Angler ein wenig klönen, und so begann er das Gespräch mit der Frage, was der Angler herauszufischen gedenke.

»Hechte«, sagte der Angler.

»Hast du schon welche gefangen?«

»Noch nicht«, erwiderte der Petrijünger.

»Woher weißt du denn dann, daß du Hechte angelst?« erwiderte der Bauer und fuhr fort: »Und seit wann angelst du hier Hechte?«

»Seit einer Woche, jeden Tag. Auf irgendeine Weise muß man ja seine Ferien verbringen.«

»Und du hast die ganze Woche nichts gefangen? Wann gibst du es denn auf?«

»Wenn bis Sonnenuntergang nichts anbeißen sollte! Morgen werde ich aber ein paar Angelhaken kaufen und auch ein paar Köder, denn allmählich glaube ich nicht mehr daran, daß sie in die Schlinge gehen, die ich ans Ende der Angelschnur geknüpft habe!«

☆

Vielleicht kennt der Leser die Geschichte von dem Sportangler noch nicht, der unten am See saß und sich dabei gegen einen Baum am Ufer lehnte. Er gehörte zu den mehr passiven Anglern und schnarchte zum Steinerweichen. Ganz unerwartet hing ein Hecht oder ein Barsch am Haken. Der faule Angler ließ den Fisch einfach im Wasser. Da kam zufällig ein Spaziergänger vorbei.

»Wach auf, und Petri heil!« rief der Mann laut. »Wissen Sie denn nicht, daß an Ihrem Angelhaken ein Fisch zappelt?«

Der träge Angler zwinkerte ein paarmal mit den Augen, rührte sich aber nicht vom Fleck.

»Prima«, sagte er langsam. »Endlich hat mal so ein Biest angebissen. Seien Sie so gut und holen Sie es heraus!«

Der Fremde zog einen Barsch an Land.

»Prachtvoll!« murmelte der Angler nach einem kurzen Blick auf den Fisch.

»Bitte nehmen Sie ihn vom Haken und stecken Sie ihn in den Plastikeimer dort drüben«, fuhr er fort. »In der Blechdose dort hinten liegen noch ein paar Köder. Nehmen Sie einen an den Haken und werfen Sie die Schnur wieder ins Wasser.«

Der hilfsbereite Spaziergänger erfüllte dem faulen Angler auch diesen Wunsch, sagte dann aber mit einem spöttischen Lächeln:

»Lieber Freund! Wenn Sie wirklich so faul sind, wie es den Anschein hat, dann sollten Sie sich ein paar Kinder anschaffen, die Ihnen diese kleinen Arbeiten abnehmen!«

Der Angler zog seine Schlägermütze in die Stirn, um sich ein weiteres Nickerchen zu gönnen.

»Keine schlechte Idee«, sagte er langsam, ehe er wieder in Morpheus' Arme sank. »Vielleicht können Sie mir sagen, ob es hier in der Nachbarschaft schwangere Mädchen gibt?«

☆

Eines Tages kam der Bürgermeister des Dorfes an den kleinen See, an dessen Ufer ein Angler saß und seine Schnur ausgeworfen hatte.

»Hier hat die Gemeinde junge Barsche ausgesetzt«, sagte der Bürgermeister. »Haben Sie das Schild nicht gelesen? Es ist streng verboten, hier zu fischen. Ich muß Ihnen deshalb hundert Kronen für unberechtigtes Angeln abnehmen. Sie haben das Verbot übertreten!«

»Moment mal!« protestierte der Angler. »Ich angle ja gar nicht! Ich bin doch wohl berechtigt, meinen Würmern das Schwimmen beizubringen?«

Der Angler reichte dem Bürgermeister eine Blechdose, auf dessen Boden sich vier oder fünf große Regenwürmer wanden. Der Bürgermeister warf einen Blick darauf, runzelte die Stirn, zog unheilverkündend seine Augenbrauen in die Höhe und erklärte:

»Tut mir leid, aber ich muß Ihnen ein Strafmandat über zweihundert Kronen aufbrummen, weil Sie Ihren Würmern das Nacktbaden erlaubt haben!«

☆

Und schließlich gab es noch einen Sportangler, der in seinen freien Stunden eine Froschmanngarnitur anlegte, um das Leben in größeren Meerestiefen zu studieren. Es waren nicht so sehr die Fische, die ihn dort unten interessierten; nein, er hatte die Bekanntschaft einer entzückenden Meerjungfrau gemacht. Eines Tages aber, als er auf einem Korallenriff saß und seine Angebetete auf dem Schoß hatte, sagte sie plötzlich:

»Warum darf ich dir denn heute nicht so nahe kommen wie sonst?«

»Wir müssen künftig etwas vorsichtiger sein«, erklärte der Froschmann zurückhaltend. »Gestern abend hat meine Frau eine Schuppe von dir auf meinem Gummianzug gefunden!«

Ein typischer norwegischer Sportangler wollte seinem amerikanischen Anglerfreund imponieren.

»Bei uns daheim in Norwegen, wo ich herkomme«, sagte er, »gibt es in den Flüssen so viele Fische, daß man sie mit Eimern herausholen kann.«

»Mag sein«, erwiderte der Amerikaner. »Aber in unseren Flüssen hoch droben in Alaska, wo ich angle, gibt es so viele Fische, daß sie dicht bei dicht nebeneinander schwimmen. Da muß man höllisch aufpassen: Wenn sie einem mal den Rücken zuwenden, muß man sofort einen Eimer auswerfen, damit man ein bißchen Wasser zum Waschen und Kaffeekochen herausholen kann!«

☆

Und dann waren da noch zwei Schotten, die sich für eine Angeltour am nächsten Wochenende verabredet hatten.

»Wer von uns beiden als erster etwas fängt«, sagte der eine, »bezahlt das Essen für uns drüben in der Kneipe!«

»Einverstanden!« nickte der andere.

Dann begannen sie zu angeln, Stunde um Stunde angelten sie. Der Tag verging, es wurde Nachmittag, und es wurde Abend. Sie fingen überhaupt nichts, nicht einmal einen winzigen Stichling.

»Wollen wir's aufgeben, Sandy? Oder einigen wir uns lieber darauf, daß wir morgen einen Köder an unseren Haken befestigen?«

Verrückt auf Pfannkuchen

Henry Lind war eine friedliche Seele und hatte ein freundliches Wesen, war weder hinterhältig noch gemein, arbeitete schwer, half in Haus und Garten, liebte Frau und Kinder. Lisa, seine entzückende Frau, liebt ihn und war mit ihm bei Tag und bei Nacht sehr zufrieden. Nur eines fand sie an ihm schwer erträglich: Er war verrückt auf Pfannkuchen.

Man konnte es kaum als Laster bezeichnen, wenn jemand etwas so Harmloses wie Pfannkuchen liebte, und Henry verstand nicht, wie ein anderer darunter leiden konnte.

Wenn Lisa Pfannkuchen buk, kam Henry in die Küche und sah zu – das war so sicher wie das Amen in der

Kirche. Er wurde nie ungeduldig und aß nie gierig von dem Stapel auf der Servierplatte. Nein, er stand ganz einfach in der Küchentür und beobachtete, wie Lisa die Pfanne einfettete, den flüssigen Teig hineingoß und dann vorsichtig mit einer Gabel die Seiten löste, damit sie den Pfannkuchen umdrehen konnte. Ein paarmal kam er während dieser Zeremonie an den Herd, zeigte auf den Pfannkuchen, den sie eben gewendet hatte, und sagte begeistert:

»Den hier, Lisa! Den möchte ich bitte.« Und natürlich bekam er ihn.

War daran etwas Unrechtes? Ganz offensichtlich nicht, aber dennoch hatte Lisa ihre Zweifel.

Wann immer sie Henrys Geburtstag oder ihren Hochzeitstag feierten, zu Weihnachten und jeder anderen festlichen Gelegenheit antwortete er auf Lisas Frage nach dem Festessen, ohne zu zögern: »Ich möchte Pfannkuchen.«

Als Lisa daher vor seinem vierzigsten Geburtstag, als die ganze Familie zum Essen kommen sollte, wie immer nach seinen Wünschen fragte, war es keine Überraschung für sie, als er sagte: »Wie wäre es mit Pfannkuchen – zur Feier des Tages. Wenn ich wählen darf, möchte ich Pfannkuchen haben. Damit liegt man immer richtig.«

Lisa beugte sich seinem Wunsch und servierte Pfannkuchen. Schließlich war es *sein* Geburtstag.

Als sie später mit Henrys Mutter in der Küche das Geschirr spülte, fragte Henrys Mutter besorgt: »Wie steht es jetzt eigentlich um Henry? Ist er noch immer so verrückt auf Pfannkuchen?«

Lisa nickte und sah sehr bekümmert aus.

»An deiner Stelle ginge ich mit ihm zum Arzt«, sagte ihre Schwiegermutter. »Vielleicht fehlt ihm irgendein

Nährstoff – etwas, das in Pfannkuchen enthalten ist ... In den Zutaten natürlich. Vielleicht sind es auch seine Nerven. Oder er sollte für ein paar Tage ins Krankenhaus gehen, um sich gründlich durchchecken zu lassen ...«

Einen Mann ins Krankenhaus bringen, weil er Pfannkuchen liebte? Das kam Lisa absurd vor. Unglücklicherweise hatte Henry das Gespräch der beiden Frauen belauscht.

»Ich soll ins Krankenhaus?« sagte er auflachend. »Ihr seid ja verrückt! Alle beide. So was hab' ich meiner Lebtage noch nicht gehört.«

Lisa verlor die Beherrschung. »Ach, so was hat der Herr also noch nie gehört, wie? Nun, jetzt sag' ich dir etwas: In diesem Haus wird kein einziger Pfannkuchen mehr gebacken. Nicht ein einziger. Wenn du das nächstemal Pfannkuchen verlangst, werde ich Waffeln backen.«

Henry wurde zornig, was eine bei ihm ganz ungewöhnliche Reaktion war. Er schrie wild, daß er sich nichts aus Waffeln mache, verdammt noch mal! Er wolle Pfannkuchen. Pfannkuchen zu bekommen, gehöre zu den Menschenrechten. Dick oder dünn, groß oder klein, mit Buchweizen oder Buttermilch gemacht, das sei ihm egal. Aber es müßten Pfannkuchen sein.

Er hatte sich derart in Rage geredet, daß Lisa zu dem Schluß kam, er müsse tatsächlich dringend zum Arzt. Am nächsten Tag redete sie so lange auf ihn ein, bis er sich bereitfand, den Hausarzt der Familie aufzusuchen.

»Tja nun«, sagte der Doktor, »was fehlt uns denn?«

Lisa begann zu erzählen. »Es geht um meinen Mann, Doktor. Ich weiß nicht, was ihm fehlt ... Vielleicht leidet er an einem Vitaminmangel, oder sein Körper produziert zuwenig von irgendeinem Mineral. Es könnten natürlich auch seine Nerven sein. Ich weiß, es klingt verrückt, aber er ist ganz einfach wild auf Pfannkuchen.«

»Was war das?« Der Doktor wußte nicht, ob er richtig gehört hatte.

»Er ist verrückt nach Pfannkuchen. Immer wenn ich Pfannkuchen backe, steht er in der Küchentür und beobachtet mich. Und plötzlich, wenn ich irgendeinen Pfannkuchen zum zweitenmal wende, stürzt er zum Herd und fängt ihn auf, mitten aus der Luft. Dann verschwindet er damit und läßt mich vor der leeren Pfanne stehen. Ich kann gar nicht beschreiben, was das für eine idiotische Situation ist.«

Der Arzt sagte erst ein paar Sekunden lang gar nichts, dann räusperte er sich. »Verzeihen Sie, Mrs. Lind«, sagte er, »aber ich glaube nicht, daß das ein medizinisches Problem ist, das ein Arzt lösen kann.«

»Doch, das können Sie, Doktor. Meine Schwiegermutter sagt auch, daß seine Besessenheit nach Pfannkuchen ein bißchen verrückt ist. Die ganze Familie weiß, daß er total ausflippt, wenn es um Pfannkuchen geht. Er wünscht sich Pfannkuchen zum Geburtstag, Pfannkuchen zu Weihnachten, zum Hochzeitstag – immer nur Pfannkuchen, Pfannkuchen, Pfannkuchen. Die Familie ist der Meinung, man müßte ihn zu einer gründlichen Untersuchung ins Krankenhaus bringen ...«

»Einen Moment, Mrs. Lind! Wir können niemanden ins Krankenhaus einliefern, weil er Pfannkuchen mag. Tatsächlich esse ich selbst sehr gern Pfannkuchen.«

Henry strahlte plötzlich. »Ach, wirklich, Doktor?« fragte er eifrig. »Sie mögen Pfannkuchen?«

»Ja. Ich kann mir nichts Köstlicheres vorstellen. Erst gestern hatte ich Pfannkuchen zum Abendessen. Es ist meine Lieblingsspeise.«

Henry beugte sich vor. Seine kleinen, runden Augen leuchteten auf vor Glück.

»Dann müssen Sie uns unbedingt demnächst besuchen, Doktor, um sich meine Pfannkuchen ansehen. Ich habe eine ganze Sammlung mit mehr als siebenhundert Exemplaren, und nicht zwei davon sind gleich.«

Geschichte eines großen Häuptlings und seines Gefolges aus heidnischer Zeit

Zu der Zeit, da Svend Tjugbart ganz England beherrschte und überall raubte und plünderte, wo er erschien, lebte auf Seeland ein Häuptling namens Oelver Kolbart, ein Sohn von Skafte Vandradeskald, der wiederum ein Sohn von Snorre Svarte war, dem das Land um Lejre herum gehörte. Nun muß erwähnt werden, daß Oelver Kolbart, der beim Dänenkönig in hohem Ansehen stand und ihm mehrere Jahre lang sehr ehrenvoll bei seinen Zügen durch das Land der Angelsachsen gedient hatte, einen Winter lang um Thorun buhlte, eine Tochter von Tjoerve Hjaltlaending, Steuermann auf König Svends bestem Langschiff, und in der Fremde Vater von Töchtern, die hübscher waren als Thorun. Oelver bekam sie auch, was er bitterlich bereute, als der Winter zur Neige ging und die essten Anemonen am Waldrand zwischen seidenweißen Gänseblümchen zu blühen begannen, während die Luft von Vogelgezwitscher erfüllt war.

Oelver wurde von einer unerklärlichen Unruhe ergriffen, und ein sehnsüchtiges Verlangen nach fernen Küsten bemächtigte sich seines Gemütes. Die Wärme der vielen Tiere in den offenen Ställen auf dem festgestampften Lehmfußboden und die Beschäftigung seiner Frau mit Nadel und Faden waren ihm zuwider. Er fand keine Ruhe mehr in den engen Stuben, und wenn sein Blick auf Thorun fiel, schien es ihm, als sei er zu jung, um das moosgepolsterte Bett und die Strohschütten Jahr für Jahr mit derselben Frau zu teilen. Er brauchte Abwechslung, und es wäre besser gewesen, er hätte vergebens um sie gebuhlt.

An einem milden Frühlingstag nahm Oelver eine Axt, deren Schneide fast eine Elle lang war, und schliff sie messerscharf, während er ohne sonderlichen Appetit den Brei verschlang, den ihm Thorun mit einer Schüssel saurer Milch hingestellt hatte. Als Oelver einen Augenblick lang nicht aufpaßte, steckte ein Hund seine Schnauze in die Schüssel, und Oelver schlug ihm die Axt über den Kopf. Der Köter stieß ein so lautes Schmerzensgeheul aus, daß Thorun vor Schreck darüber vom Heuboden stürzte. Der Hund lag tot auf der Seite.

Da sagte Oelver:

»Schlimm wäre es, wenn ein erwachsener Mann bei Kopf und Rumpf eines toten Köters verweilen würde, während es in der Fremde bessere Dinge zu erringen gibt als eine Schüssel saurer Milch.«

Thorun hörte seine Worte und sagte verdrossen:

»Mich deucht, du solltest dich dem Zuge der Wikinger anschließen.«

Oelver erwiderte:

»Recht hast du darin, Thorun, und schlimm wäre es, folgte ich nicht deinem Rat. Ich werde mich jetzt aufmachen, und ehe es Schlafenszeit ist, wird mein Langschiff kalfatert und geteert und in seetüchtigem Zustand sein, und wackere Männer werden mich auf meiner Fahrt begleiten. Ist das Glück mir hold, wirst du mich wiedersehen, ehe der Winter hereinbricht, und reiche Beute werde ich mitbringen an den heimischen Herd.«

Thorun begriff nun, daß Oelver beschlossen hatte, an einem Beutegang teilzunehmen, und sagte:

»Kommst du ins Land der Franken, wäre es gut, brächtest du eine schöne Haube mit, denn was ich habe, ist aus der Mode und kleidet mich nicht mehr. Und ohne Kopfbedeckung das Haus zu verlassen, käme mir nicht in den Sinn.«

Ein Mann hieß Flose Jorunson und wurde so nach seiner Mutter genannt, die seinen Vater überlebt hatte. Und dieser Flose hatte sein Heim auf Hjardarholt im Laksadal im westlichen Teil des Bredefjordstales in Island. Von ihm ist zu berichten, daß er beim großen Thing um Bera buhlte, eine Tochter von Oessur Oedekoll, Bruder von Thorled Code in Oelfus, und als sein Antrag freundlich angenommen wurde, wurde die Hochzeit beschlossen, und Bera gebar Flose einen Sohn, dem sie den Namen Thorleik gaben.

Als nun Thorleik vierzehn Jahre alt war, geriet er in Streit mit Eldgrim Hjerjolfsen auf dem Hof Eldgrimsstad, in jener Gegend, die Grimsdal heißt. Sie stritten wegen einiger wertvoller Zuchtpferde, und Thorleik schlug ihm das Beil über den Schädel und verletzte ihn tödlich.

Eldgrims Sippe verlangte zur Sühne Thorleiks Kopf und Hals, aber davon wollte Thorleik sich nicht trennen, weil ihm der Grund zu unbedeutend schien. Er beriet sich mit Gest Odleigsoen, einem großen und weisen Mann, der die Zukunft sehen konnte und überall beliebt und angesehen war, daß er von vielen um Rat gebeten wurde.

Nun kam Thorleik in das Land der Angelsachsen und geriet mit einem von Svend Tjugebarts Männern in ein Handgemenge, und sie kämpften vom Morgengrauen bis zur Abenddämmerung, ohne daß es einem von beiden gelang, den anderen nach Walhall zu schicken. Svend Tjugebart trat schließlich dazwischen und bat sie, Frieden zu geben, und das taten sie dann auch. Ein Bottich mit Met und ein Schlauch mit Wein wurden hereingetragen, um ihren Durst zu löschen, und Thorleik wurde viel gelobt und sein Widersacher ebenfalls, und König Svend überreichte ihnen Geschenke und versicherte sie seiner Gunst.

Nun ist zu berichten, daß Thorleiks Widersacher kein anderer war als Oelver Kolbart. Die beiden schlossen enge Freundschaft, und Thorleik, der ein großer Skalde war, schrieb eine Ode darüber. Er folgte nun Oelver auf seinen weiteren Fahrten, und er war in jedem Frühjahr auf Oelvers Langschiff als Ausguck zu finden.

Oelver bekam eine gute Mannschaft zusammen, denn er hatte sich einen bedeutenden Ruf erworben, und nachdem ihm die Küstenbewohner Mast- und Schotbruch gewünscht hatten, fuhr er mit vielen braven Männern zur See, um auf diese Weise seine Frau für eine Weile los zu sein, und zwei andere Langschiffe folgten ihrem Kielwasser.

Steuermann auf dem einen war Ravn Ormstunge, über den es viele gute Worte zu sagen gäbe, und auf dem anderen ein alter Häuptling mit Namen Hjalte Gloem, von dem man rühmte, daß er im Kampf gegen Maard Valgardson, den Mörder seines Bruders, viel Mut und Kraft bewiesen hatte. Seine Hiebe waren oft und schwer gefallen, aber sein Schwert richtete keinen Schaden an, denn Maard, der sich auf Hexenkunst und Zauberei verstand und als unüberwindlich galt, hatte sich als zu zähe erwiesen. Als ihm mit dem Schwert nicht beizukommen war, hatte Hjalte seine Waffe weggeworfen, und obgleich er schon sehr zerschunden war und keinen Schild hatte, ging er mit Maard in den Nahkampf, warf sich über ihn und biß ihn so furchtbar ins Bein, daß Maard jämmerlich um Gnade schrie. Diese Leistung hatte Hjalte großes Ansehen verschafft, vor allem deshalb, weil er zu der Zeit, als er Maard im Nahkampf angriff, schon längst keine Zähne mehr besaß.

So verging eine lange Zeit. Eines Tages aber war das Wetter besonders stürmisch und kalt. Oelvers Schiff schlug leck und konnte sich im Seegang nicht mehr behaupten. Einem Mann, Geier Starkadsen, spielte die Seekrankheit übel mit. Er lehnte sich weit über die Reling, und die schwarzen Wellen verschlangen ihn. Thorleik sagte, das sei wahrlich ein geringes Opfer für die Götter. Deswegen würden sie den Sturm nicht abflauen lassen, und groß sei der Verlust gewiß nicht, da Geier an den Riemen sowieso nicht viel getaugt habe. Oelver sagte: »Gefährlich ist es, den Mund zu öffnen und sich bei schlimmem Wetter über die Reling zu beugen.«

Nun ist zu berichten, daß Geier im selben Augenblick von einer neuen Welle wieder an Bord gespült wurde, aber da er seine Hose verloren hatte, fror sein Hintern für die restliche Zeit der weiten Reise auf der Ruderbank fest.

Später am Tage ließ der Wind nach, und Thorleik

nahm einen Kessel, setzte ihn auf das offene Feuer, machte das Hammerzeichen darüber und sagte:

»Wir wollen uns nun stärken, denn übel ist der Mann dran, der auf weiter Fahrt einen leeren Magen hat. Hier habe ich heißen, gekochten Bauchspeck mit Fettbrühe.«

Bei diesen Worten mußte sich selbst Oelver, der sonst hart wie Eichenholz war, weit über die Reling beugen, und da blieb er lange hängen, bleich und elend, als sei er schon tot. Thorleik dichtete:

»Schwer ging die See, und Oelver erbrach sich gewaltig
bei hartem Weststurm.
Über die Reling ergossen sich Speise und Trank.
Er, der sonst so zähe und tapfer, nun war er elend und
jammerte kläglich.«

Anschließend lehnte sich auch Thorleik an Oelvers Seite, und gemeinsam opferten sie der See, was sie zu sich genommen.

Oelvers Männer konnten nicht länger Hand oder Fuß rühren. Alle waren von der Seekrankheit mitgenommen, und zum zweiten Mal wurde Geier Starkadsen von einer Woge über Bord gespült, und niemand anders als der Steuermann sah, wie er kurz darauf von einer neuen Welle an Bord zurückgeschleudert wurde. Da sagte der Steuermann:

»Mich deucht, du bist wankelmütig. Willst du mit uns ins Land der Angelsachsen rudern, oder willst du lieber dorthin schwimmen?«

Später am Tag erblickten sie Land, und die Schiffe nahmen Kurs auf eine Flußmündung, und sie fuhren den Fluß hinauf, bis sie eine Stelle fanden, die sich zum Landgang eignete. Alle waren sehr zufrieden, als sie wieder festen Grund unter den Füßen spürten, und Hjalte Gloems Begleiter, der rote Otkel, nannte es ein großes

Glück, daß man gerade hier gelandet sei, denn es handle sich um der Eogonachternes reiches Land, das sie nun beträten. Darauf deuteten Myrten und Erdbeeren, Farne und Blutbuchen. Ein Mann, Alf Tote, sagte, er sei hier schon einmal gewesen, und bei dem Land handle es sich um die Normandie. Die beiden Männer gerieten sich nun in die Haare deshalb, und bevor sich die anderen schlichtend einmischen konnten, hatte Alf bereits Otkels Helm und Kopf gespalten. Das bedeutete für Otkel den Tod.

Hjalte wurde darüber zornig, und er sagte:

»Schade ist es, daß du die Waffe mit so großer Kraft führst, Alf, denn Otkel war ein guter Mann, den ich ungern verliere, und gut wäre es, hätte er seine Freunde bei sich, die ihn rächen könnten. Es wäre recht und billig zu glauben, daß dein hitziges Gemüt dich dann das Leben kostet. Und wenn dir erst der Kopf fehlt, wird es noch viel schwieriger für dich werden, zwischen irischer und normannischer Erde zu unterscheiden.«

Am nächsten Morgen zogen alle, mit Ausnahme der Wachmannschaft, die bei den Schiffen zurückbleiben mußte, in das Innere des Landes, und wo sie auch hinkamen, da raubten und plünderten sie. Oelver selbst ging an der Spitze, und vielen mußte er mit der Streitaxt den Schädel spalten, denn überall trafen sie auf Widerstand und Gegenwehr.

»Mich deucht«, sagte Oelver eines Tages, »daß wir nun reiche Beute genug gemacht haben, deshalb wäre es gut, wir kehrten jetzt zu unseren Schiffen zurück. Laßt nun die Frauen in Ruhe, denen jetzt euer Begehr gilt, denn wohl weiß ich, daß ihr auf der weiten Fahrt hierher Frauen entbehren mußtet. Aber viele Männer sind entkommen, wo wir auftauchten, und nehmen sie erst die Verfolgung auf, werden viele von uns die Schiffe nicht mehr erreichen.«

Die Männer ließen nun die vergewaltigten Frauen frei, und die meisten waren darüber froh, während andere durch Zeichen – denn keine sprach die nordische Zunge – zu verstehen gaben, daß sie auf die Schiffe mitkommen wollten. Viel Zank und Streit ergaben sich bei der Erörterung dieser Frage.

»Mir scheint es billig«, sagte Oelver, »wenn wir drei von diesen Frauen mit zu unseren Wachmannschaften nehmen.«

Ravn Ormstunge erwiderte:

»Gewiß wäre das eine gute Tat, wie Oelver richtig sagt, und sicher wären die drei Frauen eine schöne Belohnung für die Männer, die bei den Schiffen bleiben mußten. Wenn sie von euren Großtaten bei der Vergewaltigung der Frauen hören, werden sie bei eurem feurigen Bericht nicht mehr zu halten sein, und gut wäre es dann, könnten sie sich bei den mitgebrachten Frauen abreagieren!«

Hjalte Gloem meinte, das sei ein vernünftiger Vorschlag, und deshalb geschah es so. Die Bewacher der Schiffe, Ottar Bold, Gisle Soelmundsoen und Skoegle Toste, waren sehr zufrieden, als sie sahen, daß Oelver ihnen Frauen mitbrachte, und Toste sagte, bessere Beute hätte er ihnen nicht mitbringen können, denn die Zeit bei den Schiffen sei ihnen lang geworden, auch wenn sie sich mehrfach gestritten hätten, ohne sich bei den Kämpfen doch ernsthaft zu verletzen. Und er pries Oelver mit schönen Worten und machte ihm zu Ehren eine Ode:

»Lang fiel die Zeit uns
beim Dösen am Strande.
Wir stritten und kämpften
und prügelten uns.
Da brachte Oelver uns Weiber,
nun werden die Zeit wir nutzen.«

Oelver und die anderen Männer sahen an diesem Tage nichts mehr von ihrer Wachmannschaft und den vergewaltigten Frauen, und niemand konnte sie finden, als die Beute geteilt werden sollte.

Zur Beute gehörte auch eine schöne Haube. Oelver legt sie zuoberst auf den Beutestapel und sagte zu Thorleik, falls er im Kampf vor der Heimkehr falle, so möge Thorleik diesen prachtvollen Kopfschmuck Thorun aushändigen, denn jetzt hätten sie eine schöne Zeit mit vielen Frauen und vielen tapferen Kämpfen gehabt, und deshalb gönne er Thorun diesen Kopfschmuck, der früher einer jungen Frau aus edlem Geschlecht gehört habe.

Thorleik versprach feierlich, die Haube Thorun mitzubringen, sofern Oelver unterwegs ein Leid geschehen sollte, und dann leerten sie einen Schlauch guten Weines und einen Kessel Fleisch auf die gute Heimfahrt, worauf sie den Fluß bei günstigem Wind verließen. Bald konnten sie Segel setzen und die Ruder einziehen.

Nun gibt es zu berichten, daß sie zwei Nächte und einen Tag gesegelt waren, als Hjaltes Vortopmann, Alf Tote, vier Langschiffe voraus erblickte, die sich mit schnellen Ruderschlägen näherten.

»Jetzt wird es gut sein, wenn jeder von uns nach seiner Waffe greift, denn suchen die Leute Streit, so müssen wir kämpfen und unsere Beute verteidigen«, sagte Oelver.

Ravn Ormstunge und Hjalte Gloem hielten sich mit ihren Langschiffen dicht bei Oelver, und Ravn rief, das seien gefährliche Männer, die ihnen da entgegenkämen, denn sie hätten noch keine Beute an Bord. Die vier Langschiffe waren bald ganz nah herangekommen. Ihre Markierung ließ erkennen, daß es sich um Norweger handelte. Sie waren wohlbemannt mit vielen Männern in

Harnisch, mit zerzausten Bärten und schwarzen Haaren unter den Helmen. Die Männer an den Rudern waren fast nackt, und ihre Haut glänzte in der Sonne. Im Bug des vordersten Schiffes stand ein großer und breiter Häuptling, gegürtet mit einem Schwert, einer großen und mächtigen Waffe. In der Hand trug er einen Speer, dessen Spitze fast zwei Ellen lang war. Alf Tote sagte, mit einem solchen Speer möchte er ungern in Berührung kommen, und kaum hatte er diese Worte ausgesprochen, da wirbelte der Speer durch die Luft und saß wenige Augenblicke später in seiner Brust. Da wurde Alf blaß und fiel tot um.

Thorleik griff nach einigen Tauen und warf sie über das norwegische Schiff, das ihm am nächsten war, und zog es heran. Dann sprang er über die Reling und schlug den Mann, der am Ruder saß, so kräftig, daß sein Kopf in die See flog. Viele Männer sprangen nun hinüber auf die anderen Schiffe. Sie sahen, daß Oelver, Thorleik, Ravn und Hjalte unverdrossen waren, und jeder tat sein Bestes. Es war Oelver, der den Todesstreich gegen den Häuptling auf dem größten norwegischen Schiff führte. Der Häuptling war ins Wasser gefallen und versuchte, vom Schiff loszukommen, denn die Speere sausten ihm um die Ohren. Da griff Oelver nach seinem Beil und warf es so, daß es dem Häuptling in der schwarzen See den Kopf vom Rumpf trennte. Seither, wenn die Rede darauf kam, rühmte man, der Häuptling sei noch viele Faden geschwommen, nachdem er Kopf und Helm verloren hatte, ehe er sich darüber klargeworden war, daß er verspielt hatte und tot war.

Darauf griff Oelver nach einer vollen Metkanne, trank und kämpfte weiter. Bald geriet er in Kampf mit einem norwegischen Bauern. Es war ein harter und ungleicher Kampf, denn der Norweger geriet urplötzlich in Wut wie ein Berserker und schlug alles in Stücke, was in seiner Nähe war, ohne zwischen Freund und Feind zu unterscheiden. Erst als ein Speer, den Thorleik warf, ellentief seine Brust durchdrang, wurde er ruhiger, und Oelver gelang es, näher heranzukommen und ihm den Kopf vom Rumpf zu trennen.

Als Hjalte später an Oelvers Seite stritt, sagte er:

»Jetzt ist es gut, die Beine ein wenig zu strecken und die Arme zu bewegen, und schön ist es, das Schwert gegen einen ebenbürtigen Feind zu erheben. Aber viele unserer besten Männer sind bereits gefallen, und zweifelhaft ist es, ob der Sieg uns gehören wird.«

Oelver erwiderte:

»Je weniger wir werden, desto kraftvoller müssen wir zuhauen, und desto härter müssen wir treffen. Warum aber sehe ich nirgends Ravn Ormstunge?«

Hjalte sagte:

»Gut hat er gekämpft, und hungrig ist er dabei geworden, aber jetzt ist mit ihm kein Staat mehr zu machen.«

Und damit hatte er recht. Ravns Kopf lag in einer Tonne mit Sauerkraut; ein norwegisches Schwert hatte ihn tief im Nacken getroffen, als er sich bückte, um einen Happen zu essen.

Oelver sagte nun:

»Einen guten Mann wie Ravn missen zu müssen ist hart, und freudig hätte ich's ihm gegönnt, ein paar Mundvoll Sauerkraut zu essen, ehe er den tödlichen Streich empfing.«

Hjalte, Thorleik und Oelver stritten weiter gemeinsam, und ungewiß war es, welcher Seite der Sieg sich zuneigen würde. Als die Sonne sank, gab es noch viele kämpfende Recken auf den sieben Langschiffen, aber die Verluste waren schon groß.

Die Norweger setzten Ravn Ormstunges Schiff in

Brand und Ravns Männer, denen es nun zu warm wurde, versuchten, Oelvers Schiff zu entern, aber dabei stürzten viele in die See. Nun gerieten viele der Norweger in Berserkerwut, und sie schlugen in furchtbarer Raserei zu. Ihre Kräfte schienen verdoppelt und machten sie gefühllos gegen alle Schmerzen. Sie liefen blau an, die Haare sträubten sich ihnen auf den Häuptern. Sie bissen in die Ränder ihrer Schilde und schlugen alles zusammen, was in ihre Nähe kam.

Oelvers Männer zogen sich an die Reling zurück, aber Oelver feuerte sie an, jetzt gehe es hart auf hart. Viele der Männer verloren den Mut, als sie die Gesichter der Feinde anschwellen und die Farbe wechseln sahen. Da sagte Oelver: »Da mir scheint, ihr seid eine Schar von ängstlichen Hühnern, werde ich nun allein hinüberklettern und ihnen den Garaus machen. Das sind harte Worte, die ihr von mir hört, aber härter noch wird euch die Schande treffen, wenn ihr jetzt nach Hause kommt und euren Frauen gegenübertretet.«

Mit diesen Worten griff Oelver nach seiner Streitaxt, die er besonders geschärft hatte und die er Rime Gyge nannte. Mit dieser Waffe in der Hand stürmte er vorwärts und setzte den Kampf gegen die norwegischen Berserker fort.

☆

Ein Mann hieß Hoeskuld und war auf Oelver Kolbarts Hof beschäftigt und war Thorun ein guter Ehemann während Oelvers Abwesenheit. Von ihm ist zu berichten, daß er der erste war, der Oelvers Langschiff erkannte, als es an die seeländische Küste zurückkehrte. Vorn am Bug stand Thorleik.

»Ist Thorun zu Hause und bei guter Gesundheit? Das

Gespräch duldet keinen Aufschub«, sagte er, und darauf antwortete Hoeskuld, sie sei zu Hause und gesund, und er führte Thorleik und noch einen, Skoegle Toste, der zusammen mit fünf anderen an den Rudern gesessen hatte, zu ihr. Sie nahm die beiden freundlich auf, und sie bekamen Wasser, um sich zu erquicken, und Handtücher, um sich abzutrocknen, und dann wurden Speise und Trank aufgetragen.

Dann sagte Thorun:

»Ihr bringt keine Beute mit und meinen Gemahl auch nicht. Was ist euch Böses widerfahren? Habt ihr viele Männer in der Fremde verloren? Wer trägt an eurem Ungemach die Schuld?«

Thorleik setzte den Humpen an und erwiderte:

»Große Beute machten wir überall, wo wir hinkamen, auch opferten wir den Göttern fleißig dafür, und das Glück war uns wohlgesonnen. Aber auf der Heimfahrt begegneten uns vier feindliche Langschiffe, die uns umzingelten. Es waren Norweger, und sie bereiteten uns argen Verdruß, denn sie hatten es auf leichte Beute abgesehen, und sie waren in der Überzahl, so daß der Kampf vielen von unseren Leuten den Tod brachte. Ravn Ormstunge, Hjalte Gloem, Alf Tote und viele andere sind gen Walhall gefahren.«

Thorun sagte darauf:

»Was hast du von meinem Ehegemahl zu berichten?«

Thorleik erwiderte:

»Die Feinde waren in der Überzahl, aber wir schlugen uns wacker und streckten manchen nieder. Der Sieg wäre unser gewesen, wenn über die Norweger nicht die Berserkerwut gekommen wäre. Sie wurde auch Oelvers Verderben. Er warf sich ihnen entgegen, aber sie waren zu zahlreich und erschlugen ihn. Das bißchen, was von ihm übriggeblieben ist, haben wir bei uns. Wir haben es mitgebracht, damit er hier bestattet werden und ein würdiges Grab bekommen kann.«

Skoegle Toste breitete nun ein Tuch auf dem Tisch aus, und darauf lag ein Stück vom Daumen.

»Leicht fällt es mir, dieses Daumenstück zu erkennen!« rief Thorun. »Und nun weiß ich, daß ihr eine traurige Nachricht mitgebracht habt und daß Oelver tot ist!«

Durch eine Ungeschicklichkeit zog Skoegle Toste ein wenig an dem Tuch, auf dem Oelvers Daumenfragment lag. Dabei fiel der Daumenstummel auf den Fußboden, und ehe man es verhindern konnte, hatte sich der Hund darüber hergemacht und den Stummel hinuntergeschlungen, schmutzig, wie er war. Thorleik versuchte, mit seinem Schwert den Kopf des Hundes zu treffen, aber der Hund entkam ungeschoren.

Thorun saß still und sagte kein Wort. Skoegle Toste murmelte:

»Unter diesen Umständen ist es unmöglich, Oelvers sterblichen Rest beizusetzen, aber einen Trunk zu Ehren des Toten bekommen wir doch wohl?«

Darauf nickte Thorun.

Gegen Jahresende buhlte Thorleik um Oelvers Witwe, und sie nahm den Antrag wohl auf und widersetzte sich nicht, und damit war die Sache entschieden. Es wurde Verlobung gefeiert, das Hochzeitsdatum festgesetzt, und am Tage vor der Hochzeit schmückte Thorun ihren Kopf mit einer Haube nach der letzten Mode. Es war die schönste Haube, die sie je besessen hatte, und Thorleik hatte sie ihr geschenkt, und er erzählte, daß er sie nach einem harten Kampf mit einem Häuptling im Welschland errungen hatte.

Nach der Hochzeit wohnte Thorleik den Winter über bei Thorun, aber als das Frühjahr kam und die ersten Gänseblümchen am Waldessaum sprossen, wurde er von einer unerklärlichen Unruhe ergriffen, und ein sehnsuchtsvolles Verlangen nach fernen Küsten bemächtigte sich seines Gemüts. Da legte er seine Ritterrüstung an und griff nach seinem alten, guten Schwert.

Die junge Frau Holm und
der Briefträger

Fräulein Knarreborg war kürzlich in eine kleine Wohnung in einem Haus gezogen, das haargenau so aussah wie die anderen Häuser in dieser Straße. Natürlich kannte Fräulein Knarreborg die anderen Hausbewohner nicht und hatte bisher nur Gelegenheit gehabt, der jungen Frau Holm, die ein Stockwerk tiefer direkt unter ihr wohnte, guten Morgen zu wünschen.

Fräulein Knarreborg war eine vertrocknete alte Jungfer mit schmalen, blutleeren Lippen in einem miesepetrigen Gesicht. Sie trug solide schwarze Schnürschuhe und hochgeschlossene, formlose schwarze Kleider. Sie kennen den Typ. Auf jeden Fall gehörte sie nicht zu der Kategorie von Mietern, die aus Übermut Treppengeländer hinunterrutschen. Aber, zum Teufel, alle möglichen Leute mieten Wohnungen, und ganz bestimmt gibt es auch Platz für ein oder zwei langweilige Typen mit ständig zusammengepreßten Lippen.

In dem Haus, in dem sie bisher gewohnt hatte, war Fräulein Knarreborg über ihre Nachbarn bestens informiert gewesen. Sie war daher sehr unglücklich, daß sie in ihrer neuen Umgebung noch niemanden kennengelernt hatte.

Glücklicherweise war es ihr vergönnt, schon nach ein paar Wochen eines Tages etwas sehr Interessantes zu beobachten. Es war so interessant, daß sie fest überzeugt war, dadurch sehr schnell Kontakt zu den anderen Mietern zu bekommen. Als sie ihre Wohnungstür öffnete, um die Fußmatte geradezurücken, hörte sie ein Stockwerk tiefer den Briefträger klingeln. Die Junge Frau Holm öffnete. Fräulein Knarreborg hörte, wie sie mit dem Briefträger flüsterte. Das erregte ihre Neugier. Sie schlich sich auf Zehenspitzen zum Treppengeländer und schaute hinunter. Ihr blieb fast das Herz stehen.

Der Briefträger küßte Frau Holm ...

Fräulein Knarreborg fiel beinah in Ohnmacht. Oh, was hatte sie da gesehen! Wie sich die Menschen heutzutage nur benahmen! Sie wieselte in ihre Wohnung zurück, zog die praktischen Schnürschuhe und den schwarzen Mantel an und lief zum Gemüsehändler auf der anderen Seite der Straße.

Sie war noch immer außer Atem, nachdem sie einen Bund biologisch angebauter Karotten gekauft hatte.

»Hätten Sie das je gedacht?« begann sie. »Wissen Sie, was Frau Holm heute morgen getan hat? Sie ... Ach, es ist ein bißchen schwer für mich, es zu sagen, weil ich nicht will, daß man mich für eine Klatschbase hält. Aber ich habe es mit eigenen Augen gesehen! Sie hat den Briefträger geküßt! Was sich heutzutage so alles abspielt! Finden Sie das nicht auch schrecklich?«

Nein, das fand die Frau des Gemüsehändlers eigentlich nicht. »Ach Gott«, sagte sie nur. »Ist das alles, was sie getan hat? Mehr war es nicht?«

Fräulein Knarreborg ging leicht gekränkt zu ihrer Wohnung zurück. Als sie die Haustür öffnete, begegnete sie einer älteren Frau. Sie grüßten sich mit einem Nicken.

»Wohnen Sie hier?« fragte Fräulein Knarreborg.

»Ja«, antwortete die ältere Frau. »Im dritten Stock.«

»Sie sehen nicht so aus, als ob sie klatschen würden«, sagte Fräulein Knarreborg zuversichtlich. »Daher glaube ich, Ihnen ganz im Vertrauen etwas erzählen zu können. Ich habe heut' morgen nämlich etwas gesehen. Man würde es nicht für möglich halten! Ich habe gesehen, wie die junge Frau Holm den Briefträger umarmt und geküßt hat. Finden Sie das nicht höchst unpassend, ja sogar anstößig?«

Nein, das fand Fräulein Knarreborgs Hausgenossin durchaus nicht.

»Die Zeiten haben sich eben geändert, seit wir jung waren«, sagte sie und trat auf die Straße.

Fräulein Knarreborg war entrüstet. Sie wäre sehr gern wieder ausgezogen. Die Nachbarschaft sagte ihr nicht zu. Die Leute, die hier wohnten, waren sehr seltsam, und in einem gewissen Sinn hatte sie damit sogar recht.

Sie hätten ihr nämlich wirklich sagen können, daß Frau Holm mit dem Briefträger verheiratet war.

Endlich allein, mein Schatz!

Hier kommt eine kleine Geschichte über zwei verliebte junge Leute aus den siebziger Jahren, die nie auch nur eine einzige Sekunde allein sein konnten. Hans und Grete hießen sie. Und sie liebten sich sehr, ja, wir wagen zu behaupten, daß sie einander *unendlich* heiß liebten. Grete wohnte bei Mutter und Vater, und sie hielt sehr viel von ihnen, denn sie waren die beste Mutter und der beste Vater der Welt. Allerdings war mindestens einer von ihnen immer in der Nähe, wenn Hans sie besuchte. Und wenn sie sich an den Händen halten und ein bißchen schmusen wollten, mußten sie ins Kino gehen. Letzte Reihe. Aber all diese Menschen, die da im Kino herumsaßen, störten sie. Und auch alles, was da auf der Leinwand vorging, lenkte sie ab. Sie waren *nie* allein. Auch dann nicht, wenn sie in die Diskothek gingen. Es gab immer jemanden, der sie ansah, wenn sie ein bißchen zu schmusen versuchten – und wenn es bloß der Ober oder der Diskjockey war.

Sie kannten sich noch nicht lange, als ihnen klar wurde, daß es in einer modernen Großstadt unmöglich war, einen Platz zu finden, wo man allein sein konnte. Hans wohnte ebenfalls bei seinen Eltern, und er schätzte seine beiden Alten mächtig. Jedoch war die Wohnung sehr klein, so daß er nie mit Grete allein sein konnte.

Manchmal, wenn er sie richtig küssen wollte, zog er Grete mit in den Treppenaufgang, wo sie sich geduldig hinstellten und warteten, bis das Licht ausging. Aber jedesmal, wenn es dunkel wurde, kam jemand aus irgendeiner Tür und drückte auf den Lichtschalter.

Oder es ging jemand die Treppe hoch oder runter, und Hans und Grete lächelten und sagten freundlich guten Abend. Sie bekamen aber nie etwas anderes als einen feindlichen Blick zur Antwort. Nicht zu einem einzigen Kuß kam es, und so gaben sie die Treppenaufgänge auf.

»Wir sind nie allein«, sagte Hans seufzend. »Es ist behämmert, sich zu verlieben, wenn man in einer Großstadt wohnt. Immer wird man von jemand gestört, der einen anglotzt.«

»Wenn wir bloß einen Platz hätten, wo wir *ganz* allein sein könnten«, meinte Grete.

Dann seufzte sie und Hans seufzte noch einmal. Nein, es war gar nicht so leicht, jung zu sein.

Doch dann kam Hans eine Idee.

»Ich hab's,« sagte er, »wir heiraten einfach!«

»Ja, aber wir haben doch keinen Platz zum Wohnen.«

»Den bekommen wir vielleicht, wenn wir heiraten.«

Also heirateten sie. Am Hochzeitstag waren sie nicht eine Sekunde allein. Unaufhörlich kam jemand, der sie beglückwünschte, und Grete bekam den ganzen Tag nicht einen einzigen Kuß.

Sie war in Weiß.

Gretes Eltern hatten auch den Hauswirt eingeladen. Als das Festessen auf seinem Höhepunkt angekommen war, erhob sich Gretes Vater und hielt eine sehr hübsche Rede auf das junge Paar.

»Es ist nur bedauerlich, daß sie ihre Flitterwochen auf der Straße verbringen müssen«, schloß er mit einem Blick zum Hauswirt.

Gretes Vater wußte, was er tat. Der Hauswirt hatte etwas reichlich von dem guten Wein genossen. Und jetzt erhob er sich, groß und breit, wie er war, und verkündete mit lauter Stimme, wenn das junge Paar mit Dank annehmen würde, was er ihnen zu bieten hätte, dann könnte er ihnen ein Dach über dem Kopf verschaffen – jedenfalls vorübergehend. Bis sie etwas Besseres gefunden hätten. Und da jubelten alle, und alle waren froh. Grete fiel ihrem Hans um den Hals, und Gretes Mutter vergoß eine Träne vor lauter Seligkeit.

»Ihr habt wirklich Glück«, sagte sie. »Stellt euch vor, einen Platz zum Wohnen zu bekommen! Das muß einfach Glück sein!«

Und das war es.

In den vielen Monaten, da Hans und Grete einander kannten, waren sie nicht eine Sekunde allein gewesen, Und es war wie ein Wunder, wie ein Traum, als sie in der Nacht endlich allein in dem winzigen Raum standen, den der Hauswirt ihnen großmütig zur Verfügung gestellt hatte.

»Endlich allein!« Grete lächelte glücklich. »Nimm mich, mein Geliebter! Hier und jetzt!«

Hans konnte sie vor lauter Glück fast gar nicht in die Arme nehmen. Stellen Sie sich vor! Sie waren wirklich allein! Zum ersten Mal vollkommen allein! Nicht ein einziger Mensch war da – nur die beiden!

Das Glück währte jedoch nicht besonders lange. Plötzlich ging die Tür auf, und ein Mann trat ein. Er drückte auf einen Knopf, und Hans' und Gretes neues Heim begann so sonderbar zu wackeln.

Sie waren in den Fahrstuhl des Hauses eingezogen. Vorübergehend natürlich ...

Lösegeld, 500 000 Dollar in gebrauchten Scheinen ...

Kidnappen!

Großnase Nickleby und Buzz Narbengesicht, zwei kleine Ganoven, saßen bei einem Glas Whisky in ihrer Stammkneipe auf der Bowery, dem *Ticky Horse,* und hielten Kriegsrat. Sie ließen die zermatschten Boxerohren hängen und bliesen Trübsal. Vor wenigen Stunden hatten sie drüben bei der General Commercial Bank zugeschlagen, mit der erklärten Absicht, dieses Unternehmen um ein paar dicke Bündel druckfrischer grüner Scheinchen zu erleichtern. Aber dann hatte Großnase Muffensausen gekriegt, weil zwei Hünen von Streifenpolizisten hereingekommen waren, um einen Hundertdollarschein zu wechseln. Und vor lauter Bammel hatte er auf die Quadratlatschen des einen Cop gezielt und ein paarmal abgedrückt, damit die Typen verduften und nicht ihre blöden Nasen in Sachen stecken sollten, die sie überhaupt nichts angingen. Es gab ein allgemeines Durcheinander, die Alarmanlage fing an zu heulen, und

Buzz konnte sich gerade noch ein großes Bündel unbezahlter Schuldscheine schnappen. Und nun saßen sie im *Ticky Horse* und zählten. Es stellte sich heraus, daß sie nach ihrem Bankraub Schulden in Höhe von fast einer halben Million hatten. Kein Wunder, daß die beiden Ganovenflabben ziemlich mies aussahen.

»Schwere Zeiten, Bruder«, seufzte Großnase Nickleby »Bankraub ist auch nicht mehr das, was es mal war. Möchte wissen, wo die Leute heutzutage ihr Geld lassen. Auf die Bank bringen sie es jedenfalls nicht. Weißt du was, Buzz? Es wird Zeit, daß wir uns umstellen. Wir müssen uns was Neues einfallen lassen.«

Sie saßen lange da und überlegten. So einfach war das nicht. Im Lauf des Abends gingen sie so ziemlich alle Möglichkeiten durch: Tankstellenüberfall, Safeknacken Handtaschenziehen, Straßenraub, Schmuckdiebstahl. Sie ließen nichts aus. Dann schnippte Buzz plötzlich mit den Fingern. Er hatte eine Idee.

»Kidnappen«, sagte er, nachdem er sich den letzten Schluck einverleibt hatte, »Kidnappen ist wieder in.«

»Heulende Gören, wie? Nicht mein Fall«, sagte Großnase.

»Wer redet von Kindern? Nein, nein, mir schwebt da was völlig Neues vor. Etwas absolut Revolutionäres in der edlen Kunst des Menschenraubs. Willst du hören, was es ist?«

Großnase nickte und meinte dann, dazu müsse eine neue Runde her.

»Weißt du noch, wie ich der Alten von Mark Frobisher das tolle Perlenkollier abgenommen habe? Ist schon 'ne Weile her. Mark Frobisher, Popcorn-König. Oder war das vor deiner Zeit? Egal. Ich mußte mich von den Frobishers als Butler anheuern lassen, um reinzukommen. Es war gar nicht so übel dort, und ich hab' dem Frobisher ein

paarmal aus der Klemme geholfen, als er sich einen an-
gekümmelt hatte und die Alte ihn fertigmachen wollte.
Bei der mußte er kuschen, sag ich dir, und wenn er nicht
so wollte wie sie, gab's Senge. Ein richtiger Drachen, alles, was recht ist. Ich kann mich gut erinnern, wie Frobisher mal ein bißchen später als sonst gekommen ist
und ...«

»Zur Sache, Buzz«, fiel Großnase ihm ins Wort. »Wen
greifen wir uns – sie oder ihn?«

»Sie.«

Großnase schauderte es bei dieser Vorstellung. »Wenn
sie wirklich so fies ist, wird's kein Spaß sein, sie zu bewa-
chen.«

»Keine Angst, das schaffen wir schon. Wenn man eine
halbe Million kassieren will, darf man vor ein paar Unbe-
quemlichkeiten nicht zurückschrecken.«

»Eine halbe Million? Ja, das ist was anderes. Da mache
ich mit.«

Großnase Nickleby wurde Chauffeur bei Mark Frobisher, dem Popcorn-König. Eines Tages packte er wieder
mal die dicke Mrs. Frobisher in den Cadillac, aber statt
zum Kosmetiksalon fuhr er sie in ein Lagerhaus am Hafen, wo Buzz bereits mit einem Knebel wartete, den sie
der fetten, zappelnden High-Society-Lady in den Mund
stopften. Dann fesselten sie die feine Dame nach allen
Regeln der Kunst und legten sie auf eine alte Matratze in
der Ecke.

»Wieviel Lösegeld fordern wir?« Großnases Stimme
überschlug sich fast vor Aufregung. Er hatte Papier und
Bleistift in der Hand.

»Fünfhunderttausend Dollar, und die zahlt er gern«,
versicherte Buzz.

Großnase pustete Staub- und Rußflocken von einem
alten Tisch, setzte sich mit Papier und Bleistift hin und

schrieb mit verstellter Schrift langsam und sorgfältig folgenden Brief an Mark Frobisher, Popcorn-König und Multimillionär:

»Ihre Frau ist entführt worden. Sie haben vierundzwanzig Stunden Zeit. Wenn Sie nicht vor Ablauf dieser Frist eine Aktentasche mit 500 000 Dollar in gebrauchten Scheinen in der Telefonzelle neben dem Ticky Horse, Ecke 52nd Street und 44th Avenue, deponiert haben, werden Sie es bitter bereuen – dann bekommen Sie Ihre Frau umgehend zurück.«

Junge Leute von heute – 2

Klar, ich streite es ja gar nicht ab – ich weiß ganz genau, daß Mom und Dad mich sehr verzogen haben.

Ist doch denen ihre Schuld, daß ich das einzige Kind bin. Haben Einzelkinder nicht irgendwie das Recht, bißchen schwieriger zu sein als die anderen?

Sag ich doch!

Yeah, weiß ich ja selber, daß es schwer ist, mich abends

zu Hause zu halten. Aber schließlich und endlich, nicht wahr, ich meine,

wenn man bedenkt,

hab' ich doch später noch jede Menge Zeit, zu Hause zu hocken und die ganze Nacht zu häkeln.

Vielleicht schon viel zu bald.

Wie meine Mutter.

Jeden geschlagenen Abend, während in der anderen Zimmerecke die Glotze quakt.

Na, ich danke!

Nicht mit mir, ja?

Mom und Dad versuchen ja schon 'ne ganze Weile, mich zu verkuppeln.

Vielleicht meinen sie, ein fester Freund hat was Beruhigendes, und ich würde dann häuslicher oder so.

Aber wenn sie das echt wollen, dann dürfen sie es mir auch total versauen, ja?

Gestern, mit Frank und Chuck, ich kann dir sagen.

Mein lieber Mann!

Ich war vielleicht sauer auf meine Mutter, als ich hörte, was sie sich da geleistet hat.

Ich war so sauer, daß ich heute morgen am liebsten gar nicht aufgewacht wäre, als sie mit einem Frühstückstablett alles wiedergutmachen wollte.

Als ob ich mich kaufen ließe!

Mit 'ner Tasse Kaffee und einem Hörnchen. Ich doch nicht!

Sieh mal, ich *mußte* doch mit John fahren, weil er sich extra den Wagen seines Vaters geborgt hatte.

Und so viel zu tun hat nun wirklich niemand, daß er nicht die Zeit findet, in einem funkelnagelneuen Alfa Romeo Spezial 2 XP den Broadway langzuschleichen.

Deshalb hab' ich Mutter gebeten, falls der Frank kommt und nach mir fragt, ihm nur zu sagen, daß ich um 6 Uhr drüben im *Limbo House* auf ihn warte, dort, wo die Disko ist, verstehst du?

Und falls Chuck kommt, sagte ich, soll sie ihn bitten, daß er am nächsten Morgen im Büro anruft.

Ist doch kinderleicht, oder?

Und nun stell dir vor, was sie gesagt hat, als Frank auftauchte.

»Wenn Sie Frank sind«, hat sie gesagt, »erwartet sie Sie in der Disko, wenn Sie aber Chuck heißen, rufen Sie sie bitte morgen früh an.«

Manfreds Geburtstag

Manfred und Brian waren fünfzehn Jahre alt und Lehrlinge in einem Maschinenbaubetrieb. An ihrer Arbeit waren sie nicht im geringsten interessiert. Das einzige, was ihnen wichtig zu sein schien, waren ihre Motorräder. Sobald sie von ihrem langweiligen Job nach Haus kamen, schlangen sie ihr Essen hinunter, verließen dann ihre Elternhäuser und stiegen auf ihre Motorräder. Nachdem sie ihre Motoren auf Hochtouren gebracht hatten, donnerten sie zum Marktplatz der Stadt, wo sich alle jungen Leute vor dem Porno-Laden trafen. Dann wetteiferten sie miteinander, wer von ihnen seinen Motor auf die höchsten Touren bringen konnte. Selbstverständlich hatten sie alle ihren Auspuff frisiert, damit die Maschinen so laut wie nur möglich dröhnten. Es war wirklich ein Wunder, daß sie durch das von ihnen produzierte Kohlenstoffmonoxid nicht ohnmächtig wurden.

Yvonne und Gisella kamen ebenfalls zum Marktplatz und gesellten sich zu den anderen. Sie bewunderten Manfred und Brian, weil die beiden die Coolsten der Coolen zu sein schienen. Wenn ein gutaussehendes Mädchen vorbeikam, riefen ihm Manfred und Brian eindeutige Angebote nach. Das brachte Yvonne und Gisella zum Kichern, und beide bewunderten ihre Motorradhelden noch mehr.

»Mir paßt es nicht, daß du dauernd nur vor dem Porno-Laden da herumhockst«, meinte Manfreds Mutter häufig.

»Machst du Witze? Was zum Teufel sollen wir denn sonst tun? Etwa bei dir und dem Alten sitzen, um mit euch zusammen zu verrotten? In diesem Drei-Zimmer-Loch? Nur über meine Leiche!«

Viel mehr sagte Manfred nicht, aber es reichte ja auch. Er hatte sich deutlich genug ausgedrückt. Dann aß er eine Frikadelle, nahm sich eine Packung Zigaretten von seinem Vater und verließ das Haus.

»Kannst du dir denn wirklich keine netteren Freunde als Manfred und Brian suchen?« wollte Yvonnes Mutter wissen. »Mir gefällt nicht, daß du so oft mit ihnen zusammen bist. Die beiden sind doch ziemlich miese Typen.«

»Das sind sie nicht! Du bist so verdammt altmodisch. Brian ist stark und genau der Richtige für mich. Glaube ja nicht, daß ich eine von diesen Zimtzicken werde, die jeden Abend zu Hause hocken, um mit ihrer Mutter Händchen zu halten ... Wenn du weiter so an mir herumnörgelst, kann ich mir sehr schnell eine eigene Wohnung suchen ... wenn es das ist, was du willst.«

Auch Brians Mutter sah es nicht gern, wenn er auf seinem Motorrad davonknatterte.

»Willst du etwa schon wieder zum Platz?« erkundigte sie sich vorwurfsvoll, als er sie um Geld für Zigaretten und Benzin anschnorrte. »Hast du denn wirklich nichts Besseres zu tun?«

»Aber klar. Wir könnten uns auch gemütlich zum Bingo zusammensetzen. Und gottgefällige Choräle zum Lobe des Herrn anstimmen. Oder Topflappen häkeln. Komisch, daß wir noch gar nicht daraufgekommen sind.«

»Andere junge Menschen deines Alters haben sinnvolle Hobbys. Sport beispielsweise ...«

»Wäre es denn nicht schlimmer, wenn ich an der Nadel hängen würde? Ich rauche ja noch nicht einmal Gras. Also beruhige dich und behalte deine guten Ratschläge für dich.«

Brian knallte die Wohnungstür hinter sich zu und bestieg sein Motorrad. Er machte seine übliche Tour von siebzehn Runden um den Block und holte alles aus seinem Motor heraus, bevor er zum Platz hinunterdonnerte.

»Wenn du dir doch nur eine sinnvolle Beschäftigung suchen würdest, anstatt jeden Abend mit diesen beiden Tunichtguten auf dem Platz herumzustehen«, sagte Gisellas Mutter.

»Wir stehen keineswegs jeden Abend nur auf dem Platz herum«, erwiderte Gisella schnippisch. »Manchmal gehen wir ins Kino und sehen uns Horrorfilme an oder einen dieser Pornostreifen. Manchmal gehen wir auch rüber in die Diskothek und zischen jede Menge Bier. Wir haben sehr vielfältige Interessen, Mom. Wir beschäftigen uns mit allen möglichen sinnvollen Dingen. Wir sind dabei, selbständig zu werden, Mom, da kannst du ganz sicher sein!«

Und damit schlenderte Gisella zur Tür hinaus und hinüber zu den anderen auf den Marktplatz.

Alle Eltern waren tiefbesorgt und meinten, so könne es auf keinen Fall weitergehen. Doch als sich Manfreds Geburtstag näherte, kam seinem Vater eine Idee. Sie alle beschlossen, diesen Einfall den Jugendlichen an ihrem Treffpunkt nahezubringen. Also ging Manfreds Vater ganz beiläufig zum Marktplatz.

»Hört mal«, sagte er und bot eine Runde Zigaretten an. »Am Sonntag ist Manfreds Geburtstag. Wißt ihr, welche Idee ich habe, wie ihr den Anlaß feiern könntet? Ihr solltet ein altmodisches Geburtstags-Picknick draußen in der Umgebung veranstalten. Das wäre doch eine großartige Feier für Manfred – zusammen mit euch dreien. Das wäre doch mal was anderes, als hier auf dem Platz herumzuhängen oder in die Diskothek zu gehen.«

Sie dachten darüber nach, erwogen das Für und Wider. Der Vorschlag hatte sie überrascht. Doch dann kamen sie zu dem Schluß, es sei vielleicht gar kein so schlechter Einfall.

»Okay«, beschloß Brian. »Wir werden aufs Land fahren, um Manfreds Geburtstag zu feiern.«

Überrascht spendierte Manfreds Vater allen noch einmal Zigaretten und eilte dann davon, um den anderen Eltern zu erzählen, daß es ihm gelungen war, die jungen Leute davon zu überzeugen, zur Abwechslung mal etwas Vernünftiges zu tun.

Die jungen Leute blieben, wo sie waren, und überlegten, was sie für den Ausflug brauchten.

»Ich werde einen Kasten Bier spendieren«, meinte Brian.

»Ich erleichtere meinen Alten um eine Flasche Scotch«, fügte Yvonne hinzu.

»Und ich sorge für Zigaretten, einen Recorder und jede Menge Kassetten«, meinte Gisella.

»Irre!« rief Manfred aus. »Okay, Leute, wir treffen uns dann am Sonntagvormittag um zehn hier auf dem Platz.«

»Moment mal«, widersprachen die anderen drei fast unisono. »Willst du dich etwa ganz heraushalten? Immerhin ist es doch dein Geburtstag, den wir da feiern wollen.«

»Keine Sorge«, erwiderte Manfred und blies zwei silberne Rauchwölkchen aus den Nasenflügeln. »Was meint ihr denn, wer das Auto klaut?«

Du hast kein Rückgrat, Konrad!

Konrad Madsen einen Verlierer zu nennen, ginge entschieden ein bißchen zu weit. Sagen wir ganz einfach, er war nicht allzu ehrgeizig. Achtzehn oder zwanzig Jahre lang war er drunten am Hafen bei einem Exporteur von Fischabfällen Buchhalter gewesen. Sein Gehalt war ziemlich niedrig und verbesserte sich auch kaum, als er sich mit dem Titel »Chefbuchhalter« schmücken durfte. Aber Madsen gehörte nicht zu den Leuten, die immer mal wieder versuchen, ein höheres Gehalt für sich herauszuschlagen.

»Ist dir eigentlich klar, daß du seit fünf Jahren keine einzige Krone mehr bekommen hast?« sagte seine Frau Olga eines Tages. »Alle anderen suchen ungefähr jeden zweiten Tag um eine Gehaltserhöhung nach, aber du machst den Mund nicht auf. Du sitzt nur auf deinem dikken Hintern und trägst eine Ladung Fischabfälle nach der ändern in deine Bücher ein und wieder aus und wer heimst den ganzen Profit ein? Der große Exporteur Rasmussen, dein verdammter Boß!«

»Es ist nicht leicht, wenn keine Organisation hinter dir steht, Olga. Die Gewerkschaftmitglieder können höhere Gehälter verlangen. Hinter ihnen steht die Gewerkschaft. Aber ich – ich bin nirgends Mitglied, außer vielleicht bei der Krankenversicherung und im Club.«

Das brachte Madsen zu seiner Verteidigung vor, ehe er sich wieder hinter seiner Zeitung verkroch.

Aber Olga gab so leicht nicht auf. Sie bediente sich aller Waffen, die ihr einfielen: Zum Beispiel zeigte sie ihm jedes einzelne Stück ihrer abgetragenen Garderobe. Die Sachen taugten bestenfalls noch als Lumpen zum Autopolieren. Als nächstes zählte sie die Haute-Couture-Modelle auf, die Rasmussens Frau trug – Kreationen von Balmain, Nerzcapes ... Und alles nur deshalb, weil der Fischexporteur durch Madsens niedriges Gehalt einen zusätzlichen Gewinn erwirtschaftete.

»Aber du, Konrad, was kannst du? Nichts. Du hast kein Rückgrat, keinen Elan, keinen Ehrgeiz. Du kannst nur schuften und schuften, ohne anständig dafür bezahlt zu werden!«

Natürlich gelangt ein Mann früher oder später an den Punkt, an dem er diese ständigen Nörgeleien nicht mehr erträgt. Dann entschließt er sich, am nächsten Morgen sofort zu seinem Boß zu gehen und mit ihm über eine entsprechende Gehaltserhöhung zu verhandeln.

Madsen war an diesem Punkt angelangt, als Olga eines Abends auf der Schwelle zum Wohnzimmer stand und ihn mit größter Verachtung ansah. Sie trug das alte Baumwollkleid, das er am Nachmittag dazu verwendet hatte, den Pinsel zu säubern, mit dem er den Fensterrahmen im Schlafzimmer gestrichen hatte. Er hatte es für einen Lumpen gehalten.

»Das war mein bestes Kleid«, sagte sie, »und ein neues kann ich mir nicht kaufen. Aber vielleicht veranstaltet die Heilsarmee demnächst eine Kleidersammlung für die Frauen armer Chefbuchhalter, weil ihre Männer praktisch umsonst Sklavenarbeit für Fischabfall-Exporteure leisten, während die Bosse allen Profit in die eigene Tasche stekken.«

»Für einen Mann meines Alters ist es nicht leicht, einen neuen Job zu finden«, murmelte Madsen vor sich hin und duckte sich hinter seiner Zeitung.

Doch es war noch nicht das Ende. Olga blieb auf der Schwelle stehen und lachte verächtlich. Endlich hielt es Madsen nicht länger aus. Er warf die Zeitung auf den Boden und hieb mit der Faust auf den Couchtisch. Dann sprang er mit zornigrotem Gesicht auf.

»Laß gefälligst dein verdammtes Lachen sein!« schrie er. »Du machst mich noch wahnsinnig!«

»Wie kannst du von mir erwarten, daß ich einen Ehemann respektiere, der es nicht einmal wagt, seinen Boß um ...«

»Ich werde morgen wegen einer Gehaltserhöhung mit ihm reden«, sagte er übereilt und impulsiv. Er bereute die Worte sofort, aber es war zu spät, denn sie hatten sich schon tief in Olgas Gedächtnis eingegraben. Glücklich flog sie ihm in die Arme.

»Was bist du doch für ein Mann!« Sie war überglücklich. »Ein richtiger Schatz! Jetzt werden wir uns endlich ein paar neue Sachen für unser Haus leisten können, und ich kaufe mir ein paar Cocktailkleider und neue Schuhe und vielleicht den eleganten Webpelz, von dem ich schon seit Jahren träume ... Ach, und all die anderen Kleinigkeiten, ohne die ich so lange auskommen mußte. Aber um Himmels willen, gib dich nicht mit lausigen fünfhundert mehr zufrieden – fünfhundert im Monat, natürlich. Du darfst nicht kleckern, mußt gleich klotzen. Knall die Faust genauso fest auf seinen Schreibtisch wie vorhin auf den Couchtisch. Und sag ihm, du verlangst nur das Gehalt, auf das du ein Recht hast.«

Am nächsten Tag marschierte Madsen in das Büro seines Chefs. Es war kurz nach der Mittagspause, und Madsen hatte sich mit zwei doppelten Schnäpsen Mut angetrunken. Das Feuerwasser hatte gerade seine größte Wirkung erreicht, als er ins Chefbüro stapfte und die Faust donnernd auf Rasmussens Schreibtisch krachen ließ. Die Fischabfallverträge, die dort lagen, flogen in alle Windrichtungen davon. Dann schrie er in Rasmussens plumpes Ohrfeigengesicht, er habe es satt, immer für seine zwielichtigen Fischabfallgeschäfte den Kopf hinzuhalten. Aber berichten wir mit Madsens eigenen Worten, mit denen er, in bester Laune, am Abend seiner Olga erzählte, was passiert war.

»Hör dir das einmal an!« begann er. Seine Augen funkelten förmlich dabei. »Ich habe die Faust auf seinen Schreibtisch geknallt und gesagt: ›Seit siebzehn Jahren schufte ich wie ein Sklave für Ihre gottverdammte, stinkende Fischabfall-Exportfirma, ohne auch nur ein einziges Mal eine anständige Gehaltserhöhung bekommen zu haben. Jetzt reicht es mir. Ich lasse mich von Ihnen nicht mehr ausnutzen. Sie können mich entweder entlassen oder mir fünfhundert mehr geben. Und ich meine nicht fünfhundert im Jahr oder im Monat, sondern fünfhundert pro Woche. Das ist mein letztes Wort in dieser Angelegenheit!‹ Das hat ihn ganz schön geschockt, das darfst du mir glauben, Olga. Er wurde so bleich wie der Bauch einer toten Flunder. Du hättest ihn sehen sollen, Olga! Ha! Ich genieße es noch jetzt. Ganz klein ist er in seinem riesigen Ledersessel geworden und hat mich mit offenem Mund angestarrt. Er war so sprachlos wie ein geräucher-

ter Aal, dem man den Kopf abgeschnitten hat. Dann hab'
ich, nur um sicherzugehen, daß er mich auch richtig verstanden hat, noch einmal die Faust auf den Tisch geknallt. ›Nun‹, hab' ich gesagt, ›wie sieht es aus, Mann? Was
meinen Sie dazu?‹ Es hat lange gedauert, aber endlich hat
er es doch geschafft, sich ein bißchen zusammenzurei-
ßen und zu stammeln:

›Sie sind entlassen, Madsen. Fristlos entlassen!‹«

Leben auf dem Land

Das Leben auf dem Land unterscheidet sich ganz grundlegend von dem in der Stadt. Dort draußen hat man eine viel gelassenere Einstellung zu den Freuden und den kleinen Widrigkeiten des Daseins als in der Großstadt.

Auf dem Land ist man gerne bereit, dem Nachbarn zu helfen, wenn er der Hilfe bedürftig ist; wie zum Beispiel jener Landwirt, der an einem größeren, ziemlich feuchten Fest im Dorfkrug teilgenommen hatte – einem Fest, das die ganze Nacht dauerte und erst gegen Morgen zu Ende ging. Der Bauer sah sehr müde und mitgenommen aus, als er noch vor dem Frühstück auf einen Schemel niedersank, um seine Kuh zu melken.

»Du liebe Zeit!« murmelte die Kuh und betrachtete den

Bauern mit ihren großen, feuchten Augen, »der Kerl ist ja mit seinen Kräften völlig am Ende. Ich werde ihm aber seine Arbeit erleichtern, denn ohne meine Hilfe schafft er es nicht. He, Bauer, halte jetzt meine Euterzitzen schön fest, den Rest besorge ich dann schon selbst.«

Worauf die Kuh auf und nieder zu springen begann.

Inzwischen hat der Bauer eine andere Möglichkeit des Melkens gefunden. Das berichtete der Vertreter einer Landmaschinenfabrik seinem Chef, als er von einer Verkaufsreise zu seiner Firma zurückgekehrt war.

»Ich habe gerade eine Melkmaschine an einen Bauern verkauft, der nur eine einzige Kuh hat«, berichtete er nicht ohne einen gewissen Stolz.

»Hört sich gut an«, bestätigte der Chef, der selber ein aufdringlicher Vertreter gewesen war, ehe er zum Firmenchef avancierte. »Aber so etwas hätte ich wohl auch zustande gebracht!«

»Seien Sie dessen nicht zu sicher«, sagte der Vertreter. »Ich habe nämlich dem Bauern seine Kuh als Anzahlung abgeknöpft!«

☆

In seinem Urlaub kam ein junges, hübsches, wenn auch vielleicht nicht übermäßig intelligentes Mädchen aus der Großstadt aufs Land. Es staunte über die vielen Wunder, die die Natur für eine Städterin zu bieten hat; ihr gingen geradezu die Augen über.

»Was für eine merkwürdige Kuh!« rief das Mädchen, als es mit dem Bauern über die Weide ging. »Warum hat sie denn kein Horn? Ich glaubte, alle Kühe trügen Hörner?«

»Tja, kleines Fräulein«, lächelte der Bauer. »Manche Kühe werden ohne Horn geboren und bekommen auch nie eins, andere balgen sich mit anderen Kühen und verlieren auf diese Weise das Horn, und noch andere verlieren es durch den Tierarzt, der es bei ihnen entfernt. Alles in allem kann man sagen, daß Kühe aus den unterschiedlichsten Gründen kein Horn haben, aber in diesem besonderen Fall liegt es einfach daran, daß diese Kuh ein kleines, langhaariges isländisches Pony ist.«

Ein anderer Bauer ging im Schweiße seines Angesichts hinter dem Pflug her, der von einem jungen Stier seines Hofs gezogen wurde. Zufällig kam der Dorfpastor vorbei und fragte, warum der Bauer den Stier vor den Pflug gespannt habe, da er doch über einen ausgezeichneten, hochmodernen Traktor verfüge.

»Normalerweise nehme ich auch meinen Traktor«, bestätigte der Bauer, »aber ich fand es doch an der Zeit, dem Stier einmal klarzumachen, daß das Leben nicht nur aus Erotik besteht!«

Nach dieser Erklärung des Bauern setzte der Pastor seinen Weg fort. Er war auf dem Weg zum Haus des Gemeindevorstehers, der gerade das Zeitliche gesegnet hatte. Nun wollte der Pastor die Witwe mit ein paar passenden Worten trösten.

»Ich verstehe Sie nur zu gut, meine liebe Caroline«, sagte der Geistliche und legte ihr tröstend die Hand auf die Schulter. »Nach einer fast vierzigjährigen Ehe kann es auch gar nicht anders sein«, fuhr er salbungsvoll fort. »Lars-Peder war ein guter Mann für die ganze Gemeinde, sein Tod bedeutet einen großen Verlust für uns alle. Wir haben zu ihm aufgesehen und ihn stets respektiert. Nicht nur daß er ein tüchtiger, rechtschaffener Mann war – ich weiß auch, daß es sich bei ihm um einen treusorgenden und liebevollen Ehemann gehandelt hat.«

»Das ist sicher richtig«, bestätigte Caroline und setzte ihre Kaffeemaschine in Gang, »aber leider habe ich ihn schon seit unserem Hochzeitstag nie richtig ausstehen können!«

☆

Da gerade von einem Trauerfall die Rede war, wollen wir den Bauern nicht vergessen, der seine Schwiegermutter verloren hatte. Sie sollte eingeäschert werden – eine etwas ungewohnte Form der Bestattung für Landbewohner, aber sie sollte jetzt einmal ausprobiert werden.

Der Pastor sagte, was man von ihm erwartete, die Gemeinde und die Trauergäste sangen einen Choral, und dann ging's ab in die Flammen.

Am nächsten Tag wurde dem Bauern die Urne ausgehändigt, die er sich unter den Arm klemmte, als er sich auf den Heimweg machte. Er hatte einen ziemlich weiten Weg, und es war Winter und bitterkalt. Der Bauer nahm die Abkürzung über einen kleinen, zugefrorenen See, dessen Oberfläche spiegelglatt schimmerte. Immer wieder war der Bauer drauf und dran, auszurutschen und der Länge nach hinzuschlagen. Schließlich wurde es ihm zu dumm, und er murmelte: »Jetzt ist mir alles egal, so komme ich jedenfalls nie nach Hause ... dann muß ich eben meinen Heimweg mit Schwiegermutter streuen!«

☆

Durch das kleine Dörfchen bewegte sich ein Trauerzug. Die Leute kamen, wie es früher der Brauch war, aus ihren Häusern, gingen durch die Vorgärten bis zu den Zäunen am Straßenrand, senkten die Häupter oder lüfteten ihre Kopfbedeckung. Auch der Holzschuhschnitzer kam an seinen Gartenzaun und zog seine Mütze, um dem Verstorbenen die letzte Ehre zu erweisen. Ein Mann, der nicht aus dem Dorf stammte, wandte sich an ihn: »Wer ist denn da gestorben?«

Der Holzschuhschnitzer gab bereitwillig Auskunft: »Das ist der Mann, der im Leichenwagen gefahren wird!«

☆

Sorgenvoll trat ein Bauer in das Sprechzimmer des Landarztes. In der Hand trug er einen Eimer, dessen Inhalt auf den ersten Blick nicht zu definieren war.

»Was könnte das wohl sein?« fragte er gespannt.

Der Arzt warf einen interessierten Blick in den Eimer. »Das ist ein Bandwurm, guter Mann«, sagte er. »Ein ganz gewöhnlicher Bandwurm!«

Die Züge des Bauern erhellten sich.

»Na, Gott sei Dank!« rief er erleichtert. »Ich hatte schon befürchtet, mein ganzes Zentralnervensystem verloren zu haben!«

☆

Derselbe Bauer erschien eines Tages bei seinem Zahnarzt.

»Trauen Sie sich zu, die gesamte Klaviatur herauszunehmen?«

Der Arzt sah den Besucher verwundert an: »Klaviatur? Was meinen Sie damit?«

»Können Sie sämtliche Zahnstümpfe und -stummel herausziehen, damit Platz geschaffen wird für ein neues Gebiß?«

»Selbstverständlich. Das ist überhaupt kein Problem.«
Der Bauer nickte zufrieden.

»Ich nehme an, eine Betäubung würde nur zusätzliche
Kosten verursachen. Deshalb lassen Sie's lieber bleiben!«

»Ohne jede Betäubung wird es aber äußerst schmerz-
haft sein!«

»Na, wenn schon. Das ist doch nur ein Übergang.«
Der Zahnarzt sah den Bauern bewundernd an.

»Gut, wie Sie wollen. Sie sind wirklich ein mutiger
Mann. Nehmen Sie Platz! Je eher daran, desto schneller
davon.«

»Einen Augenblick!« sagte der Bauer. »Ich brauche kein
neues Gebiß, meins ist tipptopp in Ordnung. Ich spreche
von meiner Frau.«

☆

Und nun zur Abwechslung etwas ganz anderes.

Jens Peter, der junge Großknecht auf dem Gut, war genau das, was man unter einem Prachtkerl versteht. Groß
und kräftig und immer zu jeder anstrengenden Arbeit bereit – kurz, ein Mann, der wirklich ins Leben paßte.

Eines Tages lernte er die junge Melkerin Katrin kennen. Sie sagte: »Ich finde es wunderbar, daß du so kräftig
zur Sache gehst, wenn du mich liebst!« Sie lag in diesem
Augenblick mit ihm in einem Heuhaufen am Rand einer
Wiese. »Aber könntest du dir nicht trotzdem abgewöh-
nen, in die Hände zu spucken, ehe du mir meine Klamotten vom Leibe reißt und mich aufs Kreuz legst?«

☆

Dann war da noch der junge Bauer, der glücklich mit
einem jungen, hübschen Mädchen vom Land verheiratet

war – einem Mädchen, das viel Wert auf alles legte, was das Leben lebenswert macht.

Vielleicht ahnt der Leser schon, worauf ich hinauswill, denn eines Tages, als der Jungbauer gerade die Hühner fütterte, rannte ein Huhn, scharf verfolgt von einem Hahn, trotzdem aber laut gackernd und flügelschlagend, vorbei. Dem Hahn stand offensichtlich der Sinn nach einem kleinen hitzigen Abenteuer.

In dem Augenblick aber, als das Huhn in höchster Eile den Bauern passierte, warf er dem Hahn ein Stückchen Weißbrot vor die Füße. Der Hahn trat sofort auf die Bremse und machte sich über das Brot her, während das Huhn in einiger Entfernung enttäuscht stehenblieb.

Als die Bäuerin sah, wie angelegentlich sich der Hahn mit seinem Futter beschäftigte, legte sie ihren Arm um die Taille ihres Mannes und flüsterte ihm zu:

»Ich kann nur hoffen, Lars-Peter, daß du niemals so hungrig sein wirst wie der Hahn!«

Ich halte es nicht mehr aus, jeden Morgen aufstehen zu müssen!

Iversen war nicht gerade ein aufgeweckter Bursche, und energisch war er auch nicht. Er hatte eine hübsche junge Frau, ein nettes Häuschen mit offenem Kamin, kleinem Garten, Garage und einer Hypothek bis über den Schornstein. Iversen arbeitete schon seit vielen Jahren in einem sehr großen Kaufhaus als Verkäufer. Doch da er nicht sonderlich eifrig war und sein Gehalt zum Teil auf Provisionsbasis erhielt, verdiente er nicht sehr viel. Er kam nur über die Runden, wenn auch knapp, weil seine Frau eine gut bezahlte Stellung in einem Kinderhort hatte.

Iversen arbeitete in der Haushaltwarenabteilung – genauer gesagt, in einer Ecke dieser Abteilung, wo er Pfeiftöpfe aus Aluminium und Porzellan zu verkaufen hatte. Wenn keine Kunden da waren, mußte er in den Pfeifaufsatz eines der Kessel blasen. Sein Abteilungsleiter bestand darauf, um sicherzugehen, daß Iversen bei der Eintönigkeit dieser Arbeit und infolge seiner Lethargie nicht einnickte.

Offenbar war dies der falsche Job für Iversen. Wenn man ihn so zwischen all den Pfeifkesseln sitzen sah und beobachtete, wie er in seinem verzweifelten Bemühen wachzubleiben, hin und wieder zusammenzuckte – denn auch das Pfeifen half nicht viel –, konnte man den Eindruck gewinnen, daß er sich mit seinem Los abgefunden hatte. Doch dieser Eindruck trog. Genau wie wir anderen, die davon träumen, eines Tages Abteilungsleiter, Geschäftsführer, ja sogar leitender Direktor zu werden, hatte auch Iversen seinen Traum. Sicher, ihm fehlte der Ehrgeiz, der viele veranlaßte, sich energisch die schmale Erfolgsleiter hochzukämpfen, aber er wünschte sich, von den Pfeifkesseln wegzukommen. Und er wirkte sogar wach, wenn er daran dachte, wie glücklich er wäre, wenn sein Traum eines Tages in Erfüllung ginge.

»Ich kann diese verdammten Pfeifkessel einfach nicht mehr sehen«, brummte er jeden Tag, wenn er von der Arbeit heimkam. Dann ließ er sich völlig erschöpft auf die Couch fallen. Viel mehr sagte er fast nie. Und wenn seine Frau ihn fragte, was er denn lieber tun würde, erhielt sie nie eine Antwort.

Iversen schlief.

Selten, daß er zwischendurch mal aufstand, ehe er ins Bett ging, und dort schlief er fast immer sogleich wieder ein. Er war selbst dann zu lethargisch, um etwas zu erwidern, wenn seine Frau ihm seine Teilnahmslosigkeit vorwarf.

Eines Morgens, als seine Frau ihn, wie üblich, zu wekken versuchte, indem sie ihm mit dem Siphon eiskaltes Sodawasser ins Gesicht spritzte, setzte er sich völlig verzweifelt auf.

»Ich halte es nicht mehr aus, jeden Morgen aufstehen zu müssen«, jammerte er. »Du kannst dir einfach nicht vorstellen, wie müde ich bin, Charlotte. Und jetzt muß ich wieder in dieses verdammte Kaufhaus und den ganzen Tag in der Haushaltwarenabteilung herumsitzen und versuchen, wach zu bleiben, indem ich in diese verfluchten Pfeifaufsätze blase! Wenn ich bloß ein bißchen Schneid hätte, würde ich zum Personalchef gehen und ihm sagen, wohin er sich diese Pfeifaufsätze stecken kann! Aber das kann ich mir nicht leisten, ... nicht mit unserer Hypothek, den Steuern und den hohen Lebenshaltungskosten. Jobs fallen nicht vom Himmel, und arbeitslos zu sein, ist auch kein Honiglecken. Trotzdem wünschte ich mir, ich hätte den Mut, was wegen meiner Arbeit zu tun.«

Seine Frau blickte ihn so verächtlich an, daß er offenbar tief beeindruckt wurde. Jedenfalls nahm er am Vormittag all seinen Mut zusammen und verließ die Pfeifkessel, um sich zum Personalchef zu wagen. Kühn klopfte er an der Tür und trat ein.

»Was wollen Sie, Iversen?« fragte der Personalchef und blickte von den Börsenseiten hoch, wo er nachgesehen hatte, wie einige seiner Aktien standen.

»Ich wollt' Ihnen nur sagen, daß ich jetzt seit sieben Jahren in der Haushaltwarenabteilung arbeite, hauptsächlich nur bei den Pfeifkesseln. Jetzt reicht es mir, und Sie können sich nach einem anderen Verkäufer für meine Stelle umsehen«, erklärte er fest.

Der Personalchef legte die Zeitung zur Seite und zündete sich eine Zigarette an.

»Ich verstehe Sie vollkommen, Iversen«, versicherte er

ihm voller Güte. »Wirklich, glauben Sie mir. Auch ich habe hier in der Haushaltwarenabteilung angefangen. Ich hatte schon nach vierzehn Tagen genug davon. Also kann ich mich gut in Sie hineinversetzen. Ich sage Ihnen, was wir tun werden. Sie kommen in eine andere Abteilung. Sie brauchen eine Veränderung. Haben Sie einen besonderen Wunsch, ich meine, in welcher Abteilung Sie gern arbeiten würden?«

»Ja – oja.«

»Nun, heraus damit!«

Dann sagte Iversen ohne Scheu, an welche Abteilung er gedacht hatte. Gesagt, getan. Der Personalchef veranlaßte Iversens sofortige Versetzung.

Frau Iversen erkannte ihren Mann kaum wieder. Er war ein völlig neuer Mensch geworden. Kaum war er in der neuen Abteilung, döste er abends nicht mehr auf der Couch. Er war energiegeladen, lebhaft und mit Freuden zu allem bereit. Und er ging nie mehr vor Mitternacht ins Bett. Der Grund:

Der Personalchef hatte Iversen in die Möbelabteilung versetzt, wo er nur in eigener Verantwortung die Betten vorzuführen brauchte.

Hühnerzucht

Seit die inzwischen aufgelöste und zweigeteilte Tschechoslowakei ihren Namen vor über vierzig Jahren in Sozialistische Tschechoslowakische Republik geändert hatte, arbeiteten Miroslav und Magda Houzvicka in einer großen sozialistischen Glasbläserei in Zelezny Brod, von wo aus das berühmte Böhmerglas mit Gravuren und Feinschliff in alle Teile der Welt verschickt wurde. Alles wäre in bester Ordnung gewesen, aber dann ging der tschechoslowakische Kommunimus eines Tages den Bach hinunter, und die Marktwirtschaft und das freie Unternehmertum kamen zum Zuge. Miroslav und Magda ließen ihren Job in der Glasbläserei sausen. Sie hatten eine viel bessere Idee.

Zu Hause hatten sie immer eine Kuh, ein paar Ziegen, Gänse und zehn Hühner in ihren Ställen gehabt.

Jetzt aber konnte man gut und gerne schnelles Geld machen, wenn man es nur richtig anstellte und sich zum Beispiel ganz auf die Hühnerzucht konzentrierte. Das war genau die richtige Masche, solange die Preise für Eier und Hühner auf dem freien Markt der öffentlichen Plätze in Zelezny Brod astronomische Höhen erreichten.

Bald darauf kam Miroslav mit fünfzig jungen Hühnern vom Markt in Moravka Sumbúrk nach Hause. Nun sollte es ernst werden mit den Hühnern und den Eiern. Zunächst aber wollte er sich überzeugen, wozu ihr alter Hahn noch taugte, deshalb ließ ihn Magda in den Hof zu den vielen neuen Hühnern. Mit dem betagten Hahn war aber nichts mehr los. Zwei, drei Hühner nahm er sich noch zur Brust, aber dann kriegte er Atemnot und brachte nichts mehr zustande.

»Du mußt noch mal nach Moravka fahren und einen jungen Hahn beschaffen«, schlug Magda ihrem Mann vor.

Miroslav machte sich also noch einmal auf die Reifen, um einen jungen Hahn zu kaufen, der den Freuden des Lebens, zumal wenn sie ihm gratis geboten wurden, aufgeschlossener gegenüberstand.

Ehe sie den neuen Hahn in den Hühnerhof entließen, sollte er sich erst einmal an ein ungebundenes Leben gewöhnen und zwei oder drei Tage zwecks Akklimatisation seine eigene Auslauffläche haben und zusätzliche Kräfte speichern.

Magda brachte es nicht übers Herz, dem alten Hahn den Kopf abzuschlagen, denn trotz seiner altersmäßig bedingten Schwäche war er früher viele Jahre stets ein guter Hahn gewesen, so daß sie ihm erlaubte, auf dem abgeernteten Kartoffelacker umherzustolzieren, die Wegränder aufzusuchen und seine alten Tage in Freiheit zu genießen. Während der ersten Tage schielten die beiden Hähne einander mißtrauisch zu; am dritten Tag aber ging es schief.

Miroslav und Magda hatten sich nach dem Abendessen – einer fetten, kräftigen Rote-Bete-Suppe mit viel Hammelfleisch – auf ihre Bank im Garten gesetzt und genossen dort ihren Kaffee, den es jetzt wieder gab, als plötzlich der alte Hahn in wilder Flucht vorbeigejagt kam, scharf verfolgt von seinem Nachfolger. Am Drahtnetz des Gartenzauns bremste der Alte jäh ab, und der junge, der noch in rasender Fahrt war, sauste schnurstracks auf den alten und biß sich in dessen Nacken fest.

Miroslav setzte schnell die Kaffeekanne aus der Hand.

»Da`habe ich nun meine gesamten Ersparnisse für einen jugendlichen, tatendurstigen Hahn geopfert«, sagte er mit einem zornigen Blick auf den Neuankömmling, »und dann stellt sich heraus, daß er schwul ist!«

Karlos größter Bankraub

Wenn man nur genug Ruhe und Frieden hat, einen Plan auszuhecken, mit einer Idee zu spielen und sie von verschiedenen Seiten zu betrachten, wird man mehr davon haben, als wenn man sich auf etwas einläßt, ohne wirklich gut darauf vorbereitet zu sein und ohne zu wissen, was man eigentlich vorhat.

Nehmen wir zum Beispiel Karlo her, von dem diese Geschichte handelt. Er hatte sowohl die Ruhe als auch den Frieden, über alles nachzudenken. Dreieinhalb Jahre lang war er hinter Gittern gesessen und hatte Wäscheklammern hergestellt. Da hatte er bestimmt genug Zeit gehabt, das eine oder andere zu planen. Abends, wenn das Licht ausgedreht worden war, feilte er fleißig mit seiner Nagelfeile an den Gitterstäben. Eines Tages war es schließlich soweit, daß er durch das Zellenfenster flüchten konnte und einen guten Vorsprung gewann, bevor die Wachen Alarm schlugen. Als er die Gefängnismauer überwunden hatte und als freier Mann unter dem blauen Himmel unseres Herrn stand, war sein größter Bankraub bis in jede Einzelheit geplant.

»Eigentlich brauche ich nur noch eine Pistole, Thorvald!« sagte er ein paar Tage später, als er in einer kleinen abgelegenen Bar saß und seinem alten Partner, von seinen Freunden Häfenvogel genannt, seinen Plan genau erklärte.

»Eine Pistole«, sagte Thorvald, während er unauffällig ein schweres Objekt in Karlos Tasche steckte. »Sonst noch etwas?« fügte er hilfreich hinzu.

»Ja. Einen alten Kartoffelsack«, antwortete Karlo.

Darauf war Häfenvogel nicht vorbereitet gewesen, so daß er keinen parat hatte, aber er wußte, daß es keine Schwierigkeiten machen würde, einen zu besorgen.

Sie tranken Kaffee und Schnaps aus und standen auf. Als sie ein paar Minuten später das Lokal verließen, machten sie nicht den Eindruck, als wären sie schon bald eine Million reicher.

Wenn alles gut ging.

Eine Stunde später betraten sie die größte Bank der Umgebung. Außer einer älteren Dame, die darauf wartete, daß die Zinsen in ihr Sparbuch eingetragen würden, waren keine Kunden da. Sobald die Dame verschwunden war, ging Karlo an den ersten Schalter. Er nahm die Pistole aus der Tasche und hielt sie dem erschrockenen Beamten unter die Nase.

»Hände hoch!« schrie er. »Das ist ein Banküberfall! Der erste, der auch nur ein Ohrläppchen bewegt, wird gründlich mit Blei gefüllt!«

Der Bankdirektor wollte einen Satz nach vor machen, um Alarm zu schlagen, aber Karlo feuerte eine Kugel ab, die knapp an seinen Zehen vorbeizischte, so daß der Bankdirektor sich von nun an nicht mehr zu bewegen versuchte – keinen Millimeter.

»Nächstes Mal schieße ich dir dein Lieblingshühnerauge weg, Bruder!« stellte Karlo unbarmherzig fest.

Mittlerweile hatte Häfenvogel die Türen verschlossen und war mit einem alten, leeren Kartoffelsack an den Schalter getreten.

»Rück die Million heraus, Freundchen!« beorderte Karlo den Beamten. »In großen Scheinen!«

Häfenvogel stopfte die Bündel Bargeld in den Sack, während Karlo ihn mit der Pistole deckte. Die Hände des Schalterbeamten zitterten, als er die Lade leerte.

»Nur die verschnürten Bündel«, sagte Karlo. »Sonst wird das Zählen so schwierig. Wenn wir genau eine Million haben, hauen wir ab!«

Häfenvogel stopfte einen großen Stoß Geldbündel in den Sack.

»Okay«, sagte er ein paar Sekunden später. »Das ist genau eine Million.«

Karlo zog sich zur Tür zurück, die Pistole immer noch auf das vor Angst gelähmte Personal gerichtet.

»Keiner bewegt sich in den nächsten zehn Minuten!« rief er, während er versuchte, die Tür aufzusperren.

Häfenvogel ging zu ihm hinüber, um ihm zu helfen.

»Warte!« sagte Karlo plötzlich. »Ich habe beinahe das Wichtigste vergessen – ich bin schließlich ein Gentleman-Gangster.«

Er reichte Hafenvogel die Pistole.

»Gib mir Deckung!« bellte er, und während Häfenvogel die Pistole weiterhin auf die Angestellten richtete, füllte Karlo sorgfältig die Rechnung über den erhaltenen Betrag aus.

»Bitte schön, mein Herr!« sagte er und überreichte sie dem Schalterbeamten. »Wenn Sie die Abrechnung in Ihrer Kasse machen, wird Ihnen nichts fehlen. Und jetzt laß uns hier verschwinden!«

Gefolgt von Häfenvogel rannte Karlo aus der Bank und auf ein wartendes Auto zu.

Häfenvogel gab Gas, und sie rasten wie der Blitz um die Ecke.

»Gib Gas, Häfenvogel!« schrie Karlo, während er nervös aus dem Rückfenster sah.

Sie mußten sich sehr beeilen.

Als sie die Stadt bereits seit einer ganzen Weile hinter sich gelassen hatten, trat Häfenvogel plötzlich so stark auf die Bremse, daß Karlo sich den Kopf an der Windschutzscheibe anschlug.

»Ich bin so ein Idiot!« schrie er. »Wir müssen noch einmal umkehren. *Ich* habe das Wichtigste vergessen. *DEN SACK!*«

Junge Leute von heute – 3

Wenn ich heute darüber nachdenke, verstehst du, wird mir natürlich klar, daß Frank eigentlich nicht der Richtige für mich war.

Es hatte gar nichts damit zu tun, daß Papa und Mama ihn nicht riechen konnten. So was hab' ich noch nie ernst genommen. Es war mehr, na ja – mehr so die Art, wie er immer und ewig bei uns rumhockte.

Zur rechten Zeit.

Zur falschen nämlich auch, ja?

Als wenn er schon zur Familie gehörte.

Aber das war ja nun wieder teilweise Papas Schuld.

»Schauen Sie jederzeit herein, wenn Sie Lust haben, junger Mann«, hat er ihm gesagt, »bitte, kommen Sie ruhig jeden Abend. Dadurch schaffen wir's vielleicht, daß meine Tochter schließlich genug von Ihnen kriegt.«

Und so war's ja dann auch.

Aber mit Albert, weißt du, mir dem war es eigentlich auch nicht besser.

Noch dazu, wo der so'n Knaller war.

Mensch, was ich mit dem durchgemacht hab'!

Aus dem schönsten Schlaf hat er mich gerissen, wenn er sich auf die Klingel gelehnt hat. Nur weil er wollte, daß ich mit ihm zum Dampfersteg rausgehe.

Um die Sonne aufgehen zu sehen.

Wenn das nicht das blödeste Angebot ist, das man früh um halb drei jemand machen kann.

Oder wie sehe ich das?

Wo es bei uns in dreißig Kilometer Umkreis überhaupt keinen Dampfersteg gibt.

Der war nur auf 'ner Party gewesen und hatte sich vollaufen lassen.

Du kannst dich drauf verlassen, ich hab' ihm die Haustür so vor der Nase zugeknallt, daß die Ziegel im Schornstein locker geworden sind.

Na, und dann kam der Sonntagnachmittag, ja?

Es goß wie aus Kannen.

Und da hat er wieder geklingelt.

Albert, klar!

Ich konnte ihn aus dem Korridorfenster sehen.

Und hab' ihn einfach stehen lassen.

Ich glaube, er muß mindestens eine halbe Stunde draußen im Regen gestanden und von einem Bein aufs andere gehopst sein.

Wie konnte er nur?

Und dann hab' ich zufällig die Haustür ein bißchen aufgemacht, bloß, um mal nachzuschauen.

Ui, dachte ich mir, jetzt wird er denken, ich laß' ihn rein. Deshalb rannte ich nach nebenan, weil ich hören wollte, was Papa sagt, wenn er ihn sieht.

»Aber, aber Albert, was machen Sie denn da draußen in dem Wolkenbruch? Sie werden ja bis auf die Haut naß, armer Junge. Warum, um Gottes willen, gehen Sie nicht nach Hause?«

Sieben Jahre Pech

Susanne war ungewöhnlich abergläubisch. Es war ein Familienleiden. Ihre Mutter und deren Mutter waren die abergläubischsten Menschen gewesen, die man sich vorstellen kann. Sie wären nie unter einer Leiter durchgegangen. Sie hätten keine Sekunde mehr Frieden gehabt, wenn vor ihnen eine schwarze Katze über die Straße gelaufen wäre. Man könnte noch viele Beispiele aufzählen, aber fahren wir lieber mit der Geschichte fort.

Was, glauben Sie, passierte an Susannes und Johnnys Hochzeitstag? Nun, als Johnny seine Susanne über die

Schwelle ihres neuen Heims trug, drehte er sich – noch immer mit Susanne auf den Armen – um und wollte die Tür schließen. Dabei streifte er mit dem Ellenbogen versehentlich den Wandspiegel und riß ihn herunter. Auf dem Marmorboden zersprang er in tausend Scherben und Splitter. Und an seinem Hochzeitstag einen Spiegel zu zerbrechen, bedeutet für abergläubische Menschen großes *UNGLÜCK*. Es ist viel schlimmer, als zwei Messer zu kreuzen oder dreizehn Leute am Tisch zu haben.

Susanne war beim Anblick der Spiegelscherben wie gelähmt vor Entsetzen.

»Das bedeutet sieben Jahre Pech!« schrie sie und starrte Johnny panisch erschrocken an. »Oh, ich armes, armes Ding! Sieben Jahre Pech!«

Sie rannte ins Schlafzimmer, warf sich aufs Bett und heulte hysterisch – heulte die ganze lange Nacht.

Johnny versuchte sie zu trösten, aber das half nichts. Ihre Hochzeitsnacht war verdorben. Die sieben Jahre Pech hatten schon angefangen.

Am nächsten Tag nahm Johnny seine Susanne nach einem trostlosen Frühstück in die Arme und versuchte, sie den zerbrochenen Spiegel vergessen zu machen. Doch sie stieß ihn von sich, warf sich aufs Bett und war und blieb untröstlich. Er stand den ganzen restlichen Vormittag neben ihrem Bett, rang die Hände und sah sie an. Dann ging er ins Pub, um seine Sorgen in viel Bier zu ertränken. Was sollte er sonst tun?

Es war eine sehr unglückliche Ehe. Susanne schniefte und und weinte Tag und Nacht, Nacht und Tag – rund um die Uhr. Sie fand es sehr ungerecht, daß ihr das Schicksal sieben Jahre Pech auferlegt hatte, obwohl sie immer ein fröhliches, sorgloses Mädchen gewesen war.

Mit der Zeit wurde sie immer niedergeschlagener. Sie verlor den Appetit, wurde so dünn wie ein Pfeifenreiniger und so blaß wie eine gekochte Kartoffel. Weil sie nur wenig schlief, hatte sie dunkle Ringe unter den Augen. Nichts interessierte sie. Das Sexualleben in dieser Ehe braucht man gar nicht zu erwähnen, denn es gab keins. Sie war nicht interessiert, und welcher Mann fühlt sich schon von einem Mädchen angezogen, das die meiste Zeit nur dasitzt, das Gesicht in die Hände vergräbt und schluchzend die unglücklichen vergeudeten Jahre beklagt?

Eines Tages hatte Johnny es satt. Er fand in der Stadt ein Mädchen, fing an, sein eigenes Leben zu leben und kam nur noch selten nach Hause. Er verbrachte die Abende in Bars, Diskotheken oder Nachtclubs, während Susanne schluchzend, weinend und jammernd daheim im Schlafzimmer hockte.

Aber Johnny wurde des hohlen Nachtclublebens bald überdrüssig. Er mochte die kleinen Bars nicht mehr, in denen es nach Whisky roch, hatte die lauten Diskotheken, aber vor allem die albernen Mädchen satt. Im tiefsten Innern liebte er Susanne immer noch und hatte nur den Wunsch, daß sie ihren lächerlichen Aberglauben endlich überwinden möge.

Eines Nachts lag er wach und beobachtete sie voller Sorge. Sie ging, nur mit einem dünnen Nachthemd bekleidet, schluchzend im Schlafzimmer auf und ab. Er setzte sich auf und bemühte sich, ihr begreiflich zu machen, daß alles wieder gut werden könnte, wenn sie nicht so übertrieben abergläubisch wäre.

»Aberglaube ist etwas, das der Vergangenheit angehört«, sagte er. »Aberglaube, böse Omina – alles Dinge, die ins finstere Mittelalter gehören. In unserer aufgeklärten modernen Zeit brauchen wir so etwas nicht mehr. Nimm mich, zum Beispiel. Als Polizeisergeant in Uniform kann ich es mir gar nicht leisten, abergläubisch zu sein. Wenn ich nachts Dienst habe und einen Dieb verfolge, kann ich nicht damit aufhören, weil mir vielleicht eine schwarze Katze über den Weg läuft. Oder? Und wenn ein Kerl plötzlich die Schaufensterscheibe eines Juwelierladens einschlägt und ich hinter ihm herrenne, hätte ich ihn bald aus den Augen verloren, wenn ich um alle Leitern herum und nicht unter ihnen durchliefe. Und wie oft passiert es bei uns im Revier, daß wir in der Cafeteria zu dreizehnt am Tisch sitzen. Es bedeutet so gut wie nichts. Es ist reiner Unsinn – Wahnsinn – zu glauben, ein zerbrochener Spiegel bedeute sieben Jahre Pech. Du lieber Himmel, wie viele Spiegel habe ich schon zerbrochen – einen Rasierspiegel, einen Taschenspiegel, alle möglichen Spiegel. Und ich hatte nie Unglück deshalb. Ich könnte einen Spiegel nach dem anderen zerbrechen, und es bliebe alles ohne Wirkung auf mich.«

Um ihr zu beweisen, daß er überhaupt nicht abergläubisch war, fummelte er im Dunkeln nach seinem Dienstrevolver, der in der Nachttischschublade lag. Er zielte auf Susannes Toilettenspiegel, schoß, und der Spiegel zersprang.

»Siehst du? Ich habe den Spiegel zerbrochen, und nichts ist passiert«, sagte er. »Wegen eines zerbrochenen Spiegels abergläubisch zu sein, ist altmodischer Unsinn. Deshalb wollen wir jetzt Spiegel, Leitern, dreizehn Leute an einem Tisch, schwarze Katzen und den ganzen übrigen Unsinn für immer vergessen und endlich anfangen, zu leben!«

Er stieg aus dem Bett und knipste das Licht an. Er wollte Susanne in die Arme nehmen.

Als das Licht den Raum durchflutete, wurde er jedoch

so bleich wie der Tod, und der Revolver fiel ihm aus der Hand.

»Von nun an heißt es: sieben Jahre Pech für mich«, sagte er wie betäubt vor sich hin.

Und er hatte recht. Er wurde zu sieben Jahren Gefängnis verurteilt, denn Susanne hatte in seiner Schußlinie gestanden.

Da wir gerade von Jagd sprechen ...

Ich habe einen guten alten Freund, der vor kurzem einen Party-Service übernommen hat. Neulich wollte ich bei ihm ein Dinner für zwölf Personen bestellen, und es sollte etwas wirklich Exquisites sein.

»Ich schlage vor, ihr beginnt mit einer Waldschnepfenpastete mit Trüffeln, meiner Spezialität. Die habe ich letzte Woche mit großem Erfolg für sechzig Personen zu einem großen Jagd-Dinner beim Grafen von Waldstein geliefert. Teuer, aber exklusiv. Und die Waldschnepfen schieße ich selbst, die knalle ich am Wald runter.«

»Wenn die Forstverwaltung das rauskriegt, dann werden sie dir das Handwerk aber sofort legen. Bist du wahnsinnig, Mann, du vertilgst ja den gesamten Schnepfenbestand hier in der Gegend.«

»Ach, ganz so schlimm ist es auch nicht. Ich nehme natürlich nicht nur Schnepfenbrust für die Schnepfenpastete. Ich mische auch etwas gehacktes Pferdefleisch hinein.«

»Pferdefleisch? In die Schnepfenpastete? Also, ich muß schon sagen ... Und wieviel nimmst du davon?«

»Halb und halb.«

»Also ein halbes Kilo Schnepfenfleisch auf ein halbes Kilo Pferdefleisch?«

»Nee, ein halbes Pferd auf eine halbe Schnepfe.«

☆

Die Herbstjagd war gelaufen, und nach der großen Treibjagd lud der Gutshof zu einem Festessen ein. Lauschen wir folgendem Dialog zwischen einem Jäger und einer der geladenen Damen:

»Haben Sie noch nie bei einer Jagd mitgemacht, Fräulein Sexholm?«

»Nein, nicht direkt, ich war bisher immer nur Beute.«

☆

Mücken, sagt ihr? All die schrecklichen Mücken, die euch während der Jagdsaison plagen! Ah, ihr mit euren lächerlichen kleinen europäischen Mücken! Nee, drüben in Peru, da gibt es richtige Mücken! Die Tatiawana-Mücken leben im größten und abscheulichsten Sumpf der Erde, dem Tatiawana-Sumpf. Begibt man sich in diese Sumpfgebiete, ist man unweigerlich verloren. Trotzdem wagte sich einer meiner Bekannten, ein verrückter nordamerikanischer Jäger, einmal in diese Sümpfe – zu Pferde. Ehe er es sich versah, hatten ihn zwei Riesenmücken aus dem Sattel gekippt.

»Komm, wir schleppen ihn in unsere Höhle«, schlug die eine Riesenmücke vor.

»Nein, wir wollen ihn lieber gleich fressen«, meinte die andere Riesenmücke. »Wenn wir ihn in unsere Höhle tragen, riskieren wir bloß, daß die großen Mücken ihn uns wegschnappen.«

☆

Richtig, die Engländer können nicht ohne ihre Fuchsjagden leben. Neulich hielt The Zwounds Club seine jährliche Fuchsjagd in Dunkingshire on Thames. Die Mitglieder des Clubs hatten strikte Anweisung erhalten, nur männliche Hunde mitzubringen. Einer der Teilnehmer wußte jedoch nichts davon und brachte ahnungslos eine Hündin mit.

Die Fuchsjagd begann. Mit dem Jagdruf »Yocks, Tally hoo!« wurden die Hunde losgelassen. Wild bellend jagten sie in Windeseile durch die Wälder.

Die Jäger folgten, aber schon bald waren die Hunde nicht mehr zu sehen, und das Bellen verlor sich in weiter Ferne. Eine halbe Stunde verging, ohne daß die Jäger sie einholen konnten. Man ritt durch den Wald und gelangte auf ein Feld, wo man einen Bauern fragte, ob er nichts von den Hunden gesehen hätte.

»Doch, vor etwa zehn Minuten rannten die Hunde und der Fuchs hier vorbei.«

»Und in welche Richtung?«

»Da geradeaus, und ich kann Ihnen sagen, die hatten ein mächtiges Tempo drauf. Mr. Douledays Hündin lag an der Spitze – ihr auf den Fersen folgten vier der schnellsten Hunde. Und ganz zum Schluß, auf Platz sechs lag der Fuchs.«

☆

Während des Jagd-Dinners drehte sich das Gespräch um die Frage, was man in anderen Ländern für sein Geld geboten bekam, wenn man sich amüsieren wollte.

»In der Türkei«, erzählte einer der weitgereisten Herren, »in Istanbul kann man in einem erstklassigen Nachtclub ein Luxusdinner mit einer ganzen Flasche Kirmizi bekommen, ein exquisites Dinner mit vier Gängen, drei große Cognac zum Kaffee, Whisky nach Belieben, eine Flasche Champagner und ein blutjunges Mädchen bis zum frühen Morgen, und zwar für das gleiche Geld, für das man hierzulande nur ein zähes Beefsteak, ein paar matschige Kartoffeln und eine lächerliche Flasche billigen Rotwein bekommt.«

Diese Aufzählung machte einen enormen Eindruck auf die übrigen Gäste, bis der Gastgeber kurz bemerkte:

»Für den Preis kann der Whisky nicht viel wert sein.«

Nach dem ausgiebigen Jagd-Dinner setzten sich drei Herren zu einer Runde Kartenspiel in den Salon. Sie spielten L'Hombre. Nach dem ersten Spiel sagte der eine:

»Donnerwetter, Mann, du hattest ja keine Buben in der Hand. Wie konntest du einen Grand anmelden?«

»Mit zwei Damen – und sechs Glas Whisky.«

Machen wir mal einen Abstecher nach Afrika. Zwei Großwildjäger saßen in ihrem Zelt und stritten darüber, wer von ihnen beiden der bessere Schütze sei.

»Ich wette fünfzig Pfund, daß ich auf die Savanne rausgehen und binnen einer Stunde einen Löwen erlegen kann«, prahlte Mr. Henderson.

»Okay, die Wette gilt!« sagte der andere. Henderson griff nach seinem Gewehr und verschwand. Es verging eine Stunde, es vergingen zwei. Endlich kam Bewegung in die Sache. Ein riesiger Löwe steckte seinen Kopf zum Zelt herein.

»He, kennen Sie einen Mann namens Henderson?«

»Ja, allerdings! Was ist denn los mit ihm?«

»Nichts, außer daß er Ihnen fünfzig Pfund schuldet.«

☆

Wo wir gerade von Löwenjagd sprechen, liebe Freunde, da erinnere ich mich an meine erste Löwenjagd unten in Kenia. Ich hatte einen Löwen in Schußweite, legte das Gewehr an und zielte, aber Thompson, der weiße Jäger und Safarileiter, hinderte mich am Schießen.

»Nicht schießen!« bat er. »Das ist der alte Mwanga, wir schießen nie auf den alten Mwanga.«

Also ließ ich den alten Kerl in Frieden. Wir fuhren weiter in unserem Landrover, bis sich ein anderer Löwe zeigte. Wieder legte ich an, um abzufeuern.

»Warten Sie, nicht auf Mungo schießen, wir schießen nie auf den kleinen süßen Mungo, der tut keiner Fliege etwas zuleide.«

Wiederum ließ ich das Gewehr sinken, und weiter ging es über die Savanne. Da tauchte ein dritter Löwe auf. Thompson war Feuer und Flamme.

»Schnell«, rief er, »schießen! So schießen Sie doch. Wir schießen immer nach Kwango.«

Kennt ihr die Geschichte von dem Mann, der tief in den afrikanischen Dschungel wollte, um Löwen zu schießen? Man fragte ihn, ob er auch an alles gedacht hätte.

»O ja«, meinte er, »ich habe zwölf Kisten Munition, zwölf Kisten Whisky, ein wunderhübsches Negermädchen, für den Fall, daß ich mich verirren sollte, zwölf Pakete Knäckebrot und eine Karte über die italienischen Alpen.«

»Die italienischen Alpen?«

»Ja, ich will ganz sicher sein, daß ich mich verirre.«

Ein Gutsherr hatte eine junge, bezaubernde Frau geheiratet. Der Gutsherr war nicht mehr ganz jung, und obwohl seine Frau, wie gesagt, sehr jung und ausgesprochen reizvoll war, verspürte der Gutsherr nicht allzu oft Lust, mit ihr zusammenzusein. Eines Tages vertraute er sich seinem Freund, einem geübten Jäger, an:

»Wenn ich draußen auf den Feldern bin und mein Land inspiziere, bekomme ich ab und zu Lust, Lust auf ... na ja, du weißt, was ich meine. Aber wenn ich dann wieder zu Hause bin, ist der Funke erloschen – und dann wird nichts draus.«

»Ich habe da eine Idee«, sagte der Jäger. »Nimm dein Gewehr mit auf die Felder und verabrede mit Charlotte, daß sie zu dir rausläuft, sobald sie einen Schuß hört. Jedesmal wenn es dich juckt, brauchst du nur einen Schuß abzufeuern – und zwei Minuten später steht Charlotte an deiner Seite. Ihr könnt da draußen doch immer eine geschützte Stelle finden, hinter einem Zaun oder so ...«

Dem Gutsherrn gefiel die Idee ausgezeichnet. Man redete nicht mehr über die Sache. Einige Monate später trafen sich die beiden zufällig wieder.

»Na wie geht es euch beiden, dir und Charlotte?« wollte der Jäger wissen.

»Ach, es ist so maßlos traurig«, antwortete der Gutsherr. »Wir haben sie neulich begraben.«

»Mein herzliches Beileid. Wie ist denn das passiert?«

»Während der Hasenjagd lief sie sich zu Tode.«

Eine wertvolle Antiquität

Sandy MacTavish und seine Frau waren zum Fünfzigsten seines Chefs eingeladen. Eine vornehme Dinnerparty. Es kam nicht alle Tage vor, daß Sandy MacTavish und seine Frau zum Abendessen bei Patrick McKern, dem Manager einer der größten Whiskybrennereien Schottlands, eingeladen waren. Daraus ergaben sich einige Probleme.

»Wir werden ihm ein teures Geschenk kaufen müssen«, sagte Catriona, Sandys Frau.

Sandy krümmte sich bei dem Wort ›teuer‹.

»Ich denke, daß eine Kleinigkeit genug wäre«, murmelte er.

»Ich sagte ein *teures* Geschenk«, wiederholte Catriona. »Wenn du auch nur die geringste Chance auf eine Beförderung zum Direktor-Stellvertreter kommenden Jänner haben willst, dann mußt du ihm etwas schenken, das ihm wirklich gefällt.«

»Zum Beispiel?«

»Eine wertvolle Antiquität. Wie du ja weißt, sammelt er antikes Sèvres-Porzellan. Du mußt ein seltenes Stück finden, egal was es kostet.«

»Du meinst natürlich in einer erschwinglichen Preisklasse.«

»Nein, das meine ich nicht. Denk doch einmal in deinem Leben nicht an den Preis. Wenn du ihm etwas Teures schenkst, wird Jock McCormack keine Chance auf die Beförderung haben. Ich kenne doch Jock McCormack – der Geizkragen wird ihm bestenfalls eine halbe Schachtel Zigarren schenken. Und wenn dein Boß dann seine mickrigen Zigarren mit deinem großartigen Geschenk vergleicht, wird er sich sagen: ›Jock McCormack schätzt mich so wenig, daß ich ihm nur eine halbe Schachtel Zigarren wert bin. Aber Sandy MacTavish hat mir ein wahrhaft seltenes, teures Geschenk gemacht. Das bedeutet, daß Sandy MacTavish mich sehr schätzt. Er wird die Beförderung zum Direktor-Stellvertreter im Jänner bekommen!‹ Und wenn du erst einmal Direktor-Stellvertreter bist, wird sich dein Lohn so erhöhen, daß du das Geld, das du für sein Geschenk hinausgeworfen hast, bald wieder drin haben wirst.«

Was Catriona da sagte, war durchaus einleuchtend. Am nächsten Tag ging Sandy also auf die Savile Row, wo die besten Antiquitätenhändler der Stadt zu finden waren.

Der alte Hector McKenzie, der Antiquitätenhändler, war im hinteren Teil des Geschäfts, wo er auf allen vieren nach einem Penny suchte, der beim Staubwischen hinuntergefallen war. Als er aufstand, um Sandy zu bedienen, stieß er versehentlich gegen einen Verkaufsständer, und eine Vase fiel hinunter und zerbrach am Fußboden.

Der alte Hector faßte sich an die Brust. Einen Moment lang dachte Sandy, der alte Mann würde einen Herzinfarkt bekommen, so daß er ihm schnell einen Stuhl brachte.

Als sich Hector endlich ein wenig von seinem Schock erholt hatte, stöhnte er: »O nein! O nein! Ich Ärmster! Mein teuerstes Stück! Meine Sèvres-Vase! Meine pompadour-rote Sèvres-Vase aus der Zeit Napoleons! Signiert von Jacques Demy, dem berühmtesten Porzellanmaler seiner Zeit! Ich hätte fünfhundert Pfund für diese Vase bekommen können! O nein! O nein! Ich bin ruiniert!«

Sandy sah sich die Scherben an. »Kann man sie kleben?«

»Unmöglich.«

»Aber gute Kunstrestauratoren können manchmal Wunder vollbringen«, sagte Sandy.

»Nicht bei diesen Scherben. Die Glasur ist zu rissig. Es würde nie schön werden. Niemals! Oh, ich wäre schon glücklich, wenn mir jemand nur fünfzig Pfund für die Scherben anbieten würde! Wehe mir! Das ist der schlimmste Tag meines langen, traurigen Lebens!«

Der alte Hector McKenzie vergrub sein verzerrtes Gesicht in seinen Händen. Er war untröstlich.

Plötzlich hatte Sandy eine Idee. Eine brillante Idee. Und eine brillante Idee für einen Schotten ist eine, bei der man Geld verdienen oder sparen kann.

»Ich gebe Ihnen vierzig Pfund für die Vase, so wie sie jetzt ist«, sagte er.

»Die Scherben gehören Ihnen. Aber ich sage Ihnen gleich, daß nicht einmal die besten Kunstrestauratoren ...«

»Die Vase soll nicht restauriert werden. Ich möchte, daß die Teile, so wie sie sind, an meinen Boß Patrick McKern, Craven House, Scarborough Hills geschickt werden.«

»Aber ...«

»Kein Aber! Tun Sie nur das, was ich Ihnen aufgetragen habe. Verpacken Sie die Teile in eine Schachtel mit Sägespänen und schicken Sie sie per Post ... und legen Sie diesen Brief bei.«

»Ich verstehe immer noch nicht ...«

»Das müssen Sie auch nicht! Ich weiß nur, daß die Vase ganz war, als ich sie weggeschickt habe, und Sie wissen nur, daß sie als ein Stück verpackt wurde! Jeder Kenner würde wissen, daß die Scherben einmal eine teure Sèvres-Vase waren, nicht wahr?«

Der alte Hector nickte. Er fing an zu begreifen.

Sandy fuhr fort: »Wir können schließlich nichts dafür, daß sie auf dem Weg kaputt gegangen ist. Sie kennen ja die Post!«

»Haha!« gluckste der alte Mann mit einem Leuchten in seinen geizigen Augen. »Sie sind nicht dumm, Sandy! Gar nicht dumm! Aber was passiert, wenn ich nicht den Mund halten kann?«

»Oh, ich glaube schon, daß Sie das können«, sagte Sandy und drückte dem alten Mann zehn Pfund extra in die Hand.

»Natürlich! Ich werde bei der Bibel schwören, daß die Vase ganz war, als sie weggeschickt wurde!«

Sandy beeilte sich, nach Hause zu kommen, während der alte Hector McKenzie seinen jungen Helfer beauftragte, eine Schachtel mit Sägespänen zu holen, die Scherben zu verpacken und an Patrick McKern zu senden.

Sandy McTavish und seine Frau kamen pünktlich auf Patricks Geburtstagsfest.

»Danke für die Vase«, sagte sein Boß eisig.

»Ach, nicht doch ...«, murmelte Sandy und fügte dann zögernd hinzu: »War sie gut verpackt?«

»Sehr gut sogar!« sagte Patrick McKenzie und zeigte dem entgeisterten Sandy die Schachtel mit den Sägespänen.

Jeder Teil der Vase war sorgfältig in rosa Toilettenpapier eingewickelt!

Der alte Mann im Schnee des Kilimandscharo

Eine Geschichte aus Hemingways blauen Bergen

Der alte Mann lag auf einem Feldbett im Schnee am Kilimandscharo. Er lag vor einem kleinen Zelt ganz oben am Gipfel des Berges. Wenn er den Kopf wendete, konnte er die Aasgeier sehen. Sie hockten auf einem Mimosenbaum in seiner Nähe. Es waren siebzehn. Er hatte sie gezählt. Er hatte sie hundertmal gezählt, aber es blieben siebzehn. Niemals waren es achtzehn. Er schlug das Moskitonetz zur Seite und rief nach Helen.

»Sieh dir die Geier an«, sagte er, »sie sehen aus wie weiße Elefanten. Wie Berge von weißen Elefanten.«

Helen erschien mit einem Glas und einer Flasche.

»Ich habe noch nie weiße Elefanten gesehen«, sagte sie.

»Nein«, sagte der alte Mann, »das hast du wohl noch nicht.«

»Jedenfalls nicht auf einem Mimosenbaum«, sagte sie.

»Vielleicht sind es gar keine weißen Elefanten«, sagte der alte Mann, »vielleicht sind es blaue.«

Er nahm das Glas und erhob es, hob es gegen die Berge, die weit entfernt in der Sonne glitzerten.

»Sieh mal dort«, sagte er, »der verfluchte Kadaver von einem Leoparden. Sieh dir die schwarzen Flecken an!«

Helen legte ihre weiße, schlanke Hand auf die heiße Stirn des alten Mannes.

»Das ist kein Leopard«, sagte sie, »das sind Fliegenkleckse auf deinem Glas.«

Der alte Mann trank. Ein Zug von Abscheu glitt über sein bärtiges Gesicht. Er griff nach der Flasche und betrachtete das Etikett. »Schwedischer Branntwein«, sagte er mit einem verächtlichen Schnauben.

»Du mußt dich daran gewöhnen«, sagte sie, »wenn du den Nobelpreis bekommst, mußt du dich daran gewöhnen.«

Er wandte sich den Aasgeiern zu, die ihre kahlen Köpfe zwischen die Schulterblätter ihrer Flügel gezogen hatten und wie häßliche, verkommene Nonnen aussahen.

»Dann lieber krepieren!« sagte er.

Eine Zeitlang lag er still und starrte mit leerem Blick über das heiße Flimmern der Ebene bis in die Ferne. Dann winkte er Helen zu sich heran.

»Du bist eine Nutte«, sagte er.

»Ich wünschte, du würdest so etwas nicht sagen.«

»Du bist eine verfluchte, schöne, reiche Nutte«, sagte er.

»Wenn du doch mal an etwas anderes denken würdest«, sagte sie.

Er schwieg.

An einem Wasserloch in der Nähe sammelten sich Birkhähne. Es gab auch ein paar Gazellen. Klein und weiß standen sie vor dem gelben Hintergrund.

»Du stirbst nicht«, sagte die Frau, nur um etwas zu sagen.

»Natürlich nicht«, sagte er. »Ich habe noch nie gehört, daß jemand an einem einzigen Glas elenden schwedischen Branntwein krepiert wäre.«

Er trank. Einer der Aasgeier segelte im Gleitflug aus dem Mimosenbaun und ließ sich auf seinem großen Zeh nieder, der unter dem Moskitonetz hervorragte. Die Frau legte die Winchesterbüchse ans Kinn und schoß.

»Verzeihung«, sagte sie.

Der alte Mann betrachtete sie kalt. Er merkte ihr an, daß es ihr leid tat.

»Jetzt habe ich nur noch einen Zeh«, sagte er bitter.

Der Aasgeier flatterte zurück in den Mimosenbaum.

»Du hast ihm einen tüchtigen Schrecken eingejagt«, sagte er, »es wird lange dauern, ehe er sich wieder auf einen großen Zeh setzt.«

Dann trank er wieder, aber nur ein halbes Glas.

Er zog das Moskitonetz etwas dichter um sich herum. Ganz bis zu den Schultern herauf zog er es. Der Schnee vom Kilimandscharo war kalt, weiß, kalt und feindlich. Die Frau sah ihn bekümmert an. »Soll ich einen Leoparden schießen?« fragte sie. »Dann hättest du etwas, womit du dich zudecken könntest.«

»Ich kann Flecken nicht ausstehen«, sagte er.

Die Frau schlug einen Safari-Stuhl auf und setzte sich an die Seite des Feldbettes. Sie setzte sich mit dem Rükken zu den Aasgeiern.

»Jetzt kommen sie bald«, sagte sie. »Morgen können sie hier sein.«

»Wer?« fragte er.

»Die alten Männer von der Schwedischen Akademie. Die mit dem Nobelpreis«, sagte sie.

»Ich pfeif' auf den Nobelpreis«, sagte er. »Du hast mir meinen großen Zeh weggeschossen. Du hast mir den großen Zeh mit deiner verdammten Büchse weggeknallt.«

»Nicht ganz«, sagte sie. »Er wird sich wieder erholen. Es war nur ein Streifschuß.«

»Das ganze Leben ist ein Streifschuß«, sagte er.

»Was willst du damit sagen?«

»Nichts weiter.«

Eine Hyäne steckte ihre Schnauze zwischen den Mimosenbäumen hervor. Ganz weit schob sie ihre Schnauze hervor. Eine häßliche Hyänenschnauze. Der alte Mann warf eine leere Flasche nach ihr.

»Du Nutte!« sagte er.

Die Hyäne schlich davon. Sie sagte nichts.

Der alte Mann blickte hinunter in die Ebene. Die Rükken der Zebras sahen aus der großen Entfernung klein und rund aus. Wie schwarze Schnecken mit weißen Streifen für Fußgängerüberwege. Wie Fußgängerüberwege, die sich zusammengerollt hatten. Verschreckt und klein. So sahen sie aus. Er winkte seinen Boy zu sich heran.

»Bist du jemals in Paris gewesen, Kwama?«

»Nein, Bwana, nicht in Paris. Wollen Bwana mehr schwedischen Branntwein?«

Der alte Mann schüttelte den Kopf.

»Schmeckt wie Borwasser«, sagte er. »Der ganze Branntwein schmeckt wie verfluchtes Borwasser. Hast du jemals Borwasser getrunken, Kwama?«

»Nein, Bwana, kein Borwasser.«

Der alte Mann dachte an Paris. An eine reiche Schachtel, die er aus der Seine gefischt hatte. Sie war stinkbesoffen gewesen. Er hatte unter dem Pont-Neuf gesessen und Goldmakrelen geangelt. Dann war sie ins Wasser gefallen, und er hatte sie an den Angelhaken bekommen. Erst als sie wieder nüchtern war, zog er sie an Land. Das war nun schon lange her. Er war jetzt nicht mehr sicher, daß es genauso gewesen war, aber ein Luder war sie gewesen.

»Hast du jemals Goldmakrelen geangelt, Kwama?«

Der Schwarze antwortete nicht. Er war gegangen. Helen war auch gegangen. Sie waren alle gegangen. Der alte Mann war allein mit der Hyäne. Er war allein im Schnee am Kilimandscharo mit der Hyäne und den Geiern und dem gefrorenen Kadaver eines Leoparden. Er streckte die Hand nach der Flasche mit dem schwedischen Branntwein aus.

»Zur Hölle damit«, sagte er. Weiter nichts.

Der alte Mann hatte geschlafen. Er hatte auf seinem Feldbett am Gipfel des Kilimandscharo geschlafen. Er hatte wie ein Stein geschlafen. Wie ein großer, dicker, mächtiger Felsstein. Nun schlief er nicht mehr. Nun lag er da und blickte auf seinen angeschossenen großen Zeh.

»Das ist merkwürdig mit dem großen Zeh«, sagte er, »ich kann ihn überhaupt nicht fühlen.«

»Das liegt wohl daran, daß ich ihn abgeknallt habe«, sagte Helen.

»Du hast ihn nicht ganz weggekriegt. Nur ein Loch hast du hineingeschossen. Nur ein Loch von der Größe eines Vierteldollars. Ich kann genau hindurchblicken. Früher habe ich nie durch meinen großen Zeh hindurchblicken können. Der wird schon wieder werden.«

»Nur wenn du mehr schwedischen Branntwein trinkst«, sagte sie.

»Das tue ich nicht. Schmeckt wie Borwasser. Ich hasse Borwasser. Haben wir denn keinen Whisky?«

»Die Alten von der Schwedischen Akademie werden beleidigt sein, wenn du dich weigerst, schwedischen Branntwein zu trinken. Wenn sie dir den Nobelpreis überreichen, mußt du Branntwein trinken. Das ist nun mal so Sitte.«

Der alte Mann zog mit einem Schnauben die Decke etwas höher. Er fror so, daß die Aasgeier und die Hyäne und der Kadaver des erforenen Leoparden zu zittern begannen.

»Der Nobelpreis«, sagte er, »ich pfeife auf den ...«

Der alte Mann unterbrach sich. Im grünen Unterholz am Fuße des Berges erblickte er einen riesigen weißen Elefanten. Den größten weißen Elefanten, den er jemals gesehen hatte. Ein Berg von einem weißen Elefanten. Er richtete sich mühsam in seinem Feldbett auf.

»Ich will ihn lebend fangen«, sagte er, »mit meinen bloßen Händen will ich ihn fangen. Quicklebendig.«

»Nicht mit dem Zeh«, sagte sie.

»Ich habe schon früher weiße Elefanten gefangen. Aber nie so große. Den dort werde ich fangen, wie man eine verfluchte Fliege fängt. Ich fange ihn mit meinen bloßen Händen und stopfe ihn in diese elende Branntweinflasche. Ganz tief hinein stopfe ich ihn. So verflucht tief hinein, daß er nie wieder herauskommt.«

»Du bist besoffen!« sagte sie.

Der weiße Elefant stand mit erhobenem Haupt da und erwartete mit zitternden Nasenlöchern und gespitzten Ohren die erste Bewegung, um in wilder Flucht davonzustieben, den Berg hinunter.

»Gib mir zwanzig Faden Manilatrosse«, sagte der alte Mann, »ich will ihn lebend fangen.«

Helen gab ihm zwanzig Faden Manilatrosse. Er machte

eine Schlinge in die Trosse. Dann bat er Helen, die Trosse zwischen zwei Mimosenbäumen zu befestigen, so daß der Elefant mit dem Kopf in die Schlinge laufen würde. Sobald er das tat, würde er die Schlinge zuziehen, und dann gehörte der Elefant ihm.

»Komm jetzt!« sagte er. »Komm jetzt her und steck deinen Kopf in die Schlinge, tapferer weißer Elefant! Komm her, schnuppere ein bißchen daran und stecke dann den Kopf in die Schlinge!«

Der Elefant rührte sich nicht.

»Er wird schon noch kommen«, sagte der alte Mann und bewegte vorsichtig und lockend das Ziehseil der Schlinge. Die Schlinge bewegte sich ein wenig, aber der Elefant kam nicht. Er blieb nur stehen und schüttelte den Kopf.

»Vielleicht war er schon früher einmal in einer Schlinge gefangen. Vielleicht erinnert er sich jetzt daran.«

Der Elefant kam näher.

»Jetzt wird er gleich mit seinem Kopf in die Schlinge laufen«, sagte der alte Mann. Sein Blick war aufmerksam geworden, und er dachte nicht mehr an den abgeschossenen großen Zeh oder an den Nobelpreis oder an die Alten von der Schwedischen Akademie oder an den Branntwein. Er dachte nur noch an den weißen Elefanten, der ihm in Kürze gehören würde. Mit den Stoßzähnen und allem, was noch zu einem Elefanten gehört. Er rieb das Manilatau zwischen seinen Händen, bereit, das Seil zusammenzuziehen, sobald der Elefant in die Falle gegangen war.

»Nun kann es nicht mehr lange dauern«, sagte er, »nun dauert es nicht mehr lange, dann habe ich ihn.«

Der Elefant näherte sich der Schlinge. Gleichsam prüfend steckte er den Rüssel hindurch.

»Noch nicht«, sagte der alte Mann, »ich ziehe noch nicht

zu. Wenn ich jetzt zuziehe, befreit er sich wieder aus der Schlinge, und ich kriege ihn nie.«

Von der Spitze der Mimosenbäume aus verfolgten die Aasgeier gespannt das Schauspiel. Die Hyäne zog sich etwas zurück. Der Kadaver des erfrorenen Leoparden zog sich ebenfalls etwas zurück. Aber nicht so weit wie die Hyäne. Nur ein wenig. In Wirklichkeit zog er sich überhaupt nicht zurück. Es sah nur so aus.

Nun steckte der Elefant seinen ganzen Kopf in die Schlinge. »Jetzt habe ich ihn!« sagte der alte Mann und zog an dem Seil.

Der Elefant trompetete und begann, mit der Schlinge um seinen dicken Hals, den Berghang hinunterzurutschen. Der alte Mann hielt das Seil fest und stemmte sich mit beiden Beinen gegen das Fußende des Feldbettes. Das Bett begann sich zu bewegen. Es folgte dem Elefanten auf zwanzig Faden Abstand den Berg hinunter. Aber der alte Mann ließ das Seil nicht los. Er klammerte sich mit der einen Hand an das Bett, mit der anderen hielt er das Seil.

»Ich lasse ihn nicht los«, sagte er, »jetzt ist er zwar wild, aber er wird schon noch müde werden. Früher oder später wird er müde, und dann gehört er mir.«

Der Elefant hob den Rüssel und trompetete gewaltig. Eine Sekunde oder zwei stand er still und schüttelte schwer den Kopf, als ob er die Schlinge loswerden wollte, aber vergebens. Dann stürmte er mit einem klagenden Trompetenstoß weiter in die Ebene tief unten, und der alte Mann folgte ihm.

»Ich wünschte, Helen wäre hier«, sagte er, »dann könnte sie mir helfen. Vielleicht könnten wir mit etwas Geschicklichkeit das Seil an einem Baum befestigen. Nein, der Elefant ist zu stark. Er würde den Baum mit der Wurzel ausreißen. Ich muß ihn festhalten, so gut ich kann, und etwas mehr Schnur geben, wenn er zu unruhig wird.«

Was soll ich tun, wenn er sich umdreht und mich angreift? dachte er. Was soll ich tun, wenn er Amok läuft, mich aus dem Feldbett reißt und hoch in die Luft schleudert? Bis hinauf auf den Gipfel des Kilimandscharo? Hinauf zu den Geiern und Hyänen? Und zu dem Kadaver des erfrorenen Leoparden? Aber das tut er nicht. Er dreht sich nicht um. Weiße Elefanten drehen sich niemals um. Graue Elefanten vielleicht. Aber nicht weiße. Weiße Elefanten drehen sich niemals ganz um. Vielleicht drehen sie sich halb um, aber niemals ganz.

Er verkürzte die Schnur ein wenig, aber nur ganz wenig, denn der Elefant hatte immer noch viel Kraft in sich.

»Wenn ihm die Puste ausgeht, kann ich ihn in meine hohle Hand nehmen. Dann soll er ausgestopft werden. Er soll ausgestopft und blau angemalt werden. Ganz blau soll er angemalt werden. Hellblau mit einem ockerfarbigen Rüssel. So soll er angemalt werden. Aber weiß soll er nie wieder sein. Ich hasse weiße Elefanten. Ich will keine Zeile mehr über weiße Elefanten schreiben. Nur ausstopfen will ich diesen hier und blau anstreichen.«

Der alte Mann war durstig. Der Elefant war nun schon fast einen Tag mit ihm unterwegs. Lange schon schleppte er ihn durch die Steppe. Quer durch die Steppe, wo Wasserbüffel mit erhobenen Häuptern und witternden Nasenlöchern hinter ihnen dreinstarrten. Der alte Mann holte die Flasche mit dem schwedischen Branntwein hervor. Er setzte sie an den Mund und versuchte zu trinken, aber das Feldbett schlingerte so heftig über die Savanne, daß der Fusel herausschwappte und über die trockenen, graugelben hohen Gräser spritzte und sie verfärbte.

Später werde ich einmal über die Savannen mit den silbergrauen Salbeisträuchern und die Wasserbüffel schreiben, dachte der alte Mann. Ich werde über all das schreiben, aber erst soll sich dieser verfluchte weiße Elefant müde laufen, und ich werde ihn blau anstreichen.

Es wurde Abend. Der Elefant hielt sich in einigem Abstand vom Unterholz. Er blieb mitten in der offenen Steppe.

»Wenn ich nur nicht so durstig wäre«, sagte der alte Mann, »aber ich bin sehr durstig. Genauso durstig wie damals in Spanien, als ich zwei Nächte hintereinander keine Frau gehabt habe. Nur auf eine andere Weise bin ich durstig.«

Er dachte an Helen. Sie saß nun oben im Zelt im Schnee des Kilimandscharo und wartete darauf, daß man den Nobelpreis bringen würde. Aber sie kamen nicht. Er wußte, daß sie nicht kommen würden. Allzu viele waren hinter dem Nobelpreis her. Mürrisch wie Geier saßen sie da und warteten darauf, daß die Reihe an sie käme. Dem alten Mann war es egal. Er wollte nur an seinen weißen Elefanten denken. Er wollte nur daran denken, daß er bald ihm gehören würde. Nein, er wollte gar nicht daran denken. Er wollte nur aushalten.

Die Nacht verging, und der Elefant änderte nicht ein einziges Mal seinen Kurs. Der alte Mann konnte es an den Sternen sehen. Er konnte an den Sternen sehen, daß der Elefant nach Süden lief.

»Aber weiter als bis nach Kapstadt kann er nicht kommen«, sagte er, »dann muß er stehenbleiben, und dann habe ich ihn.«

Der weiße Elefant lief nicht länger nach Süden. Er lief jetzt nach Norden. Er war noch gut bei Kräften, und den alten Mann schmerzten die Hände, mit denen er das Seil hielt.

»Ich werde zehn Ave-Maria beten, damit ich diesen weißen Elefanten fangen und ihn blau anstreichen kann«, sagte er, »daß ist ein Gelübde.«

Im hohen Gras der Savanne tauchte mit einem kurzen Glitzern ein graugelber Rücken auf, dann waren es zwei Rücken, fünf Rücken, zehn Rücken. Überall rings in der Steppe wimmelte es von graugelben Rücken und Köpfen mit spitzen Schnauzen und weißen Ohren.

»Fieras!« sagte der alte Mann. Das waren Schakale, bösartige, allesfressende Mörder, die schon lange kein Elefantenfleisch mehr geschmeckt hatten. Er konnte ihnen ansehen, daß sie auf Elefantenfleisch scharf waren, auf weißes Elefantenfleisch.

»Aber ihr kriegt ihn nicht, ihr verfluchten Fieras!« rief er, »ihr könnt meinen abgeschossenen großen Zeh bekommen, aber meinen weißen Elefanten kriegt ihr nicht!«

Die Schakale kamen näher.

Als der alte Mann sah, wie der vorderste Schakal die Schnauze aufriß, um seine Zähne in den silberweißen Elefantenhintern zu schlagen, griff er nach der Flasche mit dem schwedischen Branntwein und zerschmetterte sie auf der spitzen Schnauze, daß der Branntwein nach allen Seiten spritzte.

»Come on«, sagte er und zog eine neue Flasche aus dem Feldbett. »Kommt nur und schnuppert an diesem Flaschenhals. Hier ist ein guter Schluck für euch alle drin, ihr Teufel! Ein großer, verfluchter Schluck!«

Er zurrte das Seil fest um sein Handgelenk. Der Elefant hatte immer noch gewaltige Kräfte in sich.

»Wenn ich ihn nur in eine Arena locken könnte«, sagte er, »wenn ich ihn nur in die *Plaza de Toros* in Barcelona bringen könnte. Dann wäre er erledigt. Dann würde ich ihm schon meinen Degen in den Nacken jagen. Bis zum Schaft würde ich ihm den Degen reinjagen, und dann wäre er erledigt, und ich könnte ihn blau anstreichen. Ganz blau könnte ich ihn anstreichen. Aber nicht hinter den Ohren! Da würde ich ihn rot anstreichen. Knallrot müßte er dort werden.«

Am folgenden Tag gelang es dem alten Mann, den Elefanten zu überlisten und ihn in die *Plaza de Toros* zu locken.

»Jetzt werde ich dich erledigen, *trombo toro*«, sagte er, »du bist ein gutes weißes Rüsseltier, und jetzt bist du gleich geliefert.«

Der alte Mann erhob sich vom Feldbett und befestigte einen kleinen *anadido,* einen schwarzen künstlichen Zopf, an seinem Hinterkopf und zog sich eine *montera,* die schwarze Fellmütze, über den Kopf. Dann griff er nach einem Degen und einer *muleta* und näherte sich dem dampfenden weißen Koloß, der schnaubend vor Wut den weißen Sand der Arena mit seinen Vorderfüßen unter sich aufwühlte.

»Komm jetzt, *trombo toro!*«

Die Banderilleros reizten den Elefanten mit ihren bunten Speeren. Der Elefant hob den Schweif und ging zum Angriff über. Mit einem schmetternden Trompetenstoß griff er den alten Mann an.

»Heilige Barbara«, sagte der alte Mann, »laß mich standhaft sein!«

Dann hob er seine *mulela* vor den Augen des Elefanten und ließ das große, schwitzende Tier mit einer vollendeten *veronica* an sich vorbeistürmen.

Mit einem donnernden Krachen sauste der Elefant gegen die hölzernen Barrieren, so kräftig, daß mindestens fünfhundert Spanier mit einem Orkan von Flüchen nach allen Seiten auseinanderstoben, so weit, daß einige von ihnen außerhalb der Arena landeten.

Wieder trat der weiße Elefant in der sonnenheißen Arena zum Angriff an.

Der alte Mann widerstand der Attacke mit seiner gesenkten *muleta* und ließ den spitzen, todbringenden Rüssel des Elefanten unter dem Stoff hindurchgleiten.

»Olé, olé«, rief man von den Zuschauerplätzen, aber der alte Mann hörte es nicht.

Ich kriege ihn nie, dachte er, ich habe Angst. Santa Barbara, mir zittern die Knie. Ich schaffe ihn nicht. Er ist zu groß für mich. Läge ich doch bloß auf meinem Feldbett im Schnee des Kilimandscharo und tränke Branntwein und könnte leere Flaschen nach den Geiern werfen.

Da kam er. Drüben von der anderen Seite der Barriere kam er, naß, schwitzend, mit dem heißen Geruch von Elefantenblut und Elefantenschweiß, den er so gut kannte. Er sah den Rüssel auf sich zukommen. Er sah den Elefanten mit gesenktem Rüssel direkt auf sich zukommen, und sein Handgelenk versuchte, die *muleta* nach unten und zur Seite zu bewegen, aber der Stoff war schwer wie Blei. Wie Tonnen von Blei fühlte er sich an. Der warme, weiche Elefantenkörper berührte seine Brust, während er an ihm vorbeistampfte. Ein Schauder durchrieselte den alten Mann. Ihm wurde schwarz vor den Augen, und er hielt sich die Hand vor die Augen.

»Bei Santa Barbara, *Patrona de Cuenca*«, sagte er, »ich sehe Berge von weißen Elefanten, und doch ist nur einer hier. Beim heiligen chinesischen Antonio, der elende schwedische Branntwein war wohl doch zu stark für mich.«

Abermals kam der weiße Elefant durch den weißen Sand der Arena herangestürmt. Er kam genau auf den alten Mann zugestürmt.

»Jetzt ist es aus mit mir«, sagte er. »Jetzt hat er mich, und dann wird man meine Überreste zusammenfegen und hinausschaffen. Hinaus in den karbolstinkenden Sanitätsraum mit kalten, geweißten Wänden wird man mich tragen, und dann wird die Stunde für mich schlagen, und ich werde den Schnee vom Kilimandscharo nicht wiedersehen und auch nicht die Geier und die Hyänen und den Kadaver des erfrorenen Leoparden.«

Der alte Mann schloß die Augen. Dann erbebte die Erde unter ihm, und er fühlte einen Stoß und merkte, wie er hoch in die Luft geschleudert wurde.

»Du hast mich erwischt, *trombo toro,* tapferes Rüsseltier«, sagte er. »Du hast mich auf deinen gefürchteten Rüssel genommen, mitten durch den Magen hast du mich gestoßen, und nun ist es aus und vorbei mit mir. Nun bin ich erledigt.«

Er fühlte eine kühle, beruhigende Hand auf seiner Stirn.

»Wer hat dich erledigt?«

Er schlug die Augen auf. Er lag auf seinem Feldbett im Schnee am Kilimandscharo, und Helen saß an seiner Seite.

»Niemand hat mich erledigt«, sagte er, »und keiner wird mich jemals erledigen, weder du noch die Hyäne, noch irgend jemand sonst. Niemand.«

Er wischte sich den Schweiß von der Stirn.

»Das verfluchte, stinkende Loch von Barcelona!« sagte er.

Helen verstand ihn nicht.

»Morgen kommen die Leute mit dem Nobelpreis«, sagte sie.

Sie wußte, daß sie log. Er wußte auch, daß sie log. Sie wußten beide, daß sie logen. Er sah den Geiern an, daß sie es wußten. Er lag lange da, ohne etwas zu sagen. Dann wandte er sich an Helen und begegnete ihrem Blick.

»Du bist eine Nutte«, sagte er.

»Das hast du schon so oft gesagt«, sagte sie, »fällt dir denn gar nichts Neues mehr ein?«

»Du bist eine verflucht schöne, reiche Nutte, ein Hürchen bist du, ein richtiges Satanshürchen.«

»Das hast du auch schon so oft gesagt. Laß dir doch mal etwas Neues einfallen!«

»Mir fällt nichts Neues mehr ein!«

»Dann werden auch die Leute mit dem Nobelpreis nicht kommen. Du kannst doch nicht einfach daliegen und sagen, ich sei eine Nutte, und glauben, dann kommen auch schon die Leute mit dem Nobelpreis angelaufen.«

Der alte Mann ließ seinen Blick von Helen über die Mimosenbäume mit den lauernden, struppigen Geiern bis zu den fernen blauen Bergen schweifen.

»Mein Zeh«, sagte er, »mein großer Zeh. Du hast mir den großen Zeh weggeschossen. Du könntest mich ebensogut erschießen. Warum erschießt du mich nicht? Warum schießt du mir nicht auch meinen anderen großen Zeh ab?«

Helen wandte sich von ihm ab.

»Du langweilst mich«, sagte sie, »immer dieser Quatsch mit dem großen Zeh! Glaubst du, das sei originell? Wenn dir nichts Besseres einfällt, können wir ebensogut unser Zelt zusammenpacken und den Kadaver des erfrorenen Leoparden vergraben und die Geier wegjagen und nach Hause fahren. Glaubst du, daß die Mitglieder der Schwedischen Akademie hierherkommen, bloß weil du daliegst, von deinem blödsinnigen großen Zeh quatschst und mit der dummen Flasche spielst? Der Zeh wird schon wieder gesund werden, das kannst du mir glauben.«

Der alte Mann sah sie unglücklich an.

»Was soll aus den blauen Bergen werden?« sagte er.

»Kann ich nicht etwas Neues über Afrikas blaue Berge sagen? Und über die Uhr? Wem soll sie jetzt die Stunde schlagen?«

»Laß mich bloß damit in Ruhe!« sagte Helen.

Der alte Mann lag lange da und redete. Aber alles, was er sagte, klang leer und hohl, abgenutzt.

»Die sollen mir doch mit ihrem elenden Nobelpreis den Buckel herunterrutschen«, sagte er.

Im selben Augenblick kamen sie, und er sagte nichts mehr.

Die Geier flatterten davon, und die achtzehn würdigen Schweden der Schwedischen Akademie bahnten sich ihren Weg hinauf zum Kilimandscharo, vorbei an dem Kadaver des erfrorenen Leoparden, und traten an das Feldbett.

Der alte Mann kniff in dem starken Sonnenlicht die Augen zusammen und blickte sie starr an.

»Haben sie den ... wie heißt er noch ... den Nobelpreis mitgebracht? Haben sie ihn bei sich?« fragte er.

Helen nickte.

»Bei Santa Barbara, *Patrona de Cuenca,* und allen polynesischen kleinen Teufeln!« sagte der alte Mann und griff glücklich nach Helens Hand. »Das ist doch ein starkes Stück! Du verrückte, prachtvolle Nutte!«

»Ich wußte, sie würden dich finden«, sagte Helen.

Der Kadaver des erfrorenen Leoparden sagte nichts. Er fror nur.

Siebenhundertsechzig
Anschläge in der Minute

Herr Growlenbite, der Direktor der Dänischen Waffeleisenfabrik, gehörte zur alten Schule. Was vor zwanzig oder dreißig Jahren gut genug fürs Büro gewesen war, war es jetzt ebenfalls und würde es auch für die nächsten zwanzig oder dreißig Jahre bleiben. Sie kennen doch diesen Typ, nicht wahr? Dann können wir die Einzelheiten ja übergehen und gleich zu dem Augenblick kommen, da Al Frederiksen, seinen Vertreterkollegen als Überredungskünstler bekannt, die Firma besuchte, um ihr das neueste, sensationellste Kopiergerät zu verkaufen – den COPY-O-FIX MARK II-X-2 ZERO.

»Herr Growlenbite, ich bin zu Ihnen gekommen, um

Sie mit unserer bisher sensationellsten Büromaschine vertraut zu machen«, begann er mit der Routine des erfolgreichen Vertreters. »COPY-O-FIX verbindet nicht nur alle drei bekannten Methoden der Vervielfältigung – die photomechanische, thermographische und elektrophotographische –, sondern verfügt zusätzlich noch über ein neues, sensationelles Verfahren. Und unsere Firma ist die einzige, die ...«

Der alte Growlenbite zog die buschigen Brauen hoch.

»Wer zum Teufel hat Sie hereingelassen, junger Mann?« knurrte er drohend. »Wenn das etwas mit der sogenannten effizienten, fortschrittlichen, arbeitssparenden Bürotechnologie oder irgendeinem anderen modischen Unfug zu tun hat, können Sie sich Ihre Worte sparen. Diese ganzen elektronischen Geräte, die laufend teure Wartung brauchen und ständig repariert werden müssen, sind nichts für die Dänische Waffeleisenfabrik. Sie gehen also besser ...«

»Aber Herr Growlenbite, ich versichere Ihnen, Sie kommen einfach nicht ohne einen COPY-O-FIX MARK II-X-2 ZERO aus, wenn Sie eine Kopie von einem Schreiben brauchen. In kaum vier Sekunden haben sie eine perfekte Kopie, mit Kommata und allem ...«

Herr Growlenbite hob abwehrend eine Hand. »Wenn ich von einem Brief eine Kopie brauche, macht meine Sekretärin, Miß Holm, sie auf der Schreibmaschine. Sie schafft siebenhundertsechzig Anschläge in der Minute. Nicht wahr, Miß Holm?«

Miß Holm nickte.

»Siebenhundertsechzig die Minute«, murmelte Al Frederiksen zweifelnd. »Niemand kann auf einer gewöhnlichen Schreibmaschine so schnell tippen. Da möchte ich fast wetten ...«

»Wirklich?« sagte Herr Growlenbite herausfordernd. »Nun, wir werden es Ihnen zeigen. Miß Holm, beweisen

Sie diesem jungen Mann, wie schnell Sie einen Brief auf Ihrer Maschine abschreiben können.«

Miß Holm setzte sich an ihren Schreibtisch vor ihre alte Remington, Modell T-1928, und sagte, sie sei bereit.

Growlenbite nahm aufs Geratewohl einen Brief von einem Stoß auf seinem Schreibtisch und las ihn laut vor. Miß Holm hämmerte mit solcher Geschwindigkeit auf die Tasten, daß Funken sprühten und es Al Frederiksen regelrecht schwindelig wurde. Nach ein paar Sekunden beendete Growlenbite sein Diktat: »Anbei finden Sie das erbetene Muster. Wir würden uns freuen, Ihren baldigen Auftrag für diese Sonderanfertigung zu erhalten. Mit freundlichen Grüßen etc. etc.« Miß Holm zog den Brief aus der Maschine, sagte »fertig« und legte ihn auf seinen Schreibtisch.

»Na, junger Mann«, rief Growlenbite triumphierend, »was sagen Sie dazu?«

»Ich muß zugeben, daß das erstaunlich schnell ging«, gestand AI Frederiksen. »Aber ich wette, daß Miß Holm dieses Tempo nicht einen ganzen Tag durchhalten kann. Unser COPY-O-FIX schafft hundert, zweihundert, ja fünfhundert Kopien, ohne zu ermüden ...«

»Ermüden? Miß Holm wird nie müde! Kopieren Sie noch einen Brief, Miß Holm. Beweisen wir diesem jungen Spund, daß wir ohne diese anfälligen Maschinen auskommen, die er uns andrehen will. Sind Sie bereit, Miß Holm?«

Sie war bereit. Herr Growlenbite nahm einen zweiten Brief aus dem Stapel auf seinem Schreibtisch und diktierte ihn.

»Wir bestätigen hiermit Ihre Bestellung vom sechzehnten September neuenzehnhundertfünfundachtzig für zwölf Dutzend prima-prima handgegossene, schwarzlackierte Waffeleisen, Größe zwei A, mit stabilen Buchengriffen und verchromten Schrauben. Haben Sie das, Miß Holm?«

Sie war nur um Sekunden hinter seinem Diktat.

»Passen Sie gut auf, während ich die letzten Zeilen diktiere«, sagte Growlenbite stolz. »Dann sehen Sie eine Stenotypistin, die wirklich flinke Finger hat! Fertig, Miß Holm? Wie gebeten, liefern wir sechs Dutzend dieser Waffeleisen mit dem Griff rechts und sechs Dutzend mit dem Griff links. Wir danken Ihnen für Ihren Auftrag und hoffen, daß die Dänische Waffeleisenfabrik Sie auch in Zukunft zu Ihrer Zufriedenheit beliefern darf. Mit freundlichen Grüßen etc. etc.«

Ein paar Sekunden nach Beendigung des Diktats legte Miß Holm die Abschrift auf Herrn Growlenbites Schreibtisch.

»Na also, junger Mann, sehen Sie jetzt ein, daß unsere Firma Ihre Kopiergeräte nicht braucht, solange wir eine Stenotypistin wie unsere Miß Holm haben? Egal, was Sie von den Fähigkeiten Ihrer Maschine behaupten, besser und schneller als Miß Holm schafft sie es nicht. Das dürfen Sie mir glauben!«

Al Frederiksen warf einen Blick auf Miß Holms letzte Abschrift und las die ersten paar Zeilen.

Da stand es schwarz auf weiß:

»Wir bestägen hemit Ugew Bwarzung vm 16. Sptmbnr für; DUTzdn oeuna ...«

Charlottes Wunschzettel

Ich komme gerade aus der Stadt und habe mir die Weihnachtsschaufenster angesehen. In meiner Tasche hatte ich den kleinsten Wunschzettel, den man sich vorstellen kann. Der Grund dafür heißt Peter – mein Freund. Peter sagt nämlich immer, wenn ich einen Wunschzettel schreibe:

»Schreib einfach alles auf ein kleines Stückchen Papier, was du dir wünschst, Charlotte!«

Eine merkwürdige Art, sich auszudrücken, nicht wahr? In Wirklichkeit wünsche ich mir nur ein paar Kleinigkeiten, die ich gleich nach den Feiertagen gegen etwas Vernünftiges tauschen kann, zum Beispiel CDs und dergleichen.

Ich weiß genau, was mir meine Eltern schenken werden: eine völlig schwachsinnige Leselampe. Daran führt kein Weg vorbei. Letzte Weihnachten haben sie mir nämlich ein Buch geschenkt.

Vati schenke ich stets einen Schlips. Er hat einfach nicht genug Phantasie, um sich mal etwas anderes zu wünschen, obgleich er schon hundertsiebzehn Schlipse hat. Aber er fährt aus der Haut, wenn Mutti welche von seinen alten Lappen wegwerfen will.

»Moment mal!« protestiert er dann. »Hast du noch nie etwas von Wiederverwendung gehört?«

»Na, sicher«, sagt Mutti, »wieder verwenden könnte man deine vielen Schlipse schon. Notfalls könnte man ja Schlafsäcke daraus nähen lassen ... für Aale.«

So spöttisch kann sie sein.

Zu Weihnachten im vergangenen Jahr kriegte Mutti von Vati einen Ozelot. Der letzte Schrei. Aber sie hatte für das Ding auch lange genug schreien müssen. Ich verstehe einfach nicht, wie sich Frauen Persianer, Ozelots und ähnlichen Bockmist wünschen können. Jedenfalls nicht, solange es schöne echte Jeans aus verwaschenem Stoff zu kaufen gibt.

Nehmen wir zum Beispiel meine große Schwester. Sie sagt immer, Geld und Pelze seien nicht alles auf der Welt.

»Gott sei Dank gibt es auch noch andere Werte«, sagt sie, »etwa Orchideen, Champagner, Perlenketten und Diamanten!«

Da ist etwas Wahres dran. Blumen gehören einfach zum Fest. Ich finde, es ist immer eine gute Idee, Blumen sprechen zu lassen.

Zugegeben, ganz billig ist eine solche Unterhaltung natürlich nicht für den, der damit anfängt.

Denn für zehn Mark kann man wahrhaftig nicht viel sagen. Bei den Blumenpreisen von heute!

Vati meint, es sei schwer, sich am Heiligen Abend vorbeizumogeln, ohne Mutti eine Christrose zu schenken. Eher mogele sich ein Sonnenaufgang an einer Hühnerfarm vorbei. Prompt fängt ein Hahn an zu krähen, und schon hat man den Salat.

Vati behauptet auch, eine große, teure Christrose habe auf eine Frau dieselbe Wirkung wie ein Glas Whisky auf einen Mann.

Aber ich bin ganz von den Weihnachtsgeschenken abgekommen. Wir schenken auch meinem Onkel Karl etwas zu Weihnachten. Er wünscht sich immer nur eine Kleinigkeit. Vielleicht hängt es damit zusammen, daß er wirklich ziemlich klein geraten ist. Ich nehme ihn immer ein bißchen auf den Arm und behaupte, zum Erdbeerpflücken müsse er auf eine Leiter klettern.

Im letzten Jahr schenkte ich ihm ein Oberhemd. Als er es anprobierte, rief er plötzlich, er kriege keine Luft mehr, es sei ihm am Hals wenigstens drei Nummern zu eng.

»Unsinn, Onkelchen«, tröstete ich ihn. »Du hast bloß deinen Kopf durch das obere Knopfloch gesteckt!«

Da fällt mir Martin ein. Martin war im vergangenen Jahr mein Freund. Für ihn brauchte ich nach einem Weihnachtsgeschenk nicht lange zu suchen, weil er so unglaublich eitel war. Er wünschte sich nur einen Spiegel, aber dreiteilig mußte er sein wie ein Altarbild.

Da war Knut ein ganz anderer Typ. Nie dachte er an sich. Wenn man ihm einen Schwamm geschenkt hätte ... wer weiß! Er hätte sich vor lauter Bescheidenheit vielleicht selbst weggewischt.

Ich muß immer noch an das letzte Weihnachtsfest denken. Martin war ganz allein losgezogen und hatte Geschenke gekauft. Er kam mit einem länglichen Päckchen nach Hause.

»Was ist denn da drin?« fragte ich.

»Es ist ein Geschenk für jemand, den ich mehr liebe als alles andere auf der Welt!«

»Ach so«, sagte ich. »Du hast also eine Krawatte für dich gekauft!«

Martin hat mich auf seine Art genauso geärgert wie der junge Angeber, der genau über uns wohnt. Auch so ein Macker, der sich für den Größten hält. Und nur deshalb, weil er in irgendeiner schwachsinnigen Rockgruppe spielt. »Musikversorgung aus der Affengrotte« heißt sie. Genau der richtige Name für diese Heinis.

Eines Abends machten sie beim Üben wieder mal einen Heidenspektakel. Der blöde Angeber riß seine Elektrogitarre fast in Stücke. Ich konnte kein Auge zumachen. Da holte ich den großen Besen aus dem Abstellraum und donnerte ihn mit Schmackes an die Decke.

Wißt ihr, wie er darauf reagierte? Zum offenen Fenster raus, so daß es die ganze Straße hören konnte!

»Schlag nur gegen die Decke, du alte Usche«, brüllte er, »deshalb komme ich noch lange nicht zu dir ins Bett!«

Inzwischen haben wir uns noch weitere Weihnachtsgeschenke angesehen. Für unseren kleinen Rudi kaufte ich ein Puzzlespiel. Die Verkäuferin behauptete, diese Puzzlespiele seien von einem Schotten erfunden, dem versehentlich eine Fünf-Pfund-Note in seine Küchenmaschine gefallen war,

Ich war an diesem Tag der erste Kunde bei der Verkäuferin. Sie hat mich freundlich angelächelt.

»Ich beginne jeden Tag mit einem Lächeln« sagte sie, »dann ist es überstanden!«

Für Mutti kaufte ich einen langen knallroten Pulli. Sie hat zwar schon einen, aber bei dem sind die Knie ausgebeult. Die Farbe gefiel mir übrigens nicht, aber die Verkäuferin meinte, das spiele überhaupt keine Rolle. »Einmal in die Wäsche damit«, versicherte sie, »und die Farbe ist für immer raus!«

Für Knut besorgte ich einen Pyjama in ganz grellen Farben. Die waren so schreiend, daß man nur darin schlafen konnte, wenn man sich vorher Watte in die Ohren stopfte.

Für Vati kann man eigentlich gar keine Weihnachtsgeschenke kaufen. Das erwähnte ich wohl schon. Er hat einen ganz unsicheren Geschmack. Jahraus, jahrein haben wir ihm Schlipse mit Streifenmuster geschenkt. Nie etwas anderes. Und jetzt plötzlich faselt er davon, daß er sich zu Weihnachten eine Krawatte mit Punkten wünscht. So wankelmütig kann auch nur der Geschmack von Männern sein!

Für Opa konnte ich ebenfalls nichts Rechtes finden.

»Wie wär's mit einer Krawatte?« fragte die Verkäuferin.

»Nein, danke. Er hat schon eine. Außerdem trägt er einen Vollbart. Der würde die Krawatte verdecken.«

»Wie wär's mit einer hübschen Weste mit silbernen Knöpfen?«

Geht auch nicht. Sein langer Bart würde die Silberknöpfe völlig verdecken.

»Dann schenken Sie ihm doch ein Paar Lederpantoffeln.«

»Ausgeschlossen. Dann tritt Opa damit auf seinen Bart und schlägt der Länge nach hin und bricht sich alle Knochen.«

Na, schließlich habe ich ihm eine Grammophonplatte gekauft. Einen Französischkurs im Sonderangebot, spottbillig, aber das spielt überhaupt keine Rolle, denn Opa ist unglaublich schwerhörig. Man glaubt gar nicht, *wie* schwerhörig er ist. Neulich hat er beim Abendgebet auf der Katze gekniet und es nicht einmal gemerkt. Nur die Katze.

Meine Mutter rennt die ganze Zeit mit vielen Paketen rum. »In diesem Jahr habe ich überhaupt kein Geld für Weihnachtsgeschenke ausgegeben«, jubelte sie. »Nur Schecks!«

Vati hat für Mutti einen eleganten Kleiderbügel besorgt.

»Dieses Jahr kriegst du erst einmal den Bügel«, sagte er, »über den Pelzmantel sprechen wir nächstes Jahr!«

Wir gingen aber trotzdem in ein Pelzgeschäft, als Mutti lange genug gebettelt hatte. Mutti wurde ganz fiebrig. »Ich wünschte, ich hätte eine Million!« flüsterte sie.

»Gäbst du mir dann die Hälfte ab?« fragte ich.

»Nein, bestimmt nicht. Du kannst dir ja selbst eine Million wünschen!«

Unser kleiner Rudi faßte einen Nerzmantel an und fragte, woraus der wohl gemacht sei.

»Aus vielen kleinen und großen Nerzen«, sagte Mutti.

»Und wenn sie sterben«, fuhr Rudi fort, »kommen sie dann in den Himmel?«

»Nein, mein Süßer«, seufzte Mutti, »dann kommen sie auf einen Orchesterplatz in die Oper.«

Tja, so ist es wohl auch. Ich muß dann immer an die arme Gans denken, die zu ihrer Schwester während der Adventswochen sagte:

»Glaubst du eigentlich an ein Leben nach Weihnachten?«

Monsieur Flamands große Flamme

Hannelore stammte aus Skandinavien und hatte den Versuch gewagt, als Au-pair-Mädchen in Paris Fuß zu fassen, aber das war leider ziemlich danebengegangen. Die französische Familie, bei der sie in Stellung war, hatte fünf Kinder, und wenn es etwas gab, wovon Hannelore nichts verstand, so war es die Mentalität von Kindern. Sie wurde deshalb vor Vertragsende entlassen, konnte sich aber dennoch nicht zur Heimreise entschließen. Sie schrieb ihren Eltern, daß sie noch für eine Weile in Paris zu bleiben gedächte, um sich einen neuen Job zu suchen.

In der Bar Le Chavalon, die sie eines Abends mit einigen ihrer Freundinnen aus ihrer nordischen Heimat besuchte, machte sie die Bekanntschaft eines außerordentlich seriösen Herrn, der sich als Generalkonsul vorstellte und Simon Flamand hieß. Obgleich Hannelore eigentlich nicht zu den sogenannten leichten Mädchen gehörte, nahm sie eine Einladung ihres neuen Bekannten an, ihn in seine Wohnung zu begleiten, weil der Abend schon weit fortgeschritten war. Als dann aber der Morgen anbrach, durfte sie sich getrost den Mädchen von der leichten Kavallerie zurechnen.

In der folgenden Woche trafen sie sich mehrfach, und es war deutlich zu sehen, daß Generalkonsul Flamand von dem jungen, blondgelockten nordischen Mädchen mit der wunderbaren Figur vollkommen becirct war. Zwar räumte er ein, ein ganz klein wenig verheiratet zu sein, aber seine Frau lernte Hannelore nicht kennen. Madame Flamand verbrachte ein paar Ferienwochen bei ihrer Schwester im Rhônetal, genauer gesagt in Pérouges, der Stadt der drei Musketiere, aber mit unserer Geschichte hat das nichts zu tun.

Jedenfalls nahm Monsieur Flamand seine große Flamme Hannelore eines Tages mit in die Rue St. Guillaume, wo er ihr eine wunderschöne kleine Dachwohnung eingerichtet hatte, sehr intim und geradezu verschwenderisch ausgestattet. Das Schlafzimmer war besonders raffiniert eingerichtet: Spiegel, wohin man blickte, sogar an der Decke – sehr, sehr aufwendig. Und dann erst das Badezimmer! Whirlpool, Marmor von oben bis unten, vergoldete Armaturen, eine Zwei-Personen-Sauna – nein, es fehlte wirklich an nichts. Und in der Bar, die hinter dem Wohnzimmer eingerichtet war, gab's eine unübersehbare Auswahl an Getränken, von Pastis bis zu Granatapfellikör, von Marc bis zu Sirop d'Orgeat.

»Das alles steht von jetzt an zu deiner Verfügung«, erklärte der Generalkonsul liebenswürdig. »Und jeden Monat erhältst du einen bestimmten Betrag zur Deckung deiner Ausgaben für Essen, Kleidung, extravagante Parfüms und andere Lebensnotwendigkeiten. Die Wohnungsmiete zahle ich natürlich für dich, weil du meine einzige Herzensfreundin bist. Ich komme und besuche dich so oft, wie es meine Arbeit im Konsulat zuläßt, manchmal schon in der Mittagspause, manchmal auch erst gegen Abend, wenn ich auf dem Heimweg bin. Na, was sagst du jetzt. Geliebte? Und dermaleinst, in nicht zu ferner Zukunft, wirst du vielleicht mehr sein als nur meine Geliebte!«

»Phantastisch!« flüsterte Hannelore, ganz benommen vor Glück. Nach einer Pause fügte sie jubelnd hinzu: »Wie werden erst meine Eltern begeistert sein, wenn ich sie anrufe und ihnen berichte, daß ich jetzt eine feste Anstellung habe, ein erstklassiges Gehalt beziehe und obendrein allerbeste Zukunftsaussichten habe!«

Da wir gerade von Sport sprechen ...

Wißt ihr, was man unter einem Fußball-Verrückten versteht? Das ist ein Mann, der immer und ewig auf dem Fußballplatz herumrennt, der Sonntag für Sonntag zu allen Fußballspielen rast, die stattfinden – anstatt zu Hause zu bleiben und sich mit seiner Frau zu langweilen.

Neulich traf ich Karl-Heinz. Er hatte seinen Trainingsanzug in der verschlissenen Ledermappe, den Ball unter den Arm geklemmt, die Fußballstiefel baumelten am Riemen. Ich fragte ihn kopfschüttelnd:

»Warum spielst du eigentlich ewig mit diesem blödsinnigen Fußball, Karl-Heinz?«

»Um mich in Form zu halten.«

»In Form für was?«

»Fürs Fußballspielen.«

Kennt ihr einen echten Fußballexperten? Das ist ein Mann, der vor jedem Spiel ganz genau sagen kann, welche Mannschaft gewinnt – und der hinterher genau sagen kann, warum die Mannschaft doch nicht gewonnen hat.

Ein Boxer schwelgte in Erinnerungen an seine große Zeit als Champion:

»Mein größter Gegner, Mike Sullivan oder ›Killer-Mike‹, wie sie ihn nannten, war ein prächtiger Bursche. Er war einfach umwerfend.«

Nach Beendigung eines Fußball-Länderspiels sollte man auf keinen Fall gleich zum Ausgang stürzen. Sonst gerät man in das Gedränge der tausend Zuschauer, die zum Ausgang stürzen, um nicht ins Gedränge zu geraten.

Ein junges Mädchen hat einen Fußballspieler aus der Bundesliga geheiratet. Für ihre Hochzeitsnacht hat sie sich in ihr verführerischstes Negligé gehüllt und liegt nun erwartungsvoll im Doppelbett, während der Bräutigam bloß am Fernseher klebt und die Sportschau verfolgt.

»Kommst du nicht bald, Anton?« ruft das Mädchen.

Widerwillig macht Anton den Apparat aus, kommt zum Bett, hebt mit der einen Hand die Decke hoch und löscht mit der anderen das Licht.

»Nein, Anton«, flüstert das Mädchen, »zieh bitte erst deine Fußballstiefel aus.«

☆

Golf ist ein merkwürdiges Spiel, jedenfalls für den Anfänger. Man spielt mit einer kleinen Kugel, die ganze 46 Gramm wiegt und die man auf die rasenbedeckte Oberfläche einer großen Kugel legt, die 6000 Trillionen Tonnen wiegt – und irrsinnigerweise versucht der Anfänger stets die große Kugel wegzuschlagen, nicht die kleine.

☆

Nee, wie ich immer sage: Wenn die Jugend ein frisches und gesundes Liebesleben führt, verfällt sie nicht den Verführungen des Sportlebens.

☆

Rudolf war etwas schwer von Begriff, *und* dem Trainer war es ein Rätsel, wie man ihn überhaupt in einer Mannschaft gebrauchen konnte. Nicht einmal die elementarsten Spielregeln konnte man ihm einhämmern. Vorm Training nahm ihn der Trainer beiseite und wollte versuchen, ihn das Spiel von Grund auf zu lehren. Rudolf solle sich mal voll konzentrieren, sein Gehirn anstrengen und genau zuhören.

»Sieh mal, Freundchen«, begann der Trainer und hielt ihm einen Fußball vor die Nase, »dies nennt man einen Fußball. Er ist mit Luft gefüllt, mit Leder überzogen ...«

»He, he«, unterbrach ihn Rudolf, »nicht so schnell!«

☆

Amateursportler – was heißt das eigentlich!? Wenn ich es recht verstehe, ist das ein Sportler, der gut bezahlt wird, ohne dafür Geld zu kriegen.

☆

In der Schule wurde Handball gespielt, ein großer Kampf zwischen den Rüpeln der beiden fünften Klassen. Der Rektor erschien in der Turnhalle und sah dem Kampf zu. Er war selbst ein alter begeisterter Handballspieler. Er winkte die beiden Mannschaften zu sich und versprach für jeden Ball, der im Netz zappelte, ein Eis am Stiel, also sollten sie mal ordentlich loslegen.

Er zog sich zurück, und die Jungen kämpften verbissen. Als das Spiel vorbei war, erschienen die beiden Mannschaftsführer schwitzend und prustend im Büro des Rektors, um ihren Gewinn zu kassieren.

»Na, Fritzchen«, fragte der Rektor, »wie ist es denn gelaufen?«

»Prima!« Fritzchen strahlte übers ganze Gesicht. »Als der Kampf abgepfiffen wurde, stand es sechzig zu sechzig.«

☆

Ein Schotte wollte sich ein Fußballspiel in Edinburgh ansehen. Es war ein weiter Weg, aber er entschloß sich, zu Fuß zu gehen, um das Geld für die Fahrkarte zu sparen. Er ging 5 Kilometer, er ging 10 Kilometer, er ging 20 und 25 Kilometer. Dann war er endlich da. Aber als er vor dem Stadion stand, war er leider so erschöpft, daß er nicht mehr die Kraft hatte, den Zaun zu den Zuschauerplätzen hochzuklettern.

☆

Na, endlich kam Hans von der Galopprennbahn nach Hause. Erschöpft sank er auf einen Stuhl, rang nach Atem und sah ganz erbarmungswürdig aus.

»Was ist denn passiert?« fragte seine Frau.

»Was passiert ist?« keuchte er. »Und das fragst du auch noch! Eben vor dem letzten Rennen ging ich rüber zu den Ställen, die Startleine wurde gezogen, und ich bückte mich gerade, um meine Schnürsenkel festzubinden. In dem Augenblick kam Hoppe-Harald – du weißt, der kleine kurzsichtige Jockey – angerannt, schmiß einen Sattel auf meinen Rücken, sprang auf, bohrte mir seine Sporen in die Seiten und ließ die Peitsche auf meinen Hintern sausen.«

»Und was hast du gemacht, du armer Mann?«

»Was ich gemacht habe? Ich hatte keine andere Wahl, ich mußte losgaloppieren. Und wir haben uns dann auch den dritten Platz gesichert.«

☆

Neulich traf ich Willi, meinen alten Sportkameraden. Ich klopfte ihm auf die Schultern und sagte:

»Was muß ich von dir hören, altes Haus? Du hast geheiratet! Wie bist du denn auf die Idee gekommen? Ich meine, ein alter Sportler wie du ...«

»Ja, weißt du, ehrlich gesagt, ich hatte es satt, jeden Sonntag auf dem Sportplatz herumzuhängen.«

»Und jetzt?«

»Ja, jetzt finde ich es herrlich, jeden Sonntag auf dem Sportplatz herumzuhängen.«

☆

Es war ein wichtiges Ausscheidungsspiel. Die Platzmannschaft spielte miserabel, kam praktisch nie an den Ball. Alle Angriffe, die der Mittelstürmer inszenieren wollte, versandeten. Es war ein Jammer, und der Mittelstürmer wußte es genau. Nach dem Spiel schlichen die elf geschlagen und zerknirscht in ihre Umkleidekabinen. Der Mittelstürmer klagte dem Schiedsrichter sein Leid:

»Mensch, war das eine Pleite! Ich habe noch nie in meinem Leben so schlecht gespielt.«

»Noch nie?« wunderte sich der Schiedsrichter. »Soll das heißen, das Sie überhaupt schon mal gespielt haben?«

Der kleine Christian hielt die Zeitung in der Hand und buchstabierte sich mühsam durch den Sportteil. Da fand er eine Notiz über das 100-m-Brustschwimmen der Damen. Er legte sein Gesicht in tiefsinnige Falten und wandte sich an seine Mutter: »Brustschwimmen, dürfen die dabei weder Arme noch Beine gebrauchen, Mami?«

Peter hatte eine Pechsträhne nach der anderen beim Wetten auf der Trabrennbahn. Nach dem letzten Rennen sammelte er alle seine Tickets zusammen und philosophierte:

»Pferdeverstand – das bedeutet einen Verstand, der die Pferde davon abhält, auf die Menschen zu setzen.«

Kennt ihr die Geschichte von Volker, dem Torwart der Seniorenmannschaft? Er stand bei allen Trainingskämpfen im Tor, er stand jeden Samstag und Sonntag im Tor, wenn pausenlos gespielt wurde, und der stand auch im Tor, wenn er nur einen anderen anlernen oder anfeuern sollte. Er hatte nichts anderes im Kopf, als im Tor zu stehen, und alle alten Kameraden hatten ihn in ihr Herz geschlossen.

Eines Sonntags stand Volker wieder im Tor. Er wurde hin- und hergejagt und hatte genug um die Ohren. Gegen seine Mannschaft war eben ein Elfmeter verhängt worden, als sich ein Leicheozug näherte. Aber anstatt auf den Ball zu achten, nahm Volker seine Mütze ab und stand ehrfürchtig still mit gesenktem Haupt, bis der Leichenzug vorüber war.

»Das war eine hübsche Geste, Volker«, meinten seine Kameraden hinterher, »eine wirklich hübsche Geste. Du hast da mit gesenktem Kopf und deiner Mütze in der Hand dagestanden und gar nicht bemerkt, wie der Ball an dir vorbei ins Netz flog. Dabei dachten wir immer, du hättest nichts anderes als Fußball im Kopf.«

»Nee«, versuchte Volker die hübsche Rede bescheiden abzuschwächen und zog seine Torwarthose zurecht, »das konnte ich der Verstorbenen doch nicht antun, ich war es ihr schuldig, ihr einen letzten Gruß zu erweisen, nach – immerhin, siebzehn Jahren glücklicher Ehe mit ihr.«

Es stimmt schon, daß die meisten mittelaltrigen Männer zu wenig Bewegung haben und mehr Sport treiben müßten. Das gilt nicht für meinen Freund, den dicken alten Jensen. Der hat Bewegung genug. Er treibt täglich Gewichtheben – nämlich jedesmal, wenn er sich von seinem Sitz erhebt.

Die Boxer gaben sich ein Stelldichein in der Sporthalle. Zwei Boxer tanzten im Ring ein wenig auf der Matte herum, ohne daß es richtig zur Sache ging, aber plötzlich schickte der eine seinen Gegner mit einer knallharten Linken im hohen Bogen durch die Luft. Der Getroffene flog durch die Seile und landete auf einem der teuren Zuschauerplätze. Da erklang eine Stimme aus dem Publikum: »Netzball.«

☆

Bei einem Fußballspiel zwischen Wales und Schottland schielten drei Zuschauer interessiert zu einem vierten hin, der nicht durch das kleinste Zeichen erkennen ließ, mit welcher Mannschaft er sympathisierte.

»Jedenfalls ist er kein Waliser«, sagte der eine, »sonst hätte er schon längst das Maul aufgerissen, daß man es übers ganze Stadion gehört hätte.«

»Ire ist er auch nicht«, meinte der andere, »sonst wäre er bereits stockbetrunken.«

»Und Schotte ist er auf keinen Fall«, entschied der dritte, »denn er hat sich ein Programm gekauft.«

☆

Beim letzten Länderspiel gegen England stand ich neben einem Zuschauer, der halblaut murmelte:

»Verdammt, Mensch – 50 000 Zuschauer, 22 Spieler, 2 Linienrichter, 1 Schiedsrichter ... wenn das nicht ein Werk des Teufels ist, dann weiß ich nicht ... 50 000 Zuschauer, 22 Spieler, 2 Linienrichter, 1 Schiedsrichter ...«

Schließlich konnte ich nicht mehr an mich halten und fragte den Mann, wovon er eigentlich die ganze Zeit redete.

»Tja«, fauchte er mit griesgrämigem Blick auf den blauen Himmel, »hier sind 50 000 Zuschauer, 22 Spieler, 2 Linienrichter und 1 Schiedsrichter ... und trotzdem konnte die verdammte Möwe ihre Schiete genau auf meinem neuen Hut abladen.«

Also, ich finde, der Ehemann, der bei einem Fußballendspiel Deutschland gegen Frankreich zuguckt, bei dem ständig Elfmeter drohen, bei dem Deutschland in der ersten Halbzeit 7:0 führt, bei dem in der zweiten Halbzeit drei Franzosen verletzt rausgetragen werden und die französische Mannschaft den Ausgleich schafft, bei dem sie einen Freistoß kriegen, nachdem es 7:7 steht, und die Deutschen schließlich das Spiel durch Eigentor in der letzten Minute verlieren – ich finde, der Ehemann, der bei einem solchen Spiel seine Gedanken nicht einen Augenblick von seiner Frau zu Hause losreißen kann – ja, der Mann ist immer noch in seine Frau verliebt.

Wißt ihr eigentlich, was Handball ist? Das ist eine Art Ballspiel, für das man beim Fußball zum Freistoß verurteilt wird.

Geschichten aus dem Club der Abenteurer

Beim Abenteurer-Club ist man genau richtig, wenn man eine hübsche, spannende Geschichte zu erzählen hat oder einer zuhören möchte, wobei es keine Rolle spielt, ob man dem Erzähler Glauben schenken will oder nicht.

So berichtete ein Clubmitglied die folgende, recht dramatische Story, die wir nachstehend wiedergeben und uns dazu jeden Kommentars enthalten.

»Meine Geschichte spielt in der Nubischen Wüste«, begann er und streckte seine Rechte nach der Whiskyflasche aus, die mitten auf dem Tisch stand. »Auf irgendeine Weise hatte ich den Kontakt zu meinen Mitreisenden verloren, als mit einem Mal ein nubisches Riesennashorn – das gefährlichste Tier, das es überhaupt gibt – auf mich zugerannt kam; obendrein befand es sich mitten in der Brunftzeit. Guter Rat war teuer, denn was sollte ich machen? Ich lief zum nächsten Baum, einem Morelfeigenbaum; es war der einzige Baum in der ganzen Nubischen Wüste, und was schlimmer war: er hatte nur einen einzigen Ast! Und dieser Ast saß viereinhalb Meter über dem Wüstensand. Stellen Sie sich das einmal vor: viereinhalb Meter! Wollte ich mir Hoffnung machen, mein Leben zu retten, so hatte ich keine Wahl: Nur dort oben war ich vor dem spitzen Horn der Bestie sicher. Dank meines Riesenanlaufs habe ich es dann tatsächlich geschafft!«

»Wie haben Sie denn den Ast zu fassen gekriegt. Viereinhalb Meter sind doch kein Pappenstiel?« fragten mehrere der eifrig lauschenden Zuhörer gespannt.

»Nicht auf dem Weg nach oben. Als ich aber nach meinem gewaltigen Angstsprung wieder nach unten fiel, da konnte ich nach dem Ast greifen und mich an ihm festklammern. Das war meine Rettung!«

Nun nahm ein irischer Entdeckungsreisender das Wort, der im Abenteurerclub einen Vortrag über seine gefährlichen Reisen ins dunkelste Afrika gehalten hatte.

»Wir saßen ohne Munition mitten im Nisongi-Dschungel«, sagte er, »ohne Proviant und umringt von kriegerischen, breitnasigen und plattfüßigen Waccomakriegern – und ohne einen Tropfen Whisky, um uns Mut antrinken zu können!«

»Hattet ihr denn auch kein Wasser?«

»Wasser? Doch, natürlich! Aber wer, zum Teufel, käme denn auf den Gedanken, in einer so kritischen Situation zu gurgeln?«

Ja, die Mitglieder des Abenteurerclubs sind wahrhaftig Leute, die etwas erlebt haben, übrigens auch in klimatischer Hinsicht.

»Wir sprechen hierzulande gelegentlich von einer Hitzewelle«, erzählte ein Globetrotter. »Dabei ist es eine Tatsache, daß es bei uns – in unseren Breitengraden – überhaupt nicht richtig warm wird. Wenn ich da an Ostafrika denke, wo ich gerade herkomme! Da war es so warm, daß man geradezu geröstet wurde. So saß ich auf meiner schattigen Bambusveranda und versuchte, meine Körpertemperatur durch einen eiskalten Whisky unterhalb des Siedepunkts zu halten, als mein Auge auf etwas fiel, das mir klarmachte, wie heiß es in Wirklichkeit war. Ein laut kläffender, rasender Bullterrier jagte ein zu Tode erschrokkenes Kätzchen vor sich her. Als ich aber näher hinsah, merkte ich erst, daß die beiden ganz gelassen an mir vorbeischlenderten – auch ihnen war es also zu heiß!«

Und so heiß es dort unten in Afrika werden kann – so kalt ist es im hohen Norden, zum Beispiel in Zentral-Alaska.

Ein Polar-Abenteurer, der gerade von einer Polarexpedition heimgekehrt war, berichtete, es sei so kalt gewesen, daß die Flammen ihrer Stearinkerzen zu Eis erstarrt und dann abgebrochen waren.

»Ja, das kenne ich!« rief einer der Zuhörer. »Aber am Nordpol, wo ich gerade vor kurzem gewesen bin, trafen uns die Kältegrade noch viel härter. Da erstarrten uns während unserer Unterhaltung die Wörter zu Eisklumpen im Munde. Um herauszufinden, wovon wir geredet hatten, mußten wir die Eisklumpen in unsere Bratpfanne werfen und warten, bis sie aufgetaut waren!«

Auch Nebel kann sehr lästig sein. Ich muß dabei an einen Tag in London denken, als ich gerade über den Piccadilly Circus bummelte. Der Nebel, der sich über die Stadt gelegt hatte, war vollkommen undurchdringlich; er war so dicht, daß die Uhr von Big Ben erst die dritte Nachmittagsstunde schlug, als es bereits halb fünf war!

Und dann die Orkane! Die können uns wirklich furchtbar zusetzen, wie damals in Arizona. Da saßen zwei Farmer und unterhielten sich darüber, wer von ihnen den schlimmeren Orkan erlebt habe.

»In Dead Valley geriet ich einmal in einen Orkan«, sagte der eine, »der so gewaltig war, daß er mich nicht nur umwarf, sondern mir auch die Hose vom Leib riß. Sie flog wie ein Drachen davon. Zum Glück waren meine Hosenträger stabil, aber zwölf, wenn nicht gar fünfzehn Meter wurden sie gestreckt, während ich mit blankem Hintern auf der Straße lag und mit nackten Beinen strampelte wie ein Kleinkind!«

»Hintern!« rief der andere laut. »Du sagst es! Ich erinnere mich an den Orkan Caria, der über meine Farm dahinzog. Der hatte eine solche Gewalt, daß eines meiner Hühner, das zufällig den Hintern gegen den Wind gedreht hatte, dasselbe Ei sechsmal nacheinander legte!«

Man sprach auch noch über ein einst hochgeschätztes Mitglied vom Abenteurerclub, das einmal während einer Kanufahrt über die Niagarafälle ums Leben gekommen war. Nun saß er oben im Himmel und hatte auf einer Bank Platz genommen, um sich ein wenig zu verschnaufen. Auf der Bank saß bereits ein alter Mann mit einem grauen Bart. Der Yankee versuchte, mit dem alten Mann ins Gespräch zu kommen.

»Sind Sie vielleicht auch Amerikaner?« begann er.

Der Alte schüttelte den Kopf.

»Ein schönes Land, dieses Amerika«, fuhr der Abenteurer fort. »Alles an diesem Land ist großartig. Sind Sie schon einmal an den Niagarafällen gewesen?«

»Nicht daß ich wüßte«, sagte der alte Mann.

»Ich komme gerade von dort«, fuhr der Abenteurer fort,

was ja auch der Wahrheit entsprach. »Wasser, nichts als Wasser! Milliarden Liter Wasser!«

Dem Alten schien das nicht im geringsten zu imponieren. Da versuchte es der Abenteurer mit Zahlen, denn damit pflegte er immer Eindruck zu schinden.

»Fünf Millionen Kubikmeter in der Sekunde das ist die Menge, die bei den Niagarafällen in die Tiefe saust! Stellen Sie sich das einmal vor! Fünf Millionen Kubikmeter! Nicht in der Stunde, sondern in der Sekunde!«

»Na, wenn schon. Was weiter?« brummte der alte Mann gleichgültig.

»Soll das heißen«, fragte der Abenteurer etwas gereizt, »daß fünf Millionen Kubikmeter Wasser in der Sekunde nach Ihrer Meinung gar nichts sind? Ich möchte ja nicht aufdringlich erscheinen, aber es würde mich interessieren, wer Sie sind.«

Der alte, grauhaarige Mann wandte sich langsam zur Seite und blickte dem Amerikaner voll ins Gesicht. Dann sagte er: »Mein Name ist Noah.«

Da wir gerade bei den Niagarafällen sind ... da fällt mir die Geschichte von einem New Yorker ein, der von einem entfernten Verwandten aus einem abgelegenen Gebiet in Arizona Besuch bekommen hatte; der Mann hieß Luke von Muddy Creek und war Farmer.

Der New Yorker nahm seinen Gast mit zu den Niagarafällen. Nachdem Farmer Luke eine Weile auf die brausenden Wasserkaskaden gestarrt hatte, fragte ihn sein Verwandter, ob er das nicht wirklich imponierend fände.

»Ja, sicher«, stimmte Farmer Luke dem Fragenden nachsichtig zu, »aber bei uns zu Hause in Muddy Creek habe ich einmal einen Puter mit einem Holzbein gesehen!«

Und ganz zum Schluß möchte ich noch von dem Reiseleiter erzählen, der mit seiner Gesellschaft so dicht an die Niagarafälle herangetreten war, wie es überhaupt möglich war.

»Hier stehen wir nun an den gewaltigsten Wasserfällen der Erde«, rief er mit Donnerstimme durch sein Megaphon der glotzenden Reisegesellschaft zu. »Ich möchte deshalb unsere Damen bitten, für eine Minute zu verstummen, damit wir das ungeheure Brausen hören können!«

Vive l'Empereur!

Professor Mortensen hatte die Kriegsgeschichte zu seinem Lebenswerk gemacht. Er las beinahe den ganzen Tag lang Bücher über das Thema. Sogar bei Nacht, wenn er Schwierigkeiten mit dem Schlafen hatte, pflegte er die ruhigen Stunden zu nutzen, um noch mehr über Kriegsgeschichte zu lesen. Er war insbesondere am napoleonischen Zeitalter interessiert und wußte deshalb alles, was man darüber wissen konnte. Es gibt jedoch Grenzen dafür, wieviel französische Kriegsgeschichte man in einen Kopf hineinstopfen kann. Auf jeden Fall schnappte der Professor eines Tages über.

Nach einer Nacht, die er infolge migräneartiger Kopfschmerzen schlaflos verbracht hatte, stand er morgens auf und dachte, er sei Napoleon. Nachdem er sich angezogen hatte, setzte er einen Dreispitz auf, der zu seiner großen Sammlung von Uniformstücken aus der napoleonischen Zeit gehörte. Er blickte in den Spiegel, schob die Hand in die Weste, faßte einen Säbel aus seiner Waffensammlung und begann einen Kampf auf Leben und Tod gegen einen eingebildeten Feind. Dieser Feind war ihm an Kräften überlegen, aber er besiegte ihn zu guter Letzt mit Leichtigkeit, obwohl er dabei die meisten Nippsachen im Hause zerschmetterte. Erschöpft, aber befriedigt über den Ausgang der Schlacht, steckte er seinen Kopf in die Küche und sagte zu seiner Frau:

»Joséphine, *ma chérie* – ich habe gewonnen! Ich habe die Schlacht gegen die Österreicher und die Piemontesen gewonnen. Sechzigtausend Mann fielen unter meinem Schwert. Heute nachmittag werde ich Nelsons Flotte zerstören, dann Marie Louise von Österreich heiraten, zum Kaiser gekrönt werden und zur Schlacht gegen Wellington antreten: *Vive la France! Vive l'Empereur!*«

Nach dieser Begrüßung blieb Frau Mortensen nur eines übrig, das sie tun konnte: einen Arzt rufen, der so schnell wie möglich ins Haus kommen mußte. Aber bevor dieser eintraf, griff der Professor die englisch-hannoveranisch-braunschweigischen Truppen im Eßzimmer an und mußte Blücher und eine Handvoll preußischer Soldaten die Küchentreppe hinab verfolgen. Dann erschien der Hausarzt, schätze die Lage mit einem Blick ab und verfrachtete den Professor in die geschlossene Abteilung der psychiatrischen Klinik der Stadt.

»Ein Nervenzusammenbruch«, sagte er zu Frau Mortensen. »Aber Sie werden sehen, er kommt wieder in Ordnung, obschon es eine lange Zeit brauchen wird.«

Nachdem ein Jahr vergangen war, begannen die Ärzte,

eine leichte Besserung zu konstatieren. Es gab zwischendurch Tage, an denen der Professor keine Schlacht mit eingebildeten Gegnern schlug. Als seine Frau zu Besuch kam, sprach er sie nicht mit Josephine, sondern mit Johanna an; das stimmte sie sehr froh, denn so hieß sie tatsächlich.

Ein weiteres Jahr verging; dann kam der Tag, an dem Mortensen sein fünfundzwanzigjähriges Jubiläum als Professor der Kriegsgeschichte feiern konnte. Um die Feierlichkeiten vorzubereiten, wurde ein Tisch in sein Klinikzimmer gestellt, auf dem die Geschenke aufgehäuft werden sollten. Von seinen Angehörigen, Freunden und Kollegen trafen diese auch reichlich ein.

Die Ärzte des Krankenhauses hatten ebenfalls eine Überraschung für ihn. Auf der morgendlichen Fallbesprechung hatten die Ärzte beschlossen, ihn zu entlassen, da es ihm gut genug zu gehen schien – vorausgesetzt, daß er einen kleinen Test bestand. Unter die Geschenke hatten sie einen Dreispitz und einen schweren Säbel gelegt. Die Ärzte wollten sehen, wie Mortensen darauf reagieren würde.

Er reagierte, wie sie es gehofft harten. Er nahm einfach keine Notiz davon. Der Professor war weit mehr an den schönen Blumengestecken interessiert, an den Flaschen mit Whiskey, den Pralinenschachteln und den persönlichen Geschenken seiner Familie. Die Ärzte nahmen das als ein gutes Zeichen. Später, am Nachmittag, als alle Gratulanten gegangen waren, kam der Oberarzt ins Zimmer und traf Mortensen beim Lesen von Glückwunschtelegrammen an.

Der Arzt blickte auf den beladenen Tisch. »Was haben Sie doch für eine Menge wunderschöner Geschenke bekommen, Professor«, sagte er. »Es muß wunderbar sein, wenn man weiß, wie sehr die Angehörigen, Freunde und

Kollegen an einen denken. Ich habe auch so eine Art Geschenk für Sie. Um gleich zur Sache zu kommen: Was würden Sie dazu sagen, wenn Sie aus der Klinik entlassen würden?«

»Oh ja«, sagte Mortensen und nickte. »Das würde ich sehr begrüßen.«

»Und wenn wir Sie entlassen«, fuhr der Arzt fort, »was meinen Sie, was Sie dann gern machen würden? Beruflich meine ich. Ich verstehe, daß Sie nicht an die Universität zurückkehren.«

»Nun, ich habe Rechte studiert, während ich in der Klinik gewesen bin; deshalb würde ich gern einen Posten in einer Anwaltskanzlei annehmen und dann vielleicht in einigen Jahren eine eigene Praxis aufmachen.«

Das hörte sich vernünftig genug an.

»Aber wenn Sie in keine Anwaltskanzlei hineinkommen Mortensen? Was dann?«

»Nun, wenn das mit dem Rechtsanwalt nichts wird, dann versuche ich es als Privatlehrer mit Latein. Latein war mein bestes Fach, als ich an der Universität studierte, und ich habe es aufgefrischt.«

Auch das hörte sich vernünftig genug an.

»Und wenn das nicht klappt?«

Der Professor saß ruhig da und dachte ein Weilchen nach. »Jetzt wird's schwierig. Aber glücklicherweise habe ich ein Sümmchen auf die hohe Kante gelegt und kann vielleicht ein kleines Geschäft aufmachen. Zum Beispiel einen antiquarischen Buchladen. Ich habe immer Interesse an Büchern gehabt.«

Ohne jeden Zweifel regierte die Vernunft.

»Aber, Mortensen, nehmen wir an, der Buchladen rentiert sich nicht, und Sie gehen bankrott? Was dann?«

Der Professor rutschte unruhig auf seinem Stuhl umher. Ein seltsamer Ausdruck trat in seine Augen, während er nachdachte. Dann stand er auf und trat an den Tisch. Er setzte sich den Dreispitz auf, packte den Säbel, steckte eine Hand in seine Weste und sagte völlig überzeugt:

»Dann werde ich alle meine Jubiläumsgeschenke verpfänden, um eine Armee von einer halben Million Mann aufstellen zu können, und einen zweiten Winterfeldzug gegen Rußland beginnen!«

Ja, Effendi, Abdullah verstehen!

Chefingenieur Webster Booth leitete die Probebohrungen von Safed-el-Karraz für die ISSO *Petroleum Company,* Tochtergesellschaft von Anglo-Arab. Derzeit hatte er Besuch von einem guten Freund, dem WHO-Arzt Liam O'Neill. Sie hatten ihre Tropenhelme im Nacken hängen, das luftige Khakizeug am Halse aufgeknöpft. Auf klapprigen Safaristühlen saßen sie unter dem schattigen Zeltüberhang dösig da und verfolgten schweigend das Treiben der Bohrmeister, der Driller, die in einiger Entfernung mit ihren schweren Geräten an dem 45 Meter hohen Bohrturm, dem Derrick, hantierten. Man mußte sich bis zu dreitausend Meter in die Erde hineinbohren, bis man eventuell auf Öl stieß, und in der glühenden Hitze von fast 50 Grad war das ein verdammt dreckiger und schweißtreibender Job. Die Mannschaften arbeiteten in fünf Schichten Tag und Nacht, und langsam, aber sicher fraß sich der Rotationsbohrer in den Untergrund. Bei der Arbeit mit dem 8-10 Meter langen Bohrungsrohr mußte der Chefdriller darauf achten, daß den Bohrlöchern jede Minute dreitausend Liter einer schlammigen Soße aus Wasser und Lehm von den Zentrifugalpumpen zugeführt wurden. Jedesmal wenn eine tiefer liegende Steinschicht eine Bohrung zu behindern drohte, donnerten grobe Flüche durch die flimmernde Wüstenluft, und dann mußte man das Bohrungsrohr hochziehen und es Stück für Stück auseinandermontieren.

Es war wirklich ein verdammt dreckiger Job, und täglich verfluchten die Driller die Stunde, in der ihre Mutter sie geboren hatte. Aber hier war Geld zu machen, und jeden Abend gab es junge, willige Arabermädchen und Feuerwasser bei Mohammed in der Zeena-Bar der Wüstenstadt Kerkuk. Man brauchte nur mit den Fingern zu schnipsen, und dann hatte man von allem reichlich für die ganze Nacht.

Als aber die Bohrung mit den dünnen Stahlrohren in einem tiefen Schacht einen Einsturz verursachte und monatelange Arbeit unweigerlich verloren war, drangen derbe Schimpfworte an Webster Booths Ohren. Wie gewöhnlich überhörte er sie. Als ihm dann jedoch der Whisky ausging, kam Leben in ihn.

»By Jove«, murmelte er, »die Flasche ist leer, und wir haben keinen Tropfen mehr im Zelt.«

Liam O'Neill setzte verstimmt sein Glas ab. »Keinen Tropfen mehr?« rief er aus und klang plötzlich sehr erregt. »Das kann doch nicht dein Ernst sein, Webster. Und deine Driller, haben die auch nichts?«

»Alkohol hat ein Driller nicht, den trinkt er.«

Der Chefingenieur hielt die Flasche hoch, aber sie war und blieb leer.

»Abdullah!« schrie er in das Zelt hinein.

Einen Augenblick später erschien in der Zeltöffnung ein junger Araberkoch in seiner braunen Abaja.

»Ja, Effendi Inglese?«

»Hol die Feldflaschen, die wir neulich gekauft haben, fahr nach Kerkuk, geh zu Mohammed in die Zeena-Bar und laß dir die Flaschen mit der starken Medizin füllen, die der Effendi vom IPC immer bekommt. Dann fährst du wie Tod und Teufel wieder zurück und lieferst die Flaschen bei mir ab, verstanden? Du kannst meinen Landrover nehmen, und vergiß nicht, du mußt schnell fahren, es geht um Leben und Tod.«

»Ja, Effendi.«

»Wenn du im Höllentempo fährst und nicht eine Sekunde in Kerkuk zögerst, kannst du in fünf Viertelstunden wieder hiersein. Die Feldflaschen liegen drüben im Depotschuppen sieben oder sonst in einem der Vorratszelte. Und gnade dir Gott, wenn du dich nicht beeilst, verstanden?«

»Ja, Effendi, Abdullah verstehen. Feldflaschen, starke Medizin, fahren wie Tod und Teufel, zurück in fünf Viertelstunden. Allah mich sehen in seiner großen Gnade. Verstanden, Effendi Inglese.«

Der Chefingenieur versuchte, Abdullahs dunklen Blick festzuhalten.

»Es schadet natürlich nichts, Abdullah, wenn du es schneller schaffst«, sagte er abschließend und wischte sich den Schweiß von der Stirn.

»Ja, Effendi farengi. Abdullah schnell, sich beeilen. Landrover noch schneller fahren als Tod und Teufel. Vielleicht zurück in vier Viertelstunden.«

»Yallah! Yallah!« hetzte ihn der Chefingenieur.

Abdullah wandte sich zum Gehen. Seine grobgewebte, faltenreiche Abaja schlackerte um seinen Körper, und selbstbewußt watschelte er in seinen ausgetretenen, plattfüßigen Beduinenschuhen auf die Depotschuppen zu.

Die beiden Männer unter dem Zeltdach versanken wieder in ihren Safaristühlen und schoben ihre Tropenhelme weit in den Nacken zurück, um die Schweißperlen von Gesicht und Hals zu wischen. Die Hitze wurde immer unerträglicher, und der Durst brannte ihnen auf der Zunge ... Zehn Minuten vergingen. Diese Wüste war die Hölle auf Erden. Ungeduldig warf der Chefingenieur einen Blick auf seine Armbanduhr.

»Jetzt rast Abdullah über die Sanddünen bei Ben-i-Ounef«, schätzte er.

Doktor O'Neill warf einen Blick auf die Uhr. »So weit kann er kaum gekommen sein.«

»Oho, er fährt wie der Teufel, der lange mohammedanische Kerl. Ich wette, er ist bereits an Ben-i-Ounef vorbei.«

Fünf Minuten vergingen. »Jetzt jagt er über die Wed-Zusfana-Oase«, vermutete der Chefingenieur, und dann fügte er mit einem leisen Lächeln hinzu: »In einem Tempo, daß alle Hühner und Ziegen und die alten Beduinenweiber zur Seite fliegen.«

Weitere fünf Minuten vergingen, und wieder warf der Chefingenieur einen Blick auf seine Armbanduhr. »Jetzt fährt er an dem verlassenen Ksar bei Beni Zusfana vorbei.«

Und fünf Minuten später: »Jetzt passiert er Bou-el-Arfa, und jetzt rast er in einer Staubwolke auf der Salzkarawanenspur direkt auf Kerkuk zu. Du kannst Gift darauf nehmen, jetzt gibt der lange Kerl tüchtig Gas. Good heavens, man! Wenn ich ihn recht kenne, steht er mit seinen beiden dickhäutigen Plattfüßen auf dem Gaspedal. Er fährt wie der Teufel, dieser irre braune Wüstenscheich. Kein

Wunder, daß diese primitiven Kerle nicht zu halten sind, wenn sie ein paar Pferdestärken unter sich spüren. Denk mal an den trägen, einschläfernden Rhythmus, an den sie gewöhnt sind, wenn sie auf ihren elenden, fettbuckeligen, steifbeinigen Kamelen daherreiten.«

Auch der Doktor gab seinen Kommentar ab, fast atemlos, wie die irre Fahrt des wilden Abdullah: »Und jetzt hat er Kerkuk direkt vor sich. Er saust an den Benzindepots von Oudjda Nwala vorbei ... er fährt direkt auf den ölimprägnierten Kerkukweg ... und jetzt ... jetzt rast er auf zwei Rädern um die Ecke, an der Hamman-Bent-es-Sultan-Moschee vorbei.«

»Genau sechsunddreißig Minuten sind vergangen, jetzt bahnt er sich den Weg durch den Souk, drückt wie wild auf die Hupe, und jetzt bremst er vor der Zeena-Bar, ergreift die Feldflaschen und schnappt sich Mohammed.«

»Jetzt reicht er Mohammed die Feldflaschen.«

»Und jetzt kriegt er sie gefüllt. Wie der Blitz rast er zum Landrover, startet, gibt Gas, läßt Souk hinter sich zurück und rast die ölimprägnierte Straße entlang, als hätte er Dynamitpatronen im Arsch.«

»Jetzt sind fünfundvierzig Minuten vergangen. Er fährt an den Benzindepots von Oudjda Nwala vorbei. Und jetzt legt er sich in die Kurve und saust auf die Salzkarawanenspur.«

»Fünfzig Minuten. Jetzt rast er an dem verlassenen Ksar bei Beni Zusfana vorbei. Ein Teufel am Steuer! Wenn jemand die Räder schmieren kann, dann ist es Abdullah! Er ist stolz, mürrisch und eingebildet, aber fahren, das kann er, der braune Wüstenteufel.«

Mit starren Augen folgte der Chefingenieur seinem Uhrzeiger. »Und jetzt flitzt er durch die Wed-Zusfana-Oase, so daß alle Arabergören, Hühner und Ziegen und alte Weiber schreiend und fluchend zur Seite springen.«

»Jetzt saust er über die Sanddünen von Ben-i-Ounef.«

»Jetzt biegt er ab, und nun hat er den Derrick direkt vor sich, das ganze Gebiet, Depotschuppen, Zelte, den ganzen Zirkus. Wenn ich mich nicht irre, Liam, dann haben wir ihn in fünf Minuten vor uns – in vier Minuten – in drei Minuten ... in einer ...«

Der Chefingenieur schwieg. Schwere Schritte waren im Sand zu hören. Über den goldbraunen Wüstensand näherte sich auf seinen breiten Beduinenschuhen Abdullah mit plumpen Schritten. Die Arme hingen ihm schlapp an der grobgewebten faltenreichen Abaja herunter, und dann pflanzte er sich vor dem Chefingenieur auf.

»Effendi Inglese«, sagte er und richtete seine braunen Augen steif auf Webster Booth, »wo, sagtest du, liegen die leeren Feldflaschen? Wo, Effendi? Abdullah überall suchen, nirgends finden.«

Die weiße Orchidee

Priscilla wurde von allen jungen Männern um-
schwärmt. Das war nicht verwunderlich, denn Priscilla
war hübsch und anmutig. Sie hatte große dunkle Augen,
langes, welliges Haar floß über ihre Schultern, und ihr
Mund lud zum Küssen ein.

Priscilla war achtzehn Jahre alt, keineswegs zu jung zum
Heiraten. Aber wen? Sie hatte sich in zwei ihrer heißesten
Bewunderer heftig verliebt: in den jungen Draufgänger
Gordon Mac Rae, einen tüchtigen Jetpiloten, und in den
ebenso jungen wie charmanten, aber nicht so mutigen
Geoffrey Duke. Die Wahl fiel ihr außerordentlich schwer.

»Ach, ich bin so unglücklich, ich kann mich nicht entscheiden!« sagte sie seufzend und zu ihrer reizenden alten Großmutter, der einzigen, der sie vertraute, um mit
ihr über die Liebe zu sprechen.

»Mein armes Kind«, tröstete die Großmutter sie und
strich mit ihren faltigen Händen über Priscillas volles Haar.
»Lebten wir in der Ritterzeit, wäre alles viel leichter. Dann
hättest du von den beiden eine Mutprobe verlangt ...«

»Und derjenige, der die Probe bestand, hätte mich bekommen?« griff PrisciIIa eifrig den Gedanken auf. »Ja!« rief
sie begeistert. »Derjenige, der sein Leben für mich wagt,
der durch Wasser und Feuer geht, um die Frau zu gewinnen, die er über alles in der Welt liebt, derjenige ist meiner Liebe wert. Er soll mich haben. Wie macht man so
eine Mutprobe, Großmutter?«

»Es gibt viele Möglichkeiten, mein liebes Kind. Als ich
jung war, ließ ich deinen Großvater und seinen Rivalen
durch den Fluß schwimmen, um eine Orchidee für mich
zu holen.«

»Aber im Fluß sind doch Krokodile, Großmutter! Un-
mengen von riesigen, scheußlichen, menschenfressen-
den Krokodilen!«

»Eben, mein Kind, das macht es ja zur Mutprobe!«

»Das will ich ausprobieren!« Priscilla jubelte. »Das soll
die Probe sein. Schon heute abend will ich mit Gordon
und dann mit Geoffrey einen Spaziergang am Fluß machen. Und dann will ich sie beide prüfen. Derjenige, der
sich furchtlos in den Fluß wirft und mir die Orchidee
bringt, den nehme ich.«

Am Abend spazierte Priscilla zunächst mit Gordon,
dem waghalsigen Jetpiloten, zum Fluß.

»Oh, guck mal!« rief sie plötzlich und zeigte zum anderen Ufer. »Die schöne Blume dort drüben. Schwimmst du
rüber und holst sie mir, Schatz?«

Gordon zog, ohne zu zögern, seine Jacke aus.

»Du weißt, daß der Fluß voller Krokodile ist, nicht?«
bemerkte Priscilla mit klopfendem Herzen.

»Das weiß ich«, antwortete Gordon und sprang in den
Fluß. Während die Krokodile nach ihm schnappten,
schwamm er hastig zum anderen Ufer hinüber, pflückte
die Orchidee und schwamm zurück, haarscharf an den
bissigen Ungeheuern vorbei.

»Bitte sehr, meine Geliebte«, sagte er galant und überreichte Priscilla die Orchidee.

Sie flog ihm an den Hals.

»Du bist ein Held!« jubelte sie.

»Nicht der Rede wert«, bemerkte Gordon.

Und sie redeten nicht mehr darüber.

Später ging sie mit Geoffrey zum Fluß.

»Sieh doch mal, die weiße Orchidee da drüben! Schwimmst du rüber und pflückst sie mir?«

»Bist du behämmert? Im Fluß sind Krokodile!«

»Ich will aber die Blume haben. Sie bedeutet für mich mehr als alles in der Welt.«

»Morgen kauf ich einen riesigen Strauß Rosen für dich.«

»Nein, schwimm rüber und hol mir die Orchidee. Oder hast du vielleicht Angst?«

»Das ist doch direkt lebensgefährlich. Irgendwo muß es eine Brücke geben. Dort will ich rübergehen und die Orchidee für dich holen.«

»Die nächste Brücke ist über hundert Kilometer entfernt.«

»Macht nichts! Wir fahren einfach hin. Vater hat mir gerade einen funkelnagelneuen Ferrari Romeo Special Null null sieben-Sportwagen geschenkt.«

»Einen Ferrari Romeo!« rief Priscilla, ganz benommen vor Glück. »Gut, wir fahren rüber und pflücken alle weißen Orchideen am anderen Ufer des Flusses ... Das soll mein Hochzeitsstrauß sein, wenn wir am Sonntag heiraten, ja?«

Erma Bombeck

Am Wühltisch fängt der Dschungel an

Alles über das Tier im Menschen

Spritzig-humorvolle Studien der Bestsellerautorin über 'das Tier im Menschen'

Um die Gesetze des Dschungels kennenzulernen, muß man nicht erst auf Safari gehen. Ein Blick in den Rückspiegel reicht völlig aus. Oder der Besuch in einem Fitness-Center. Oder der Zusammenstoß mit einem Schnäppchenjäger. Oder, oder, oder ...

Mit spitzer Feder rückt Erma Bombeck dem Homo sapiens auf den Pelz – auf höchst vergnügliche Weise und frei nach dem Motto: Der Dschungel rückt täglich näher. Rette sich, wer kann!

ISBN 3-404-12816-8

BASTEI LÜBBE

Ephraim Kishon
für Kenner
der Heiterkeit

Ein Drittel scharfer Esprit, ein Drittel Menschenkenntnis, ein Drittel Herzenswärme, dazu ein kräftiger Schuß Zeitsatire – das ist das Rezept, nach dem Kishon seine Cocktails der guten Laune mischt. Sein ABC der Heiterkeit beginnt wie A wie Aachen – wo ihm der »Orden wider den tierischen Ernst« verliehen wurde, für den sich der »Weise mit der Narrenkappe« mit einer der geistreichsten Rede bedankte, die je gehalten wurden – bis Z wie zu Ende: ein Buch zum Schmunzeln, zum Lachen, aber auch zum Nachdenken. »Jemand, der lacht, ist nicht besiegt«, erklärt der bedeutende Satiriker aus Israel, der auch in schwierigsten Zeiten nie seinen Humor verlor.

ISBN 3-404-12936-9

BASTEI LÜBBE

Die schönsten Geschichten für alle, die ein Herz für Kinder haben

4 Bestseller in einem Band

Die in dieser Geschenkausgabe zu einem Band zusammengefaßten Bücher für junge Eltern zählen zu den erfolgreichsten des dänischen Bestsellerautors. Sie wurden in fast alle Sprachen der Welt übersetzt und erreichten selbst in Japan und Lateinamerika Millionenauflagen.
Beginnend mit der neunmonatigen Reise eines neuen Erdenbürgers in die Welt bis hin zum Vorschulalter schildern sie aus kindlicher Perspektive in humorvollen Episoden und Illustrationen, was Kinder bewegt und glücklich macht.

Best.-Nr. 71502, DM 19,90
ganz in Farbe

Best.-Nr. 71515, DM 19,90
ganz in Farbe

Drei weitere Bücher des dänischen Bestsellerautors in einem Band

Im Mittelpunkt stehen: Der sechsjährige Jakob, das einstige Hallo-hier-bin-ich-Baby; wunderschöne Vorlese-Geschichten für Vorschulkinder; die Tagebucheintragungen eines Sechsjährigen, die von heimlichen Nöten, Wünschen und Träumen künden.
Dem Leser die bezaubernde Welt der Kinder zu vermitteln ist niemand besser geeignet als Willy Breinholst, der Autor von »HALLO, HIER BIN ICH«

BASTEI LÜBBE